MOVIE STAR

Saison 3

Hollywood

ALEX CARTIER

MOVIE STAR

Saison 3

Hollywood

belfond

Belfond | un département **place des éditeurs**

place
des
éditeurs

Journal d'Ophélie

4 avril 2015

Dès ma première vraie balade dans Los Angeles, je suis tombée sur Michael. Un Michael gigantesque – au moins quarante mètres sur vingt. Une publicité géante pour un déodorant occupait la hauteur d'un immeuble. Ça m'a fait un choc de le voir chemise ouverte, en jean, avec une bombe dans les bras. Ça ressemblait à l'affiche de *Basic Instinct*, sauf que c'est lui qui était de face et le mannequin de dos, topless, la poitrine appuyée contre celle de l'acteur : aux États-Unis, pas question de montrer un sein sur une publicité !

J'avoue que ç'a été terrible de le retrouver ainsi, avec ses yeux bleus si beaux, l'effet étant renforcé par la taille monstrueuse de l'affiche et par les retouches Photoshop qui lui enlevaient au moins dix ans. La fille dans ses bras m'a ramenée à cette triste soirée de Londres et à sa trahison.

Laure, qui conduisait, a lu dans mes pensées.

— Si tu voulais l'oublier, ce n'est pas ici qu'il fallait venir.

— Ça va, je vais pouvoir supporter. C'est juste la dimension de cette pub de mauvais goût qui est légèrement crispante. Être cocufiée par un mec que tu vois reproduit sur la façade d'un building de vingt étages, ce n'est pas habituel.

— Ma belle, tu es à Los Angeles : rien n'est normal. Même le mot « normal » n'existe pas. Mais profite des avantages ! Tu es sur West Sunset Boulevard dans une décapotable, il fait vingt-cinq degrés et tu es en polo avec des lunettes de soleil en train de bronzer. En France, en ce moment, il fait dix degrés maxi !

Elle n'a pas tort : être à L.A., c'est magique.

Certes, l'arrivée à l'aéroport hier, avec ses cinquante minutes de queue à l'Immigration, a été un peu pénible. Laure m'a dit que ça pouvait atteindre une heure trente. L'officier m'a fait penser à Carolina, la femme de Michael, en moins belle. Surtout, en beaucoup moins souriante. Je ne sais pas si c'est une règle chez eux ou si c'est juste qu'ils ont un boulot chiant, mais on a l'impression qu'ils se font un devoir d'être désagréables. Mais l'important, c'était de passer le contrôle, tant pis pour la qualité de l'accueil. Le seul avantage de cette longue attente a été que nos bagages étaient déjà sur le tapis quand on a pu s'en approcher.

David était venu nous chercher. Quand elle l'a vu, Laure a couru se jeter dans ses bras. Elle m'a laissée avec les deux chariots à gérer. J'ai dû pousser le sien sur le côté car il empêchait les autres passagers d'avancer. Elle n'en avait rien à faire et échangeait des baisers passionnés avec David. C'est amusant, cette propension à oublier toute pudeur. Moi, même très éprise, je ne vais pas lécher les amygdales de mon mec pendant vingt minutes en public. Je peux me contenter d'un baiser gentil et amoureux. Laure, pas du tout et, au bout de deux minutes, j'ai dû la rappeler à l'ordre.

— Ton chariot gêne tout le monde, Laure ! Si vous continuez, je vous jette un seau d'eau glacée.

Elle m'a rejointe de mauvaise grâce, en grommelant que j'étais une « mère la pudeur ».

David m'a embrassée pour me souhaiter la bienvenue aux États-Unis, mais c'était très gênant car à travers son pantalon en toile il avait une érection conséquente.

Après une heure de voiture, nous sommes arrivées dans l'appart de David, à Santa Monica. Nous avons fait la connaissance de Princesse Leia, la jolie chatte grise de la maison. C'est à cause d'elle que Laure s'est fait désensibiliser pour son allergie aux poils de chat : c'est beau l'amour ! En même temps, ça m'arrange parce que nous allons prendre un logement ensemble et j'ai Roméo avec moi.

Mon Roméo, comment aurais-je pu ne pas l'amener, lui qui est mon seul ami fidèle ? Il est si mignon qu'il a supporté le voyage en avion sans broncher. Bon, je dois dire que je l'avais un peu shooté avec un médicament donné par le vétérinaire.

Quand Princesse Leia a vu la cage de Roméo, elle s'est approchée pour faire connaissance, puis elle est sortie par la chatière comme si cette présence l'importunait. Laure a joué les marieuses.

— C'est dommage, elle est jolie cette chatte. Qu'en penses-tu, Roméo ? Elle te plaît ? Tu n'aurais pas envie de partager des câlins avec elle ?

J'avoue que cette volonté de trouver une compagne à mon chat m'a énervée.

— Laisse-le tranquille, le pauvre. Il n'est pas intéressé, il est castré. Pour une fois qu'il y a un individu qui ne ramène pas tout au sexe sur cette terre...

Elle a ironisé.

— Moi, j'en connais au moins deux. On dit bien tel chat, tel maître.

Je l'ai ignorée et j'ai ouvert la cage. Mon pauvre chat était complètement groggy. Il a examiné l'appartement et a trouvé un bout de canapé pour faire une sieste. David lui avait gentiment proposé une petite assiette de pâté mais, après l'avoir reniflée, il l'avait dédaignée.

— Mon Roméo, je ne sais pas s'ils ont ton pâté Gourmet ici. Il va falloir que tu t'habitues à ta nouvelle vie.

Il n'est pas le seul : je vais devoir faire la même chose.

En fin d'après-midi, David nous a proposé de marcher jusqu'à la plage. Il n'habite qu'à quelques blocs de la mer.

Voir le soleil se coucher sur le Pacifique, ç'a été un grand moment de ma vie. L'ambiance était magique, si californienne. Sur la plage, comme dans la série *Alerte à Malibu*, il y avait les tours des sauveteurs. Accoudé à la barrière, un beau mec, musclé et bronzé, vêtu du traditionnel caleçon de bain rouge, surveillait l'océan.

Laure, malgré la présence de son chéri à côté d'elle, était tout excitée.

— Tu as vu ? Il est si sexy qu'on aurait envie de se noyer juste pour avoir droit à un bouche-à-bouche !

— C'est vrai qu'il est pas mal. Dommage qu'il ait ses lunettes de soleil, j'aurais bien aimé voir ses yeux.

— On n'a qu'à aller lui parler, il les enlèvera peut-être.

— Mais ce n'est pas très correct vis-à-vis de David, qui est venu nous chercher à l'aéroport et qui nous héberge ce soir…

— D'abord, je peux te dire que David va être remercié par mes soins dans un ratio de cent pour un. Ensuite, il n'est pas aberrant que j'aide ma meilleure amie à trouver l'âme sœur.

— Tu es sûre que tu me cherches une âme ? Parce que, le sauveteur, c'est plutôt au niveau du corps qu'il est impressionnant…

— Tu ne peux pas savoir, tu ne lui as pas parlé… Darling, je vais présenter Ophélie à ce beau garçon, là-bas. On en a pour cinq minutes.

David a haussé les épaules, habitué aux excentricités de sa petite amie.

En atteignant le pied de la petite tour, le garçon nous a paru encore plus beau mais pas très sympathique. Il devait avoir entre vingt-cinq et vingt-huit ans.

Laure a dû s'y prendre à plusieurs reprises pour attirer son attention.

— Hello, excusez-nous, nous avons une question.

— Oui ?

— On peut monter vous rejoindre sur votre petite terrasse ?

— Non, c'est interdit, mais vous pouvez poser votre question d'où vous êtes, je vous entends.

J'ai tiré discrètement Laure par le bras pour partir, mais elle s'est dégagée. Quand elle a une idée en tête…

— Je voulais savoir s'il y a des dangers en mer.

— Quels dangers ?

— Des requins blancs, par exemple. Ma copine en a très peur.

— Il y en a effectivement.

Cette conversation qui visait à faire la connaissance du beau mec se révélait très instructive. Dans ces conditions, pas question de mettre un orteil dans l'eau. Je n'avais aucunement l'intention de jouer dans un remake des *Dents de la mer*.

J'ai décidé de prendre les rênes de la conversation.

— Alors, on ne peut pas se baigner ?

— Bien sûr que si.

— Mais les requins ?

— Mademoiselle, les requins ne viennent que très rarement près des plages.

Je me suis dit que « rarement » avait une signification fort différente de « jamais », surtout pour parler de requins !

J'avais envie de retourner voir David, car le sauveteur n'avait pas semblé plus intéressé par ma personne que par mon amie. Mais Laure continuait la conversation sans qu'on sache si c'était pour le mec ou pour étudier le risque réel des baignades.

— Donc ils n'attaquent pas ?

— Non. Seulement dix-neuf attaques ces trois dernières années, et une seule mortelle.

Cette réponse m'a suffi : je ne me baignerai jamais en Californie, sauf dans une piscine !

Alors que Laure cherchait un nouvel angle d'attaque, une voiture est venue s'arrêter à côté de nous. Un quatre-quatre Ford jaune avec un surf sur le toit et des sirènes. Sirène, c'était d'ailleurs le bon mot pour qualifier la conductrice, qui est sortie du véhicule. Blonde, queue-de-cheval, Ray-Ban, blouson rouge sur un slip de bain de la même couleur qui mettait en valeur ses jambes musclées. En un mot, Pamela Anderson réincarnée. Pire, elle m'a rappelé Diana, la coach de Michael.

Quand elle a rejoint son collègue sur la tour, celui-ci s'est complètement désintéressé de nous.

Laure m'a prise par le bras.

— Tu as raison, c'est un con, il n'a même pas vu qu'on était françaises.

Elle est restée silencieuse quelques secondes avant d'ajouter :

— Mais le salopard était salement bien foutu !

C'était la fin de la journée, nous sommes rentrées. Avec les neuf heures de décalage horaire, j'étais défoncée. On a dîné, puis j'ai pu tester le canapé-lit dans le salon. Roméo s'est installé contre moi en ronronnant.

Peu de temps après se sont ajoutés des bruits provenant de la chambre de David, qui montraient que les amoureux profitaient de leurs retrouvailles. Mais ni eux ni Roméo ne m'ont empêchée de plonger dans le sommeil.

En revanche, quand je me suis réveillée très tôt – vers 3 heures du matin –, j'ai eu droit à un épisode pornographique qui a duré plus d'une heure, avec une pause de quinze minutes au milieu. J'ai essayé les boules Quies que j'avais eues dans l'avion sans que le problème soit résolu. Et le pire, c'est qu'après la version audio j'ai eu le récit complet des faits entre Santa Monica et West Hollywood, où nous allions visiter des appartements. J'ai pourtant essayé d'y échapper…

— Laure, je t'en supplie, je n'ai pas dormi de la nuit.

Elle n'a pas tenu compte de mes suppliques.

— C'est incroyable comme la mémoire est inexacte en ce qui concerne les sensations. J'avais le souvenir précis de l'épaisseur de son sexe, mais c'était plus visuel que physique. C'est à chaque fois la même chose : quand je le prends dans ma bouche, je me dis que je n'arriverai pas à l'engloutir. Après, il y a un sentiment d'étouffement pendant quelques secondes avant de pouvoir profiter des gémissements de mon mec.

Ç'a été mon tour de gémir :

— Oui, je ne les ai que trop entendus !

— Arrête de t'apitoyer sur ton sort, tu avais dormi dans l'avion. Tu devrais plutôt être fière que ta copine, une Française, puisse faire hurler de plaisir un Américain.

— Laure, ce n'est pas une compèt. Les jeux Olympiques de Los Angeles, c'était en 1984, tu n'étais pas née.

— Oui, je sais. Dommage, car c'est le seul sport où je pourrais représenter la France. J'aurais même une bonne chance de médaille. Tu imagines : « Dans l'épreuve de la fellation, Laure Masson, France. » Les commentaires, ça serait top : « La jeune Française prend la large verge de l'Américain entre ses lèvres. Regardez cette technique fantastique, ce rythme, ce talent ! L'Américain est près de lâcher, il va succomber sous les assauts de cette langue agile. Ça y est, le jeune Américain éjacule dans un temps de 2' 23" 07. C'est un nouveau record olympique. Nous vivons un moment particulièrement émouvant. Il ne reste qu'à attendre les notes techniques des juges... Dix ! Dix ! Dix... Il ne reste qu'à attendre la note du juge russe, qui est particulièrement sévère : c'est un quatrième dix ! Laure Masson est médaille d'or ! »

Mon amie est folle, mais je dois avouer qu'elle est drôle.

— Tu as raison, tu aurais une bonne chance de médaille.

— Tu veux que je te fasse le commentaire de l'épreuve de la levrette ?

— Merci Laure, je pense que je me contenterai du récit de ta médaille d'or de la pipe.

— Remarque, je parle de levrette mais, hier, j'ai préféré éviter et favoriser les positions où la fille contrôle la pénétration. J'avais trop peur qu'il me déchire !

— Merde, Laure, arrête ! Comment veux-tu que je puisse dîner avec lui si je ne le vois que comme un sexe épais ?

— Si on ne peut plus rien partager... En plus, ce sont des renseignements qui pourraient te servir, on ne sait jamais. Ce n'est pas parce que Michael en a une petite que tu ne vas pas avoir un prochain petit ami bien pourvu par la nature.

J'ai hurlé :

— Laure, je te l'ai déjà dit, il est de taille normale ! Et ce serait délicat de ne plus parler de lui.

Elle a eu l'air sceptique.

— OK, il devait avoir un sexe entre douze et quinze centimètres. Mais ne plus parler de lui me paraît difficile dans la ville du cinéma.

— Fais un effort !

— D'accord. Et Charlie, on peut en parler ?

— Bien sûr, c'est un ami.

— Tu sais qu'il est en train de terminer le tournage d'*Un bonheur insoutenable* ?

— Oui, nous avons échangé par SMS et je suis le journal sur le profil Facebook du film.

— Tu as vu qu'il y a de l'eau dans le gaz entre Charlie et Amy ?

— Il a démenti, ce ne sont que des rumeurs de tabloïds.

— Ce n'est pas les infos qu'a recueillies David. Il semble qu'il soit déçu par sa performance d'actrice et qu'elle ait du mal à accepter la dualité réalisateur - boyfriend.

— Il faut avouer que ce ne doit pas être facile. Tu imagines, avoir David comme boss ?

— Même pas en rêve ! Si Charlie redevient célibataire, tu pourrais avoir une vraie chance. Qu'en penses-tu ?

— J'en pense qu'Amy est une chic fille et que Charlie est mon ami.

— Tu ne l'as jamais imaginé autrement ? Avoue.

En un éclair, j'ai revu nos différents moments à deux, mon baiser sur la terrasse de l'hôtel à Venise, le sien le lendemain dans la gondole, notre balade dans Hyde Park, le thé chez Harrods... La réponse objective à la question de Laure était « si », mais j'ai menti sans sourciller.

— Non, en matière de liaison avec un Brown, j'ai déjà donné. C'est bon. Charlie est mon ami et il gardera cette place.

— C'est vrai qu'avoir Michael comme beau-frère, ce serait bizarre.

— Tu vois, tu trouves toi-même les arguments qui prouvent l'impossibilité de la chose.

À ce moment, nous sommes arrivées à l'adresse où nous devions visiter le premier appartement présélectionné par mon amie sur Internet. Il n'a fallu que dix minutes pour constater que cela n'allait pas du tout.

La journée a été longue et fastidieuse. En début d'après-midi, un F3 présentait toutes les qualités fonctionnelles que l'on recherchait mais il manquait cruellement de caractère. Nous nous étions résignées à faire ce choix peu emballant quand la chance nous a souri en fin d'après-midi. Le soleil avait commencé à descendre et la lumière était superbe lorsque Laure a arrêté la voiture devant une grille en fer forgé. L'agent immobilier était là pour nous ouvrir la porte. Ce qui m'a d'abord frappée, c'est ce jardin californien avec des arbres, une tonnelle où je pouvais m'imaginer lire le soir en été et même une mare dans laquelle une cascade se déversait. L'appart était moderne : parquet en bois clair, grande pièce centrale avec cheminée à insert et cuisine américaine. Celle-ci constituait peut-être le seul point faible car elle était assez petite. Sinon, deux chambres, avec leur salle de bains attitrée, complétaient le tableau. L'agent avait gardé pour la fin la visite des installations de la résidence. D'abord, une salle de gym bien équipée en instruments de torture qui ont ravi Laure. Ensuite, une très jolie piscine avec un jacuzzi à proximité, le tout entouré de transats pour profiter de bains de soleil. Budget de cette merveille : 3 000 dollars par mois, soit exactement l'enveloppe allouée par Ciné Organisation pour nous loger. La décision a été unanime et immédiate : nous emménagerions une semaine plus tard, le temps d'acheter des meubles.

En attendant, je passe une dernière nuit chez David ; à partir de demain, je vais prendre une chambre dans un hôtel pas loin. C'est encore une largesse de mon employeur dont je peux profiter. Je préfère ne pas subir davantage de nuits à écouter les ébats de mes amis.

La bonne nouvelle, c'est que quand nous sommes arrivées dans l'appartement à Santa Monica, nous avons retrouvé Roméo et Princesse Leia en train de dormir tous les deux dans la même pièce. Ce n'est peut-être pas encore le grand amour, mais ils ont l'air de tolérer la présence de l'autre. Je vais donc accepter la proposition de David et laisser Roméo en pension chez lui une semaine.

En fin de soirée, j'ai échangé quelques SMS avec Charlie. Il nous souhaitait la bienvenue à Los Angeles. Même si ce genre de contact est forcément impersonnel, j'ai perçu chez lui une lassitude inhabituelle. Il nous a proposé de passer le voir sur le tournage mardi. Ça tombe bien, nous ne prenons possession de nos bureaux que le lendemain. Je suis impatiente de le revoir. Quand nous nous sommes quittés la dernière fois, j'étais dans le froid et il venait de me trouver un taxi pour rentrer à l'hôtel après cette horrible scène des toilettes avec Michael. J'espère que le soleil californien me permettra de tout effacer…

Journal de Laure

5 avril 2015, 11 heures

Ophélie a peut-être raison : je ne suis pas certaine d'être capable de tenir un journal. Je ne sais pas ce que je dois écrire. Faut-il être factuel, se concentrer sur les événements qui se sont déroulés dans la journée, ou au contraire essayer de capter des émotions ?

Je ne sais pas comment Ophélie peut noircir des pages entières pour le récit d'une seule journée. Enfin, « noircir des pages », c'est une expression parce qu'elle tape tout sur son iPod. L'avantage, c'est qu'elle ne risque pas de voir ses secrets lus par une personne indiscrète. Même moi, je ne peux plus y avoir accès depuis qu'elle a changé son code confidentiel. C'est un souvenir triste, car je me rappelle avoir piraté son iPhone pour pouvoir organiser un rendez-vous avec Christophe à son insu.

Christophe... C'était un garçon bien, sympa avec de l'humour. Je les trouvais mignons ensemble, il était gentil. Peut-être qu'en fin de compte il était trop gentil, qu'il manquait d'envergure. Même si elle ne s'en rend pas compte, Ophélie a des exigences de star en matière d'amour. Ce n'est pas qu'elle soit prétentieuse, mais, inconsciemment, elle ne peut se satisfaire d'une liaison avec un homme « normal ». Pour ça, Michael, c'était bien. Dommage que ce soit un obsédé du sexe. Son frère est beaucoup mieux, je ne comprends pas pourquoi Ophélie s'entête à repousser l'idée de se mettre avec lui. Moi, je n'aurais pas hésité l'ombre d'une seconde... Ophélie aurait besoin d'une liaison solide et stable pour retrouver un équilibre.

Pour en revenir au journal, je pourrais retranscrire les prouesses sexuelles que David et moi réalisons depuis deux jours, mais c'est moins amusant de l'écrire que de le raconter à mon amie.

Je ne me suis pas privée, ce matin, de partager avec elle ma nouvelle idée. J'ai quand même attendu de finir notre petit-déjeuner, parce que je sais qu'elle ne supporte pas que j'évoque ces sujets pendant qu'elle beurre ses tartines.

— Ophélie, je viens de trouver une manière de renouveler le plaisir sexuel quand on est dans une relation monogame.

Elle a pris son air renfrogné qui est supposé me convaincre de changer de sujet. Par moments, elle est vraiment rabat-joie ! Je ne me suis pas laissé impressionner car il fallait que je lui expose ma trouvaille.

— Ne fais pas cette tête-là, je vais rester soft. Tu connais le site de *Cosmo* ?

— Bien sûr, comme tout le monde.

— Tu sais qu'ils revisitent le *Kamasutra* ?

— Non. Les articles sur la mode, l'art de vivre, la culture m'intéressent plus que les rubriques people, sexe ou même astro.

Qu'est-ce qu'elle peut m'énerver quand elle prend ce ton condescendant ! Je ne sais pas si elle en est consciente.

— C'est pour moi que tu dis ça ? Tu penses que je suis penchée en permanence sur mon horoscope ? Bon, je ne dis pas que, de temps en temps, je ne le regarde pas, mais c'est juste pour le fun. En ce qui concerne la rubrique sexo, il y a aussi des articles sérieux. Ce n'est jamais mauvais de s'informer et de vouloir progresser. C'est aussi vrai pour le sexe que pour les autres disciplines.

— Je préfère garder de la spontanéité. Contrairement à toi, je ne vois pas ça comme une discipline sportive. De toute façon, je n'ai pas besoin de conseils.

— Et pourquoi ?

— Parce que si tu avais pu voir dans quel état j'ai mis Michael à de nombreuses reprises, tu aurais constaté par toi-même que j'ai un talent naturel.

J'aurais pu challenger cette suffisance, mais je me suis dit que discuter d'un sujet aussi perso pouvait entraîner une vraie dispute. Comme je crois qu'en ce moment Ophélie est plus fragile qu'elle ne le laisse paraître, j'ai pris sur moi.

— Bref, sur le site de *Cosmo*, ils ont créé ce qu'ils appellent le *Cosmosutra*.

— Le *Cosmosutra* ?!

— Oui, ils ont répertorié près de quatre-vingts positions et ils leur ont donné des noms trop choux. J'ai donc décidé de les essayer toutes, et hier c'était notre première séance sponsorisée par *Cosmopolitan*.

Ophélie est restée silencieuse. Je pense que j'avais réussi à capter son attention.

— Je te passe les préliminaires qui, bien qu'effectués avec talent, n'étaient qu'une mise en route de la machine. Les choses sérieuses ont commencé ensuite. J'avais préparé un petit programme. Comme je te l'ai déjà dit, j'ai tenu compte de la taille imposante de l'outil du monsieur et j'ai privilégié les positions où je contrôlais la situation. J'ai sélectionné « L'arc de triomphe » pour débuter, car je trouvais que c'était un hommage à notre belle nation…

Elle m'a interrompue d'une formule lapidaire :

— Ma pauvre amie, tu es dingue !

Je l'ai ignorée.

— C'était assez ambitieux de ma part car elle est notée trois, soit le maximum, en termes de difficulté. Pour t'expliquer, David était assis sur le lit, les jambes étendues devant lui. Je devais me mettre à genoux, l'enfourcher, et me cambrer jusqu'à poser ma tête sur ses jambes. Je devais saisir ses chevilles, et lui se pencher en avant. Tu visualises ?

— Non, pas vraiment.

— Attends, je te montre.

J'ai saisi un coussin du canapé pour lui faire une démonstration, mais elle m'a rapidement arrêtée.

— C'est bon, Laure. De toute façon, je n'essaierai pas.

— Tu n'as pas tort, c'est horriblement compliqué et pas très confortable. Donc petite déception au niveau plaisir. J'ai enchaîné avec « La chevauchée fantastique », une position plus classique. David était assis en tailleur, jambes croisées, les bras tendus derrière lui. Je l'avais enfourché de face, et je montais et descendais en me cramponnant à ses épaules. Cette position mérite bien son nom, et elle nous a amenés au bord de l'orgasme. Il faut dire que j'avais adopté un galop effréné. Tu vois le tableau ?

— Très bien. Vous avez donc pris votre pied comme ça.

— Attends, tu vas trop vite. J'y étais presque, mais je voulais profiter un peu plus longtemps, alors pour le calmer je l'ai fait s'allonger complètement, les mains derrière la nuque. J'étais sur lui, appuyée sur mes bras vers l'arrière. Je le faisais entrer et sortir de moi à mon rythme. C'est une position que *Cosmo* a baptisée « Hymne à la joie ». Pour lui, c'était super bandant car, quand il relevait la tête, il pouvait voir son pénis entrer et sortir de moi : ça l'a mis dans un état ! Je n'étais pas non plus à plaindre, parce que tu as sans doute noté que cette position favorise une forte stimulation du clito. Très bon si on n'est pas une adepte de l'orgasme vaginal. D'ailleurs, même si on l'est, on ne refuse jamais une petite contribution du clito pour atteindre l'orgasme. Qu'en penses-tu ?

— Rien, Laure, je n'en pense rien. Abrège, je t'en supplie !

Il lui manque définitivement cet esprit badin qui caractérise les femmes libérées.

— OK. La combinaison de ce que mon chéri ressentait et de ce qu'il voyait l'a fait décharger en moi. C'était si intense que je me suis crue au parc de Yellowstone avec les geysers en moi.

— Très poétique et imagé !

— N'est-ce pas ? Et pour décrire mon orgasme qui a suivi, je pense que l'on peut parler de tsunami, les vagues de plaisir se succédant sans interruption.

— Parfait. Je pense, Laure, que nous pouvons arrêter cette conversation sur ces considérations climatiques, géographiques et géologiques.

Elle me privait de la moitié de mon récit ! J'ai tenté de résister.

— Mais je ne t'ai parlé que du premier round. Tu ne veux pas le récit du second ?

— Non.

— Tu ne veux pas connaître la position « Calamity Jane » ?

— Laure, Calamity Jane, ce n'est pas une position : c'est le nom que tu mérites quand tu me fais un exposé d'une demi-heure sur tes relations sexuelles !

J'ai décidé de bouder un peu.

— Tant pis pour toi, tu ne connaîtras ni « Le manège enchanté » ni « Le pont des Soupirs ».

— Merci, Laure : le pont des Soupirs, je suis passée dessous en gondole avec Charlie… En parlant de lui, tu viens sur le tournage mardi avec moi ?

— Non, je vous laisse en tête à tête. On ne sait jamais, peut-être qu'un miracle se produira.

— Je te rappelle qu'Amy joue dans le film.

— Merde, j'avais oublié. De toute façon, je ne peux pas venir, j'ai des papiers à signer pour le bureau.

Nous avons continué à discuter de sujets plus professionnels. Il ne faut pas oublier que les grands débuts de notre agence, c'est jeudi.

Aujourd'hui, repos avec mon chéri et dans l'après-midi nous irons aider Ophélie à s'installer dans son hôtel. Je ne comprends pas pourquoi elle a insisté pour partir. Elle aurait pu rester avec nous jusqu'à ce qu'on emménage dans notre nouvel appart.

Il paraît que David et moi sommes trop bruyants la nuit. Ce n'est peut-être pas faux. Il faut d'ailleurs que je prépare notre programme de ce soir. Je pense essayer « La montagne magique » et « Le tire-fesses » – ça me rappellera mes vacances dans les Alpes…

Journal d'Ophélie

7 avril 2015, 22 heures

J'avais espéré que cette dernière journée de loisirs, avant le lancement de Ciné Organisation L.A., me permettrait de me relaxer en compagnie de quelques amis, mais c'est loupé !

Pourtant, le début de journée s'était passé remarquablement. Laure m'avait laissé la voiture et j'étais un peu angoissée à l'idée de conduire seule dans Los Angeles, mais avec l'aide du GPS je n'avais pas peur de me rendre à Universal City. J'ai finalement décidé d'ignorer cet outil technologique merveilleux pour prendre un chemin plus conforme à ma volonté de profiter à plein de l'expérience de Los Angeles. Mon objectif, c'était d'aller dans la Valley en traversant le mythique Laurel Canyon pour passer près de l'endroit où habite Harry Bosch. En fait, où il est censé habiter puisque c'est le héros – ou plutôt l'anti-héros – des romans de Michael Connelly. Depuis *Les Égouts de Los Angeles* et *La Blonde en béton,* je rêvais de conduire dans le canyon. Je n'ai pas été déçue… Une route sinueuse qui serpente entre deux pans de montagnes, des maisons bâties à flanc de coteau au mépris du risque, surtout si on considère que Los Angeles est un endroit où l'activité sismique est forte. Et après quelques kilomètres, j'ai tourné à droite sur Mulholland Drive. *Mulholland Drive,* un autre rêve de cinéphile ! Le film abscons mais génial de David Lynch. Quand, un quart d'heure plus tard, j'ai atteint Universal City, j'avais la tête dans les étoiles, j'étais la plus heureuse du monde. Même me faire balader de porte en porte jusqu'à ce que je trouve l'entrée adéquate n'a pas entamé ma bonne humeur. À 9 h 40, j'étais garée et j'avais donné mes papiers d'identité à la sécurité. Comme Charlie m'avait dit de passer entre 9 h 30 et 10 heures, c'était parfait.

C'est à ce moment-là que j'ai pu constater la puissance d'Universal Studios et la qualité de l'organisation. Cinq minutes après mon arrivée, une jeune femme est venue me chercher.

— Mademoiselle Delacour, bonjour, je suis Angela, je travaille aux R.P. Je vais vous conduire sur le plateau.

Petite voiturette de golf, la classe ! Pas superflue au demeurant, car il devait y avoir plus d'un kilomètre pour gagner ce plateau. Le tournage avait lieu dans une rue avec de fausses maisons. Rien que le décor était fascinant. Angela m'a donné les dernières consignes.

— À partir de maintenant, silence complet. Je vous emmène à votre place. N'oubliez pas d'éteindre votre portable.

Oh la vache, j'avais frôlé la catastrophe absolue ! Dans l'excitation, je n'aurais jamais pensé à couper mon iPhone. Si jamais j'avais interrompu une scène par une sonnerie impromptue, je pense que je ne me le serais jamais pardonné.

Elle m'a laissée devant un siège légèrement en retrait de celui de Charlie, mais avec une vue directe sur l'endroit où les acteurs étaient placés. Elle avait fait attention à ce que l'on ne soit plus au milieu d'une prise pour m'installer. Un assistant m'a tendu un casque H.F. afin que je profite des dialogues. J'étais aussi bien traitée qu'un producteur !

J'ai tout de suite senti une tension sur le plateau. Charlie était au côté d'Amy, et il lui donnait des consignes pour rejouer la scène d'une autre manière. Simultanément, une maquilleuse lui remettait une couche de fond de teint. Le réalisateur Charlie était très différent de l'ami que je connaissais en maillot de bain sur un yacht ! Il essayait d'être pédagogue avec son actrice, mais on ne pouvait pas ignorer qu'il faisait des efforts de patience.

Quand il est revenu s'asseoir sur sa chaise, il m'a aperçue dans son champ de vision et il m'a saluée d'un petit signe de tête. Je ne savais pas si je pouvais lui répondre, alors je me suis contentée de sourire.

Le premier assistant réalisateur a levé les mains et a énoncé le dialogue traditionnel des tournages.

— Vérifications finales... Silence sur le plateau... Moteur son.

— Le son, ça tourne.

— Moteur image.

— L'image, ça tourne.

Le second assistant est entré dans le champ de la caméra.

— *Un bonheur insoutenable*, scène 37 prise 5.

C'est alors Charlie qui a lancé le mot mythique :

— Action.

Amy a commencé son dialogue avec son partenaire, mais cela n'a pas duré longtemps.

— Coupez !

Charlie a bondi sur le plateau. Bien qu'éloignée de quelques mètres, j'ai pu l'entendre parfaitement quand il s'est mis à chapitrer Amy.

— Amy, ce n'est pas possible ! Ton personnage Lilas a une forte personnalité et ne peut pas avoir ce ton geignard.

La pauvre actrice anglaise a tenté de se défendre.

— Mais, Charlie, tu m'as dit que je ne devais pas élever trop la voix, sur la prise précédente...

— C'est justement entre ces deux registres que tu dois jouer. Tu dois t'exprimer d'un ton résolu sans forcer ta voix. Allez, on y va.

Amy avait l'air perdue. J'avais mal pour elle.

Charlie a interrompu la sixième prise presque au même endroit que la cinquième.

Il a foncé vers Amy. Son ton n'avait plus rien d'amène.

— Amy, merde, concentre-toi ! Je veux plus d'assertivité. Tu vois ce que c'est qu'être « assertive » ? Toi, tu passes du passif à l'agressif d'une prise à l'autre !

L'actrice était blême, elle n'a rien dit, a juste hoché la tête.

Quand Charlie a crié « Action ! », j'étais aussi tendue que si j'avais un rôle dans le film.

La septième prise a pu aller à son terme, mais il y a eu un problème de son sur la fin. Charlie a rassuré tout le monde :

— On va reprendre tout de suite... Amy, c'était mieux. Recommence avec encore un peu plus d'assurance dans ton attitude.

Je me suis dit qu'il était vraiment difficile, car j'avais constaté une véritable amélioration dans le jeu de l'actrice.

Lors de la huitième prise, il y a eu un autre problème, cette fois avec le perchman. Le premier assistant lui a fait des remontrances.

À la neuvième, Amy s'est trompée sur la fin du dialogue. Charlie a rassuré son actrice.

— Ce n'est pas grave, Amy, on y retourne.

Mais, malgré les encouragements de son réalisateur et petit ami, elle se décomposait au fur et à mesure. Assister à ce tournage n'avait plus rien de distrayant pour moi, cependant je ne pouvais pas m'échapper. J'ai donc assisté, impuissante, à une nouvelle catastrophe lors de la dixième prise. Charlie a crié « Coupez ! » à la moitié de la scène.

— Amy, non, non ! Tu as de nouveau un ton trop plaintif, ça ne va pas du tout ! Allez, on y retourne.

Lors de la onzième prise, Amy a fait une nouvelle erreur de texte dès la deuxième réplique et a immédiatement fondu en larmes.

Son partenaire à l'écran l'a prise dans ses bras pour la réconforter, ce qui m'a paru étrange quand on pense que son petit ami était sur le plateau. Le problème, c'est que le petit ami était d'abord le réalisateur du film, ce qui ne le poussait pas à lui témoigner une grande tendresse. Il a juste pris les mesures qu'imposait la situation. Il s'est tourné vers son assistant.

— John, on fait un break de vingt minutes. Je veux aussi que toutes les personnes qui ne sont pas utiles au tournage quittent le plateau. Amy, va te reposer dans ta loge. J'enverrai l'assistant te chercher.

Amy est partie sans m'avoir remarquée, comme si elle était dans une brume de confusion. Charlie s'est avancé vers moi en souriant, mais son expression était un peu triste et fatiguée.

— Bonjour Ophélie. Tu vas bien ?

Il m'a prise dans ses bras pour m'embrasser. J'ai presque dû me mettre sur la pointe des pieds pour atteindre ses joues. Je ne me rappelais plus qu'il était aussi grand. Ni aussi beau, d'ailleurs !

— Ça va, et toi ? Merci pour l'invitation.

Il a eu un rire sarcastique.

— Ma pauvre, tu ne viens pas le bon jour : ce n'est plus un tournage, c'est la retraite de Russie ! Si j'écris un jour le récit de la fabrication de ce film, on croira à un remake de *Guerre et paix*.

— Ne pars pas vaincu, il y a eu pire. Pense au tournage d'*Apocalypse Now* : l'ouragan qui a détruit les décors, la crise cardiaque de Martin Sheen, l'acteur principal… Pourtant le film a obtenu la Palme d'or à Cannes.

— Oui, mais c'était Francis Ford Coppola… et il n'avait pas d'héroïne, rien que des hommes.

Il a dit cette phrase horrible en souriant mais j'ai senti que, sous le trait d'humour, il y avait une part de franchise.

— Charlie ! Si je te dénonce au mouvement pour l'égalité entre les sexes, tu n'auras plus jamais le droit de tourner. En plus, tu parles de ta petite amie !

— Je plaisante, Ophélie… Malheureusement, on ne va pas pouvoir se voir très longtemps parce que je dois mettre en place le plan de secours avec mes assistants, au cas où Amy n'y arriverait pas.

— Oh, Charlie, elle va y arriver, elle y était presque. Sans les ennuis techniques, le plan serait dans la boîte.

Il m'a regardée avec un sourire ironique.

— J'avais oublié que je parlais à une cinéphile avertie ! J'espère que tu as raison, Ophélie, sinon la matinée aura été un gigantesque gâchis.

— Mais tu es en train de terminer, non ?

— Oui, ce sont les derniers plans cette semaine. On devrait finir vendredi. Pour Amy, ça se termine même demain. Enfin, espérons…

Je n'ai pas relevé. J'avais déjà exprimé ma confiance en l'actrice anglaise. Me répéter n'aurait fait qu'affaiblir mon propos.

Charlie est sorti de sa rêverie pour me dire au revoir.

— Ophélie, je te propose de dîner tous les trois ce soir. Qu'en penses-tu ?

— Volontiers, si je ne gêne pas.

— Au contraire, tu nous apporteras un peu de légèreté. Notre couple en a besoin. Ce n'est pas facile d'être ensemble vingt-quatre heures sur vingt-quatre.

— Alors, d'accord.

— Parfait, 21 heures chez Matsuhisa. Je demande à mon assistante de réserver et de t'envoyer l'adresse par SMS.

J'ai quitté le plateau sur ces entrefaites. L'interruption ayant été imprévue, je n'ai pas été convoyée par Angela dans sa voiturette de golf. Pas grave, il faisait beau, et l'équipe de tournage avait autre chose à faire que se soucier de moi.

Comme ma journée aux Studios avait été amputée des deux tiers, j'ai donné rendez-vous à Laure pour acheter les meubles de notre appartement. En un après-midi, on a presque réussi à tout trouver, des lits aux canapés. C'est ça la force d'Ikea : proposer tout l'ameublement en un seul endroit ! Bon, maintenant, il nous reste à faire l'assemblage. J'espère que David a des talents de bricoleur...

Je suis rentrée à l'hôtel pour passer une tenue plus habillée. J'ai choisi une robe noire jolie mais sobre. Je me suis fait une queue-de-cheval, et le tour était joué. L'idée était d'être suffisamment élégante sans donner pour autant l'impression que je sortais pour un « date », un rendez-vous amoureux.

De Santa Monica, il m'a encore fallu près de quarante-cinq minutes pour arriver au restaurant. Los Angeles confirme sa réputation d'être démesurée en termes de distances. C'est simple, aujourd'hui, j'ai l'impression d'avoir passé la moitié de la journée dans la voiture.

J'étais la première arrivée. J'ai attendu un bon quart d'heure avant qu'Amy n'apparaisse. Elle était magnifique dans une robe bleue bien plus habillée que la mienne, mais elle semblait épuisée.

Je me suis levée et nous nous sommes embrassées.

— Amy, tu es sublime.

— Merci, Ophélie, ça me fait tellement plaisir de te voir ! Je suis désolée de ne pas t'avoir dit bonjour ce matin, mais c'était tendu...

Je n'ai pas trop su quoi répondre.

— Ne t'inquiète pas, c'est normal, tu étais en plein travail.

Elle a eu un sourire triste.

— On peut dire ça... La bonne nouvelle, c'est que j'ai finalement réussi à faire la scène et que nous avons même tourné la dernière qui me restait. C'est terminé pour moi ! Je suis une femme libre, on va pouvoir boire pour fêter ça.

Elle avait l'air plus soulagée qu'heureuse, comme débarrassée d'un fardeau.

— Bravo, Amy !

— La mauvaise nouvelle, c'est que Charlie est retenu aux studios et qu'il nous rejoindra plus tard. On va prendre l'apéritif sans lui.

Elle a commandé du saké chaud. J'ai demandé un thé vert.

— Allez, Ophélie, trinquons : au succès des femmes européennes à Los Angeles.

Elle a insisté pour que je prenne aussi du saké. Je ne pouvais pas lui dire non, mais c'est traître comme boisson : la chaleur donne l'impression que c'est inoffensif, et pourtant ça doit dépasser les quinze degrés. J'ai siroté mon verre alors qu'Amy enchaînait les siens avec une constance de pilier de bar. Elle avait besoin de se lâcher aussi bien dans sa consommation que dans ses propos.

— Ophélie, tu ne peux pas imaginer combien ç'a été dur. Ce que tu as vu s'est produit à de nombreuses reprises pendant les dix semaines de tournage. J'avais l'impression que Charlie n'était jamais content de moi. Bien sûr, il a prétendu le contraire mais je le lisais dans ses yeux. Et le pire, c'était d'être encore ensemble le soir. Au bout d'un mois, on faisait toujours chambre commune mais j'aurais aussi bien pu être avec le pape : toute intimité avait disparu entre nous ! Alors, j'ai fait la seule chose courageuse qu'il y avait à faire : j'ai pris une chambre à l'hôtel.

À ce moment de son récit, Amy était au bord des larmes.

— Charlie a accepté ?

— Non, d'abord il a refusé. Il a nié cette évidence que notre couple prenait l'eau plus vite que le *Titanic*. Tu te rappelles le film ? J'avais l'impression qu'il faisait partie de l'orchestre qui joue pendant que le paquebot coule...

Elle a réussi à rire à cette évocation, et je l'ai accompagnée. Elle a ajouté :

— J'ai dû lui mettre mon contrat sous le nez et lui montrer que j'avais droit à une suite au Beverly Hotel et à une voiture avec chauffeur.

— Ça a amélioré les choses ?

— Oui, quand même. Les journées de tournage sont restées difficiles, mais au moins nous avons eu les soirées pour récupérer. On ne se voyait presque pas les soirs de semaine ; le week-end, on sortait ensemble et j'allais dormir chez lui. C'était vraiment bizarre.

Tout en se confiant, elle a continué de boire. Je sais qu'elle vient d'Angleterre et que les femmes de ce pays ont la réputation d'assurer au niveau alcool mais j'ai préféré commander des edamame, ces délicieux haricots salés, pour qu'elle ait quelque chose dans le ventre.

L'alcool la rendait de plus en plus loquace.

— On s'est remis à faire l'amour alors, mais ce n'est plus exactement la même chose. Je l'ai déçu, et à cause de moi son premier film ne sera pas celui qu'il espérait.

Là, c'était trop d'émotion et elle s'est mise à pleurer. J'ai cherché à la réconforter.

— Je pense que tu exagères, que tu vois tout en noir parce que tu es épuisée. Je t'ai observée, je connais le cinéma et je peux te dire qu'il y a eu au moins deux prises où tu frôlais la perfection.

Elle s'est essuyé les yeux comme une fillette de dix ans. Elle m'a souri, pleine d'espoir.

— Merci, tu es gentille. J'espère que tu as raison.

— D'ailleurs, vous avez réussi à tourner les deux dernières scènes avec un jour d'avance sur le planning. C'est la preuve que tu t'es bien débrouillée.

Cette fois, son sourire a illuminé son visage.

— Bravo, tu es une coach formidable ! Buvons à toi ! Tu es certaine que tu ne veux pas un peu plus de saké ?

— Merci, je suis au thé. Il faudrait peut-être commander d'ailleurs, il est tard, et Laure et moi déménageons demain.

J'avais surtout peur qu'Amy soit en état d'ébriété avancé au moment où Charlie arriverait. Elle s'est confondue en excuses.

— Je suis désolée, tu as raison. Je ne pense qu'à moi. Je lui envoie un SMS pour l'avertir que l'on va commencer.

Une minute plus tard, Charlie s'excusait à son tour par SMS et nous enjoignait de débuter sans lui.

Les plats sont arrivés assez rapidement. C'est le moment qu'Amy a choisi pour aborder ma vie privée.

— Ophélie, je m'aperçois que je ne fais que parler de moi. Et toi, comment vas-tu ? Depuis Londres ? Charlie n'a jamais voulu m'expliquer ce qui s'était passé.

Nous étions en décalage total autant en termes d'éthylisme qu'au niveau de la volonté de se confier. Amy voulait être gentille, mais elle ne faisait que rouvrir une plaie à peine cicatrisée. Je devais couper court sans être trop virulente dans mes propos, mais être assez claire pour pénétrer une conscience embrumée.

— C'est passé, Amy, je ne souhaite plus en parler. Je ne veux plus considérer qu'il y a dans ma vie un futur quelconque qui inclut Michael.

J'avais peur qu'elle ne cherche à me rassurer, qu'elle s'enferre dans des platitudes du genre « Ne désespère pas, tout est possible, l'amour triomphe toujours… ». Je n'aurais pas eu le courage d'écouter ce genre d'inepties.

Mais, malgré le saké, Amy a prouvé sa sensibilité en se contentant d'acquiescer de la tête. Nous avons changé de sujet pour partir dans une discussion plus générale.

Les plats se sont succédé. Charlie n'apparaissait toujours pas, Amy a continué de boire.

Un peu avant 23 heures, elle a reçu un appel.

— Oui, Charlie… Nous avons presque fini, nous en sommes au dessert… Oh, c'est dommage !… Oui, je comprends. Ophélie va être déçue… Oui, je te la passe. Travaille bien. Je t'aime.

Elle m'a tendu le portable.

— Bonsoir Charlie.

— Bonsoir Ophélie. Je suis désolé, je vais encore te faire faux bond. J'ai beaucoup de travail de prépa si je veux pouvoir finir cette semaine.

— Je comprends, ne t'inquiète pas.

— Je te promets que je me rattraperai. Je suis célibataire la semaine prochaine, je t'inviterai à dîner pour me faire pardonner.

J'ai trouvé la remarque étrange. On aurait presque dit qu'il me proposait un « date ». Un peu gênant, alors que j'étais assise en face de sa petite amie. Je ne peux néanmoins nier que j'ai été troublée par sa proposition.

— Parfait, Charlie, on verra ça.

— J'espère que vous avez apprécié la cuisine du chef Nobu Matsuhisa. Vous n'avez pas trop forcé sur le saké ?

— Euh, plus ou moins…

— OK, je comprends. Amy s'est enfilé la bouteille, et toi tu n'en as pris qu'un verre. C'est ça ?

— En gros…

— Bon, j'espère que tu n'as pas bu plus d'un verre, surtout si tu conduis. Les flics ne plaisantent pas avec ça, ici. Ce n'est pas comme en France.

Il a dit cette dernière phrase avec un petit rire sarcastique. J'ai été un peu vexée par cette attaque contre mon pays.

— C'est la même chose à Paris !

— Tu plaisantes. Je suis certain que quand ils voient une aussi jolie femme que toi, ils sont prêts à t'autoriser à griller tous les feux rouges.

Je rêve : il me complimente sur mon physique, il flirte alors que je suis à moins d'un mètre d'Amy. Je dois stopper ce délire.

— Bon, je te repasse Amy. À bientôt, Charlie.

La conversation n'a pas duré longtemps. Après, Amy s'est levée pour aller à la réception avec son portable à la main. Elle est revenue quelques minutes plus tard.

— Ophélie, nous sommes invitées par Charlie.

— C'est gentil de sa part.

Elle a eu un sourire amer.

— On ne peut pas lui reprocher de ne pas être généreux.

Puis elle a ri toute seule.

— Tu ne crois pas que l'on devrait commander une bouteille de Cristal Roederer avec du caviar ? Juste pour voir la tête qu'il fera le jour où il verra l'addition.

J'ai bien compris qu'elle plaisantait, mais il y avait quand même là l'expression d'une certaine rancune. Elle a pris ma main.

— Ophélie, je rentre demain en Angleterre pour voir ma famille. Si tu vois Charlie, tu pourras lui faire comprendre que je l'aime vraiment ?

— Pourquoi, tu ne le vois plus avant ton départ ?

— Si, bien sûr, mais j'ai l'impression qu'il ne se rend pas compte de mes sentiments. J'ai l'impression que si on se séparait, je ne pourrais jamais retrouver quelqu'un d'équivalent.

Cette fin de soirée était vraiment bizarre, j'avais ressenti exactement la même chose à propos de Michael. C'est l'effet que produisent les frères Brown : un effet dévastateur, une vraie bombe atomique qui explose le cœur des jeunes femmes.

J'ai essayé de rassurer Amy, je lui ai promis que je parlerais en sa faveur à Charlie.

À la fin de la soirée, je l'ai embrassée et mise dans un taxi.

J'ai repris ma voiture, direction Santa Monica. La soirée avait été éprouvante, et j'étais loin de me douter que le pire restait à venir.

La température avait fraîchi, mais je pouvais encore supporter de conduire sans relever la capote de la voiture. J'ai emprunté La Cienaga pour tourner à droite sur Wilshire Boulevard, dans l'idée d'aller jusqu'à Santa Monica Boulevard et de pouvoir ainsi rentrer jusqu'à mon hôtel sans me perdre.

Si j'avais su...

Quelques blocs plus loin, alors que je roulais à un train de sénateur, un chat noir a traversé juste devant ma voiture. J'ai fait un écart vers la gauche et manqué d'emboutir la voiture en face. Seule ma faible vitesse m'a permis d'éviter les deux obstacles.

J'ai regardé dans mon rétroviseur pour voir si le félin inconscient avait bien quitté la grande avenue. Je n'ai pas réussi à le voir. En revanche, je n'ai pu manquer le demi-tour de la voiture que j'avais failli percuter.

Merde, le conducteur doit être furieux, pour faire une manœuvre aussi dangereuse. J'espère que ce n'est pas un fou qui va me poursuivre comme le camion dans *Duel*, le film de Steven Spielberg. Je n'ai pas envie d'une course à mort dans les rues de Los Angeles.

Dix secondes plus tard, cette crainte est remplacée par une autre qui présente un danger beaucoup plus réel. Le conducteur vient de poser un gyrophare sur le toit. Les flics ! Moins d'une semaine à Los Angeles et je me retrouve poursuivie par une voiture banalisée de la police.

Je ralentis. Les policiers se mettent à ma hauteur et me font signe de m'arrêter. Je me gare et ils se rangent derrière moi. Deux hommes descendent, ils ne sont pas en uniforme. Il y a un Noir et un blond.

C'est ce dernier qui s'adresse à moi. Il me montre un badge LAPD. Si je n'étais pas la victime de ce contrôle, je serais fascinée par cet insigne qui évoque tant de souvenirs de cinéphile ou de lectrice. Le policier me ramène à la réalité.

— Miss, vous avez failli provoquer un accident.

— Oui, je suis désolée, je...

— Votre permis de conduire et les papiers du véhicule.

Mon permis, c'est facile, il est dans mon portefeuille. Pour le véhicule, je ne sais pas. Je fouille dans la boîte à gants. C'est bon, je les ai. Je tends le tout au policier. Il n'a pas l'air commode. Je jette un coup d'œil à son acolyte, qui se marre. On est dans les stéréotypes américains : *good cop, bad cop*, le gentil et le méchant, le Blanc et le Noir.

Le *bad cop* m'interroge à nouveau.

— Vous avez le contrat de location ?

Soudain, une angoisse m'étreint. C'est Laure qui a fait le contrat pour la voiture. J'espère que je suis bien inscrite comme second conducteur, sinon je vais finir au poste. Mais il est possible que cela finisse de toute façon comme ça même si je suis en règle.

Je remets le document.

— OK. Miss, êtes-vous sous l'influence de l'alcool ou de drogues ?

— Non, c'est à cause d'un chat. Il a traversé, et je n'ai pas voulu l'écraser.

Le Black commence à se marrer, mais il n'en va pas de même pour son collègue.

— Miss, veuillez descendre du véhicule.

Le second flic continue à rire et lance un trait d'humour.

— Tu ne vas pas la fouiller, quand même. Avec sa robe, elle ne pourrait même pas dissimuler un canif.

Le blond ne lui répond pas et continue à s'adresser à moi.

— Miss, je vais vous faire passer un test de sobriété.

C'est pas vrai, j'ai droit à la totale. Je suis en plein film. Je crois me rappeler cette scène où Kim Basinger subit ce test alors qu'elle est complètement saoule. Je crois que ça s'appelait *Boire et déboires*. Après la belle Kim, voici le tour d'Ophélie. Au moins, moi, je devrais réussir. Enfin j'espère.

Il me met sa torche sous le menton de manière à m'éclairer le visage sans m'éblouir. Il me demande de suivre son doigt des yeux sans bouger la tête. Au bout d'une trentaine de secondes, il me donne les instructions pour la deuxième épreuve.

— Miss, je veux que vous fassiez neuf pas en ligne droite en vous appliquant à poser vos pieds sur le sol du talon aux orteils. Vous avez compris ?

— Je crois.

Marcher comme cela, c'est bizarre mais pas difficile. En tout cas, quand on est sobre...

Au bout de ma ligne droite, il me fait me retourner sur une jambe puis revenir de la même manière.

— C'est bon. Maintenant, restez debout sur une jambe et comptez jusqu'à trente.

Je m'exécute.

— *One, two, three*...

Je me sens stupide dans cette position sur le trottoir. Enfin, si ça peut m'éviter les geôles californiennes.

— ... *twenty-eight, twenty-nine, thirty*.

C'est le policier noir qui énonce la conclusion à son collègue :

— Elle n'est pas en DUI[1], John.

— Oui, mais elle a presque provoqué un accident !

— Elle voulait éviter d'écraser un chat. Moi, je la comprends, j'aurais peut-être fait la même chose. Tu n'as pas de chat.

— Ma femme en avait un. C'est peut-être pour ça qu'on s'est séparés...

— OK, je crois qu'on devrait la laisser partir.

Le flic blanc ne dit rien mais il n'a pas l'air convaincu. Le Noir enfonce le clou :

— Tu regrettes tant que ça de ne plus faire de patrouilles ? Tu veux avoir un rapport à rédiger en rentrant au poste ? Tu n'as pas assez de travail aux Homicides ?

Le dénommé John se décide d'un coup. Il donne mes papiers à son collègue et se dirige vers son véhicule sans même me dire un mot.

Ce dernier me les tend en s'adressant à moi en français :

— *Voilà, mademoiselle, tout va bien.*

Il a un fort accent. Je lui réponds en américain :

— Vous parlez français ?

---

1. *Driving under the influence* : conduite en état d'ébriété.

— Non, je ne connais que quelques phrases, ma mère était haïtienne.

C'est ce moment que choisit son collègue pour l'appeler. Mon gentil policier se présente :

— Je suis le lieutenant Jordan, Harry Jordan - Homicides. Comme Harry Bosch, mais en moins blanc.

Je ris, c'est la première fois depuis un moment.

— C'est mon personnage de roman préféré !

— Bon, je dois y aller. Je vous laisse ma carte. Si un jour vous avez un tueur à vos trousses, vous n'aurez qu'à m'appeler. Bonne soirée, Miss, conduisez prudemment.

— Merci, lieutenant Jordan.

J'ai repris ma voiture. Mes jambes étaient encore flageolantes.

Je viens de rentrer à l'hôtel. Ce soir, je regrette de ne plus être chez mes amis, malgré les nuits difficiles. J'aurais aimé un peu de compagnie. J'aurais surtout aimé dormir avec Roméo. Heureusement c'est le dernier soir ; demain il sera avec moi dans notre nouvel appart.

Journal d'Ophélie

8 avril 2015, 23 heures

Ça y est, je suis chez moi, je vais pouvoir commencer à profiter de ma nouvelle vie.

La journée a été bien remplie. Nous avons récupéré les clés de notre logement dès 8 heures. À 10 heures, la livraison a été effectuée par Ikea. Nous avons passé notre temps à monter les meubles. Sans l'aide de David, je ne sais pas si nous aurions pu tout faire. Même si cette pensée peut paraître old school et peu féministe, ce n'est pas mal d'avoir un mec pour le bricolage. L'après-midi, nous en avions même deux, avec le renfort de son meilleur ami, Zach. Ils ont beaucoup de points communs, journalistes tous les deux, mais Zach est plus beau, plus grand et plus svelte que David.

Je pense que le coup de main est une sorte de *blind date* organisé avec l'aval et même le parrainage de Laure. Elle me l'a même vendu quand on faisait les lits dans la chambre pendant que les hommes montaient des étagères dans le salon.

— Comment tu le trouves, Zach ?

— Il est pas mal.

— « Pas mal », c'est tout ce que tu trouves comme qualificatif ! Mais tu as perdu la raison, ma pauvre fille. Il est super mignon !

— OK, je reconnais qu'il est bien.

— En plus, il est très intelligent, il travaille pour le *L.A. Times*. Il s'occupe de la rubrique police et crime.

— C'est incroyable, j'ai rencontré un flic qui travaille aux Homicides hier soir…

Et je lui ai raconté mon aventure. Laure m'a regardée avec des yeux ronds comme des soucoupes.

— Il t'a laissé sa carte ! Mais tu ne vas pas sortir avec un flic, quand même ? Il était beau ?

— Charmant, un peu le genre Jamie Foxx.

— Remarque, si tu veux tester un gros pénis, autant sortir avec un Noir.

— Laure, c'est raciste comme remarque !

Mon amie a pris un air offusqué.

— Pas du tout ! Ce serait raciste si je disais qu'il en a une petite parce qu'il est noir. Là, c'est factuel ou au moins statistique. Ce sont plutôt les Asiatiques qui sont moins bien pourvus.

— Laure !

— Remarque, je ne peux rien te promettre à ce niveau-là pour Zach. J'ai interrogé David, mais il est resté très évasif. Il m'a dit qu'il ne savait pas.

J'étais horrifiée.

— Tu as interrogé ton mec sur la taille du pénis de son meilleur ami ?

— Oui, il n'y a pas de mal à se renseigner.

J'ai décidé d'abréger. Avec Laure, nous ne pourrons jamais nous comprendre dans ce domaine.

— Laisse tomber. Tu cherches toujours à me maquer ?

— Tu ne vas pas rester en deuil de Michael toute ta vie. Comme Charlie n'est pas disponible...

— Tiens, à ce propos, hier soir il m'a complimentée sur mon physique.

— Je te l'avais dit, il te kiffe !

— Laure, tu as presque trente ans, tu ne devrais plus utiliser ce vocabulaire. Deuxième news à ne pas répéter à David, il y a de l'eau dans le gaz.

— Alors tu vas attaquer ?

— Je ne peux pas, Amy est folle amoureuse de lui. Elle m'a demandé de plaider sa cause auprès de lui.

— Mais s'il n'est plus avec elle...

— C'est délicat. On verra, il m'a dit qu'il m'inviterait à dîner.

— En tête à tête ? Et tu vas accepter ?

— Oui, je ne connais pas grand monde à Los Angeles. Si je commence à refuser une invitation d'un mec beau, intelligent et plein d'humour…

Laure a réfléchi quelques secondes.

— Ophélie, si tu te lances dans les rendez-vous avec Charlie, juste lui et toi, il faut que tu t'attendes à un dérapage possible de votre amitié. Ce n'est pas que je sois contre, bien au contraire, mais tu devras assumer. Tu es prête à ça ?

Je suis restée silencieuse, c'était à mon tour de cogiter. Si Charlie se déclarait, serais-je capable de trahir Amy ? Serait-ce même une trahison, dans la mesure où son couple bat de l'aile ?

— Je ne sais pas, je vais me laisser porter par les événements. Et pour l'instant, cela veut dire finir d'installer l'appart, et inviter Zach et David au restau pour les remercier. Qui sait ? Peut-être que dans un mois je serai éprise de Zach…

— Comme ça, tu pourras me dire s'il concurrence David.

— Dans tes rêves…

Vers 19 heures, nous avions fini de tout installer et nous sommes sortis nous faire un tex-mex.

C'était sympa. Zach est intelligent, cultivé, et il avait plein d'histoires passionnantes à partager. Je pense, en toute modestie, que je ne lui suis pas indifférente, mais de mon côté je ne me sens pas partante. Nous avons quand même échangé nos numéros.

Laure a décidé d'aller dormir chez David. Elle était embêtée de me laisser, mais de mon côté je suis assez contente de rester seule avec Roméo. La bonne nouvelle est que je lui ai trouvé une nourriture qu'il aime autant que le pâté Gourmet. Ça s'appelle Beyond et il adore !

Ce soir, un peu de Facebook et dodo. Je vais mettre à jour mon mur et partager les photos de L.A. et de mon nouvel appart avec mes amis.

Journal de Laure

8 avril 2015, minuit

Nous venons de rentrer et David est en train d'écrire quelques emails pour son boulot.

La journée s'est terminée par ce dîner que nous avons offert aux garçons. C'est contraire aux traditions, mais ils l'ont bien mérité.

Je ne suis pas certaine, en revanche, que nous ayons réussi notre mission d'entremetteurs. Enfin, c'est cinquante pour cent de succès car Zach est chaud bouillant. Il a passé vingt minutes au téléphone avec David pour débriefer à propos d'Ophélie. On aurait dit une conversation de filles. C'était d'ailleurs intéressant d'assister à ce genre de dialogue entre hommes. En fin de compte, on n'est pas si différents que ça au niveau des inquiétudes liées aux sentiments. David n'a pas pu donner beaucoup de nouvelles positives à son ami. Comme moi, il n'a pas senti Ophélie très attirée. Elle était certes souriante et elle a participé à la conversation, mais son esprit était ailleurs.

En ce qui concerne mon amie, je ne peux m'empêcher d'être inquiète. Je crois que les séquelles de l'épisode anglais avec Michael, conjuguées au drame de Christophe, sont encore très présentes, même si elle ne laisse rien paraître. Je ne sais pas si j'ai eu raison de la brancher sur le sujet Charlie. Peut-être aurait-il été plus prudent de ne pas éprouver sa fragilité auprès d'un autre Brown…

Journal d'Ophélie

9 avril 2015

Ça y est, nous avons pris possession de nos bureaux sur Wilshire. En fait, il s'agit d'une grande suite de quatre-vingts mètres carrés. Tout est installé : téléphone, ordinateurs, bureau, salle de réunion…

Nous avons eu notre première *conf call* avec le bureau de Paris. Bertrand était en grande forme, il nous a demandé si nous avions signé notre premier film américain. Il a aussi fait une blague sur Michael.

— Alors, Ophélie, quelles sont les nouvelles de M. Brown ?

J'ai fanfaronné.

— Michael, je ne sais pas encore, mais Charlie va bien. Je l'ai vu hier, il termine son tournage. Il est fatigué mais il a l'air content. Ah, j'ai oublié de vous dire que j'ai également dîné avec Amy Richardson, l'actrice principale de son film.

Je crois que je l'ai scié.

— Bravo, Ophélie, continuez comme ça.

Le soir, j'ai reçu un appel de Charlie.

— Ophélie, comment vas-tu ? Désolé pour hier soir, mais je devais préparer le tournage d'aujourd'hui.

— Tu nous as manqué, mais je comprends tout à fait. C'était gentil à toi de nous inviter.

— Je t'en prie, c'était le moins que je puisse faire.

Notre début de conversation était plutôt formel, pour un échange entre deux amis…

— En tout cas, c'était très sympa avec Amy. Elle est partie ?

— Oui, je viens de l'accompagner à l'aéroport. Elle ne va pas assister à la fête de fin de tournage, mais c'est certainement mieux car elle est épuisée et elle pourra se ressourcer chez ses parents.

— Oui, sûrement.

— Je t'appelle parce que j'aimerais t'inviter demain soir à cette fête.

— C'est où ? Aux Studios ?

— Oui, tu verras, on a trouvé un endroit sympa. Mais je dois être honnête avec toi : il est très probable que Michael passe. Après tout, il est quand même producteur. Il sera peut-être accompagné de Robert et de Robin.

Un frisson me secoue. Suis-je prête à affronter le trio pervers ? Mais il s'est passé quatre mois depuis Londres, je devrais être capable d'assurer. Je ne vais pas les laisser me pourrir la vie *ad vitam aeternam*.

— Pas de problème. Tu me protégeras.

— Bien sûr, tu seras ma cavalière.

C'est gentil, mais un peu perturbant comme formulation alors qu'Amy a à peine quitté le sol américain.

— Ta « cavalière » ? La dernière fois que j'étais à ton bras, je me suis retrouvée en photo en pleine page dans les tabloïds. Dois-je m'inquiéter ?

Il rit.

— Non, cette fois-ci, tu seras réellement ma cavalière et je ne servirai pas de couverture à mon frère. Je viens te chercher si tu le souhaites. 18 h 30, ça te va ?

— Très bien, je t'envoie mon adresse par SMS. À demain.

Quand j'ai raccroché, mon cœur battait la chamade. Je suis ravie de retrouver Charlie, mais j'appréhende de revoir Michael. Je redoute soit de lui sauter dessus pour lui arracher les yeux avec mes ongles soit, pire peut-être, de retomber dans ses bras…

Journal de Laure

11 avril 2015, 16 heures

Ophélie va me rendre folle ! Je m'aperçois d'ailleurs que depuis que j'ai commencé à écrire ce journal, il est à quatre-vingts pour cent consacré à mon amie.

Cette fois, je suis très inquiète. Je sais qu'elle est allée hier soir avec Charlie à la soirée organisée aux Studios Universal. Elle m'a dit qu'elle risquait de croiser Michael...

Aujourd'hui, David et moi avions décidé de nous rendre au musée Getty. Pour être plus précise, c'était mon envie... David y est déjà allé à plusieurs reprises et il n'y retourne que pour me faire plaisir. Il m'a demandé si ce ne serait pas une bonne idée de convier Zach et Ophélie. J'ai approuvé, car il n'est pas impossible que mon amie change d'opinion. Ce sont des choses qui arrivent...

Quand j'ai effectué mon premier stage en entreprise, il y avait un stagiaire brésilien dont le bureau se trouvait face au mien. Il était mignon sans plus. Il faisait trop jeune et, à vingt ans, je ne m'intéressais qu'aux hommes plus matures (c'est-à-dire d'au moins vingt-huit ans). Mais il était gentil et parlait français avec un accent charmant.

Un matin, alors qu'il me racontait sa soirée de la veille et me titillait sur la mienne, je l'ai interrompu de façon assez grossière.

— Marcello, je ne sortirai jamais avec toi, c'est trop facile...

La phrase était hors de propos, et le pauvre s'est éteint d'un coup. Je ne sais pas pourquoi j'ai exprimé cette pensée que j'aurais dû garder pour moi. Le plus idiot, c'est que deux semaines plus tard, j'avais changé d'avis et nous nous sommes mis ensemble. Quand il est reparti au Brésil, j'ai beaucoup pleuré et il reste un des plus grands amours de ma vie. Certainement parce que nous ne nous sommes jamais séparés, et que seul l'océan Atlantique est venu s'interposer dans notre relation...

Deux leçons à retenir :

• je peux être très romantique, à l'opposé de ce que prétend Ophélie ;

• tout n'est peut-être pas perdu pour que Zach et mon amie finissent par former un couple.

Enfin, il aurait fallu que les deux soient disponibles. Ça n'a pas été le cas. David a réussi à parler à Zach, qui était enthousiaste, mais Ophélie était injoignable. J'ai essayé de l'appeler toute la matinée, mais elle était sur répondeur. J'étais si inquiète que j'ai demandé à David de m'emmener à notre appart pour voir si elle n'était pas malade. Elle n'était pas là et il n'est pas certain qu'elle ait dormi là. Son lit était fait. David m'a dit que cela ne prouvait rien, qu'elle l'avait certainement fait avant de partir. Il n'a pas tort, mais j'ai quand même un doute.

Il y a une heure, j'ai reçu un SMS. Il était plutôt succinct si on considère qu'il constituait l'unique réponse aux dix que j'avais envoyés et aux cinq messages vocaux que j'avais laissés.

« Hello Laure, ne t'inquiète pas pour moi. Tout va bien. Je visite Hearst Castle avec M. Brown. »

Son SMS soulevait plus d'interrogations qu'il n'apportait de réponses. Je l'ai appelée. Répondeur. Je lui ai envoyé trois SMS depuis et je suis toujours sans nouvelles.

Je suis si énervée que j'ai annulé ma visite au Getty. J'ai demandé à David où se trouvait Hearst Castle et il m'a dit que c'était à cinq heures au nord de Los Angeles.

Qu'est-ce qu'elle peut bien faire là-bas ? Et surtout, la question à un million de dollars : elle est avec Michael ou avec Charlie ?

11 avril 2015, 18 heures

Je pense que la pauvre Laure doit être dans tous ses états. Par moments, je suis trop vache avec elle ! Mais je n'ai pas pu résister. Dès que j'aurai fini de taper ce journal, je lui enverrai un SMS pour lui clarifier la situation. Pour une fois que je n'ai pas signé de NDA[1]...

Pour reprendre le fil de l'histoire, Charlie est arrivé à mon domicile juste après 18 h 45. Comme nous étions à la bourre, il n'a pas voulu entrer. Quand je suis sortie, je l'ai trouvé dans un cabriolet Maserati.

J'ai sifflé – je sais, il est rare que les filles sachent siffler – pour montrer mon admiration.

— Charlie ! Quelle voiture ! On sent le réalisateur qui travaille pour le Studio. Où est passé le réalisateur de films indépendants que je connaissais ?

Il a rigolé.

— N'aie crainte, il est encore là. Dis, c'est moi qui devrais siffler en te voyant. Tu sais comme le loup dans *Le Petit Chaperon rouge* de Tex Avery.

J'ai souri, à la fois amusée et flattée. Je dois avouer, en toute modestie, qu'il n'avait pas tort : j'étais sublime. J'avais trouvé une robe de cocktail crème drapée, croisée à la taille avec un décolleté plongeant, le tout fermé au niveau du cou par une sorte de collier en tissu qui donnait l'impression d'être en diamants.

1. *Non disclosure agreement*, accord de non-divulgation.

— Dans mon souvenir, le loup ne fait pas que siffler : il s'assomme avec un marteau pour se calmer.

— Oui, je vais peut-être être obligé de faire ça.

— Et n'oublie pas qu'il finit avec la grand-mère !

— Ne t'inquiète pas pour moi, j'ai vérifié : Diana ne vient pas à la soirée.

Bien qu'injuste, le trait d'humour m'a fait exploser de rire. Il semble que l'Anglaise ne soit pas appréciée par mon ami. Ça tombe bien, je ne l'aime pas non plus.

C'était un plaisir de parcourir L.A. avec Charlie, dans son carrosse. Nous avons goûté aux embouteillages mais sans en souffrir, tellement la conversation était agréable.

Après quarante-cinq minutes, Charlie a garé sa voiture à l'intérieur des Studios. Comme par miracle, une voiturette est arrivée pour nous éviter de marcher.

— Ophélie, nous allons dans une rue que tu connais bien.

— Mais je n'ai jamais visité les Studios Universal !

— Je parie que tu te trompes.

Quelques minutes plus tard, j'ai crié en reconnaissant cet endroit si familier :

— Wisteria Lane !

— Tu vois, tu connais... Dans quelle ville ?

J'ai répondu du tac au tac :

— Fairview.

— L'État ?

Là, j'ai hésité un instant.

— Eagle State !

Charlie m'a souri.

— Il semble que nous ayons une spécialiste. Moi qui pensais que tu étais une cinéphile...

J'ai réagi au quart de tour.

— Mais je suis une cinéphile ! C'est quoi, cette attitude rétrograde qui oppose la télévision au cinéma ? Attention, Charlie, ça fait très XXe siècle, ça te vieillit.

Ma remarque l'a fait marrer.

— Dans ce cas, je retire ce que j'ai dit.

Notre échange a dû se terminer quand nous sommes descendus de la voiturette et que Charlie a commencé à serrer les mains de quelques producteurs. Il me présentait comme « Ophélie, une amie française ».

Peu après, il s'est excusé pour discuter avec des personnes que je ne connaissais pas. Il faisait beau, j'ai commencé par admirer la rue que j'avais vue si souvent à la télé. Pour être exacte, j'avais dû la parcourir cent quatre-vingts fois, soit le nombre d'épisodes de *Desperate Housewives* diffusés sur ABC.

Je me suis promenée pour retrouver la maison de Bree, celle où Gabrielle Solis se tapait le jeune jardinier, celle du couple Scavo, ou encore celle de la trop énervante Susan.

Quand je suis revenue vers le buffet, Charlie m'a présentée aux acteurs ainsi qu'à son directeur photo. Tout le monde était de bonne humeur et je passais une excellente soirée lorsqu'une star est arrivée au moment du dessert : Michael.

J'étais prévenue, mais j'ai quand même eu un choc en le voyant toujours flanqué de Robert. Ce soir, pas de Robin. Au moins, on n'aurait pas droit aux plans machiavéliques…

Il était égal à lui-même, bien fringué, cool et élégant. Il était souriant et serrait la main des nombreuses personnes qui se précipitaient pour le saluer. Très clairement, on était entré dans une autre dimension et les invités de la soirée étaient tout excités. J'ai été une des seules à rester à l'écart avec mon verre de chardonnay et mes petits fours.

Il avait beau être à une quarantaine de mètres de moi, mon cœur avait commencé à adopter l'allure du trot.

Au bout d'une vingtaine de minutes, il a pu atteindre le buffet et, pour la première fois, il a posé son regard sur moi.

Dieu que cet homme est beau ! Ma grand-mère me dirait qu'il ne faut pas jurer, mais Michael est canonissime. Ses yeux, son sourire, sa façon de porter n'importe quelle tenue avec une classe incroyable...

Il a fallu encore un quart d'heure pour qu'il arrive en face de moi. Mon cœur battait la chamade, encore plus que lors de notre premier baiser sur le yacht neuf mois plus tôt.

Il m'a gentiment souri et m'a saluée.

— *Last but not least*... Bonsoir Ophélie, tu es superbe.

Ses yeux étaient plus bleus que dans mon souvenir, son timbre de voix plus grave et plus envoûtant, en un mot sa présence était plus charismatique que jamais.

— Bonsoir Michael.

J'étais arrivée à prononcer ces deux mots sans que ma voix ne soit trop tremblotante, ce qui n'est pas un mince exploit si l'on considère mon état émotionnel du moment. Je n'ai pas eu à m'essayer à une phrase plus longue car Charlie est arrivé. En réalité, il est accouru comme le chevalier qui vient défendre sa gente dame contre le dragon.

Michael a fait la même analyse et a rembarré l'intrus.

— Charles, je sais que cette ravissante Française est ta cavalière ce soir, mais tu dois d'abord t'occuper des producteurs.

Charlie ne s'est pas laissé démonter.

— Mais très cher frère, tu es producteur de ce film...

Michael a souri mais sa réponse a été froide, limite glaciale :

— Charles, je parle des autres producteurs. Ne t'inquiète pas pour Ophélie, je vais être charmant. Comme d'habitude...

Charlie m'a interrogée du regard. Je l'ai rassuré.

— C'est bon, Charlie, merci. Je crois que je peux m'en sortir.

Il s'est éloigné un peu à regret. Michael et moi nous sommes retrouvés seuls pour la première fois depuis le moment où nous avions fait l'amour dans la salle de massage, dans l'hôtel à Londres, avant la soirée funeste.

Il a ouvert les hostilités. Enfin, c'est une façon de parler car son discours était tout sauf agressif : *small talk* comme on dit aux USA.

— J'ai appris que Laure et toi aviez ouvert un bureau à Los Angeles.

— C'est exact.

— Quand avez-vous commencé ?

— Hier.

— C'est tout neuf... Bravo, c'est le début d'une aventure formidable. Je suis certain que tu vas réussir.

— Merci.

Mes réponses étaient froides et succinctes, mais il n'avait pas l'air de s'en rendre compte ou du moins d'en souffrir. Il a continué ainsi pendant une dizaine de minutes, sur mon logement, sur les endroits de L.A. qu'il fallait que je visite…

— Ophélie, ce serait amusant que je joue dans un film européen dont tu t'occuperais. Tu sais, je reçois des scripts français de temps en temps.

Il était séducteur, charmant, beau, mais je n'en pouvais plus. Je l'ai coupé :

— Comment peux-tu dire que ce serait amusant après ce qui s'est passé à Londres ?

Il a pris un air surpris.

— À Londres ?

— Oui, tu ne te rappelles plus ?

— Je me souviens de moments délicieux, d'avoir détourné l'avion privé pour venir te chercher à Paris. Je me rappelle t'avoir fait entrer dans le Mile High Club, un membership que tu as mille fois mérité, un des plus beaux souvenirs de ma vie…

Il me fait son regard de velours, ses yeux me caressent. Une recette qui doit faire succomber toutes les jeunes femmes - surtout si elles sont, comme moi, du signe du lion. Mais Michael oublie qu'il est dangereux de s'approcher d'un félin blessé. Ma réponse fuse, il ne va pas regretter d'être venu…

— Plus intense que ta bite dans le cul de cette pouf ?

Les yeux bleus prennent un reflet acier, ses mâchoires se crispent, mais il parvient à réfréner toute réponse hostile. Il arrive même à me sourire, quoique ça manque un peu de chaleur.

— Si j'étais Robert, je te dirais que je ne vois pas du tout ce dont tu parles. Robin, lui, te dirait de parler moins fort. Pour ma part, je te propose de marcher un peu pour profiter de Wisteria Lane. Tu sais que la série *Desperate Housewives* a été tournée ici ?

Il a suffi qu'il lise dans mes yeux que j'étais au courant pour qu'il enchaîne sans risquer une autre attaque de ma part :

— Bien sûr que tu ne peux ignorer ce fait. J'avais oublié, l'espace d'un instant, à qui je m'adressais. En revanche, tu ne peux pas savoir que l'on vient de me proposer un film avec Eva Longoria.

— C'est bien ? Tu vas dire oui ?

— C'est pour jouer le rôle de son mari, un professeur dans une université qui ne peut s'empêcher d'avoir des aventures extraconjugales…

Je l'interromps :

— Tu devrais accepter : tu n'aurais même pas à entrer dans la peau du personnage, tu es cet homme !

Ma remarque le fait rire.

— Peut-être… mais attends la fin du pitch. Il tombe fou amoureux d'une élève qui va venir troubler l'équilibre établi dans son couple. Encore une similitude avec ma vie réelle…

Il est en train de dire quoi, qu'il est dingue de moi ? Difficile à croire.

— Si c'est une déclaration, je dois te dire que j'ai du mal à me sentir flattée et émue et que le parallèle avec nous ne marche que si ton prof d'université continue à se taper d'autres filles. Par ailleurs, c'est très proche de ton livre, tu devrais les attaquer pour plagiat.

— Je suis d'accord, le thème est voisin, mais le développement de l'intrigue est différent. Mon roman est plus violent et plus noir que le scénario. Mais, je te rassure, j'ai refusé.

Il se tait un moment avant d'ajouter :

— Ophélie, je suis désolé si je t'ai blessée. Ce n'était pas mon intention.

— Tu espérais quoi ? Que je te félicite pour ce petit coup rapide dans les toilettes ?

— Ne pourrait-on pas oublier et repartir sur de bonnes bases ? Il faut garder les souvenirs positifs : notre premier baiser sur le yacht, notre première fois, le soir où tu as voulu t'enfuir du bateau, notre dernière soirée sur la plage…

Il a repris sa voix de séducteur. Je me tourne pour le regarder. Il est si beau, je suis hypnotisée par ses yeux.

— Le plaisir que nous avons partagé, ces orgasmes violents qui nous emportaient. As-tu vécu ça avec d'autres ? Moi non.

Que vient-il de dire ? Que je suis le meilleur coup de sa vie ? C'est flatteur, mais je suis à la recherche de beaucoup plus.

— Ophélie, on peut faire table rase du passé et profiter du moment présent. Tu connais Shutters on the Beach ?

— Non, c'est quoi ?

— C'est un magnifique hôtel sur la plage à Santa Monica. Le directeur est un ami, je peux réserver la suite présidentielle pour le week-end. Tu verras, on passera un séjour exceptionnel.

Je lui souris, je le regarde avec intensité – moi aussi j'ai de beaux yeux, gris-bleu. Je lance :

— Peut-être que, cette fois-ci, tu pourrais m'apprendre ce que je ne connais pas et t'approprier mes fesses…

J'arrive à lui rendre la déglutition difficile et son regard s'est troublé. Je baisse le ton de ma voix comme pour lui faire une confidence.

— J'espère que tu auras du lubrifiant, Michael. Beaucoup. Parce que n'oublie pas que je suis vierge dans ce domaine. Il faudra que tu sois très doux avec moi pour être le premier.

Je me fais enjôleuse, mes battements de cils apportent une innocence qui rend ma proposition inestimable.

La voix de Michael montre qu'il est sous le choc.

— Je te promets, Ophélie, je ferai preuve d'une délicatesse sans précédent. Tu verras, tu vas découvrir une nouvelle source de plaisir. Nous allons passer un weekend extraordinaire.

Je lui souris.

— Je n'en doute pas, Michael. Peut-être serait-il possible de rester dans la suite tout le temps. On pourrait essayer de battre notre record d'orgasmes…

Il est comme un fou.

— Oui, bien sûr, c'est une bonne idée. Nous commanderons au room service.

— Quand dois-tu rentrer chez toi ? Carolina n'est pas là ?

— Non, elle est à une première, je devrai rentrer dimanche après-midi.

Je pose ma main sur mes fesses dans une sorte de mouvement caressant et lui fais un clin d'œil genre salope.

— Oh, Michael, toi aussi tu vas avoir droit à une première. Es-tu impatient ?

Il ne peut dire qu'un seul mot :

— Très !

Je n'en crois pas mes oreilles : cet homme supposé intelligent pense que je vais m'offrir à lui parce qu'il est une star et qu'il a de beaux yeux.

— Eh bien, mon cher, il faudra trouver une autre gourde que moi pour qu'elle t'offre son cul ! Pour qui me prends-tu ? Tu crois qu'il te suffit de siffler pour que je rapplique comme le petit chien à sa mémère ? Je pensais que tu me connaissais mieux que ça !

Michael est certainement surpris par ma sortie, mais il faut reconnaître sa capacité à encaisser les coups sans ciller.

— Je dois dire que la transformation de la petite Ophélie aurait dû m'alerter. Il n'était pas imaginable que tu abandonnes le sexe vanille.

Qu'est-ce qu'il raconte ?

— Le « sexe vanille » ?

— Tu vois, tu ne connais même pas la signification de ce terme. Tu es mignonne, Ophélie, et plutôt intelligente, mais pas suffisamment pour comprendre où est ta place. Tu es une distraction agréable, même si la répétition de la position du missionnaire est lassante. Tu aurais pu avoir un week-end sympa, maintenant tu vas rentrer dans ton petit appartement toute seule. De mon côté, il y en a dix comme toi qui rêvent de passer ne serait-ce qu'une seule nuit avec moi.

Il a gardé son sourire, mais son propos est tranchant comme la plus fine des lames. J'ai beau avoir mené le premier assaut, je suis estomaquée par la contre-attaque.

Je me retiens de pleurer. Il est temps de partir.

— Tu n'es vraiment qu'un infâme salopard !

Et sur ce, je le plante seul en face de la maison où Katherine Mayfair a eu une liaison avec Mike Delfino.

Je me force à marcher alors que je rêve de sprinter ; je ne veux pas étaler ma détresse en plein milieu de la soirée de mon ami Charlie. De plus, avec mes talons, je risque de me casser la gueule.

Je ne m'arrête même pas pour dire au revoir à Charlie – il est en pleine discussion avec des gens que je ne connais pas. Je dois maintenant trouver la sortie. Pas facile, quand on n'a pas fait attention au chemin à l'aller. Je ne peux néanmoins me le reprocher. Comment aurais-je pu prévoir que la soirée évoluerait de façon aussi catastrophique ?

Au bout d'un quart d'heure, j'arrive à une porte mais elle est fermée. Le garde m'informe que je ne suis pas au bon endroit et qu'il n'a pas le droit de me faire sortir par là, mais il a l'amabilité de m'indiquer le chemin. Il me faut dix minutes supplémentaires pour enfin me retrouver dehors. Mais, là, pas un seul taxi dans cette rue déserte et je ne connais pas le numéro pour en obtenir un. Il n'est pas encore 23 heures pourtant. Je vais devoir appeler Laure à l'aide. Cette fois, je suis au bord des larmes.

Une voiture approche, une décapotable. Elle s'arrête à ma hauteur : Charlie !

— Monte, Ophélie.

— Mais, Charlie, que fais-tu là ? Ta soirée ?

Et là, je m'effondre, ce sont les chutes du Niagara directement importées en Californie.

La voiture redémarre.

— Ne t'inquiète pas, ça se termine de toute façon vers 23 heures. Je n'ai rien raté. J'ai même eu le temps de dire au revoir à toutes les personnes importantes avant de sprinter pour tenter de te retrouver.

— Tu as couru ?

— Comme un collégien ! Je suis allé vérifier à deux portes différentes avant de tomber sur un garde qui t'avait vue. Je me suis dépêché de récupérer ma voiture, et me voilà.

Je renifle. Pas très élégant...

— Tu n'aurais pas des mouchoirs en papier ?

— Regarde dans la boîte à gants, je dois avoir des Kleenex.

Il y en a.

— Merci.

Charlie laisse échapper un gros soupir.

— Écoute, Ophélie, je m'en veux, je suis responsable. Je dois cependant te dire que je suis également fâché contre toi : tu n'aurais jamais dû rester seule avec Michael.

— Tu as raison, mais, je t'en supplie, ne m'engueule pas, ton frère m'a déjà assaisonnée.

— D'accord, si tu acceptes de ne plus t'approcher de lui. J'ai essayé de te le dire à plusieurs reprises, mais il semble que tu n'entendes pas mes conseils.

Malgré ce qu'il m'a promis, j'ai quand même l'impression qu'il me gronde. Les larmes coulent de plus belle sur mes joues.

— Charlie, *please* !

Son ton se fait plus doux.

— Désolé, Ophélie, je te promets, j'arrête. Qu'est-ce que je pourrais faire pour te remonter le moral ?

— Ce que tu veux, mais ne me laisse pas seule.

— Tu veux voir un film chez moi ?

— Oui, bonne idée, mais pas un film triste. Seconde condition, il nous faut de l'alcool.

Il rit.

— Il y a des conditions ! D'accord pour le choix du film. Pour l'alcool, je pense qu'il me reste du champagne et du whisky.

— Le champagne, c'est très bien.

— C'est ce qu'il me semblait !

Nous avons roulé pendant une demi-heure dans Nichols Canyon avant de rejoindre Hollywood Boulevard. Au numéro 8312, Charlie a actionné une télécommande pour ouvrir un garage.

— Viens, je vais te faire visiter.

Ce qui m'a d'abord frappée, c'est le panorama. La propriété est à fleur de montagne et on a une vue magnifique sur Downtown. Au pied de la maison, il y a une piscine tout en longueur. On est loin d'une piscine olympique, mais c'est très sympa. En léger surplomb, il y a deux canapés qui ressemblent à des lits deux places. Ça me fait penser au bar du Mondrian !

Nous entrons ensuite à l'intérieur. C'est à la fois moderne – avec beaucoup d'œuvres d'art, de sculptures, de tableaux – et cosy. Il y a un beau parquet avec une couleur de bois très chaude. En haut, la chambre de Charlie, une grande pièce avec un immense lit. La maison est construite en cascade avec plein de recoins. C'est original, j'aime bien.

En bas, au niveau de la piscine, il y a la salle de cinéma. Charlie prend une télécommande pour faire descendre l'écran, puis me montre les étagères encastrées dans le mur qui regorgent de Blu-ray.

— Tiens, tu peux choisir, c'est classé par ordre alphabétique. J'ai aussi la liste sur mon iPad si tu trouves ça plus facile.

— Merci, je vais regarder ici.

— Je vais chercher le champagne et le seau à glace.

Je me mets à chercher ce qu'on va regarder. Pas simple, la profusion de bons titres rend le choix difficile.

Ça y est, j'ai trouvé. Charlie va être surpris…

Il arrive avec un seau et une bouteille de Laurent Perrier.

— J'ai deux mauvaises nouvelles, Ophélie. Un, ce n'est pas du Ruinart ; deux, ce n'est pas un champagne rosé.

Je suis amusée et émue, cet homme est si délicat. Il se souvient du champagne que j'aime.

— Ce n'est pas grave, je suis si désespérée que je vais faire avec.

— Alors, tu as choisi ?

— Oui, devine.

— Un film classique ? *Casablanca*, *Certains l'aiment chaud* ?

— Non, plus récent. Période post-1990.

— Je peux avoir un indice ?

— D'accord. L'acteur principal a le même prénom que ton frère.

— Michael Caine ? Tu veux voir *Batman Begins ?*

— Non, j'ai déjà vu la trilogie plusieurs fois. J'adore le cinéma de Christopher Nolan, mais je préfère *The Dark Knight*. Heath Ledger est génial dans son interprétation du Joker.

— Oui, c'est vraiment triste qu'il soit mort si jeune. Il avait un tel talent.

— Bon, alors, une autre idée ?

— Michael Fassbender ? *X-Men ?* Si tu veux voir *Cartel*, je dois t'avertir que ce n'est pas le meilleur Ridley Scott.

— C'est pas ça.

— *Shame ?* Tu veux voir Michael Fassbender nu ? Tu veux jouer les voyeuses ? Je ne sais pas si je vais autoriser ça chez moi.

Il me regarde avec un large sourire gentil et ironique. C'est la différence la plus frappante avec son frère : ils se ressemblent au niveau du charme, mais celui de Charlie est moins intense, moins brûlant, mais plus profond, plus vrai.

— Ne fais pas ton Américain macho réactionnaire ! Tu vois un sexe d'homme à l'écran et tu es choqué. C'est une chance que le réalisateur soit anglais, car sinon le film aurait été moins percutant. Je suis certaine que tu as moins de principes pour dénuder une actrice.

Il rit.

— J'avoue que c'est une perspective plus agréable, même si ce n'est pas non plus une pratique très commune dans les films de studio. Ce n'est pas comme dans les séries HBO... Enfin, pour revenir à Michael Fassbender, ce gars donnerait des complexes à tous les hommes.

— C'est vrai qu'il est bien foutu. Ton Michael de frère peut aller se rhabiller, il ne fait pas le poids !

Charlie explose de rire.

— Attention ! Attaques en dessous de la ceinture interdites ! Je ne veux rien savoir de la morphologie intime de mon frère.

— D'accord, pas de problème. De toute façon, il y a peu de comparaisons possibles, ils ne boxent vraiment pas du tout dans la même catégorie.

— Ophélie !

— OK, OK, j'arrête. Ce n'est pas un film avec Michael Fassbender, mais je pense que c'est presque aussi chaud que *Shame*. Enfin, c'est la réputation qu'il a.

Il réfléchit une minute avant que ses yeux ne s'illuminent.

— J'ai trouvé… Ce n'est pas vrai, tu veux voir *Basic Instinct* !

— Exact.

— Je n'aurais jamais imaginé que ce serait ton choix.

Son ton incrédule me vexe un peu.

— Je ne l'ai pas vu, je suis trop jeune, je devais être à peine née. Ce n'est pas un crime, quand même !

Charlie fait rapidement machine arrière.

— Non, non, c'est très bien. Ce n'est peut-être pas le meilleur film de ma collection, mais il a marqué le début des années 90, donc allons-y.

Il lance le Blu-ray après m'avoir versé une coupe de champagne. Nous nous installons sur le canapé blanc hyper confortable, à distance idéale de l'écran.

Scène d'ouverture, une femme blonde nue est à califourchon sur un homme et lui fait l'amour. Elle lui attache les mains aux barreaux du lit avec une écharpe blanche. Je ne peux m'empêcher un commentaire. C'est d'ailleurs la différence entre aller voir un film au cinéma et le regarder chez soi. Dans le second cas, j'apprécie de parler pendant le film, chose impossible dans une salle.

— Je retire ce que j'avais dit sur les films de studios américains : ils peuvent être chauds !

— Tu ne devrais pas, ce film confirme ta théorie. Carolco, qui l'a produit, appartenait à l'époque à Canal+ ; et Paul Verhoeven, le réalisateur, est hollandais.

Sur l'écran, la jolie blonde vient de saisir un pic à glace et trucide son amant. J'émets un petit rire.

— Elle, elle a tout compris. J'aurais dû faire la même chose à ton frère.

— Un peu radical comme solution, non ?

— Je t'assure que, parfois, il le mériterait !

Le film se poursuit. Michael Douglas et son collègue flic vont interroger la romancière Catherine Tramell, le personnage joué par Sharon Stone. Elle est assise dans un grand fauteuil, sur une terrasse incroyable perchée juste au-dessus du Pacifique.

— Si ça peut permettre de se payer une maison comme ça, je vais me mettre à écrire des romans…

Sharon Stone est sublime dans un large pull gris. Elle a une élégance incroyable et son regard semble transpercer Michael Douglas. Celui-ci l'interroge :

« Depuis combien de temps sortiez-vous avec lui ?

— Je ne sortais pas avec lui, je couchais avec lui. »

Cet échange dit avec le sourire me ramène à ma vie.

— Charlie, ton frère aurait pu dire la même chose à mon propos.

Mon ami est moins amusé par cette remarque que par les précédentes.

— Ophélie, oublie Michael.

Sur ce, il me sert une coupe de champagne. C'est la troisième, je commence à me sentir bien.

Sharon Stone se change, et on peut la voir nue avant qu'elle enfile une jolie robe blanche assez courte.

— C'est une vraie bombe !

— Oui, tu ne trouves pas qu'elle ressemble à Diana ?

Je n'y avais pas pensé, mais ce n'est pas faux. C'est néanmoins un peu trop flatteur pour que j'accepte la comparaison.

— Oui, sauf que Diana est plus musclée, elle a plus le look « prof d'aérobic », elle a beaucoup moins de classe.

Charlie rigole à nouveau.

— Le look « prof d'aérobic »... j'adore ! Décidément, tu as la dent dure ce soir. Je vais faire attention à ce que je dis.

La romancière Catherine Tramell arrive au commissariat pour subir un interrogatoire. C'est la scène qui a rendu le film célèbre. Je la connais de réputation, mais je ne l'ai jamais vue. Je prête donc une attention soutenue à ce qui se passe à l'écran.

La romancière est assise dans un fauteuil, face à tous les policiers. Au bout d'un moment, elle décroise et recroise les jambes, révélant l'absence de culotte. Pas de doute, c'est une blonde !

— Je n'arrive pas à croire qu'elle ait accepté de tourner cette scène !

Charlie attrape la télécommande et appuie sur « pause ».

— Elle a expliqué qu'elle n'avait pas accepté, mais que le réalisateur lui avait dit qu'on ne verrait rien. Quand elle a vu la scène, elle l'a giflé. Elle a aussi reconnu qu'il avait eu raison de filmer ce plan de cette manière, que ça collait parfaitement au personnage.

— Tu es d'accord ?

— Oui, mais je n'aurais pas trompé ainsi mon actrice principale… et le film aurait été moins bon et moins culte !

Il appuie sur « play ». Je me sers une autre coupe. Charlie attaque, lui, son deuxième whisky.

L'enquête conduite par l'inspecteur Nick Curran se poursuit pour démasquer le meurtrier. Moi, je continue à siroter mon champagne. La fatigue me fait frissonner.

— Tu as froid. Tu veux un pull ?

— Non merci, mais je veux bien me mettre contre toi si ça ne te gêne pas.

Je ne sais pas pourquoi j'ai eu cette envie soudaine. Charlie n'hésite pas une seconde.

— Bien sûr, viens.

Je me love dans ses bras, c'est si agréable de profiter d'une amitié simple avec un homme.

Une vingtaine de minutes plus tard, Nick Curran et Catherine Tramell sont dans une boîte de nuit. Après une danse torride, les voilà au lit. Michael Douglas embrasse les seins de Sharon Stone, puis descend entre ses jambes. J'ai beau savoir que c'est du chiqué, cette scène me trouble. Ils font l'amour passionnément… Soudain, l'atmosphère me paraît beaucoup plus chaude, et il n'est plus aussi anodin de se trouver dans les bras d'un homme aussi beau que Charlie. Qu'il soit seulement un ami n'est plus une aide suffisante pour m'éviter de réaliser que je n'ai pas fait l'amour depuis quatre mois ! Cette pensée parasite me crispe et j'ai l'impression que Charlie le ressent.

J'ai plus de mal à profiter du film. La coupable est démasquée, ce n'est pas Catherine Tramell. Enfin, pas sûr… Après la dernière scène d'amour, la caméra descend au niveau du sol où se trouve un pic à glace !

— Tu crois qu'elle est coupable, en fin de compte ?

— Je ne sais pas, c'est une fin ouverte. Tu as aimé ?

— Pas mal, ça ressemble à un Hitchcock mais avec plus de sexe. C'est même très explicite ! Tu peux me servir une autre coupe, s'il te plaît ?

Nous buvons encore un verre. La bouteille de champagne est presque vide. Je me sens bien, un peu partie.

— On peut se baigner dans ta piscine ?

— Bien sûr, c'est fait pour ça. Mais tu veux dire maintenant ?

— Pourquoi pas ?

— Mais tu n'as pas de maillot et je ne peux pas t'en prêter un d'Amy parce qu'elle a pris toutes ses affaires quand nous nous sommes séparés.

Séparés version pause ou séparés définitivement ? Je n'ose pas poser la question, mais j'aimerais bien connaître la vraie version.

— Tu peux me donner un de tes maillots avec un cordon pour que je puisse le serrer à la taille.

— Tu es sûre ? Ça va être bizarre…

Je ne sais pas s'il parle de ma tenue à venir ou du fait qu'on va se baigner tous les deux.

— Oui, montre-moi ce que tu as.

J'ai réussi à faire tenir le maillot. En revanche, la longueur ne va pas du tout, on dirait une jupe-culotte, je suis ridicule ! Pour le haut, il a déniché un tee-shirt en taille M, ce qui est mieux que ses XXL, avec une inscription pour une marque de bière.

Je préfère ne pas me voir dans une glace mais j'ai une idée de l'effet provoqué par mon look quand je vois la tête de Charlie, qui est déjà dans l'eau. Il est à la fois amusé et incrédule.

— Ne fais pas cette tête-là. Je ne suis pas horrible à ce point, si ?

— Tu es trop jolie naturellement pour ne jamais avoir à souffrir de qualificatifs négatifs, mais là...

La bouteille de Laurent Perrier que j'ai descendue produit alors son effet.

— D'accord, Charlie, j'ai compris. Retourne-toi.

— Quoi ?

— Retourne-toi !

L'alcool a fait tomber toutes mes barrières en matière de pudeur. Je m'étais baignée avec Charlie en lingerie, dans le jacuzzi de l'hôtel de Venise ; ce sera nue, dans sa piscine de Los Angeles... En même temps, il fait si sombre que je reste décente.

Je me glisse dans l'eau. Elle est délicieuse.

— C'est bon, tu peux venir.

Il est à quelques mètres de moi, je vois juste le blanc de ses dents quand il me sourit.

— Il ne doit pas y avoir eu une naïade aussi charmante dans le plus simple appareil depuis Marilyn Monroe dans *Les Derniers Jours*.

— Tu plaisantes, je suis bien mieux que Marilyn, je suis une vraie sportive.

— « Sportive », vraiment ?

Je n'aime pas son ton moqueur.

— Tu veux faire une course ?

— D'accord, je te donne une longueur d'avance. Tu dois faire un aller-retour pendant que je ferai trois longueurs.

— Pas de problème, Charlie, je vais te battre.

— Tu veux partir du bord ou tu préfères plonger ?

Sachant que je ne dispose pas de maillot, c'est une question pourrie...

— Voyeur ! Pervers ! Pas question que tu te rinces l'œil, le départ sera dans l'eau.

— OK, que remporte le vainqueur ?

Je réfléchis un instant.

— Disons que le vaincu devra exaucer le vœu du vainqueur.

— Quel vœu ? Le choix est libre ?

— Oui, ce sera une surprise.

— Parfait. De toute façon, je suis certain de gagner.

— Dans tes rêves, Charlie, dans tes rêves !

Nous nous mettons en place.

— Je fais un compte à rebours et on part quand je dis « go ».

— D'accord.

— Trois, deux, un...

Au moment où il dit « un », je pars. C'est un peu de la triche, mais je ne dois pas perdre cette course !

Il est surpris et il lui faut une seconde pour s'élancer.

— Tu ne comprends pas bien l'anglais : j'ai dit que l'on partait quand je disais « go ».

— Désolée ! À la guerre comme à la guerre.

— Si c'est comme ça...

Trois secondes plus tard, il a déjà rattrapé une bonne partie de son handicap. Il faut dire qu'il nage le crawl alors que moi la brasse. Heureusement qu'il doit faire une longueur de plus que moi. J'espère que cela me laisse une marge suffisante. Je touche le bord de la piscine et repars pour le sprint final. Mais Charlie est en train de terminer sa deuxième longueur, je n'ai aucune chance !

Quelques instants plus tard, il arrive à mon côté, ralentit et, comme pour me narguer, se met à la brasse.

Plus le choix, je dois adopter une tactique désespérée. Je le saisis par le bras, puis me hisse sur son dos pour m'accrocher à deux mains à son cou. Je suis comme une enfant sur le dos de son père.

Il fait comme si de rien n'était et continue à avancer. À l'arrivée, je tends le bras pour essayer de toucher avant lui, mais son allonge est plus grande et sa main attrape le bord de la piscine.

— Gagné !

Il se retourne et je me trouve face à lui, mes mains toujours autour de son cou.

— OK, Charlie, je vais être bonne perdante et exaucer ton vœu, même si tu aurais pu me laisser plus d'avance. Que souhaites-tu ?

Il me regarde, et je suis assez près pour apprécier la beauté de ses yeux.

— Je pense qu'une bise me comblerait.

— Une bise comme ça ?

Je l'embrasse avec beaucoup de douceur sur la joue.

— C'est parfait.

— Parce que ça peut aussi être comme ça…

Je pose mes lèvres sur les siennes. Je le sens se tendre. Je suis moi-même dans un état second. L'alcool, sa beauté, des mois de frustration et de désespoir… Tout pousse à ce que la situation explose.

— Peut-être que tu souhaitais un baiser plus français ?

Il ne répond pas. Je lui prends la tête à deux mains, mes lèvres retrouvent les siennes, mais cette fois ma langue vient forcer sa bouche. Enfin, « forcer » le mot est exagéré, car la victime est consentante. Sa langue vient à la rencontre de la mienne. Ses mains se referment sur mon dos et il me serre dans ses bras. Il a le goût du whisky, que je n'aurais jamais cru apprécier autant. Il embrasse bien. C'est le baiser d'un homme qui a de l'assurance et de la sensibilité. Je ne me rappelais plus à quel point embrasser est agréable. Nous passons quelques minutes à partager ce plaisir, jusqu'à ce qu'il stoppe.

— Ah, je n'aurais jamais pensé que la natation pouvait apporter autant de satisfaction...

Pour le faire taire, je le gratifie de mon Ophélie kiss, le baiser le plus sensuel de la Terre. Ma langue danse un véritable ballet avec la sienne. Je sens mon ami s'embraser. Sa main glisse vers le bas de mon dos, puis sur ma cuisse. Elle revient vers ma fesse, puis va plus bas... Je commence à gémir par anticipation. Sa main glisse entre mes fesses, elle est à l'entrée de mon sexe. Quand son doigt pénètre en moi, je ne peux m'empêcher de lui mordre la lèvre.

Par réflexe, il éloigne sa tête.

— Pardon, c'était involontaire.

— Une vraie tigresse. Profitons-en pour sortir, tu vas attraper froid. Attends-moi un instant...

Je m'aperçois que mes dents claquent depuis qu'il a arrêté de m'embrasser.

Il est allé chercher un peignoir. Il l'ouvre pour que je m'y glisse en quittant l'eau : la classe ! Il le referme sur moi puis me frictionne. Quand je suis à peu près réchauffée et sèche, c'est à mon tour d'attraper une serviette et de le frictionner. Il y a de la surface ! C'est incroyable ce qu'il peut être grand et bien bâti. Il est mince, mais plus musclé que je ne le pensais. Mes mains à travers la serviette ont pu tester ses pectoraux, abdominaux et autres quadriceps. Pas de doute, Charlie est une vraie bombe, Laure avait raison.

— Merci, je pense que je suis sec...

Son ton est ironique, comme s'il avait senti que je profitais indûment de sa musculature.

Je m'arrête et soudain il me saisit et m'arrache du sol. Je pousse un petit cri de surprise. Je mets mes bras autour de son cou. Il gravit les marches qui mènent à sa chambre. Les choses sérieuses vont commencer, ma gorge se serre.

Il me dépose avec une grande délicatesse sur le lit, puis va régler l'allogène pour obtenir une lumière tamisée. Il revient vers moi, je le vois presque nu, si beau avec ce regard bleu délavé lumineux.

Il se couche à côté de moi et me fait un petit baiser sur les lèvres.

— Tu es sûre de le vouloir ?

C'est un vrai gentleman, il prend le risque d'essuyer un refus de dernière minute. Il ne veut pas que ça se fasse à cause d'une bouteille de champagne et de l'amertume liée à une rencontre désagréable.

Il a raison. Ophélie, il est temps de te poser sérieusement la question : es-tu prête à coucher avec Charlie, avec le frère de l'homme que tu adorais et qui t'a humiliée ? Es-tu certaine que ce n'est pas juste un exutoire ou une envie de revanche ?

Les questions sont là dans ma tête, mais les réponses sont évidentes.

— Oui, Charlie, j'ai vraiment envie de toi...

Cependant, le problème romantique réglé, il reste le côté pratique.

— ... mais je ne prends plus la pilule.

S'il n'a pas ce qu'il faut, on va en être réduit à des préliminaires poussés. Ce serait dommage.

Il me regarde en souriant. Il semble que le garçon soit prévoyant !

— Qu'est-ce que vous avez toutes à laisser la responsabilité de la contraception aux hommes ?

Bon, s'il est en train d'évoquer Amy, c'est un petit impair... La remarque pourrait me troubler, me faire douter, mais en réalité je m'en fous. Je me sens si bien et, de toute façon, il m'a dit qu'ils n'étaient plus ensemble. Je le regarde se lever et aller dans la salle de bains. Il revient avec une boîte entière.

— Charlie, tu es sûr que ça va être suffisant ?

— J'attends ce moment depuis si longtemps qu'il faudra sûrement au moins ça.

Ouah, quelle déclaration ! Laure avait raison : il en pince pour moi. Pour le remercier de ses propos, j'ouvre mon peignoir et je lui montre mon corps nu. C'est un point fondamental qui a changé chez moi depuis le début de mon aventure avec Michael : je suis maintenant confiante en ce qui concerne ma sexualité et mon corps. Je n'ai plus peur, je sais ce que je veux et la nudité m'excite, aussi bien la mienne que celle de mon partenaire.

Celui-ci est dans le même état d'esprit que moi, même si je crois détecter un soupçon de stress.

En tout cas, il enlève son caleçon avant de me rejoindre. Je me mets sur les coudes pour apprécier la vue. Il est juste sublime. Laure m'avait dit que c'était un apollon et elle n'avait pas tort. Il doit penser la même chose de moi car il est déjà en érection.

Je suis impatiente de faire l'amour avec lui. Je n'ai jamais eu un homme d'une telle beauté dans mes bras, si on excepte Michael. Mais Michael n'était pas un homme normal, c'était une sorte de dieu pervers. Je peux donc affirmer que je vais avoir une relation avec l'homme le plus canon de mon existence.

Il vient s'allonger à côté de moi. Son visage s'approche du mien, sa bouche est sur la mienne. Je l'embrasse, c'est trop bon. Je pose ma main sur son poitrail musclé. Quel plaisir ! En un instant, j'ai l'impression que quatre mois de souffrance sont effacés, que ma vie repart. Ma main descend et attrape son sexe. Je suis intrépide, j'ai envie de sentir son désir pour moi. Il est dur et chaud dans ma paume. Cette sensation me fait redoubler de passion dans mes baisers. Lui commence à gémir puis, après un court moment, sa main va capturer la mienne. Il la remonte près de son visage et m'embrasse à l'intérieur du poignet. C'est un message muet pour me remercier et me dire qu'il vaut mieux arrêter avant de provoquer une jouissance beaucoup trop précoce. Sa bouche se glisse dans mon cou et il m'embrasse maintenant entre l'épaule et l'oreille : c'est délicieux ! Je ne crois pas avoir connu de baisers aussi intenses à cet endroit. C'est si fort que je commence à gémir. Sa main, elle, se pose sur mon sein gauche et il s'amuse à faire durcir mon téton. Mes gémissements augmentent quand il s'attaque à mon autre sein.

Ça va devenir chaud, je le sens ! Sa main quitte ma poitrine, mais ne se dirige pas là où je pensais. Au contraire, elle vient sur mon front, et descend le long de mon nez pour arriver à mes lèvres. Il les caresse puis il pénètre ma bouche avec son majeur. Je le suce comme si c'était son sexe, c'est terriblement érotique ! Je sens son sexe brûlant reposer contre ma cuisse. Sa main quitte ma bouche et survole mon corps pour venir sur mon sexe. Son doigt, humide de ma salive, me pénètre avec délicatesse. Il n'y a aucun besoin de lubrification tellement je suis mouillée, mais la sensation est quand même renforcée par la sensualité du geste. Il est très délicat, ne rentre que très peu en moi avant de venir titiller mon clitoris. Mais, là encore, sa caresse est très légère. Je suis en danger d'explosion et j'en veux plus. Mon corps bouge pour l'engloutir en moi, mais il se dérobe. Ce supplice est insupportable... Sa main abandonne mon intimité pour retourner vers ma bouche. Cette fois, il me propose trois doigts que j'engloutis d'un coup. Je frémis d'avance en pensant au moment où ils viendront en moi. Il se dirige encore une fois vers mon sexe. Son index et son majeur caressent puis écartent doucement mes lèvres alors que son majeur s'est déjà frayé un passage à l'intérieur. Je suis maintenant envahie par ces trois doigts. J'ai l'impression d'avoir un sexe en moi, mais avec trois parties indépendantes, la partie centrale venant caresser mon point G. Je pourrais hurler tellement la sensation est forte, mais je me retiens et ce sont toujours des gémissements qui sortent de ma bouche. Ils se font néanmoins croissants quand ses doigts se retirent pour venir autour de mon clitoris. Cette alternance de sensations est énorme. Mes jambes se sont écartées spontanément, ma main se pose sur son avant-bras pour l'encourager.

Je sens le plaisir qui monte.

Il s'interrompt pour prendre un préservatif. J'ai envie de lui, mais je suis en même temps frustrée : j'étais si proche de l'orgasme !

Il s'est assis sur ses talons pour enfiler son préservatif. Je profite du spectacle, de sa beauté brute alliée à son érection. Son sexe dressé est pour moi une source d'excitation supplémentaire. Je m'allonge à nouveau, la nuque sur l'oreiller, et j'écarte les jambes pour qu'il puisse venir sur moi. Je veux sentir son poids sur mon corps quand il me pénétrera.

Charlie a compris le message, mais il reste néanmoins appuyé sur les bras quand il positionne son bassin au contact du mien. Je suis si impatiente que je prends son sexe dans ma main et le place à l'entrée du mien. Il est maintenant au-dessus de moi, ses yeux ne quittent pas les miens quand il fait le lent mouvement qui nous unit. Ses yeux sont brillants, mais je crois que les miens ont dû quitter leur orbite tellement la sensation est forte. Il entre et sort avec douceur, mais je ressens aussi toute la puissance de son sexe en moi. Je ne gémis plus, je me mets à crier. J'adore ce que je vis, c'est si bon ! Je relève les jambes et vient les refermer haut dans le bas de ses reins. Les préliminaires m'avaient amenée au bord de l'orgasme et je sens que ce n'est qu'une question de secondes avant qu'il n'arrive.

— Viens, je t'en supplie, viens tout de suite.

Cela fait si peu de temps que mon amant est en moi que j'ai peur d'être trop rapide pour lui, mais il semble qu'il n'attendait que mon signal. Il augmente son rythme, mes cris redoublent, son visage est crispé puis il se lâche, émet un râle en éjaculant violemment en moi. J'ai l'impression que son sexe me remplit, et cette sensation provoque ma jouissance. Tout mon bas-ventre se contracte à plusieurs reprises, mes jambes sont tétanisées.

Quelques secondes plus tard, Charlie s'effondre dans mes bras, terrassé. Il doit bien faire quatre-vingt-dix kilos, l'animal !

Cela me fait sourire de le sentir épuisé contre moi.

— Charlie, tu m'étouffes...

Il glisse sur le côté, mais reste néanmoins en moi.

— Tu m'as tué.

Je profite de la position pour le faire basculer sur le dos et l'enfourche. J'ai réussi à ne pas le perdre dans l'opération. Je fais mine de commencer le second round en effectuant un aller-retour sur son sexe qui garde encore une certaine rigidité.

Il gémit.

— Je t'en supplie, ça va pas le faire...

Je laisse son sexe s'échapper non sans exprimer ma frustration par un grognement. Il m'attire à lui et je viens me lover contre son torse.

— Tu dois me laisser un peu de temps, je ne suis pas une machine !

— Ni un petit jeune...

— C'est exact, tu bénéficies de mon expérience, mais tu dois accepter des pauses plus longues. Au moins, tu ne risques pas l'éjaculation précoce qui ruinerait ton plaisir.

Je repense à ce qui vient de se passer. C'est extraordinaire : aucune gêne entre nous et un orgasme simultané dès notre premier rapport.

— Charlie, j'ai même cru que c'était moi qui allais être trop rapide pour toi.

Il me regarde et rit. Il est toujours aussi beau et, en plus, il est craquant après l'amour.

— Tu n'avais aucune chance !

— Comment ça ?

— Eh bien, c'est moi qui ai dû gérer, car je savais que je ne résisterais pas longtemps à ta beauté et à mon désir irrépressible pour toi.

D'un coup, je comprends les longs préliminaires suivis du sprint. Tant mieux pour moi : non seulement il est dingue de mon corps (et de moi), mais il arrive à m'attendre pour jouir ou, au moins, il me laisse prendre assez d'avance pour que je ne sois pas frustrée.

— Tu as raison, j'ai bien fait d'investir dans une relation avec un vieux. Tu crois qu'on peut tester si ton « désir irrépressible » est de retour ?

Je lui fais un regard envoûtant en battant des cils, mais cela provoque plus un rire qu'une érection.

— Ça ne fait même pas cinq minutes !

— On pourrait essayer ?

— Aucune chance. Reposons-nous un petit moment avant de tourner la prochaine scène.

Il prend mon visage pour m'embrasser puis me serre contre lui.

— OK, Charlie, je ferme les yeux quelques minutes et après je veux mon deuxième orgasme !

— Promis.

J'ai eu l'impression de ne presque pas me reposer avant que Charlie ne m'embrasse avec délicatesse sur la bouche.

— Ophélie.

J'avais envie de profiter quelques minutes avant de refaire l'amour avec lui.

— Mum, encore quelques secondes…

— Ophélie, il faut que tu te lèves, il est tard.

Je m'aperçois alors qu'il fait jour. Merde, je me suis endormie, j'ai loupé l'acte II. Bon, en tout cas, l'acte II nocturne, car on peut encore le faire en diurne.

— Recouche-toi. Je dors encore un peu et je m'occupe de ton cas après…

— Non, Ophélie, ce n'est pas possible, nous devons partir. Dépêche-toi d'aller prendre ta douche.

Il est pénible. Je jette un coup d'œil sur ma montre : 8 heures ! Je rectifie : il n'est pas pénible, c'est un fou !

— Charlie, nous sommes samedi. C'est le début du week-end. C'est fait pour dormir et faire l'amour, rien d'autre.

— J'aime ce programme, mais j'ai encore mieux. Allez, hop, sous la douche !

Il arrache le drap. De mauvaise grâce, je me lève.

— Tu es un vrai tortionnaire. J'ai la tête à l'envers…

— Pas étonnant, tu as ingurgité une bouteille de champagne à toi toute seule.

Vingt minutes plus tard, la douche m'a redonné vie, même si je ne suis toujours pas opérationnelle à cent pour cent. Après l'espresso servi par Charlie, je me suis sentie un peu mieux, mais j'ai été incapable d'avaler quoi que ce soit. Mon nouveau boyfriend (puis-je l'appeler ainsi ?) a insisté pour que je mange au moins un cookie, mais c'était impossible. Il a insisté comme s'il était mon père et j'ai dû hausser la voix pour me faire entendre.

Quand je suis montée dans la voiture, je ne savais même pas où nous allions.

— Alors, qu'est-ce qui mérite un tel rush un samedi matin ? Quelle est notre destination ?

— On va aller chez toi…

J'ai failli m'étrangler d'indignation.

— On se lève aux aurores pour aller chez moi ?

— Laisse-moi finir. On va chez toi pour que tu prennes des affaires pour le week-end : robes, jupes, tee-shirts et maillots de bain pour éviter que tu ne te baignes nue en présence de tiers. Et puis des jolis dessous aussi, ce n'est jamais inutile.

— Tu as déjà besoin de me voir en porte-jarretelles pour pouvoir m'honorer ? Ce n'est pas très flatteur…

— Les plus beaux objets ont toujours besoin d'un emballage luxueux.

OK, la réponse flatte mon ego, je prends.

— Donc tu m'invites en week-end. À quel endroit ? Je te préviens que si tu me réponds Shutters on the Beach, je hurle.

Il a souri mais n'a pas fait de commentaire. Peut-être est-il au courant des lieux de débauche de son frère.

— Tu te rappelles le film que nous avons vu hier soir ?

— Charlie, je n'étais pas saoule à ce point ! Je crois que tu me prends pour une pocharde.

Il aurait pu avoir l'élégance de nier, mais il préfère enchaîner :

— Je t'emmène sur les traces de Sharon Stone. Nous allons voir la maison qu'elle occupe dans le film.

— C'est loin ?

— Oui, assez. C'est pour ça qu'il ne fallait pas traîner.

Je grommelle un « On n'est pas à l'armée », puis je guide Charlie jusqu'à chez moi. Il me laisse cinq minutes pour faire mes bagages, mais il a oublié que je dois aussi me changer. Je ne vais pas rester avec ma tenue de la veille. Je quitte la robe de cocktail pour un jean et un tee-shirt blanc. J'attrape des affaires à la volée et je fonce rejoindre la voiture. Charlie a fermé le toit.

— J'ai pensé que tu voudrais peut-être dormir.

Pensée délicate, cet homme est incroyable. Ce matin, il est aussi beau qu'hier. J'aime sa barbe naissante et je suis fan de ses yeux. De ses yeux, et plus encore de son regard et de la gentillesse qui s'en dégage.

Il a raison, je suis fatiguée. Je ferme les paupières mais je n'arrive pas à m'endormir. Ma conscience m'en empêche. Elle m'impose l'image d'Amy. Le cerveau est un outil curieux. Hier, Amy n'existait plus pour moi, peut-être en partie grâce ou à cause de l'alcool. Cette absence, cet « oubli » m'ont permis de coucher avec Charlie. Aujourd'hui, je me rappelle le dernier repas que j'ai partagé avec elle. Dire qu'elle m'a demandé de parler à Charlie en sa faveur. Moi, trois jours plus tard, je couche avec lui ! Et je ne peux prétendre partager la responsabilité avec lui.

Qui a voulu prendre un verre chez Charlie ? Moi.

Qui a choisi le film *Basic Instinct* ? Moi.

Qui s'est collée contre l'autre ? Moi.

Qui a voulu se baigner ? Moi.

Qui a enlevé son maillot pour se retrouver nue dans la piscine ? Toujours moi.

Qui s'est accrochée nue contre son partenaire ? Encore moi.

Quand je pense qu'avant la relation proprement dite Charlie m'a encore proposé d'arrêter, et que je lui ai dit que j'étais certaine de vouloir le faire, je crois que je mérite le titre de « salope de l'année ».

Charlie a dû se rendre compte que je faisais une tête bizarre.

— Ça ne va pas ? Tu n'arrives pas à dormir ?

J'ai hésité à lui parler de ce qui me tracassait, mais j'ai craqué.

— Je culpabilise à cause d'Amy.

Son regard s'est durci.

— Je comprends mais c'est inutile, tu n'es pas responsable.

Malgré la gravité de notre échange, j'ai éclaté de rire, un rire amer.

— « Pas responsable » ? Allons Charlie, j'étais supposée intercéder en sa faveur, pas me jeter sur toi trois jours après son départ !

— Ophélie, crois-moi, Amy et moi, c'était terminé.

— Mais elle m'a dit que vous aviez couché ensemble pendant les week-ends où vous vous voyiez…

— C'était par lâcheté, c'était pour le film.

Dur d'entendre ça, j'aurais préféré ne pas savoir. Je ne fais aucun commentaire, il reprend :

— Le tournage a été très difficile, il nous a séparés.

— Mais quand on s'est vus à Londres, tu l'aimais ?

— Oui, je pense. Mais les trois mois du film ont créé un gouffre entre nous. J'aurais rompu si j'avais pu, seulement j'avais peur qu'elle ne craque et que l'on ne puisse pas finir.

Je dois faire une drôle de tête, car il se sent obligé de poursuivre :

— Je sais, c'est assez moche. Pire, je n'ai pas rompu avant son départ pour Londres car elle était trop épuisée. Elle avait tout donné pour les dernières prises. Tu l'as vu, elle est allée au-delà de ses capacités.

— Pour toi, Charlie, pour toi.

Il a un regard triste.

— Si tu crois que je ne le sais pas. Amy est une jeune femme très bien, mais elle n'est pas faite pour être dans ma vie... ni dans mon film.

— Charlie !

— C'est dur mais c'est la vérité. Aussi vrai que mon attirance pour toi, presque depuis le premier jour. Tu te rappelles, tu étais dans le jacuzzi sur le pont du yacht...

Le souvenir me fait sourire.

— Oui, et Laure, en se précipitant pour te dire bonjour, a cassé son verre de champagne.

— Et je l'ai portée pour éviter qu'elle s'ouvre le pied. Je dois avouer que c'était aussi pour t'impressionner.

— Tu m'avais déjà remarquée ?

— Dès le premier regard...

Ouah, là je suis sciée. Si Laure avait raison, elle sousestimait l'intérêt que Charlie me porte. Cette nouvelle m'a revigorée mais je dois aller au bout de la discussion.

— Quand même, si je ne m'étais pas jetée sur toi nue dans la piscine, rien ne se serait passé.

— Ophélie, si tu ne m'avais pas plu, je serais resté de glace. Par exemple, s'il s'était agi de Diana ou de Laure...

— Je t'autorise à dire ça pour Diana, mais pas pour Laure ! C'est mon amie et elle en pinçait pour toi.

Je réfléchis un instant.

— De toute façon, je crois qu'elle t'aurait violé dans la piscine.

— On ne peut pas violer un homme. Nous sommes très avantagés à ce niveau.

— Laure est capable de tout. Elle a la force, comme l'empereur dans *Star Wars*. Comme lui, elle peut provoquer des réactions physiques chez les gens. Chez toi, c'est ton sexe qui se serait levé sans te demander ton avis.

Il se marre.

— Possible. Pour revenir à nous, c'est moi qui ai demandé une bise comme récompense pour avoir gagné la course.

— Charlie, tu as demandé une bise. Une bise, pas un baiser !

— Parce que j'avais trop la trouille que tu refuses de m'embrasser… Je t'assure, rien ne se serait passé si ce n'avait pas été quelque chose que je désirais plus que tout au monde.

Une telle déclaration m'a laissée sans voix.

— Je réglerai la situation avec Amy dès qu'elle reviendra pour la postprod du film. Et je dirai clairement que tu n'y es pour rien.

Ça ne me paraissait pas être le reflet de ce qui s'était passé, mais j'ai retrouvé là le chevalier qui utilise son grand bouclier pour protéger les gentes dames.

Nous avons enfin pu changer de sujet. L'atmosphère s'était éclaircie dans ma tête. En arrivant à Ventura, nous avons rejoint la route de la mer. Nous l'avons longée pendant une heure en passant par Santa Barbara. Peu à peu, la fatigue a commencé à me faire piquer du nez.

Charlie s'en est aperçu.

— Dors, Ophélie, nous avons encore beaucoup de route.

— Mais toi, tu n'es pas fatigué ? Tu n'as pas besoin que je te fasse la conversation ?

Il a souri.

— Merci, j'ai bien dormi. Sans doute le bonheur de ce que j'avais vécu...

Ses propos m'ont accompagnée alors que je m'endormais. Mes yeux se sont fermés sur l'image de la beauté de l'océan Pacifique ensoleillé.

J'ai fait un rêve et, quand je me suis réveillée, j'ai voulu le partager.

— Charlie, j'étais de nouveau à Venise au bal, mais c'était avec toi que je dansais. Et je crois qu'en fait c'était notre mariage.

Il a ri.

— Diable, tu ne perds pas de temps. Une seule nuit et tu me mets la bague au doigt !

— Ça t'embête ? Je n'y peux rien, c'était un rêve. Il y avait tout le monde autour de nous, et tous avaient l'air heureux. Même Michael était là. Laure et...

Je me suis interrompue. Christophe était là aussi, mais c'était quelque chose que je ne souhaitais partager avec personne, même pas avec Charlie.

— Oui ?

J'ai vite lâché :

— Et je crois qu'il y avait ta mère.

— Ma mère ? Tu ne la connais pas.

— Non, mais il y avait une femme d'un certain âge très élégante et pour moi c'était évident que c'était ta mère.

— Si elle avait un humour acide, c'était elle.

— Tu me la présenteras ?

— Bien sûr.

— Comment régira-t-elle quand elle saura que tu as quitté Amy pour moi ?

— Oh, tu sais, avec elle, c'est facile : j'ai raison dans tout ce que je fais, donc tu seras adoptée.

Nous avons continué à discuter jusqu'à Morro Bay. C'était une petite ville avec une sorte de rocher rond géant posé dans la mer à quelques centaines de mètres de la côte.

— Tu sais comment ça s'appelle ?

— C'est le petit pain de sucre.

Je l'ai regardé de travers.

— Tu te fous de moi ? Le pain de sucre, c'est à Rio. Tu crois que je suis inculte ?

— Ici, c'est le petit pain de sucre de Morro Bay.

— Je ne te crois pas.

J'ai dit ça mais je n'étais pas sûre de moi, il était si affirmatif.

— Pourquoi n'auraient-ils pas le droit de l'appeler comme ça ?

Je l'ai regardé d'un œil torve et il a éclaté de rire.

— J'avoue, c'est une blague.

Je lui ai balancé un coup de poing sur l'épaule.

— Aïe ! Il est interdit de frapper un conducteur.

— La voiture est arrêtée ! Tu n'es qu'une chochotte.

J'avais utilisé le terme *pussy*, qui est l'insulte commune pour désigner les hommes lâches mais aussi le sexe féminin.

— Ouh, les insultes pleuvent ! Allez, je t'invite à déjeuner.

J'étais affamée, il était déjà 13 h 30.

— Tu m'emmènes où ?

— Tu verras, tout est prévu.

J'imaginais déjà un petit restaurant romantique au bord de la mer. Peut-être serviraient-ils des langoustes. Je ne sais pas pourquoi mais, soudain, j'avais envie de langoustes.

Quelques minutes plus tard, il s'est engagé dans une contre-allée. Quand je me suis rendu compte d'où nous allions, j'ai été horrifiée.

— Tu plaisantes, j'espère ?

— Pas du tout, nous sommes pressés et j'ai une surprise pour toi.

Nous étions au drive-in du McDo local.

J'ai rechigné à donner ma commande, mais j'avais trop faim pour faire la difficile.

— Je prendrai un menu McNuggets avec des frites et un Coca sans glace.

— Je prendrai la même chose que mademoiselle. Et deux frites en plus.

— 22 dollars, s'il vous plaît.

— Voilà 25, gardez la monnaie. À propos, savez-vous comment s'appelle le rocher de Morro ?

— Oui.

— Et ?

— Il s'appelle le rocher de Morro.

Charlie a démarré, nous nous sommes regardés et avons explosé de rire.

— Tu vois, pourquoi chercher à compliquer les choses ? a dit Charlie.

J'ai eu du mal à retrouver mon calme.

— C'est quoi la surprise ?

— Avant que je te réponde, peux-tu prendre le sac isotherme derrière pour y mettre notre commande ? Garde-nous deux frites pour nous faire patienter avant que l'on atteigne l'endroit pour déjeuner.

J'ai obtempéré.

— Tu sais que les sacs isothermes, ça donne un côté grand-père. C'est un véritable tue-l'amour !

Il s'est marré.

— Mais c'est très utile, j'ai horreur de manger du McDo froid !

— Alors, c'est quoi le plan ?

— Nous allons déjeuner avec des lions.

Je lui ai lancé un regard noir.

— Une autre blague ?

— Non, sérieux, nous allons voir des familles de lions.

J'étais assez excitée.

— Tu sais que c'est mon animal préféré ?

— Non, je l'ignorais.

— C'est mon signe astrologique… C'est un zoo, une réserve ? Ils sont en cage ?

— Non, ils sont en liberté.

Charlie avait visiblement décidé de se foutre de moi. J'ai aussi pris un ton ironique.

— On va voir des lions en liberté ? Je suppose qu'on descendra de voiture pour mieux les voir ?

— Oui, on les verra mieux si on s'approche et ce sera plus agréable que de manger dans la voiture.

— Et il y en a beaucoup ?

— Difficile à estimer, environ huit mille.

Il a pété un câble ou quoi ?

— Tu te rends compte que ce que tu affirmes est ridicule ?

— C'est pourtant la vérité.

— Si tu as raison, Charlie, je t'offrirai la meilleure gâterie que tu as jamais eue dans ta vie !

Il s'est tourné vers moi et m'a fait un clin d'œil.

— Je vais attendre ce moment avec impatience.

Nous avons roulé une grosse demi-heure. Je me demandais quelle pouvait être la solution à cette énigme.

— On est arrivés.

Il a garé sa voiture près d'une plage. Nous n'étions pas les seuls, il y avait une vingtaine de véhicules. Il a pris le sac isotherme. Nous nous sommes avancés pour voir l'étendue de sable. Et soudain, j'ai aperçu des centaines, des milliers de grosses masses étendues au soleil.

— Tu vois, un spectacle unique : des lions de mer !

C'était stupéfiant, tous ces gros animaux, mais c'était une déception pour une fan de lions africains.

— Comment as-tu pu me faire cette blague, Charlie ? C'est méchant, je suis si déçue !

J'étais au bord des larmes. C'était idiot, une réaction disproportionnée pour une blague innocente, mais je crois que mes nerfs lâchaient après l'épisode violent avec Michael, suivi de cet incroyable début d'histoire d'amour avec Charlie.

Il m'a prise dans ses bras.

— Je suis désolé, je ne voulais pas te faire de peine.

Les larmes ont commencé à couler sur mes joues. J'ai reniflé.

— Tu peux te moucher dans ma chemise, j'en ai une autre.

Sa suggestion m'a fait sourire.

— Je suis ridicule, tu dois te demander pourquoi tu te trouves au milieu de nulle part avec une grosse gourde alors que tu pourrais profiter d'un week-end au bord d'une piscine avec des top-modèles.

Il a commencé par une réponse amusée :

— C'est vrai, pourquoi ne suis-je pas avec un top-modèle ?

Puis il a enchaîné, plus sérieux :

— Ophélie, pour tout l'or du monde, je ne souhaiterais être ailleurs ou avec quelqu'un d'autre. Un McDo avec toi sur cette plage en regardant ces animaux fantastiques, ça vaut la Tour d'Argent avec n'importe quelle actrice.

Il s'est interrompu quelques secondes.

— Tu n'aimes pas les lions de mer ?

— Pas trop.

— Je te promets qu'un jour je t'emmènerai faire un vrai safari en Afrique et que l'on verra de bons gros lions traditionnels.

— C'est vrai ?

— Croix de bois, croix de fer, si je mens je vais en enfer.

Il m'a embrassée. Ses lèvres étaient douces, j'ai glissé ma langue dans sa bouche et nous avons échangé un baiser assez chaud.

— Ophélie, on peut dire que ce baiser est mon gain pour ton pari perdu.

J'ai été un peu surprise.

— Tu ne veux pas bénéficier de mon offre spéciale ? Tu ne sais pas ce que tu perds.

Il était gonflé de refuser une proposition pareille ! Il a dû sentir qu'il était en terrain instable.

— Je rêve de ce moment depuis que tu me l'as offert. C'est pour ça que j'étais silencieux dans la voiture. Mais j'ai un peu l'impression d'avoir triché et je t'ai rendue triste. Je ne le mérite pas.

Il me regardait avec ses yeux bleus si beaux et un sourire si gentil que j'ai fondu. Je lui ai fait un autre baiser, plus light, plus affectueux.

— C'est vrai que c'était un peu cruel, mais ce n'était pas ta faute et j'ai perdu le pari. Tu auras donc ce que je t'ai promis. À moins que ça ne te dise plus trop...

Je lui ai jeté un regard breveté salope que j'avais dû piquer à Laure sans m'en rendre compte. C'est amusant, même un homme aussi fin, intelligent que Charlie peut être troublé par ce genre de choses.

Il a rougi.

— Je n'ai pas dit ça.

J'ai explosé de rire.

— Attention, Charlie, tu viens d'atteindre la couleur d'une Ferrari.

Il a ri aussi.

— Ça n'a pas dû m'arriver depuis une éternité ! Peut-être depuis qu'une amie de ma mère avait dit que je plaisais sûrement beaucoup aux filles. Je devais avoir quinze ans.

J'ai fait mine de me boucher les oreilles.

— Je ne veux pas connaître la suite ! Mangeons plutôt, je dépéris.

Nous avons dévoré nos McNuggets en regardant les familles de lions de mer. Je dois dire que, sans être conquise, j'ai quand même apprécié. C'est rassurant de voir que certaines espèces animales peuvent ainsi vivre sans être inquiétées.

Une fois rassasiée, je me sentais mieux. Mon petit vague à l'âme s'était dissous dans le Coca et les frites.

Nous sommes remontés dans la voiture.

— C'est quoi le programme ?

— Chargé, un mix de pèlerinage cinématographique et de voyage romantique…

— Ça me va. Je suis curieuse de savoir ce qui peut relier cet endroit au cinéma.

— Je te donne comme indice qu'il s'agit d'un film génial, la première œuvre d'un des plus grands réalisateurs de l'histoire du cinéma.

— J'ai le droit de poser des questions avant de donner ma réponse ?

— Bien sûr.

— Et je gagne quoi ?

Il a ri et m'a regardée avec un sourire malicieux.

— Que penses-tu de la meilleure gâterie que tu as jamais eue de ta vie ?

J'ai ri aussi.

— Parfait ! Tu as dit que c'était son premier film ?

— Oui.

— Bon, j'ai déjà une idée. Est-ce que le réalisateur jouait dans le film ?

— Oui.

— Le film est sorti pendant la Seconde Guerre mondiale ?

— Exact.

— Trop facile. *Citizen Kane*, d'Orson Welles ! Élu meilleur film de tous les temps par l'*American Film Institute*.

— Bravo, tu es une cinéphile aussi jolie que connaisseuse.

Ce compliment m'a fait plaisir mais il a aussi provoqué un petit choc sous la forme d'un flash-back. Dix-huit mois plus tôt, Michael m'avait fait le même compliment - le jour où nous avions fait connaissance.

Je me suis vite ressaisie.

— Et qu'est-ce qui relie cet endroit au film de Welles ?

— Regarde. Là-haut.

J'ai levé la tête et j'ai vu un château, ou plutôt une bâtisse de style espagnol, gigantesque.

— C'est quoi ?

— Tu te rappelles Xanadu ?

— Oui, le manoir de Charles Foster Kane.

— Eh bien, tu as devant toi la demeure qui a inspiré le film. C'est Hearst Castle, du nom de son créateur William Randolph Hearst.

— Le Hearst du groupe Hearst ?

— Exact. Ce sont eux qui ont racheté le magazine *Elle* au groupe Lagardère.

Il m'a regardée et m'a sondée avec prudence.

— Ça te plaît ?

Il était si mignon de s'inquiéter pour moi que je n'ai pas pu m'empêcher de l'embrasser sur la joue.

— Attention, c'est dangereux d'embrasser un conducteur !

— Tu m'as dit que c'était dangereux de te frapper.

— C'est la même chose. Enfin, non, c'est l'opposé et je préfère les baisers, mais ça provoque le même effet sur l'attention portée à la route. J'en déduis néanmoins que cette visite t'intéresse.

— Plus que ça : j'adore l'idée.

Nous nous sommes garés pour nous diriger vers le manoir Hearst. Charlie avait réussi à obtenir une visite privée – l'avantage d'être avec un réalisateur de Hollywood. Nous avons eu une guide qui parlait anglais et… français ! C'était gentil mais un peu vexant pour moi. En plus, comme par hasard, elle n'était pas mal du tout, une brune assez typée.

Quand elle nous a précédés pour entrer dans la demeure principale, Charlie m'a lancé un clin d'œil en me montrant la jeune femme.

— Charlie, ne fais pas ton Michael.

— Ouh, l'insulte suprême. Je vais être sage.

— Tu as intérêt, parce que tu as beaucoup à perdre. Si nous nous fâchons, tu perds le bénéfice de ton pari.

— C'est vrai. Toi aussi, d'ailleurs…

Merde, ce n'est pas faux. J'avoue que j'ai assez envie de tester la bouche de Charlie sur moi…

Ce petit échange n'a pas troublé une visite extraordinaire. La guide, qui était en fait la responsable de communication, s'est révélée hyper pro et n'a pas fait le paon – comme nombre de jeunes femmes en présence de Michael dans le passé. Il faut avouer que c'était beaucoup plus plaisant.

La visite, comment dire ? C'était extraordinaire mais dans le sens de « pas ordinaire ». Ce n'était pas le plus beau château du monde, mais c'était quelque chose d'unique, le rêve dément d'un milliardaire. Rien que sa taille traduit la démesure du projet : trois maisons, dont la principale, la Casa Grande, fait plus de cinq cent quarante mètres carrés. Il y a cinquante-six chambres et soixante et une salles de bains ! Mais le plus délirant, c'est la décoration, un mélange de baroque et de gothique, de vraies pièces d'antiquité et des fausses. Le summum, ce sont les deux piscines : la piscine Neptune à l'extérieur et la piscine romaine à l'intérieur. La première est magnifique, plus de trente mètres de long, et entourée par une façade de temple romain que Hearst avait importée d'Europe, des colonnades grecques et des statues. Pour ces derniers éléments, je n'ai pas trop suivi s'ils étaient authentiques ou non. La piscine romaine, c'était une autre création de malade, mais ce n'était pas plus extravagant que les pièces de réception.

À un moment, j'ai reçu un SMS. C'était Laure, qui devait en être à son dixième. Elle m'avait également laissé plusieurs messages sur mon répondeur.

Charlie s'est tourné vers moi.

— Qui te harcèle ainsi ? Tu as un amoureux caché qui s'inquiète ?

— Non, c'est Michael. Je lui dis quoi ?

Il a froncé les sourcils. J'ai préféré rectifier :

— Je blaguais. C'est mon chaperon ou ma seconde mère, au choix.

Il n'a pas compris.

— C'est Laure, une vraie mère poule pour moi. Laisse-moi une minute, je lui envoie un SMS.

J'ai écrit un message énigmatique. J'étais assez fière de moi. Je l'ai montré à Charlie, mais il n'a pas fait de commentaire. Peut-être aurait-il aimé que je précise que j'étais avec lui. Que les hommes peuvent être susceptibles parfois ! Pire que les femmes...

Quand nous avons quitté le château, il était déjà plus de 16 h 30 : la visite avait duré près de deux heures ! Je ne m'en étais pas aperçue. La guide nous a redescendus en voiturette au *visitor center*. Charlie a attiré mon attention sur un dernier détail incroyable.

— Regarde, Ophélie, des zèbres dans la prairie.

J'allais l'engueuler en lui disant que sa plaisanterie sur les lions de mer suffisait pour la journée quand mes yeux se sont posés sur un petit troupeau.

La guide nous a expliqué cette présence incongrue.

— Ce sont les descendants des animaux que Hearst avait rapportés pour son zoo.

Nous nous sommes retrouvés dans la voiture, j'étais encore sous le choc.

— Alors, tu as aimé ?

J'ai pris un moment pour réfléchir avant de lui donner ma réponse.

— Je crois que oui. Difficile d'avoir un avis, c'est tellement kitsch ! Mais c'est fascinant... Et toi ?

— J'adore cet endroit. C'est le rêve américain dans toute sa splendeur, ce mélange de mégalomanie et de générosité, de vraies antiquités importées d'Europe et de copies, de différents styles architecturaux. Et puis ça ressemble à un décor de cinéma, je ne peux pas rester insensible.

— Sans oublier le lien avec *Citizen Kane*...

Nous avons continué à discuter d'Orson Welles, de ses films, de ses interprétations. C'est la beauté du paysage qui nous a interrompus. Nous étions sur une route en surplomb du Pacifique, le soleil était bas sur l'horizon et se reflétait dans l'océan.

— Je n'ai jamais vu un paysage aussi magnifique !

— Tu as raison, la Pacific Coast Highway est une des plus belles routes des États-Unis.

Nous avons roulé lentement pendant deux heures en épousant les contours du tracé. Ç'a été un vrai moment de bonheur.

Je viens de prendre une vingtaine de minutes pour écrire mon journal. Charlie m'a demandé ce que je faisais et j'ai dû lui expliquer. J'avais peur qu'il se foute de moi.

— Tu l'écris depuis longtemps ?

— J'ai commencé à onze ans. J'ai arrêté en entrant à l'université et j'ai repris à vingt-cinq ans quand j'ai eu mon iPhone.

— J'aimerais bien savoir ce que tu as écrit sur moi. Tu me le feras lire ?

— Charlie, c'est un journal intime ! Par essence, il ne doit être lu par personne. Mais si tu es sage, peut-être que je partagerai avec toi quelques morceaux choisis.

Il est maintenant l'heure d'être une bonne amie et de rassurer Laure. Je pense qu'elle va être scotchée.

Journal de Laure

11 avril, 18 h 10

Enfin, je viens d'avoir une réponse ! Je vais quand même lui mettre une grosse branlée lundi matin.

Comment a-t-elle pu me laisser aussi longtemps sans me raconter ce qu'elle faisait ?

Le SMS dit :

« Rassure-toi, Laure, je vais bien. Je suis en voyage romantique avec Charlie. Hier, c'était chaud : je me suis mis sur la gueule avec Michael, mais ça s'est bien terminé puisque j'ai fini dans le lit de son frère. Tu avais raison, c'est une bombe ! Je te raconte tout lundi. Promis. Je t'embrasse très fort. O. P.-S. : Pas la peine de me texter, je suis off ! »

Cette nouvelle m'a fait plaisir, mais je n'ai pas pu m'empêcher d'avoir une petite pointe au cœur. J'ai beau être heureuse en couple, je me rappelle que j'ai été la première à flasher sur le beau Charlie.

Si j'essaie d'être objective, je pense qu'on ne joue pas dans la même division. Il est si canon qu'il lui fallait une fille comme Ophélie. C'est bien pour elle car c'est un mec gentil. J'espère que ça lui permettra d'oublier l'épisode Michael.

Journal d'Ophélie

12 avril, 23 heures

Ma vie vient d'être bouleversée en l'espace de quarante-huit heures. Qui aurait pu imaginer cela ?

Je suis assise dans un coupé Maserati conduit par l'homme le plus charmant du monde !

Dans à peu près une heure, nous serons de retour à Los Angeles, mais c'est seulement maintenant que la ville mérite son nom à mes yeux.

Demain, c'est retour au boulot et je pense que je vais me faire bien engueuler par Laure, mais j'y suis préparée car il faut avouer que je l'ai mérité.

Elle m'a d'ailleurs prévenue hier soir par SMS :

« Ophélie, je suis heureuse pour toi. Mais ne crois pas que je ne suis pas fâchée. Ça va être chaud pour toi. Tu ferais bien de numéroter tes abattis. »

L'expression m'a fait sourire. Il n'y a qu'elle qui puisse écrire ce genre de choses dans un SMS. Le propos est joli, mais la menace est réelle. Tant pis, on verra demain…

Après mon échange avec mon amie, je me suis inquiétée du programme. Il était presque 18 h 30.

— Tu nous as prévu un hôtel ou nous allons dormir dans la voiture ?

— La voiture, ce n'est pas très confortable, n'est-ce pas ?

C'est amusant, par moments, on retrouve son ascendance anglaise dans son accent et ses formulations.

Il a ajouté :

— J'ai réservé une chambre.

— L'équivalent du McDo en hôtel ?

Il m'a regardée en souriant.

— Ouh, mais tu es rancunière, je ne te connaissais pas ce défaut.

Je lui ai répondu un peu sèchement :

— Je ne peux pas être parfaite, Charlie. Je suis assez formidable dans l'ensemble.

J'avais ajouté un peu d'humour dans mes derniers propos.

— C'est vrai, j'ai de la chance. Pour l'endroit où nous allons, je crois que tu vas apprécier. D'ailleurs nous arrivons.

Vingt minutes plus tard, je lui sautais dans les bras, les jambes autour de ses hanches, et je hurlais en le couvrant de baisers :

— J'adore ! Je n'ai jamais vu une chambre aussi belle !

Il faut dire que nous étions dans une suite d'une centaine de mètres carrés directement suspendue sur la falaise au-dessus du Pacifique. La forme ronde de la pièce était super originale, et la construction en bois donnait une vraie chaleur à l'ensemble. La vue était incroyable de la chambre, mais plus encore du jacuzzi sur la terrasse.

En fait, plus qu'une suite, c'était une petite maison, une « cabane » de luxe...

— C'est encore plus beau que je ne l'imaginais.

Je l'ai regardé d'un air suspicieux.

— C'est la première fois que tu viens ? Tu n'as jamais emmené de conquête ici ?

Il m'a regardée avec ses beaux yeux bleus, je lui aurais donné le bon Dieu sans confession.

— Jamais.

— Je préfère. Tu veux faire quoi ?

— J'aimerais bien profiter du jacuzzi pour assister au coucher de soleil. Mais d'abord, je vais aller faire quelques longueurs dans la piscine. Tu veux venir avec moi ?

Je me suis rappelé l'humiliation de la veille lors de notre course.

— Non merci, je vais ranger mes affaires en t'attendant.

Une minute plus tard, il était parti. C'est un peu le Speedy Gonzales de l'enfilage de maillot de bain !

En fait, sortir les affaires de mon sac ne m'a pris que quelques minutes. Je suis allée dans la salle de bains pour me déshabiller. J'ai envisagé de mettre mon maillot, puis je me suis dit que c'était un peu dommage de ne pas profiter du jacuzzi privé pour me baigner nue.

Je suis sortie sur la terrasse, j'ai laissé glisser mon peignoir et je suis entrée dans l'eau. Elle était chaude, un vrai bonheur. J'ai à peine eu le temps d'admirer le spectacle du soleil qui commençait à s'enfoncer dans la mer que Charlie est arrivé.

Il avait une bouteille de champagne dans la main et deux coupes.

— Aujourd'hui, la bouteille est pour nous deux !

J'ai décidé d'ignorer sa pique.

— Dépêche-toi d'enlever ton maillot et viens me rejoindre, tu as l'air gelé.

— Une minute, le temps de faire sauter le bouchon. La piscine n'était pas très chaude et j'ai oublié de prendre mon peignoir.

— Viens vite, alors.

Il a eu une hésitation.

— Tu connais la série *Seinfeld* ?

— Oui mais pas bien, ce n'est pas ma génération.

— Tu n'as donc pas vu l'épisode sur le rétrécissement ?

Je me suis demandé pourquoi il me parlait d'une série vieille de vingt ans en se caillant au bord du jacuzzi au lieu de me rejoindre.

— Non, pourquoi ?

— Tu connais l'effet du froid sur l'anatomie masculine ?

J'ai compris la gêne de Charlie et j'ai trouvé cela mignon.

— Ça provoque un rétrécissement ?

— Oui.

— Ce n'est pas grave, mon amour. Je t'ai déjà vu nu, tu sais.

— D'accord, mais tu vas quand même être surprise.

Il avait excité ma curiosité. Je l'ai regardé enlever son maillot pour entrer dans l'eau et j'ai explosé de rire.

— Comme le disait George, l'ami de Seinfeld, j'étais dans la piscine !

— Mais tu es minuscule !

— Bravo, quelle finesse psychologique ! Imagine que tu me rendes impuissant.

Je me suis avancée vers lui et j'ai approché mon visage.

— Ce serait dommage... Je peux faire quelque chose pour remédier au problème.

J'ai mis mes bras autour de son cou et je l'ai embrassé passionnément. J'ai entrepris ses lèvres, sa langue. Il a mis ses mains dans mon dos et j'ai ressenti la ferveur de nos baisers à travers elles.

De longues minutes délicieuses à laisser nos bouches exprimer notre amour sans parler. Au bout de notre passion, j'ai fait descendre une main entre nos corps pour vérifier que son sexe avait repris toute sa vigueur.

— Tu peux m'appeler Lewis Carroll.

— Pourquoi tu dis ça ?

— Parce que c'est comme dans *Alice au pays des merveilles*. Tu m'as bue et tu as grandi.

Il a souri et m'a donné un petit baiser.

— C'est une jolie image. C'est vrai que j'ai envie de te boire et de te manger en permanence.

— Tiens, à propos de boisson, tu nous servirais une coupe pour que l'on profite du coucher de soleil ?

Il s'est exécuté, puis je me suis glissée dans ses bras pour voir le soleil disparaître à l'horizon. Un quart d'heure de pur bonheur, entre son étreinte et la chaleur du jacuzzi. Je ne me rappelais pas m'être déjà sentie aussi sereine.

Le soleil disparu, il ne restait que la lumière de notre chambre pour éclairer notre bain.

Une pensée m'a soudain traversé l'esprit :

— Charlie, le test HIV, tu l'as fait quand pour la dernière fois ?

D'après le ton de sa réponse, la question l'avait pris au dépourvu.

— Nous l'avons fait Amy et moi après le début de notre liaison.

— Moi je l'ai fait quand j'étais avec Christophe, et depuis j'ai toujours utilisé des préservatifs.

En formulant mon propos ainsi, je risquais de sous-entendre que les mecs avaient défilé dans mon lit – ce qui n'était pas le cas –, mais je préférais prendre ce risque plutôt que de mentionner le nom de Michael.

Charlie a vite compris là où je voulais en venir.

— Mais je croyais que tu ne prenais pas la pilule ?

— Je ne la prends pas, mais je me suis rappelé que mes règles avaient commencé la veille de notre départ pour L.A. Ce qui veut dire que nous n'avons aucune chance de faire des petits Charlie ou des petites Ophélie avant mercredi prochain. Donc le week-end est sûr…

Il a ri.

— Ne me regarde pas comme ça ! J'ai l'impression d'être un os sur le point de se trouver sous les canines d'un doberman.

J'avais envie de lui, j'ai joué les Laure.

— Ton os, j'ai l'intention de m'amuser avec.

Il a souri mais il était troublé.

— Ce n'est pas un os, c'est un corps caverneux.

— On s'en fout, tais-toi.

Je l'ai poussé contre le bord du jacuzzi et je l'ai enfourché. Je me suis directement attaquée à sa lèvre inférieure que j'ai sucée, puis ma langue a envahi sa bouche. Les baisers passionnés ont repris. J'ai senti son corps caverneux grandir entre mes jambes. J'avais très envie de lui, et j'ai décidé que je n'avais pas besoin de plus de préliminaires. Cette fois, je le voulais tout de suite en moi. Ma main est venue le saisir pour le positionner, et je me suis empalée sur lui.

Mon bonheur nouveau, la sérénité qui en résultait, la passion générée par sa bouche m'avaient préparée à l'accueillir. J'étais sur la voie directe pour atteindre l'orgasme. Il fallait juste que mon partenaire soit dans le même timing.

Je montais et descendais, le faisant entrer en moi complètement. C'était profond, intense. Après un moment de passivité à subir mes assauts, Charlie a semblé s'éveiller. Il s'est redressé pour approcher sa bouche de mes seins, qu'il a sucés l'un après l'autre avec passion. J'étais déjà si excitée que cette stimulation supplémentaire m'a fait gémir. Je n'étais pas discrète, mais nous avions la chance de ne pas avoir de voisins !

Faire l'amour dans l'eau, c'était pour moi quelque chose de neuf. J'étais détendue dans ma tête, sans autre souci que de sentir monter mon plaisir.

J'ai eu une seconde d'angoisse quand j'ai vu le visage congestionné de mon partenaire.

— Ophélie, je vais jouir.

— Attends-moi. S'il te plaît, un tout petit peu plus longtemps…

Là, j'avais deux solutions, soit m'arrêter pour faire redescendre la pression, soit augmenter le rythme pour atteindre l'orgasme au risque de le faire jouir prématurément.

J'ai ignoré la première solution, pourtant la plus sûre. Je me suis déchaînée. La sensation était incroyable tandis qu'il entrait et sortait de moi au risque que je le perde chaque fois. J'ai eu raison de lui en moins de vingt secondes et la force de son éjaculation au fond de mon sexe a prouvé que ses râles n'étaient pas simulés. De mon côté, ce n'était pas mal non plus au niveau des décibels ! J'ai serré son sexe dans le mien pour profiter de cette sensation unique de le sentir se contracter dans des spasmes successifs. Ce que j'avais espéré est arrivé et je l'ai rejoint dans l'orgasme. C'était encore plus intense que la veille. J'ai crié et je me suis effondrée sur lui.

Nous sommes restés dans les bras l'un de l'autre comme deux morts vivants (mais en plus beaux).

C'est Charlie qui a bougé le premier.

— On va sortir de l'eau, tu pourrais prendre froid.

Il s'est levé, a saisi mon peignoir et m'a aidée à l'enfiler, tout en restant nu. Je l'ai regardé. Imaginez ce qu'on peut ressentir quand on est à côté d'un mec d'un mètre quatre-vingt-dix, musclé, fin, bronzé, barbe de trois jours, yeux bleus clairs, qui vient de vous procurer l'un des plus beaux orgasmes de votre vie dans un jacuzzi perché sur une falaise au-dessus du Pacifique. À l'instar de DiCaprio sur le *Titanic*, je me suis sentie en droit de crier : « Je suis la reine du monde. »

Je ne l'ai pas fait parce que je ne voulais pas que Charlie me prenne pour une folle, mais je l'ai pensé très fort.

Cette bombe sexuelle a montré qu'il était un homme attentionné en me faisant couler un bain moussant. Comme je suis une jeune femme bien élevée, je l'ai invité à se joindre à moi. Lui et la bouteille de champagne, bien sûr. Nous avons passé tous les trois un excellent moment. Charlie m'a fait découvrir sur son iPad la série *Seinfeld* dont il m'avait parlé, avec le fameux épisode du « rétrécissement ». Regarder des séries sur l'iPad dans un bain moussant en sirotant une coupe de champagne dans des bras accueillants, c'est une autre version du bonheur.

Nous avons dû interrompre ce moment privilégié un peu tôt à mon goût, mais nous n'avions pas le choix car le restaurant ne servait que jusqu'à 21 heures.

Pour le dîner, j'avais passé une robe, et Charlie était en pantalon et veste de toile.

Le maître d'hôtel nous a installés et nous a tendu les menus.

— Ophélie, tu veux la version quatre plats ou la version dégustation ?

— Il y a neuf plats dans le menu dégustation ! Soyons raisonnables.

Il a eu un regard malicieux.

— D'accord, d'autant que nous avons déjà eu l'apéritif et que je compte bien avoir le droit de te déguster en dessert.

C'est pas vrai, il se met aussi à faire du Laure ! C'est une maladie contagieuse. Même si j'avais été atteinte moi-même un peu plus tôt, je l'ai rappelé à l'ordre.

— Charlie, si quelqu'un t'entendait !

— Ça ne pourrait être que positif : réveiller son désir sexuel. Il n'y a ici que des couples dans la cinquantaine…

J'ai regardé autour du moi. Il avait raison, il n'y avait que des couples « établis ».

— Tu crois qu'ils ne font plus l'amour ?

— Certainement pas pour la plupart d'entre eux. À part le couple là-bas au fond.

— Comment tu sais ?

— Elle a un regard coquin, comme toi. Je pense qu'ils le font encore ou qu'elle a un amant.

— C'est atroce ! Tu crois que ce sera pareil pour nous dans vingt ans ?

— Non, tu es tellement belle que j'aurai toujours envie de toi ; et quand je ne te suffirai plus, je t'autoriserai à prendre un amant toi aussi.

— Non, tu seras le seul pour moi.

— N'oublie pas que je suis plus vieux.

J'ai ri.

— C'est vrai, beaucoup plus vieux. C'est pas grave, tu prendras du Viagra.

Nous avons continué à batifoler un moment. Le dîner était délicieux, et Charlie avait commandé un vin rouge californien qui n'avait pas un goût boisé trop prononcé.

Au dessert, j'ai posé la question qui me tarabustait :

— Comment crois-tu que Michael va réagir quand il saura pour nous ?

Il a haussé les épaules.

— Aucune idée. Il m'a dit une fois que toi et moi serions bien ensemble. De là à penser que notre relation passe comme une lettre à la poste, il y a un pas que je ne veux pas franchir.

Je suis restée silencieuse. Michael comme beau-frère, c'est une option que je n'avais jamais considérée, au cours de ces nombreuses années où j'espérais le faire entrer dans ma vie. Est-ce même quelque chose de possible ? Vu la teneur et la violence de notre échange de la veille, ce n'est pas certain.

Mon visage a dû s'assombrir au fil de mes réflexions, car Charlie a cherché à apporter une note positive.

— Enfin, c'est quand même grâce à lui que nous sommes ici ce soir.

— Comment ça ?

— Si tu étais restée avec moi toute la soirée et si vous ne vous étiez pas affrontés, il est certain que je t'aurais reconduite sagement chez toi.

Il n'a pas tort. J'ai un petit rire sarcastique.

— On pourrait lui envoyer un SMS pour le remercier. Ou un selfie ? Qu'est-ce que tu en penses ? J'aurais même bien proposé un selfie de nous en plein rapport, mais il est si pervers qu'il serait capable d'apprécier.

Le regard de Charlie vient de changer aussi rapidement que le temps en haute montagne. Il s'est assombri quand il me répond, et sa voix n'est plus la même.

— Ophélie, c'est mon frère. Je n'en ai qu'un et je l'aime. J'ai trop longtemps souffert de son absence pour accepter qu'on le critique, même s'il le mérite.

— OK, oublie.

Il y a eu un gros moment de froid entre nous. Nous avons fini notre dessert en silence. Je me suis dit que Michael était capable de me pourrir la vie même quand il n'était pas là. Et je ne devais pas être la seule, si on pensait à la pauvre fille qui pleurait devant sa porte au Royal ; je n'osais pas imaginer combien avaient vécu la même chose qu'elle.

Au bout de quelques minutes, Charlie a poussé un gros soupir et m'a pris la main.

— Je te prie de m'excuser. Je ne suis pas objectif quand on parle de mon frère. Je connais ses défauts, et je sais que tu en as bavé. Tu avais parfaitement le droit de le casser. C'est juste que c'est difficile à entendre pour moi.

L'atmosphère s'est allégée d'un coup. Ma main fine se trouvait dans celle forte et superbe de l'homme dont j'étais en train de tomber amoureuse. Mon cœur a fondu.

— Je comprends, je t'assure. Je vais faire attention à ne plus te mettre dans des positions inconfortables, à te pousser à faire des choix que tu ne peux pas faire.

— Merci.

J'ai eu l'impression que son œil était humide. Cela m'a émue aussi. Son pouce a caressé ma main.

Nous avons de nouveau observé un silence, mais sa signification était cette fois tout à fait différente. Quelque chose était en train de se créer entre nous, un sentiment que l'on pourrait appeler « amour » si on osait qualifier ainsi une relation âgée de moins de vingt-quatre heures. Mais datait-elle vraiment de la veille ? J'ai pris quelques instants pour réfléchir à la question. Quand je l'avais embrassé sur la terrasse, à l'hôtel à Rome, n'étais-je pas déjà éprise ?

J'ai rompu le silence.

— Nous commençons à être des spécialistes du jacuzzi.

— Oui, mais cette fois tu n'as pas attendu d'être sortie pour m'embrasser et... pour tout le reste.

— Tu te souviens !

— Bien entendu, j'ai été surpris et troublé. J'avoue que je n'ai pas compris : tu venais juste de quitter Michael.

— Je suis aussi dubitative que toi sur les raisons qui ont pu me pousser à t'embrasser. Ce n'est pas mon genre...

Il m'a fait un clin d'œil.

— Peut-être t'étais-tu aperçue que le petit frère est plus beau que le grand.

J'ai ri.

— Sans doute. Mais il faut dire *beaucoup* plus beau.

Nous avons pris un café, avant de regagner la chambre. Charlie m'a prise dans ses bras pour me faire entrer.

— Eh, que fais-tu ? Tu t'entraînes pour le moment où il te faudra me faire franchir le seuil du domicile conjugal ?

— C'est une idée... Non, en réalité, c'est symbolique. C'est pour que tu comprennes que tu es à moi, que tu m'appartiens.

J'ai trouvé ça mignon. Il a posé son genou sur le lit pour pouvoir m'y déposer avec délicatesse et il s'est allongé à côté de moi.

Je n'ai pas voulu lui laisser le contrôle des opérations et je suis montée à califourchon sur lui.

— Tu as déjà vu *Basic Instinct* ?

Il a eu l'air surpris. J'ai sorti de sous les oreillers deux écharpes, que je lui ai montrées. Certes, les miennes étaient en coton et de couleur dépareillée, pas en soie blanche comme celles de Sharon Stone, mais j'ai toutefois produit un effet sur Charlie. Il a ri même si j'ai vu qu'il avait du mal à déglutir.

La difficulté, c'est qu'il n'y avait pas de barreaux pour y attacher les foulards. J'ai dû me résoudre à utiliser l'applique de la lampe au-dessus du lit. J'ai averti Charlie :

— Ne bouge pas trop, sinon tu risques de tout casser.

Bon, pas tellement romantique, mais je pense que c'était utile.

Il n'a pas eu l'air gêné par ma remarque. Je crois qu'il était déjà concentré sur ce qui allait se passer.

Une fois qu'il a été attaché, je suis allée mettre de la musique. Il y avait une station d'accueil pour mon iPhone. J'ai choisi « Prayer in C », de Lilly Wood & the Prick, une musique que j'adore, super dansante.

J'ai abandonné mes chaussures et je suis montée sur le lit en dansant. Je me déhanchais au rythme de la musique. Avec mes pieds, j'ai écarté les jambes de Charlie pour pouvoir danser au plus près de son entrejambe. Je le frôlais, l'enjambais, survolais son corps avec mon pied. Mes mains étaient sur mon corps, dans mes cheveux. Je pense que les meilleures danseuses de pole dance des plus grands clubs du monde ne pouvaient pas rivaliser. J'étais en feu !

Le morceau s'est terminé, j'ai bondi pour le relancer. Je n'avais pas fini.

Je suis remontée sur le lit, j'ai tourné le dos à Charlie tout en continuant à me trémousser. J'ai glissé la main sous ma robe, et enlevé ma culotte en gardant le rythme et la grâce. Après l'avoir attrapée du bout de mes orteils (un bel exploit quand on doit le faire en dansant !), je l'ai jetée à la tête de Charlie. Il avait les yeux exorbités.

Je me suis approchée assez près de son visage pour qu'il ne puisse voir que le haut de mes jambes, pas mon sexe nu. Non, le lui montrer aurait été grossier ; lui suggérer ma nudité était plus subtil.

À la fin du morceau, je me suis agenouillée à côté de lui et j'ai commencé à déboutonner sa chemise. Comme il était attaché, je ne pouvais pas la lui retirer, mais j'ai dégagé son torse.

Je suis rapidement allée lui voler un baiser sur la bouche et j'ai pu sentir, à la façon dont sa langue est venue à la rencontre de la mienne, que mon numéro lui avait plu !

Je suis ensuite descendue jusqu'à sa poitrine. Mes mains sur elle, c'était autant un plaisir pour lui que pour moi. Il est canon et je n'avais pas besoin de me forcer. Quand mes lèvres se sont occupées d'un de ses mamelons d'abord, en léchant le pourtour avant de l'aspirer, il a gémi et son bassin a bougé.

Ma main a répondu à ce mouvement et elle est descendue défaire la ceinture, les boutons du pantalon et enfin la braguette. Son sexe, bien qu'encore contenu par son boxer, a montré sa vigueur en jaillissant.

Sans que ma bouche abandonne son ouvrage, ma main s'est insinuée dans le boxer pour le saisir. Je ne l'ai pas caressé, je me suis contentée de le garder dans ma main. Je sentais ses frémissements de plaisir, c'était top !

Vu l'état dans lequel Charlie était, j'ai jugé plus raisonnable d'abandonner sa poitrine pour tenir mon pari. J'ai glissé le long de son corps et j'ai attrapé au passage son pantalon et son caleçon. Je lui ai presque arraché ses mocassins et j'ai balancé le tout à l'autre bout de la chambre. Il était nu à partir de la taille. Il a levé la tête et nos regards se sont croisés. Il avait déjà un regard hagard alors que je n'avais pas commencé mon traitement.

Je crois que je l'ai surpris quand j'ai saisi un oreiller pour le pousser sous ses reins. C'est un truc que j'ai trouvé un jour sur le site d'un magazine féminin. C'est ce qui est formidable avec les cosmo.fr, elle.fr ou marie-claire.fr : on peut s'y procurer tous les conseils nécessaires.

Le but, c'est d'avoir accès au périnée, la zone érogène sous les testicules. Ce truc-là, je m'en souviens, je l'ai déniché sur femmeactuelle.fr.

Quand ma langue s'est mise à lécher Charlie à cet endroit, je me suis dit qu'il pourrait certainement faire une donation au site en guise de remerciement, tellement ses gémissements avaient augmenté.

J'ai ensuite posé mes lèvres sur la base de son pénis et je l'ai embrassé comme si j'embrassais sa bouche. Mes baisers l'ont entouré en remontant jusqu'au gland. À ce moment, on pourrait qualifier de râles les bruits qu'il émettait.

Je l'ai abandonné quelques secondes. Il a dû se demander ce qui se passait, car il a levé la tête. J'ai choisi cet instant précis pour sortir ma langue, que j'ai posée à l'extrémité de son sexe pour goûter à la première goutte de son plaisir. Quand j'ai ouvert la bouche pour le prendre en entier, il est retombé en arrière et ses râles se sont amplifiés. J'ai compris qu'il n'était pas loin de la fin du voyage et je me suis appliquée à pratiquer un lent va-et-vient de ma bouche en serrant les lèvres pour lui donner les sensations maximales.

Au moment de l'orgasme, son bassin s'est soulevé et j'ai senti son sperme chaud jaillir avec violence pour se déverser dans ma bouche. L'union parfaite entre son sexe et ma bouche a été troublée par un bruit métallique : sous l'intensité de son plaisir, Charlie n'avait pu contrôler ses bras et il avait cassé la lampe.

Après l'instant de surprise, il a explosé de rire et moi aussi, ce qui a eu pour conséquence de me faire avaler une bonne partie du liquide indésirable. J'ai laissé couler le reste dans l'oreiller. Ce n'est pas grave, le service de chambre nettoiera !

Je l'ai aidé à se détacher tout en le chapitrant gentiment.

— Je t'avais dit de faire attention !

Il était de nouveau effondré sur le lit.

— Je n'y suis pour rien, c'est ta faute, j'ai eu des convulsions involontaires sous l'effet de tes caresses.

Son ton était teinté d'humour, mais j'ai senti qu'il énonçait une vérité qui m'a remplie d'orgueil.

— J'ai honoré mon contrat, j'ai payé ma dette ?

— Au-delà de tes promesses !

J'étais heureuse, je suis venue me blottir dans ses bras.

— Tu n'as pas toi-même perdu un pari ?

— Si, mais pour l'instant il faut que je récupère, je suis épuisé.

Quelques instants plus tard, il dormait. Je n'arrivais pas à y croire ! Il était en train de me parler, et l'instant d'après il était au pays de Morphée. Je l'ai regardé, et il était si adorable que je lui ai pardonné de ne pas s'occuper de moi. Pourtant, ma petite pipe m'avait mise en appétit…

Tant pis, pertes et profits. J'ai réduit les lumières et je me suis assoupie.

J'ai rêvé ou cauchemardé, selon le point de vue que l'on adopte. J'étais avec Michael, vêtue d'une robe de mariée et je lui reprochais de m'être infidèle. Il me jurait que c'était fini, qu'il n'y aurait plus jamais que moi et qu'il allait me le prouver en me faisant la meilleure gâterie de toute ma vie. Curieux, et désagréable similitude avec la promesse de son frère ! Soudain, j'étais nue et je sentais la langue de Michael entre mes jambes.

La sensation était si forte que je me suis réveillée brutalement.

Dans la pénombre, mon beau Charlie déposait des petits bisous dans mon cou. C'était mignon mais pas en rapport avec la frustration qui m'habitait, sans doute due à la combinaison de l'absence de rapport avant notre sieste et de ce rêve stupide.

J'étais encore à moitié chloroformée, trop pour exprimer par des mots ce que je souhaitais. Alors, j'ai pris sa tête entre mes mains et je l'ai orientée vers mon ventre. Ce n'était pas très romantique mais j'avais ce besoin.

Je ne l'ai pas laissé s'attarder sur mes seins ou sur mon nombril. Il a compris mon urgence et a posé ses lèvres sur mon sexe. Quand sa langue est remontée sur mon clitoris, j'ai émis un cri qui était autant de soulagement que de plaisir. J'ai maintenu sa tête entre mes jambes pendant qu'il me léchait. Il y a mis tout son amour pour moi, toute son expérience d'amant désireux de me donner autant de plaisir que je lui en avais procuré.

J'étais mouillée et excitée à deux cents pour cent, mais c'était peut-être trop. Ses caresses sur mon clitoris ont dépassé le stade du plaisir. J'ai levé la tête et je me suis rendu compte que je ne pouvais profiter ainsi de lui, de sa beauté, de ses beaux yeux et que j'avais plus besoin de sa bouche sur la mienne que sur mon sexe.

— Viens, je te veux en moi.

Quand il est remonté vers mon visage, j'ai senti une sorte d'interrogation. Je n'ai pas laissé planer le doute.

— Je veux que tu m'embrasses et que tu jouisses en moi.

Il n'a rien dit, il n'en a pas eu le temps. Je me suis jetée sur lui et je l'ai renversé. En réalité, il y a mis du sien parce qu'il doit presque faire deux fois mon poids et avoir cinq fois ma force.

Quand il s'est trouvé sur le dos, j'ai pris les choses en main au sens propre comme au figuré.

Il est déjà en érection et je n'ai aucun mal à le glisser en moi. Je le regarde, je plonge dans ses yeux bleus au moment où je m'empale sur lui. Cette fois, l'image de mon cauchemar disparaît grâce à cette sensation bien réelle. Je lis sur son visage un désir qui ressemble plus à de l'amour qu'à une sensation purement physique. Voir ce sentiment chez mon compagnon accroît mon plaisir. Il caresse mes seins pendant que je le chevauche. Il me manque néanmoins quelque chose : j'ai besoin de le sentir plus proche de moi. Je bascule en arrière et le tire à moi pour le faire s'asseoir. Il est toujours en moi, nous sommes maintenant collés l'un à l'autre. Je peux enfin l'embrasser comme je le souhaite. Embrasser Charlie, c'est un privilège. Sa langue qui joue avec la mienne, ses lèvres qui viennent épouser mes lèvres... Tout l'amour et la sensualité du monde sont incarnés dans nos baisers.

Nos mouvements sont réduits par cette position, mais je sens son sexe titiller mon clitoris. Quand je suis enfin satisfaite, ivre de baisers, je le repousse sur le lit pour pouvoir augmenter le rythme qui nous amènera au plaisir.

Je suis au-dessus de lui et je regarde ces deux océans de bleu, que sont ses pupilles, se voiler alors que le plaisir vient. Il est d'une beauté stupéfiante et sa gentillesse transparaît dans l'acte d'amour. Mon orgasme arrive au même moment que le sien, comme si nous n'étions qu'un seul corps ou qu'une seule âme. Ce plaisir est autant intellectuel que physique. Je le sens jaillir en moi et je m'effondre sur lui. Il me caresse le dos avec gentillesse pendant une éternité.

Je me sens bien, je me sens mal. Est-ce que je mérite quelqu'un d'aussi bien ? Ai-je enfin trouvé le bon, celui avec qui je partagerai ma vie ? Je suis troublée par la force de mon sentiment, mais aussi par mon cauchemar. Michael, c'est le mauvais génie qui me hante et cherche à ruiner mon bonheur.

— Ça va ?

Il a perçu mon malaise. J'aimerais me confier à lui, mais je ne peux pas : lui révéler mes songes ne ferait que le blesser. Je décide de ne dire qu'une partie de la vérité.

— C'est trop de bonheur, Charlie.

Il rit.

— Comment peut-on avoir trop de bonheur ?

— Hier, j'étais malheureuse, rejetée, seule dans une ville étrangère et ce soir je suis aimée autant qu'on peut l'être, dans un endroit magique, par une personne merveilleuse.

Il essaie d'apporter un peu d'humour dans une conversation au ton grave.

— La « personne merveilleuse », je suppose que c'est moi. J'aime bien entendre ce mot. Tu pourrais ajouter que je suis sexy ou bien foutu.

— Tu ne trouves pas que c'est trop terre à terre ?

— C'est vrai, peut-être que « merveilleux » suffit.

Nous avons continué à converser une dizaine de minutes avant de nous préparer pour dormir. J'ai frappé à la porte de la salle de bains.

— Je peux entrer ?

— Je suis en train de me laver les dents.

J'ai pris ça pour un oui et j'ai ouvert la porte. Il était torse nu en caleçon noir. Il s'est tourné vers moi. Il avait sa brosse à dents et du dentifrice sur les lèvres. Une vision inhabituelle mais néanmoins magnifique.

— Je peux t'accompagner ?

— Bien entendu, mais ce n'est pas un moment très glamour.

— Je ne suis pas d'accord, ça fait partie de la vie d'un couple. Et j'ajoute que tu es très sexy.

Je me suis approchée de lui, me suis suspendue à son cou. Il a été obligé de retirer sa brosse à dents de sa bouche, et ma langue l'a immédiatement remplacée. Nous avons échangé un baiser à la menthe.

— Tu transformes les instants tout simples de la vie quotidienne en instants de grâce et de sensualité.

J'étais d'accord avec lui. Après avoir brossé nos dents ensemble, il m'a laissé la salle de bains.

C'était ma dernière occasion de séduction. J'ai passé une nuisette en soie et dentelle noire que j'avais achetée à Paris avant de partir. La dentelle suggérait la naissance des seins plus qu'elle ne les montrait.

Quand je suis revenue dans la chambre, j'ai trouvé Charlie en train de lire un scénario. Il a levé la tête et son regard a chaviré.

— Tu es sublime mais il est 3 h 30, il faut que l'on dorme.

J'ai pris un air boudeur.

— Tu as déjà dormi ! Je ne savais pas que les Anglais de trente-trois ans hibernaient encore en avril. Mais c'est comme tu veux, on n'est pas obligés de le faire. Nous ne sommes pas des bêtes.

— Tu es injuste. J'ai trente-deux ans et nous venons juste de faire l'amour.

Je me suis glissée dans le lit, j'ai repoussé les draps et j'ai pris mon *Elle* version U.S. Je tournais le dos à Charlie mais il avait une vue sur mes fesses. J'ai senti que sa concentration en pâtissait.

— Cette nouvelle nuisette est incroyable, la soie est si douce... Tiens, touche.

J'ai pris sa main et je l'ai posée sur le bas de ma nuisette, qui était remontée tout en haut de mes cuisses.

Son regard était amusé, mais il avait quand même du mal à déglutir. J'ai porté le coup de grâce :

— Peut-être peut-on lui reprocher d'être un peu courte. Qu'en penses-tu ?

En disant cela, j'ai mis ma main sur la sienne et j'ai remonté ma nuisette pour découvrir mes fesses.

— Ma volonté est de fer, je suis trop fatigué pour faire l'amour avec toi.

Je me suis retournée d'un coup, la nuisette toujours autour de la taille. J'ai rejeté les draps qui me cachaient son caleçon et surtout une érection tout à fait visible.

Je l'ai regardé avec un semblant de mépris.

— Visiblement, *lui* et toi n'êtes pas d'accord et si tu as une volonté de fer, *lui* a une constitution en acier.

Je me suis penchée vers son visage et je l'ai embrassé. Une quinzaine de minutes plus tard, nous partagions un nouvel orgasme. J'avais gagné.

Ce matin, au réveil, j'ai trouvé Charlie habillé. Il était superbe et s'était même rasé !

— Bonjour. Tu as bien dormi ?

— Très bien.

Le voir si beau m'a donné des idées. J'ai eu envie de me plonger dans ses yeux bleus pendant l'orgasme en plein jour.

— Tu viens me dire bonjour ?

Il s'est approché. J'ai repoussé le drap et quand il s'est penché pour m'embrasser je me suis pendue de tout mon poids à son cou pour le faire tomber sur le lit et dans mes filets.

Mais je n'avais pas prévu que, vif comme l'éclair, il allait contre-attaquer en me saisissant les jambes. Une seconde plus tard, j'étais transportée dans les airs, direction la salle de bains.

Là, il a relevé ma nuisette et m'a donné une claque sur la fesse.

— Tu avais raison, trop courte, cette nuisette !

J'étais vexée d'être traitée comme une enfant autant que d'avoir raté mon câlin. Je me suis précipitée sous la douche et mon humeur s'est tout de suite améliorée.

Quand je suis sortie, Charlie est venu vers moi.

— Tu es radieuse. Viens que je t'embrasse.

— Trop tard, tu as loupé ta chance.

En fait, il était si beau avec le Pacifique et le soleil en toile de fond que je n'ai pu tenir mes bonnes résolutions et je lui ai donné un baiser passionné.

Quand nous sommes allés prendre le petit-déjeuner, je n'arrivais pas à me souvenir du dernier moment de ma vie où je m'étais sentie aussi bien. Nous avons pris des œufs au bacon en regardant l'océan. J'ai mangé comme quatre, ce qui a amusé Charlie.

— Eh bien, je n'imaginais pas qu'une jeune femme pouvait dévorer autant !

— Que veux-tu, les activités nocturnes, ça creuse... Quel est le programme aujourd'hui ?

— On visite le Big Sur.

— C'est quoi ?

— C'est la partie de la côte californienne entre San Simeon et Carmel. On en a déjà vu une bonne partie hier, mais il y a encore de beaux paysages que je veux te faire découvrir, ainsi qu'une surprise.

— La maison de Catherine Tramell ?

Il a eu l'air surpris.

— Je t'en ai déjà parlé ?

— Yes, darling. Tu es vieux, tu radotes.

Il a pris ma main pour l'embrasser.

— Tu as raison, mais je trouve que j'ai pas mal assuré, hier, pour un vieux.

J'ai acquiescé, et nous avons terminé le petit-déjeuner avec ce genre de conversation légère qui caractérise les débuts de liaison.

Il ne nous a fallu qu'un quart d'heure pour faire nos bagages, mais à peu près autant pour payer, parce qu'ils ont dû envoyer quelqu'un constater les dégâts causés à la lampe. J'avoue que j'étais assez gênée en repensant aux circonstances de l'incident. Charlie, lui, était très à l'aise et il m'a même fait un clin d'œil qui m'a fait rougir. En fin de compte, le manager nous a dit que ce n'était rien et il n'a pas fait payer la casse à Charlie.

Était-ce dû à son lien de parenté avec Michael ? En tout cas, le manager a demandé à Charlie de lui présenter ses salutations. Décidément, je ne peux lui échapper, son image me poursuit. Je ne devrais pas être surprise, si Michael multiplie les conquêtes ici ; cet endroit est assez isolé et lui offre la possibilité d'organiser des week-ends coquins. Je parie qu'il peut même venir en hélicoptère ! Mais je n'ai pas été affectée, je me sens trop bien avec Charlie. Nous avons repris la Maserati après qu'il a relevé la capote.

Si vous voulez ressentir ce qu'est le bonheur, rien de tel que de passer la journée à visiter le Big Sur avec son amoureux dans une voiture de luxe décapotable.

Nous roulions à trente kilomètres à l'heure environ, la vue était sublime et le soleil de fin de matinée me réchauffait.

— Charlie, est-ce que nous n'allons pas dans la mauvaise direction ? Ce n'est pas de là que nous venons ?

— Bravo, tu as raison. Mais je veux te montrer le Julia Pfeiffer Burns State Park. Tu verras, tu vas adorer.

Il m'a regardée en souriant.

— Il a été nommé ainsi pour rendre hommage à la grand-mère de Michelle Pfeiffer.

Je l'ai regardé fixement pour savoir s'il se moquait ou s'il était sérieux. À cause de ses lunettes de soleil, je ne pouvais pas voir ses yeux, ce qui ne m'aidait pas à trancher.

Au bout de quelques secondes, il a éclaté de rire.

— Tu devrais voir ta tête.

— Charlie ! Tes plaisanteries ne sont pas drôles et ce n'est pas gentil de sous-entendre que je ne suis pas jolie !

Là, c'était gonflé de ma part car il n'avait jamais voulu dire ça. Il n'a pas marché, il a couru…

— Tu es toujours sublime. Je suis désolé si tu as cru que j'exprimais autre chose, je ne voulais pas te peiner.

Il est si mignon quand il se confond en excuses ! J'ai enlevé mes lunettes pour qu'il voie mes yeux quand je l'ai rassuré.

— Tu vois, ça marche dans les deux sens : je peux moi aussi te mener en bateau.

Il est resté interdit quelques secondes, puis il a souri.

— Il faudra que je me méfie à l'avenir. Mais si ça me permet de voir tes yeux, je suis prêt à prendre le risque…

Après un quart d'heure de route suivi de dix minutes de marche, j'ai compris pourquoi Charlie avait décidé de revenir sur nos pas.

— Quelle vue magnifique !

Nous étions au sommet de la falaise en train d'admirer une cascade d'une trentaine de mètres qui se jetait dans l'océan.

— N'est-ce pas ? Ce sont les McWay Falls.

— On peut descendre les voir de la plage ?

— Non, c'est interdit, trop dangereux. Mais on peut se balader sur la plage à quelques kilomètres.

C'est ce qu'on a fait. C'est fou comme c'est romantique de se promener main dans la main au bord du Pacifique. Nous avons même enlevé nos chaussures pour pouvoir marcher pieds nus dans l'eau. Elle était fraîche, pour le moins. Nous avons discuté, ri, et à un moment il m'a attirée à lui pour m'embrasser. C'était un baiser différent de ceux de la veille, mais c'était si fort en termes de sentiments. J'ai atteint le stade de félicité ultime.

Nous nous sommes assis sur un rocher afin de regarder les mouettes plonger dans l'eau pour y chercher leur repas.

— À propos, tu as faim ?

La matinée avait semblé passer en deux secondes, comme si nous venions juste de terminer le petit-déjeuner.

— Bizarrement, oui !

Il m'a encore embrassée puis il a remis ses chaussures et nous sommes retournés à la voiture.

Après un déjeuner très sympa où j'ai encore dû prendre quelques grammes, nous sommes allés boire un café chez Catherine Tramell. Enfin, plus exactement, nous avons été accueillis par les propriétaires de la maison, des gens charmants d'une cinquantaine d'années.

Charlie, visiblement, ne les connaissait pas et il les a remerciés de nous recevoir.

— C'est très gentil à vous d'accepter de nous montrer votre demeure.

— Je vous en prie, nous sommes fans de votre frère.

Ah, tout s'explique ! Il semble que la Californie entière se plie en quatre pour Michael. J'ai peur de découvrir que c'est la même chose dans tous les États des États-Unis…

— Oui, c'est un acteur formidable.

— J'ai cru comprendre que vous êtes vous-même réalisateur ? Et mademoiselle ?

— C'est exact, je réalise et je vous présente ma fiancée, Ophélie, qui est originaire de Paris.

La femme est intervenue.

— Oh, nous adorons Paris. Mon mari et moi y sommes allés il y a deux ans. C'est la plus belle ville du monde.

Je suis toujours surprise de constater la popularité de Paris partout dans le monde, mais surtout aux États-Unis.

Après avoir visité la maison, nous avons pris le café sur la terrasse où Michael Douglas et Sharon Stone se rencontrent pour la première fois dans *Basic Instinct*. Nous avons passé ainsi une heure fort agréable, et quand nous sommes repartis j'étais contente d'avoir visité ce lieu de tournage d'un film sinon mythique, du moins très connu.

— Tu sais, Charlie, *Basic Instinct* va être notre film référence, celui qui symbolisera notre liaison.

Je suis partie dans un délire romantique.

— Je suis ta Catherine Tramell. D'ailleurs, ma beauté égale celle de son interprète. Si tu veux, tu peux m'appeler Sharon...

Au moment où je prononçais cette phrase, je me suis aperçue de l'énormité de ma gaffe. Mon compagnon ne m'a pas loupée.

— Et toi tu m'appelleras Michael ?

Il y a eu une seconde de silence embarrassé puis j'ai explosé de rire. Je ne pouvais plus m'arrêter, et mon fou rire inextinguible a fini par contaminer Charlie. Je pleurais, j'avais mal au ventre, mais c'était un moment sympa : rire ensemble de ce genre de bourde démontrait les sentiments qui nous unissaient. Une liaison devenue aussi forte en deux jours, c'était un signe. Le signe que j'avais trouvé celui qu'il me fallait.

Le reste de l'après-midi a été un vrai voyage de noces. Nous avons joué aux touristes en commençant par le magnifique Bixby Bridge – c'est sans aucun doute le plus beau que j'ai vu de toute ma vie. Puis j'ai découvert la 17 Mile Drive, une route cinégénique où se succèdent maisons de milliardaires et terrains de golf. C'était paisible et magnifique. Je me suis imaginée ici dans quelques années.

— Tu joues au golf, Charlie ?

— Un peu, comme la majorité des Britanniques. Mais mon handicap n'est pas très bas.

— Tant mieux, comme ça je pourrai te rattraper rapidement.

Il a ri et a exprimé un certain scepticisme.

— Tu as l'intention de te mettre au golf ?

— Ce serait sympa. Tu deviens célèbre, donc riche, et tu nous achètes une maison au bord du Pacifique.

— C'est très cher, tu sais.

— Nous n'avons pas besoin d'une grande maison. Deux chambres suffiront.

— Et les enfants, tu oublies les enfants...

— Ah oui, nos quatre enfants. OK, on prend une maison avec cinq chambres. Tu n'auras qu'à réaliser plus de blockbusters.

Certains mecs seraient stressés par ce genre de blague. Pas lui. Charlie s'est contenté de sourire.

— C'est un bon plan... En attendant d'avoir le SUV et les quatre mouflets à l'arrière, viens voir l'un des arbres les plus photographiés des États-Unis.

Il a stoppé la voiture et nous avons marché quelques mètres jusqu'au Lone Cypress, le cyprès solitaire. C'était beau, cet arbre seul sur un promontoire rocheux entouré par le Pacifique. J'ai pris d'autres photos avec mon iPhone. Demain, je pourrai montrer tout notre périple à Laure, à l'exception de la maison de *Basic Instinct* que je n'ai pas osé photographier.

— Il est temps d'aller prendre un bon goûter avant de rentrer à Los Angeles.

— Un « goûter » ? Tu me prends pour une gamine de cinq ans ?

La proposition me paraissait surprenante, voire insultante.

Il a ri.

— Non, tu m'as prouvé que tu étais une jeune femme mature alliant l'intelligence à la culture.

— Sans oublier une sensualité à fleur de peau.

— J'allais le dire. En réalité, je veux te montrer un lodge sur un des plus célèbres golfs du monde. Tu as entendu parler de Pebble Beach ?

Je ne connaissais pas et, grâce à Charlie, j'ai pu découvrir le dix-huitième trou tranquillement installé dans la galerie qui abritait le bar où nous avons pris notre thé et nos scones.

— Ça me rappelle notre tête-à-tête chez Harrod's.

— Oui, c'est un bon souvenir.

Il a réfléchi un instant.

— En réalité, un souvenir mitigé, car j'étais jaloux de Michael quand je l'ai vu prendre le chemin de la salle de massage.

— Mais tu étais avec Amy !

— Oui, je sais, ce n'est pas bien de convoiter la « femme » de son frère et de négliger la sienne. Je n'en suis pas fier, mais je me souviens avoir été contrarié.

Cette révélation m'apporte un éclairage nouveau et prouve, si c'était encore nécessaire, que Laure avait raison quand elle disait que Charlie s'était entiché de moi.

Ce qui est terrible c'est que moi, à l'époque, j'étais dingue de Michael. Je pense qu'il vaut mieux éviter de partager cette réflexion.

Vers 18 heures, nous avons pris le chemin du retour. Il était temps de regagner L.A. Charlie a choisi l'autoroute, ce qui a rendu le trajet plus rapide mais aussi plus monotone.

Nous avons beaucoup discuté, écouté de la musique. J'ai même dormi une petite heure avant d'écrire ce long chapitre de mon journal. Charlie n'a rien dit, il commence à s'habituer à me voir taper frénétiquement sur mon iPhone.

Quand on y pense, ces deux jours ont été dingues. J'ai commencé par me faire jeter comme une malpropre par Michael pour finir amoureuse de son frère. Qui pourrait me blâmer ? C'est un si bel homme, et si gentil. J'ai tellement souffert que j'ai bien mérité ce coup de pouce du destin, ce *lucky break*, et j'ai bien l'intention d'en profiter !

Journal de Laure

13 avril 2015, 20 heures

Aujourd'hui, il y a eu deux grandes nouvelles. La première, c'est que j'ai rencontré une jeune femme très sympa en prenant mon café au Starbucks en face du bureau. Elle était assise à côté de moi au comptoir et elle travaillait sur son Mac. Je n'ai pas pu m'empêcher de jeter un coup d'œil sur le document qu'elle préparait. C'était un flyer qui vantait les plaisirs procurés par le tantrisme. J'étais super curieuse, aussi je l'ai interrompue dans son travail.

— Excusez-moi, je suis nouvelle à L.A. et je suis très intriguée par le texte sur votre écran...

— Pas de problème, je serai heureuse de vous renseigner. Vous venez d'où ?

— De Paris.

Elle s'est immédiatement mise à parler en français.

— C'est incroyable, je suis à moitié française moi-même. Je m'appelle Claire.

— Et moi Laure. Vous êtes en Californie depuis longtemps ?

— Depuis dix ans, je suis venue après mon bac.

— Et vous faites quoi ?

— Je suis sexologue. J'anime également des séminaires sur la découverte du tantrisme.

— D'où votre travail sur le MacBook...

— Exactement, je rafraîchis mon flyer. Vous seriez intéressée ?

— Carrément !

— Vous êtes seule ou en couple ?

Quand on dit que je suis directe, ce n'est rien à côté de Claire !

— En couple, mais je ne suis pas certaine que ma moitié accepte de m'accompagner.

— Ah, certaines personnes sont réticentes à de nouvelles découvertes.

— Claire, est-il possible de venir seule ? Votre séminaire, c'est uniquement théorique ou il y a des exercices pratiques ?

Elle s'est marrée.

— Vous savez, la théorie n'a pas beaucoup d'intérêt... Il faut savoir si vous arrivez à la jouissance par le tantrisme. Ce n'est que par l'expérimentation que l'on parvient à cet échange avec son partenaire qui dépasse le simple plaisir sexuel.

— Et si on vient seul ?

— On vous met avec quelqu'un.

— Mais alors, on trompe son conjoint ?

— C'est une bonne question et il n'y a pas de réponse simple. Par le tantrisme, on peut parvenir à l'orgasme sans se toucher et sans pénétration. Dans ce cas-là, s'agit-il d'une tromperie ?

J'étais assez fascinée par le concept. En revanche, j'avais deux sujets d'inquiétude. Est-ce que j'arriverais à convaincre David de participer ? Et est-ce que je parviendrais à ne pas sauter sur son sexe en érection le moment venu ? Le sexe sans se toucher, était-ce vraiment pour moi ?

J'ai pris les coordonnées de cette jeune femme à la longue coiffure bouclée en lui promettant une réponse rapide. Elle m'avait, en effet, offert de m'inscrire à son prochain séminaire avec cinquante pour cent de réduction pour mon conjoint s'il venait avec moi !

La seconde grande nouvelle de la journée m'attendait au bureau : la nouvelle Ophélie amoureuse !

J'ai bien essayé de l'engueuler pour m'avoir inquiétée, mais elle s'est tout de suite excusée, ce qui a enlevé beaucoup de force à mes réprimandes. Je dois dire que j'étais également impatiente d'écouter son récit. Je n'ai pas été déçue...

— Et tu as couché sans préservatif ?

— Oui, mais après avoir vérifié qu'il était *safe*.

— Comment ? Vous avez fait un test ?

— Non, tu es bête. Il en avait fait un au début de sa relation avec Amy.

— Tu lui as demandé s'il avait eu d'autres partenaires ?

— Laure, c'est Charlie, pas Michael !

— OK, enfin, au XXIe siècle, je ne sais pas si c'est très raisonnable d'avoir des relations sexuelles non protégées avant d'avoir fait un test HIV en bonne et due forme. Et si Amy l'a trompé avec un séropositif ?

— Laure !

Je trouvais ça irresponsable, mais j'ai décidé de stopper là.

— Donc tu es amoureuse ?

C'était une question de pure forme car cela se voyait comme le nez au milieu de la figure.

— Oui. Et je crois que lui aussi. Je sais, ça paraît rapide, mais on s'entend si bien ! À tous les niveaux...

— Je suis heureuse de l'apprendre, car j'ai trouvé que ton récit du week-end manquait singulièrement de substance en ce qui concerne les moments intimes.

— Laure, c'est pour cela que l'on utilise le mot « intime ». C'est parce que l'on ne partage pas ces moments avec tout le monde.

— Je ne suis pas tout le monde, je suis ta meilleure amie !

— OK, mais je ne suis pas comme toi. Je peux te dire que c'était très bien.

— « Très bien », cela ne veut pas dire grand-chose. Si tu devais comparer à tes copains précédents ?

— Mieux, pas de comparaison. Il faut dire que rien qu'en beauté pure il est incroyable. Tu as vu ses yeux bleus, sa musculature, sa taille...

Je l'ai interrompue. Elle m'avait un peu énervée.

— Merci, c'est moi qui l'avais remarqué en premier. Et par rapport à Michael ?

C'était une question un peu vache, peut-être due à une pointe de jalousie. Elle aurait pu me répondre avec virulence mais elle ne l'a pas fait. Elle a réfléchi quelques secondes avant de me livrer son ressenti.

— C'est différent. Michael m'a amenée à des orgasmes jamais atteints, mais c'était surtout parce que je réalisais là un fantasme. Nos sexualités étaient sur le fond très différentes et je crois que je n'aurais pas apprécié s'il s'était agi de quelqu'un d'autre que lui. Charlie est en phase avec moi, nos corps partagent le même langage, c'est donc mieux... mais moins fort ! Tu comprends ?

— Je crois. Ça semble paradoxal mais ça ne l'est pas. Quand revois-tu Charlie ?

— Ce soir.

— Et tu sais si Michael et Amy sont au courant ?

— Non, je le saurai ce soir.

La journée de travail a commencé après cette conversation. Je suis contente pour Ophélie, elle est radieuse. Je suis aussi inquiète pour elle car je trouve qu'elle s'emballe. On ne peut pas tomber amoureuse si vite. Enfin, on peut mais il faut savoir réfréner sa passion. Parce que si ça foire, ça va faire mal... Elle se relève à peine de son histoire avec Michael.

Peut-être suis-je trop pessimiste. Charlie est un garçon gentil et intelligent. Si un homme est fiable sur cette planète, c'est bien lui.

Journal d'Ophélie

17 avril 2015, 21 heures

Pas de temps pour écrire mon journal. Je n'ai pas une seconde à moi. Les astres doivent m'être favorables car le boulot et les amours sont au top. Je viens de signer deux films français que je vais représenter aux États-Unis et, en ce qui concerne Charlie, c'est la vraie lune de miel.

S'il n'y avait pas ces foutus préservatifs, ce serait parfait. Je suis allée chez le gynéco et je reprends la pilule, mais elle ne sera efficace que la semaine prochaine. Ça m'a énervée mais Charlie est resté zen. Il faut dire que je lui ai fait le coup de lui mettre avec la bouche et je crois qu'il a apprécié.

Je pense que c'est la première fois qu'il y a une telle communion entre mes sentiments pour quelqu'un et le plaisir sexuel que je ressens avec lui. J'ai plus d'orgasmes avec Charlie qu'avec quiconque, à l'exception de Michael, mais les sensations que j'en retire sont bien plus fortes. Avec Michael, je me sentais à la fois vidée et surexcitée, alors qu'avec son frère une grande sérénité suit mon plaisir.

Le meilleur moment de la semaine a quand même été mardi soir. J'étais chez Charlie. Je m'étais couchée et je l'attendais tranquillement en lisant *The Goldfinch – Le Chardonneret*, le dernier livre de Donna Tartt. Je prenais beaucoup de plaisir avec ce très bon roman, prix Pulitzer 2014, mais ce n'était rien à côté de ce qui m'attendait…

Charlie est arrivé dans la chambre avec un petit sourire en coin et l'œil malicieux.

— Réponds-moi franchement, Ophélie. Est-il juste d'affirmer que je n'ai pas accompli ce qu'il fallait pour remplir mon gage après la perte du pari, lors de la visite de Hearst Castle ?

Il me prenait au dépourvu. La vérité c'est que le cunni au réveil juste après avoir rêvé de son frère, ça ne pouvait pas, en effet, constituer « la meilleure gâterie de ma vie ». Mais je ne pouvais quand même pas lui avouer cela ! Et lui dire qu'il n'avait pas tort et que j'avais déjà connu mieux, c'était très délicat.

J'ai bafouillé la meilleure réponse possible.

— C'est-à-dire qu'au réveil je n'étais pas à mon top. Ce n'était pas de ton fait.

— Donc, tu as connu mieux.

Ce n'était pas une question, mais une affirmation. Je n'ai rien répondu.

— Tu peux continuer à lire, ne t'occupe pas de moi.

Bien sûr, il suffit que l'on vous dise un truc pareil pour que ça éveille votre curiosité. D'autant plus qu'il était en caleçon gris super canon. Même s'il ne m'avait rien dit, je n'aurais pu m'empêcher de mater…

— Lis !

Le côté autoritaire, c'était nouveau chez lui, je me suis demandé ce qu'il mijotait.

Il est venu se mettre au niveau de mes jambes. Il a pris la droite et l'a levée à la verticale. Il a embrassé mon genou, puis le creux derrière, un endroit beaucoup plus délicat. Il a fait un chemin de baisers de la pliure de mon genou à mon pied. C'était très agréable et j'avais du mal à avancer dans ma lecture. Quand il a léché mes orteils un par un, il m'a été impossible de continuer.

Il s'en est aperçu. Il a reposé ma jambe et a approché son visage. J'ai cru qu'on allait s'embrasser passionnément. J'en avais très envie, mais il a juste déposé un petit bisou sur mes lèvres. Il a pris son masque pour dormir et me l'a mis. Un sens en moins pour exacerber les autres, c'était un programme qui ne me déplaisait pas.

Charlie m'a surprise en allant s'occuper de la jambe gauche comme il l'avait fait avec la droite. Je ne sais pas si c'était à cause du masque mais mes sensations avaient déjà doublé. Elles ont triplé quand il a fait le chemin de retour de mon pied à mon genou. Mais il ne s'est pas arrêté là et il a commencé à remonter le long de ma cuisse (ou en fait à descendre, puisque ma jambe était à la verticale). J'ai commencé à m'agiter, à être gagnée par le plaisir. Quand il a atteint le creux de l'aine, j'ai gémi doucement. Ses baisers étaient exquis. Sa bouche n'était qu'à quelques centimètres de sa destination finale.

Mais il n'est pas allé là où je l'attendais. Dans une volonté de symétrie parfaite, il s'est occupé à nouveau de la jambe droite. C'était un supplice, un supplice délicieux qui s'est accentué quand sa bouche a encore une fois négligé mon intimité brûlante pour embrasser mon nombril. Il n'est pas utile de préciser qu'à ce stade les bouts de mes seins étaient déjà aussi durs que mon sexe était mouillé.

Charlie a su les embrasser avec amour et sans exagérer sa pression. Il avait compris que passion ne rime pas forcément avec intensité. Sa délicatesse sur mes tétons m'a rendue folle. Quand il a abandonné mes seins pour m'embrasser dans le cou, je gémissais sans discontinuer. Je le voulais sur mon sexe, mais je me suis bien gardée de le lui dire ou de l'indiquer, pour lui laisser le libre arbitre dans sa façon de m'amener à l'orgasme.

Il est resté longtemps à épouser mon cou de ses lèvres et de sa langue. Un baiser à cet endroit, c'est une des choses les plus érotiques qui soient quand c'est bien fait. Et Charlie n'était pas bon, il était excellent !

J'avais des envies schizophréniques. D'un côté, j'aurais souhaité qu'il continue à m'embrasser là pendant des heures et, de l'autre, je voulais qu'il me donne cet orgasme promis.

De toute façon, je ne pouvais tenir encore longtemps, le plaisir montait et c'était un véritable tsunami qui s'annonçait. Charlie l'a senti. Il s'est allongé, et sa langue est venue sur moi. Mes gémissements se sont mués en cris. Mes mains se sont crispées sur le drap ; mon corps, mon bassin se mouvaient comme pour aller au-devant de l'orgasme.

Au bout d'un moment, j'ai arraché le masque car les sensations en aveugle, c'était trop fort. J'ai relevé la tête en même temps qu'il levait les yeux. Plonger mon regard dans ses yeux bleus si beaux, si calmes, si amoureux m'a fait atteindre le plus bel orgasme de ma vie. J'ai senti Charlie qui prenait mes mains dans les siennes, et j'ai été heureuse de pouvoir lui transmettre ainsi la force de mon plaisir.

— Je t'aime.

La phrase est sortie de ma bouche sans que j'en prenne conscience. Il est remonté près de mon visage.

— C'est une bonne nouvelle. Parce que moi aussi.

— Alors, dis-le.

Il a décidé de jouer avec moi.

— Dire quoi ?

— Que tu m'aimes.

— Mais je l'ai dit.

— Non, Charlie, tu ne me l'as pas dit.

— *Je t'aime.*

Il l'a dit en français. Qu'est-ce qu'il est mignon !

Il m'a prise dans ses bras et nous sommes restés ainsi à faire un gros câlin. Au bout d'un quart d'heure, il m'a fixée avec un petit sourire ironique.

— C'est moi que tu aimes ou c'est ce que je t'ai fait ?

— Idiot ! Je suis une femme, l'un ne va pas sans l'autre. Il n'y a que vous, les hommes, qui êtes assez primitifs pour apprécier l'acte sans avoir de tendresse pour la personne.

— Moi, je ne peux pas. C'est mon côté féminin.

J'ai failli lui balancer une vanne, puis une évidence s'est imposée à moi : Charlie n'est effectivement pas comme ça. Je me rappelle qu'il avait refusé une partie à trois avec Laure et Diana. C'est une preuve incontestable, car même si on doit pouvoir trouver plus jolies femmes (encore que), il est difficile d'imaginer un duo plus explosif qu'elles sur le plan sexuel.

Je crois avoir trouvé la perle, l'homme qui me correspond. Nous avons une entente relationnelle et sexuelle parfaite. Et, en plus, il est canon... Je m'étais toujours dit que l'important, c'était de rencontrer quelqu'un avec qui on avait des atomes crochus au niveau de la personnalité, de l'humour et de la culture, et que le physique n'avait pas autant d'importance. Aujourd'hui, je suis moins catégorique sur le sujet. Avoir un mec hyper beau, c'est quand même un sacré plus.

Le seul à souffrir de cette situation, c'est mon pauvre Roméo. Je passe tous les jours le voir à l'appartement, mais il m'arrive souvent de dormir chez Charlie. Et même quand c'est lui qui vient chez moi, Roméo n'a plus le droit de dormir dans la chambre, sur le lit. Tout se résoudra quand j'emménagerai chez Charlie. Nous n'avons pas encore abordé le sujet, ça se fera naturellement.

Journal d'Ophélie

17 avril, 23 heures

Il y a deux heures, j'écrivais des pages entières pour décrire la perfection de ma relation avec Charlie, et une heure plus tard on s'engueule ! J'aurais mieux fait de tourner ma langue sept fois dans ma bouche avant de parler, ou plutôt de faire tourner sept fois mon iPhone dans ma main avant d'écrire mon journal.

Enfin, je ne vais pas dramatiser. Tous les couples se disputent à un moment ou un autre, c'est obligatoire. Le sujet était bien entendu Michael.

Quand Charlie est rentré, j'ai senti qu'il n'était pas comme d'habitude : il était stressé.

— Ophélie, il faut que je te parle de ce week-end.

— Oui ?

— C'est l'anniversaire de mariage de Michael et Carolina. Il y a un dîner demain soir et un déjeuner dimanche.

À ce moment-là, ça m'a fait plutôt sourire.

— Et je suis invitée ? Si Michael invite toutes les filles qu'il a eues, il va falloir qu'il loue le Staples Center !

Il m'a reprise sèchement :

— Ne dis pas de bêtises, je te parle d'une chose sérieuse.

Ma blague n'était pas la plus drôle du monde, mais je me suis dit qu'elle ne méritait pas une réaction aussi forte. J'étais assez vexée.

— Excuse-moi. Alors, l'invitation ?

— J'ai posé la question à Michael et à Robin…

Interroger Michael, c'était compréhensible, Robin beaucoup moins. Je ne sais pas si c'est à cause de notre histoire commune, mais j'ai réagi une nouvelle fois.

— C'est l'anniversaire du mariage de Michael et de Robin ? Je croyais que c'était celui qui unissait Michael à Carolina.

— Ophélie ! Il est normal que Robin intervienne. C'est quand même son manager.

— Je croyais que c'était son responsable de communication ?

— C'est les deux. Le problème n'est pas là. Ils m'ont dit que tu pouvais venir, même si Robert n'était pas enthousiaste à cette idée.

Tiens, le dernier des Dalton était partie prenante dans la discussion.

— Pourtant, il doit savoir que tout ce qui est arrivé est protégé par les NDA que j'ai signés.

— Je crois qu'il a eu avec toi une conversation téléphonique qui l'a traumatisé.

Je me suis marrée.

— Ah, c'est vrai que notre dernière discussion était assez vive.

J'ai été la seule à rire, Charlie ne s'est pas déridé.

— Alors, quel est le problème, Charlie ?

— Il y a une condition : tu ne viens pas en tant que ma petite amie, mais en tant que mon ex qui est restée très proche de la famille.

J'ai cru que j'avais mal entendu.

— Quoi ?

— Officiellement, je suis toujours avec Amy. Il y aura des journalistes, des patrons de presse. Comme c'est une soirée où ils seront invités, tout est « off », mais Robin préfère être prudent. Révéler ma liaison avec toi pourrait être dommageable pour le film.

Je suis presque tombée du lit de stupéfaction.

— Ça veut dire que l'on ne pourra être ensemble qu'après la sortie du film ! Mais il sort quand, ton film ?

— Le week-end du 4 Juillet, pour la fête de l'Indépendance. C'est bien, cette date célébrera notre liberté de nous aimer au grand jour.

Cette fois, c'est son humour à lui qui est tombé à plat. Décidément, ce soir nous n'étions plus du tout à l'unisson.

— Mais on ne peut pas faire semblant aussi longtemps !

— Il ne s'agit que de trois mois ! On pourra se voir, mais il faudra juste être prudents.

J'ai pris une grande inspiration. Je sentais qu'on allait au fight et j'ai voulu l'éviter.

— Donc, demain, je peux venir.

— Tu peux, mais tu n'es pas obligée.

Je n'ai pas perçu une grande envie de Charlie de me voir me pointer à l'anniversaire de mariage de son frère.

— Tu n'as pas envie que je vienne ?

— Tu fais comme tu veux.

J'ai hésité quelques secondes. Mon amoureux ne tenait pas à ce que je vienne et on pouvait se demander pourquoi Michael, lui, m'avait invitée. Tout me poussait à refuser, j'ai décidé de faire le contraire.

— Très bien, tu pourras dire à ton frère et à son épouse que j'accepte leur invitation avec plaisir.

J'ai vu ses mâchoires se serrer.

— Je lui dirai, mais tu devras venir seule car tu ne peux pas arriver avec moi.

Il a dit ça sur un ton revanchard, comme pour me faire payer ma décision. J'ai trouvé ça assez con car, s'il ne voulait pas que je vienne, il n'avait qu'à le dire.

— Pas de problème, tu n'auras qu'à me donner l'adresse.

Cet accrochage s'est terminé il y a dix minutes. J'aurais assez envie de rentrer chez moi pour voir mon Roméo, mais je ne veux pas donner trop d'importance à cette histoire. Je vais rester pour dormir avec Charlie. Dormir, j'ai comme dans l'idée que l'on ne fera rien d'autre ensemble ce soir. Une première pour notre couple...

Journal de Laure

18 avril, 20 heures

Ce journal devrait s'appeler « Journal d'Ophélie », tellement je me focalise sur la vie de mon amie.

Il faut dire que mon existence est plus rangée que la sienne. Le seul débat qui existe entre David et moi, c'est la participation à ce séminaire de tantrisme. Je lui ai parlé de ma rencontre avec Claire, mais il n'est pas emballé par l'idée. Moi, au contraire, plus j'y pense, plus j'ai envie d'essayer. Ce n'est pas que le sexe « classique » ne marche pas entre nous. Au contraire, c'est top. On a testé un paquet des positions proposées par *Cosmo*. C'est fun mais pas toujours facile...

Ce soir, je vais essayer de persuader David d'aller prendre un verre au Sky Bar avec Claire. J'espère qu'elle réussira à le convaincre.

S'il accepte, ça m'évitera de m'inquiéter pour Ophélie. Son histoire, ça pue vraiment. Elle m'a tout raconté sur l'invitation de Michael et sa dispute avec Charlie. Je crois qu'elle aurait mieux fait de refuser, je n'ai aucune confiance dans le grand acteur oscarisé. Il lui a déjà fait tant de mal.

Contrairement à ce qu'elle prétend, et peut-être même à ce qu'elle croit, Ophélie n'a pas digéré les événements de l'hiver dernier. Elle est encore très fragile psychologiquement. Même son histoire avec Charlie est trop soudaine. Je ne sais pas si c'est judicieux et même possible d'échanger des promesses d'amour après moins d'une semaine. Et maintenant, ils vont être obligés de vivre des amours clandestines pendant trois mois. Ça va être sympa, avec le retour d'Amy dans les parages...

J'entends David qui rentre. Pourvu que tout se passe bien ce soir, aussi bien pour Ophélie que pour moi...

19 avril 2015, 12 heures

J'attends des nouvelles du médecin du Cedars-Sinai. Je connaissais l'endroit de nom parce que des dizaines de stars ont été soignées ici, mais je n'aurais jamais pensé y venir dans de telles circonstances. J'espère que je n'aurai pas la facture à régler car je risque d'y laisser ma chemise !

Quand je pense que j'étais un peu nerveuse à l'idée de me rendre chez Michael et Carolina, j'étais à mille lieues d'imaginer ce qui arriverait. Mais, malgré ces événements assez terribles, je suis contente d'y être allée. Si je n'avais pas été là, les choses auraient pu tourner beaucoup plus mal...

La soirée devait débuter à 20 heures. Vers 19 heures, j'ai commencé à me demander si c'était une bonne idée de me foutre dans ce guêpier. Et tout ça pour quoi ? Pour marquer mon territoire par rapport à cette famille qui ne veut pas de moi, à cette pauvre Anglaise qui n'y est pour rien ? J'avais réagi de façon un peu stupide, par orgueil, parce que je sentais un rejet de Charlie.

Je me suis dit qu'il serait peut-être plus sage de me décommander et d'appeler Laure pour aller prendre un verre avec cette sexologue française. J'aurais beaucoup plus de chances de passer une bonne soirée. Et puis un SMS de Charlie me donnant l'adresse de son frère m'a fait changer d'avis. Je ne me sentais plus la force de reculer.

Je me suis raisonnée. Quel était le risque ? Je serais protégée par la foule des invités, qui empêcherait Michael d'être désagréable. Il est beaucoup trop intelligent pour risquer un esclandre. Robin ferait lui aussi tout son possible pour que la fête soit un succès. Et j'aurais mon chevalier blanc, mon Charlie, qui ne me lâcherait pas même si l'ambiance s'était beaucoup refroidie après notre dispute de la veille.

J'ai mis ma plus jolie robe, j'ai pris ma magnifique pochette Dior que mes parents m'ont offerte pour mon vingt-sixième anniversaire. Pour les chaussures, après quelques hésitations, j'ai mis les Louboutin qui m'avaient été offertes par Michael en Sardaigne l'été d'avant. Je me suis demandé si c'était manquer de tact par rapport à Charlie mais, de toute façon, c'étaient les seules qui avaient la classe nécessaire pour une telle soirée.

Le taxi que j'ai commandé était conduit par un Haïtien qui m'a fait la conversation en français. Sur le chemin, je me suis enquise du quartier où nous allions.

— C'est à Beverly Hills ?

— Non, à Brentwood.

Il a dû sentir mon étonnement.

— Mais, vous savez, c'est aussi un quartier très chic. L'adresse que vous m'avez donnée est toute proche de la maison que Tom Brady vient de vendre.

— Qui ça ?

— Tom Brady, le joueur des New England Patriots. Vous ne connaissez pas ?

— Jamais entendu parler. Il est célèbre ?

Il a explosé de rire.

— C'est juste le meilleur quarterback de l'histoire de la NFL. Il est marié à Gisèle Bündchen.

— Elle, je connais ! C'est un top-modèle brésilien. D'ailleurs, cette indication me laisse à penser que je connais votre joueur, je crois que je l'ai vu dans la série *Entourage.*

— Je ne peux pas vous dire, je ne regarde pas les séries. Je regarde seulement le sport.

En constatant que cet homme, très aimable par ailleurs, et moi n'avions rien en commun, j'ai remercié le ciel de m'avoir offert un homme aussi cultivé que Charlie. C'était un parallèle curieux entre un chauffeur de taxi et un réalisateur, mais cette pensée m'éloignait du stress de la soirée.

— Mademoiselle, nous allons bientôt arriver... Vous voyez cette maison ?

— C'est là où je vais ?

— Non, c'est l'ancienne maison d'un autre footballeur américain. Je suis prêt à parier que vous connaissez celui-là.

— Je serais vous, je serais plus prudent, je ne connais rien à ce sport.

Il m'a regardée avec un grand sourire. Il devait avoir une trentaine d'années, pas très beau mais une joie de vivre communicative. Notre échange m'a fait penser au film *Collatéral* et au chauffeur de taxi interprété par Jamie Foxx.

— Si vous ne le connaissez pas, je vous offre la course.

— Vous n'avez pas peur que je triche ?

— Vous avez l'air d'une personne honnête. Le joueur en question, c'est O. J. Simpson.

— Vous avez raison, je le connais. Mais en tant que meurtrier, pas en tant que sportif de haut niveau[1].

— « Meurtrier »... Il a été acquitté, donc, par définition, il n'en est pas un. Mais je vous accorde qu'il y a des doutes sérieux sur le verdict.

— C'est incroyable de pouvoir s'en tirer après avoir tué sa femme, avec toutes les preuves qu'il y avait contre lui !

— Les jurés devaient être des hommes mariés depuis plus de dix ans...

Sa réponse était hyper choquante, mais le regard qu'il m'a lancé dans le rétroviseur m'a montré qu'il plaisantait. Il a repris plus sérieusement :

— Ce procès illustre la force et la faiblesse de la justice américaine. Vous n'êtes condamné que si le procureur a démontré votre culpabilité au-delà du doute raisonnable. C'est la différence avec le procès au civil, où il suffit que la culpabilité soit claire et convaincante. C'est pour cela qu'O. J. Simpson a été acquitté au pénal et condamné au civil.

Incroyable, je bénéficie d'un cours de droit américain dans un taxi !

— Mais vous êtes un vrai expert !

— J'ai fait des études de droit, mais je n'avais pas l'argent pour continuer à les payer, alors j'ai arrêté.

Il m'a énoncé ça sans amertume, comme s'il n'avait pas de regrets que le rêve américain ne soit pas pour lui.

— Merci pour la leçon. J'espère que je n'aurai pas à m'en servir, mais on ne sait jamais...

1. O. J. Simpson a été accusé du meurtre de sa femme et d'une autre personne, en 1994.

Nous sommes passés près du Getty Museum avant de nous arrêter devant une grande grille. La tension m'a envahie en une seconde.

— 48 dollars, Miss.

— Tenez, voilà 60, vous les méritez bien.

— Merci beaucoup. Bonne chance.

Je devais avoir une tête bizarre, parce qu'il ne m'avait pas souhaité une bonne soirée mais « bonne chance ».

À l'entrée de la propriété, il y avait deux personnes de la sécurité en costume noir avec des oreillettes. Ils ont vérifié mon identité avant de me laisser passer.

Un couple est arrivé en même temps que moi et nous avons remonté ensemble l'allée vers la maison. Enfin, le terme ne donne qu'une idée impropre de la bâtisse. Elle est immense, hyper Art déco. Magnifique et très impressionnante.

J'espère que Charlie va m'accueillir. J'aurais peut-être dû lui envoyer un SMS. Quand nous franchissons le seuil, un autre agent de sécurité nous indique comment gagner l'endroit où se déroule la soirée.

Nous traversons la maison de part en part, ce qui me donne une idée plus précise de son luxe. Je ne suis jamais allée dans un endroit respirant autant la richesse.

Au bout du long couloir, nous atteignons un living-room qui doit faire dans les deux cents mètres carrés. Il y a de grandes baies vitrées qui donnent sur un jardin où une foule est réunie.

Une centaine de personnes environ. Ce qui me frappe de prime abord, c'est la tenue des invités. Les hommes sont tous en smoking, et les femmes en robe longue de soirée. Je suis la seule à porter une robe qui s'arrête au-dessus du genou !

Cette foule compacte, c'est assez impressionnant. Je n'ose pas m'insérer, alors je reste là sur le perron, en comptant toujours sur Charlie pour me sauver. Mais mon amoureux n'est pas là pour m'éviter de penser que j'ai fait une grosse connerie en venant. Je n'ai pas ma place dans ce monde, je suis une pièce rapportée.

Faute de mieux, je m'absorbe dans l'examen des lieux. Je m'aperçois que le jardin est en réalité un parcours de golf. Enfin, il ne faut pas exagérer, ce n'est pas un dix-huit trous, mais le terrain doit faire au moins cent cinquante mètres de long. Bars, buffets et tables y sont regroupés sous une tente géante.

Je décide de tenter une percée latérale pour attraper une coupe de champagne : plutôt que de traverser la foule, je me glisse le long de la maison. La méthode est assez efficace et deux minutes plus tard j'ai une coupe de champagne rosé. Je pense qu'une sera suffisante pour me réhydrater, mais qu'il en faudra deux ou trois de plus pour me débarrasser de ma nervosité.

Où est Charlie ? Il le fait exprès ou quoi ? Me laisser seule ainsi ? Est-ce pour me prouver que je n'aurais pas dû venir ? Pourtant, ce n'est pas le genre à pratiquer ce type de représailles. Je décide de lui envoyer un SMS pour savoir où il se trouve.

De mon poste d'observation, je peux examiner les invités. Surprise, il n'y a aucune célébrité visible en dehors de Michael. Carolina est aux abonnés absents. J'aperçois Robin et Robert dans un groupe un peu plus loin, près du *putting green*.

Je termine ma troisième coupe. Toujours pas de nouvelles de Charlie. Je commence à me sentir un peu pompette. J'attrape quelques canapés au saumon pour me remplir l'estomac. Il vaut mieux éviter le coma éthylique chez les Brown ! Imaginer que je peux vomir sur la belle moquette du living-room de Michael et de Carolina est néanmoins une image amusante. Ce serait ma version perso de *Very Bad Trip*. Pour fêter ça, je commande une quatrième coupe. Une voix dans mon dos me fait sursauter.

— Seule une Française peut ainsi oser montrer ses jambes ! De jolies jambes, d'ailleurs…

Carolina ! Elle m'a fait tellement peur que j'ai failli en lâcher ma coupe.

Je ne sais comment réagir à ce compliment qui cache aussi une attaque sur mon peu de connaissance du *dress code* de Los Angeles.

— Bonsoir, Carolina. Merci de m'avoir invitée.

— C'est naturel, cette soirée est consacrée à tous les gens que l'on souhaite remercier pour tout ce qu'ils nous apportent. Il y a là nos avocats, les personnes de notre équipe de R.P., nos docteurs, nos investisseurs, les patrons de presse qui nous soutiennent…

La lumière se fait dans mon esprit.

— C'est pour cela qu'il n'y a pas de stars !

Carolina sourit.

— Cet anniversaire-là est célébré demain soir.

— Mais pourquoi m'inviter ce soir ?

Son sourire devient glaçant.

— Il aurait été ingrat de ne pas le faire, après le divertissement que vous avez procuré à mon mari ces derniers mois. Même s'il faut avouer que vous l'avez passablement énervé depuis une semaine.

Le « divertissement que j'ai procuré » à son mari... J'ai du mal à encaisser l'insulte.

— Vous me prenez pour une pute ?

— Non, bien sûr que non. Mon mari n'a pas de goût pour les relations tarifées. Il n'en a pas besoin : il lui suffit de se baisser pour ramasser de quoi se satisfaire. D'ailleurs, si vous étiez une escort, je vous recommanderais d'augmenter vos prix. Une semaine au prix d'une paire de Louboutin pour une jolie femme comme vous, je vous dirais qu'il a fait l'affaire du siècle.

Elle balance ses missiles comme si de rien n'était ! Je suis sous le choc, incapable de réagir.

— Comment vous savez, pour les Louboutin ?

— C'est le cadeau habituel de Michael à ses conquêtes. Au début, ça m'agaçait qu'il dépense autant d'argent pour des filles de passage. Quand j'ai constaté qu'il répétait presque toujours les mêmes achats, cela m'a rassérénée. Je me suis dit qu'il fallait être généreuse, que vous méritiez bien un petit souvenir. Surtout quelque chose d'aussi peu personnel.

Je suis dévastée, mes pieds me brûlent. Je voudrais enlever ces chaussures et les jeter. Carolina s'est aperçue de l'état qu'elle a provoqué.

— Ne soyez pas trop amère, Ophélie. Toutes n'ont pas droit à un tel cadeau...

Je cherche à l'atteindre à mon tour :

— Il a quand même payé 50 000 dollars pour une soirée à Venise.

Tiens, prends ça !

— Oui, c'est assez cher pour une danse et un coup rapide dans un bateau.

Elle est au courant ! Même les détails les plus intimes des moments passés avec Michael ! Lui a-t-il dit, ou est-ce Robin ou Robert qui a bavé ?

— D'après ce que je sais, Ophélie, vous n'avez même pas gardé cette somme pour vous. Très généreux de votre part. Vous m'avez beaucoup impressionnée, à cette occasion. J'ai regretté d'autant plus que nous n'ayons pas pu approfondir notre conversation ce soir-là, dans la cabine du yacht à Bonifacio.

« Approfondir notre conversation », c'est ainsi qu'elle qualifie un moment où elle a pris mes mains pour les poser sur ses gros seins après avoir envahi ma bouche avec sa langue !

Je m'aperçois qu'il n'y a qu'elle qui parle. Je suis comme un boxeur KO dans les cordes, qui encaisse les coups sans pouvoir se défendre.

— Vous avez toujours ma guêpière ? Elle vous allait si bien. J'aimerais beaucoup vous montrer mes nouvelles créations, un de ces jours. Vous savez, je suis au moins aussi généreuse que mon mari…

C'est totalement surréaliste. Cette femme est en train de me faire des avances le soir de son anniversaire de mariage !

Je réponds sans réfléchir :

— Carolina, je suis avec votre beau-frère.

— Je suis au courant, Ophélie. Ce n'est pas un problème, je suis patiente. On pourra faire ça plus tard, après…

« Plus tard » ? « Après » ? Cette femme horrible considère que ma relation avec Charlie est sans lendemain, une simple passade. C'en est trop, je ne peux continuer à écouter ces horreurs. Je pose ma coupe sur la table la plus proche et je m'en vais sans un mot.

Merde, Michael est en train d'accueillir des invités juste devant la porte que je dois emprunter pour quitter la propriété.

Si j'en crois Carolina – et je n'ai pas de raison de penser qu'elle m'a menti sur le sujet –, il est furieux contre moi. Après la séance d'humiliation que je viens de subir, je préfère éviter d'en vivre une seconde.

Le plus simple est de contourner la maison. Je devrais pouvoir trouver la sortie de l'autre côté. Je longe le mur du living-room puis je tourne à droite. La demeure est si grande qu'il me faut parcourir une cinquantaine de mètres pour arriver à son extrémité. Avant de tourner, je jette un coup d'œil derrière moi. Parfait, personne n'est à mes trousses, je suis hors de vue, cachée par la tente et la végétation.

Toujours pas de SMS de Charlie. J'aurai réussi à passer la soirée sans adresser la parole aux deux frères Brown !

Tiens, ce côté de la maison est dédié aux plaisirs aquatiques. Je me trouve, en effet, devant une magnifique piscine et un jacuzzi de belle taille.

Dans la pénombre, je vois alors de l'autre côté du bassin une forme, une enfant, assise sur le bord avec les pieds dans l'eau. Que fait-elle là, toute seule ? C'est dangereux, elle pourrait se noyer. Je m'avance. Ce n'est pas une enfant, mais une jeune femme, d'origine asiatique.

Je meurs d'envie de rentrer chez moi, mais je me dois d'abord d'éclaircir ce mystère.

— Hello.

Pas de réponse.

— Hello, vous parlez anglais ?

Elle lève les yeux vers moi mais ne dit toujours rien. Je la vois prendre une bouteille de whisky et porter le goulot à ses lèvres. Elle en avale une bonne rasade.

Mais pourquoi faut-il toujours que je sois confrontée à des situations aussi louches ?

— Vous travaillez pour Michael Brown ?

— Michael, Michael, il ne veut même pas me voir…

La langue est différente, la nationalité aussi, mais j'ai reconnu le même désespoir que j'avais rencontré chez cette jeune hôtesse à l'hôtel Royal à Deauville, au petit matin. Pas la peine de me faire un dessin, je sais de quoi il retourne… Je vais devoir intervenir, je ne peux pas la laisser se saouler ainsi dans le noir au bord d'une piscine.

— Comment vous appelez-vous ? Moi, c'est Ophélie.

Elle hésite un moment, puis répond enfin :

— Akemi, je m'appelle Akemi.

— Et d'où venez-vous, Akemi ?

Encore un grand silence. Notre conversation va prendre du temps, si on doit attendre trente secondes avant chaque réponse.

— Je viens du Japon, de Tokyo.

Après quoi, la jeune femme ingurgite une nouvelle dose de whisky. Le problème, c'est qu'elle a aussi avalé quelques comprimés. J'aimerais croire qu'il s'agit de paracétamol pour faire passer une migraine, mais je crains qu'il s'agisse d'autre chose…

— Vous savez, il est souvent très néfaste de mélanger médicaments et alcool fort…

Je me retrouve une fois de plus à faire la mère poule pour les filles qui traînent dans le sillage de Michael. C'est assez paradoxal, si on considère que dans mes relations de couple j'ai toujours eu horreur de jouer les infirmières !

Cette fois, elle ne daigne pas me répondre. Merde, elle ne va quand même pas faire une connerie.

Je change mon angle d'attaque.

— Michael est marié, c'est normal que vous ne puissiez pas le voir.

Nouvelle rasade qui la rend plus bavarde, mais ses propos sont à peine intelligibles.

— Marié... Je savais qu'il était marié... Plein de compliments... Il voulait être le premier... J'avais si peur, mais il était si gentil... Sa chambre, il m'a invitée dans sa chambre. C'était beau, c'était grand... Nous avons bu du champagne...

Le tableau qui se dessine dans les vapeurs d'alcool est glaçant. Je connais la fin de l'histoire, mais je reste terrifiée par ce que j'entends.

— Je vous assure que j'ai essayé de dire non... Mais il était si beau... Ses yeux bleus, ses cheveux blonds... Un ange, il m'a fait penser à un ange.

Tout en écoutant, j'essaie d'analyser la situation. Grâce à une lumière de sécurité, nous ne sommes pas complètement dans le noir. Bien qu'elle soit de l'autre côté du bassin, à une dizaine de mètres de moi, j'arrive à la voir. Elle ne doit pas être très vieille, certainement moins de vingt ans. À côté d'elle se trouvent les médicaments, mais je n'arrive pas à distinguer s'il y a plus d'une boîte. Elle a les jambes dans la piscine et joue, comme une gamine, à envoyer de l'eau avec son pied. L'innocence de ce geste associée à ce récit terrifiant, c'est une vision surréaliste.

A-t-elle l'intention de se jeter dans la piscine ? Si c'est le cas, je n'ai aucune chance de l'en empêcher car il me faut au moins une dizaine de secondes pour faire le tour du bassin. La seule option sera d'aller la repêcher dans l'eau. J'avoue que plonger dans l'obscurité n'est pas une idée qui m'emballe. Sans compter qu'avec mes talents de nageuse, et le fait que j'ai moi-même bu quelques coupes, on risque de finir toutes les deux noyées ! Le plus simple est de la dissuader de franchir le cap.

Les paroles qui suivent ne vont pas dans ce sens...

— Quand je leur ai dit pour le bébé, ils ont été si gentils... Ils m'ont fait venir en business class... Ils sont allés me chercher à l'aéroport...

Un « bébé » ! Ai-je bien entendu ? Est-ce le mot qu'elle vient de prononcer ? Ce n'est pas possible, ce serait trop horrible ! Mon esprit refuse cette idée. Michael est très prudent, il ne ferait pas quelque chose d'aussi stupide. Avec moi, il a utilisé des préservatifs chaque fois. Je ne peux exclure d'avoir affaire à une mythomane. Mais mon intuition s'oppose à ma raison : je sens que cette jeune femme dit la vérité.

— J'étais bien installée dans ce bel hôpital... Je voulais voir Michael, ils me disaient qu'il viendrait mais il ne venait jamais ! J'ai accepté l'opération pour lui... Il n'est jamais venu... J'avais si peur... Je voulais qu'il me donne du courage... Mais il n'est pas venu, ni avant ni après... Jamais venu...

Elle répète ces mots en boucle. Je cherche une chose sensée à lui dire, le mot qui saura la faire changer d'avis, si jamais elle compte vraiment mettre fin à ses jours. Que peut-on dire à une personne qui a été ainsi abusée ? Dois-je partager mon expérience personnelle, lui expliquer que Michael reproduit ces situations à l'infini, qu'il y a beaucoup d'autres victimes, qu'elle est donc loin d'être la seule ? Ce n'est même pas la vérité, car elle est certainement la seule à être tombée enceinte pour se voir ainsi « proposer » un avortement. J'imagine trop bien la machine se mettre en route, les Robert et autres Robin la cajoler pour obtenir ce qu'ils veulent tout en préservant Michael au maximum.

Je n'ai pas eu beaucoup plus de temps pour réfléchir : elle a glissé dans l'eau. C'est comme si ça s'était passé au ralenti et, en même temps, ç'a été si soudain ! Dans ces cas-là, on agit par réflexe. Je me rappelle que j'ai eu la présence d'esprit d'enlever mes chaussures avant de sauter dans la piscine. Il n'a pas dû se passer quinze secondes entre le moment où elle a commencé à se noyer et celui où je suis arrivée jusqu'à elle. Je n'ai aucune formation pour sauver les gens dans les piscines, alors j'ai improvisé. Je l'ai saisie par le col et je l'ai tirée jusqu'à ce que j'aie pied. Il me restait une dizaine de mètres pour atteindre le bord. Là où j'ai eu beaucoup de chance, c'est que l'accès se faisait par des marches et non par une échelle. J'ai réussi à la tirer hors de l'eau et à l'en éloigner de quelques mètres.

Elle n'a pas l'air bien, elle tousse, mais je ne suis pas sûre qu'elle soit consciente. Un sentiment de panique m'envahit alors. Elle ne va quand même pas mourir maintenant dans mes bras !

Je fonce vers la plus proche porte de la maison et je frappe dessus comme une forcenée en hurlant : — *Help ! Please, someone, help !*

Pendant quelques secondes, rien. Je frappe encore plus fort, prête à m'exploser la main pour attirer l'attention de quelqu'un. Je pourrais faire le tour et aller chercher du secours auprès des invités, mais je n'ose pas la laisser seule. Il y a quand même une certaine distance. Que faire ? Quel dilemme !

Et puis, enfin, une lumière s'allume dans la pièce en face de moi et un membre de la sécurité arrive. Il n'a pas l'air content, mais je le calme tout de suite.

— Monsieur, une jeune femme vient de faire une tentative de suicide dans la piscine.

Il faut reconnaître qu'il fait preuve d'un grand professionnalisme. Il s'avance pour vérifier mes dires, puis il appelle immédiatement son boss avec son micro.

Celui-ci, un homme d'une cinquantaine d'années, un costaud genre footballeur américain, arrive quelques instants plus tard.

En un regard, il embrasse la scène et apprécie la situation.

— Joss pour Robin. Joss pour Robin. Robin, nous avons un problème. Pouvez-vous demander au Dr Bradley de venir de toute urgence à la piscine ?

Je ne peux entendre la réponse mais, moins de trois minutes plus tard, deux hommes nous rejoignent : Robin et sans doute le médecin. Il a sa trousse avec lui.

Trois minutes, ce n'est rien – une goutte d'eau dans une existence ; mais dans ces circonstances, seule avec les deux gardes du corps et le corps allongé par terre, immobile, ça m'a paru une éternité.

Je suis les gestes du médecin avec attention. Il se penche vers la jeune femme et pose sa main au niveau de sa carotide.

— Elle respire… Joss, aidez-moi, nous allons la mettre en position latérale de sécurité… Robin, passez-moi la serviette, là, pour la mettre sous sa tête.

Une fois Akemi installée en chien de fusil, le docteur sort son stéthoscope. Il remonte son tee-shirt et l'ausculte avant de lui prendre la tension, puis de lui mettre un petit appareil au bout du doigt. Je ne sais pas ce qu'il mesure, mais les nouvelles n'ont pas l'air trop mauvaises.

— La tension est stable, pouls à quatre-vingt-dix, la respiration est régulière. Le diagnostic vital n'est pas engagé. A-t-elle pris quelque chose avant de se jeter dans la piscine ?

Joss se tourne vers moi.

— Miss, vous savez ?

— Elle a bu beaucoup de whisky et a également avalé des médicaments.

Le médecin m'a écoutée avec attention.

— Vous savez quels médicaments et en quelle quantité ?

— Les boîtes sont là-bas, au bord de la piscine.

Joss se précipite.

— Du Valium, docteur, toute une boîte.

— OK, il va falloir lui faire un lavage d'estomac. Appelez le 911[1]…

Robin intervient :

— Impossible, docteur. Imaginez le scandale !

— Robin, elle est dans les vapes, elle tient des propos incohérents. Il faut faire venir les secours.

— Mais vous avez dit qu'elle n'était pas en danger. Peut-être pourriez-vous l'emmener vous-même à l'hôpital ?

1. 911 : numéro des services d'urgence américains.

— Vous plaisantez ? Si elle meurt dans ma voiture, il se passe quoi ? Vous imaginez la responsabilité ?

J'écoute, sidérée, ces deux-là négocier la réputation de Michael contre celle d'un médecin alors qu'Akemi est peut-être en train de crever à deux mètres de leur pathétique échange.

Mon sang ne fait qu'un tour.

— Je vais chercher Michael.

Je me précipite à l'intérieur pour ramener le responsable de cette situation, qui est en même temps le seul capable de la résoudre. Mais Robin n'a pas l'intention de laisser une jeune femme en robe courte dégoulinante foutre en l'air la soirée de son boss. Un mot lui suffit pour se faire comprendre :

— Joss !

Pas la peine de m'expliquer, je sais ce qui va m'arriver. Je me mets à sprinter dans une maison dont je ne connais pas le plan. Joss est peut-être costaud, mais il n'en est pas moins véloce. À peine suis-je en vue du couloir qui va m'amener à la réception qu'il m'attrape le poignet.

— Lâchez-moi !

Je me débats, j'essaie de le frapper. Il attrape mon autre main et commence à me ramener vers la piscine.

— Vous ne comprenez pas, elle va mourir !

— Le Dr Bradley maîtrise la situation.

C'est foutu, je ne peux pas résister. Mais soudain une silhouette familière passe dans le couloir à une dizaine de mètres de moi.

— Charlie ! Charlie, je t'en supplie, aide-moi !

Quelques secondes plus tard, il nous a rejoints. Je n'ai jamais été aussi contente de le voir.

— Que se passe-t-il ?

— Une jeune femme a essayé de se suicider, et ils ne veulent pas que je prévienne Michael...

Joss m'interrompt. Il est si calme qu'il pourrait me faire passer pour une hystérique.

— Le docteur a indiqué qu'elle était hors de danger, et M. Robin pense qu'il n'est pas nécessaire de déranger M. Brown pour ça.

Je manque de m'étrangler. Quelle présentation partiale de la situation ! Je hurle :

— Mais votre docteur veut appeler les secours et Robin l'en empêche ! C'est pour ça que j'allais chercher Michael. On ne va quand même pas la laisser comme ça sur le pavé !

Joss intervient à nouveau :

— La tenue de Mademoiselle n'est pas appropriée à la réception.

Charlie semble découvrir que je suis trempée, comme si sa concentration sur mes propos l'avait empêché de le remarquer plus tôt.

— OK, je vais chercher mon frère. Attendez-moi ici.

Charlie nous abandonne. Je suis encore très énervée contre le chef de la sécurité.

— C'est bon, vous pouvez me lâcher. Je ne vais pas m'enfuir, maintenant que quelqu'un de raisonnable a pris conscience de la situation.

Il me libère, mais j'ai l'impression que c'est à regret. Il faut un temps infini pour que les deux Brown arrivent.

Je ne peux m'empêcher de remarquer la beauté de Michael, son charisme. Je retrouve aussi son ironie mordante.

— Tiens, Ophélie, c'est encore toi qui es à l'origine de ce bordel ? On ne s'ennuie jamais, en ta compagnie…

Je suis si estomaquée par son toupet que je ne parviens pas à répliquer. Charlie aurait pu me défendre, mais lui non plus ne trouve rien à dire. Nous suivons tous le grand acteur vers la piscine.

Michael va vers le docteur.

— Alors, John, c'est grave ?

— Plutôt, Michael : elle a pris des médicaments et de l'alcool. A priori, elle devrait s'en tirer sans problème mais il faut faire venir les urgences. Même si c'est improbable, on ne peut exclure une complication.

Robin intervient :

— Mais appeler le 911, c'est risquer de voir l'affaire dans les journaux !

Robin, je crois que je pourrais le tuer. Il n'a aucune morale, aucun principe. Michael est mieux, en tout cas il est plus réaliste. Il rétorque sèchement à son responsable de communication :

— Et si elle meurt dans mon jardin, Robin, quelle sera ta stratégie de communication ?

Sans attendre une réponse qui ne viendra de toute façon pas, il donne le feu vert au médecin. Celui-ci contacte enfin les urgences.

— C'est bon, ils arrivent dans une dizaine de minutes. Michael, vous savez que sans cette jeune femme on risquait un grave problème…

Il s'est tourné vers moi, et tout le monde semble se rendre compte de mon rôle dans cette affaire.

Michael me regarde sans gentillesse particulière.

— Bravo pour cette intervention, Ophélie. On pourrait se demander pourquoi tu te trouvais dans cette partie de ma propriété, mais je ne vais pas me plaindre.

On a connu des remerciements plus chaleureux… Carolina avait sans doute raison : il doit être fâché, à cause de ma relation avec son frère. Mais alors que tous les regards sont tournés vers moi, je me mets à éternuer.

Charlie intervient :

— Michael, Ophélie est trempée. On peut lui trouver des affaires de rechange quelque part ?

— Oui, emmène-la dans la chambre bleue. Il y a de vieilles affaires de Carolina dans le placard. Et prends des serviettes dans la salle de bains.

— Merci…

Nous montons dans les étages jusqu'à une chambre avec un lit king size et un grand dressing.

— Choisis ce que tu veux.

J'ouvre les tiroirs. Les « vieilles affaires » de Carolina sont des habits hyper chics portant les plus prestigieuses griffes. La difficulté, c'est de trouver quelque chose de simple. Il semble que l'épouse de Michael ne porte que des vêtements sophistiqués.

En d'autres circonstances, chiner ainsi dans les habits d'une star m'aurait amusée, mais là je cherche juste un truc sec. J'attrape un sweat-shirt Nike et un jean Guess et je fonce dans la salle de bains. J'ai pris une ceinture, qui me permet de faire tenir le pantalon trop court et trop large, puis je passe le haut qui est dix fois trop grand. Pas grave, on s'en fout.

En me changeant, j'interpelle Charlie à travers la porte.

— C'est hyper grave, Charlie. Ton frère dépasse les bornes.

La réponse de mon amoureux est décevante.

— Ophélie, ce n'est pas le bon moment pour parler de ça.

— Mais elle a failli mourir !

— Oui, les problèmes avec les groupies existent pour toutes les stars.

— Ce n'est pas une groupie, il ne s'agit pas de ça...

— Ce n'est pas une groupie ?

— Si c'en est une. Mais, le problème, c'est ce qui s'est passé entre ton frère et elle...

Il m'interrompt une seconde fois, plus sèchement :

— Je crois t'avoir déjà expliqué que je ne voulais pas être impliqué dans la vie personnelle de Michael.

Je suis sciée par sa réponse. Je découvre que ce défaut que je connaissais chez l'homme qui pourrait partager ma vie est plus sérieux que prévu. Porter des œillères à ce point, c'est un vrai talon d'Achille. Mais OK, je vais l'ignorer pour l'instant. Nous redescendons, pour voir les secours évacuer la jeune Japonaise. Les portes de l'ambulance se referment et elle s'éloigne.

Deux policiers sont là aussi, en train d'écouter Michael qui bavarde comme si rien ne s'était passé.

Robin est à son côté, attentif à ce que dit son maître.

— ... et, comme je l'expliquais aux ambulanciers, la discrétion est essentielle. Vous imaginez comme la presse ferait ses choux gras de cette affaire. Vous savez qu'il y a une dizaine de journalistes et de patrons de presse à moins de cinquante mètres ? Je ne voudrais pas que ce malheureux incident jette un vilain éclairage sur mon anniversaire de mariage. Vous avez vu que l'ambulance a attendu d'avoir parcouru cinq cents mètres avant de mettre la sirène ?

— Nous comprenons, monsieur Brown, c'est ce qu'on appelle la rançon du succès. Nos femmes font elles aussi partie de vos admiratrices, même si je ne sais pas si on peut les qualifier de groupies.

Tout le monde éclate de rire. Tout le monde, sauf moi – et, j'espère, sauf Charlie, mais je ne peux le voir car il est derrière moi.

Michael saute sur l'occasion.

— Dans ce cas, vous devez venir à l'avant-première du film de mon frère qui aura lieu au début de l'été. Vous pourrez ainsi me présenter vos épouses.

Le flic est embêté – est-ce que ça ne s'apparente pas à de la corruption ?

— C'est gentil, mais j'ignore si...

Michael l'interrompt :

— Vous ne serez pas seuls, les deux urgentistes ont déjà accepté. Comme la jeune femme sera tout à fait remise d'ici là, nous pourrons tous fêter la fin heureuse de ce petit incident.

Le flic qui a mené la conversation jette un coup d'œil vers son collègue.

— Oui, je suppose qu'il n'y a pas de mal à accepter votre invitation. Mais nous devons quand même boucler notre enquête et rédiger un rapport...

— C'est absolument normal. Je vous ai donné ma version des faits, mais je n'étais pas présent. La jeune femme qui a assisté à toute la scène et qui a sauvé la victime vient d'arriver et peut répondre à vos questions.

Le flic, tout à son excitation, ne semble même pas intéressé par ma présence.

— Nos épouses ne vont jamais nous croire !

— Alors, je vais vous chercher des photos que je vous dédicacerai. Comme ça, je n'influencerai pas la déposition du témoin et votre enquête.

En disant ça, il leur fait un clin d'œil. Voilà le Michael séducteur que je ne connais que trop bien.

Les flics sont sous le charme, au moins autant que leurs femmes, même s'ils ne s'en rendent pas compte. Michael profite de son avantage :

— Je vous laisse avec mon avocat. Je n'arriverai pas à le persuader de ne pas assister à cette déposition. Après tout, ça s'est passé dans ma propriété. Et puis, il faut bien qu'il justifie ses monstrueux émoluments.

Nouveaux rires. Je ne m'étais pas aperçue que Robert s'était approché. Je ne sais pas si c'est bien légal qu'il assiste à mon entrevue avec les policiers. Quand Michael s'éloigne, ceux-ci reprennent leur sérieux. Ils me font décliner mon identité, puis m'interrogent sur les événements. Ils sont très factuels.

— Donc cette femme était seule. Elle a échangé quelques mots avec vous en ingurgitant des médicaments et de l'alcool, avant de se jeter dans l'eau. Vous avez sauté et êtes parvenue à l'en sortir. Vous avez appelé à l'aide, et le Dr Bradley est arrivé. Après avoir pratiqué un examen et délivré les soins d'urgence, il a joint les secours. Est-ce bien ça ?

Sur les événements proprement dits, ils ont fait un résumé succinct et efficace, mais je trouve que l'on occulte ce qui a poussé la jeune femme à commettre ce geste.

— Oui, mais vous ne m'avez pas questionnée sur les raisons qui l'ont poussée à se jeter dans l'eau.

Je sens Robert qui se crispe à mon côté.

— Miss, il est évident qu'il s'agit d'une groupie tombée amoureuse de M. Brown. C'est assez commun, vous savez.

— Oui, mais il avait couché avec elle !

Les deux flics ont l'air gêné, alors Robert vient leur donner un coup de main.

— *Hearsay*[1] ! Vous ignorez si ces assertions sont vraies.

Je n'en reviens pas. Ce con d'avocat vient d'utiliser l'argument légal du ouï-dire pour que les policiers ne prennent pas en compte les informations que je leur apporte.

— Elle est quand même tombée enceinte !

Le second flic, celui qui était resté le plus en retrait, intervient :

— Vous dites qu'elle a voulu se suicider avec un enfant dans son ventre ?

— Non, non, elle a subi un avortement. Mais vous pouvez contacter l'hôpital, ils vous le confirmeront.

Robert contre-attaque immédiatement :

— Ophélie, vous n'avez que ses déclarations et elle présentait une mythomanie évidente. Même si son

1. *Hearsay* : mot utilisé dans les prétoires pour récuser le témoignage de témoins indirects.

histoire est vraie et qu'elle a subi un avortement, il est très probable que ce soit un coup monté pour soutirer de l'argent à Michael.

— Mais, à l'hôpital, ils doivent savoir ! Il y a l'ADN du fœtus !

Robert me dédaigne et s'adresse aux représentants de l'ordre :

— Messieurs, si cette jeune femme a subi un avortement, vous ne pouvez connaître la vérité qu'avec son assentiment. Vouloir obtenir des renseignements sans cela constituerait une violation du secret médical. Sans compter que le suicide n'est plus un crime en Californie.

Le premier flic, le plus fan de Michael, se tourne vers moi.

— M. Stein a raison, mademoiselle. Nous n'avons pas à enquêter sur les raisons du suicide à moins qu'elle n'y ait été poussée. Diriez-vous que M. Brown a incité cette femme à mettre fin à ses jours ?

— Non, bien sûr que non. Mais il...

— Dans ce cas, le reste relève de la sphère privée, pas de la compétence de la police.

OK, j'ai compris, j'abandonne. Il y a un silence gêné, vite dissipé par le retour de Michael.

— Comme promis, voici des photos dédicacées. Robin, prends les coordonnées de ces messieurs pour les inviter à l'avant-première du film de mon frère et laisse-leur ta carte.

Les policiers sont aux anges et repartent tout souriants cinq minutes plus tard.

Robert glisse un mot dans l'oreille de Michael. Celui-ci me lance un regard glacial.

— Tu es de plus en plus décevante, Ophélie. Essayer de me mouiller dans cette affaire ! Merci pour ton intervention un peu plus tôt, mais maintenant il vaut mieux que tu rentres chez toi.

Je n'y crois pas : il me jette comme une malpropre alors que je l'ai tiré d'un bien mauvais pas !

— Vous êtes vraiment une bande de salopards arrogants qui se foutent des autres. J'en ai rien à faire de votre soirée de merde !

Moment décisif, je me tourne vers mon amoureux.

— Tu peux me ramener, s'il te plaît ?

Michael s'interpose.

— Charles, tu dois être présent ce soir. C'est notre anniversaire de mariage et il y a là les gens qui ont financé ton film, donc il faut que tu te montres.

Je les regarde tous les deux. La force qui émane de Michael ébranle visiblement Charlie, même si celui-ci cherche à opposer un semblant de résistance.

— Michael, je dépose Ophélie et je serai de retour dans une demi-heure.

Il veut me déposer chez moi puis me laisser seule après les événements de ce soir ! Si ce n'était pas si triste, ce serait presque risible. Entendu, j'ai compris !

— C'est bon, Charlie, reste pour faire tes R.P. Vous pouvez au moins m'appeler une voiture ?

Michael a un sourire qui se veut discret, mais qui affiche sa victoire.

— Bien sûr. Robin, tu demandes un taxi pour Miss Delacour… Bonsoir, Ophélie.

Et il s'éloigne, suivi de son avocat.

Robin nous précède sur le chemin de la sortie, et nous quitte après m'avoir commandé une voiture.

— Je sais que tu ne veux pas aborder le sujet, mais avoue que ton frère est un mec super sympa, pour me virer de chez lui comme ça…

— Il est fâché depuis que je lui ai dit que nous sommes ensemble. Et puis, tu n'aurais pas dû essayer de le mouiller auprès des policiers. Ça n'a pas de sens. Comme ils te l'ont expliqué, il n'est pas responsable.

Il vient d'employer le même terme que Michael, cinq minutes plus tôt : j'ai essayé de le « mouiller ». C'est marrant, maintenant, c'est moi la méchante dans l'histoire.

Je ne réponds rien. Charlie est embêté. Nous restons silencieux, le taxi arrive.

— Rentre bien. Si tu veux, je te rejoins plus tard chez toi. Je ne vais pas faire long feu à cette soirée.

J'ai envie d'accepter, car j'aurais bien besoin de sa présence et de sa gentillesse pour me réconforter. Mais la déception liée à son attitude est trop grande.

— Merci, Charlie, mais je dormirai. Je vais prendre un cachet. On n'aura qu'à s'appeler demain.

Là-dessus, j'ai claqué la portière de la voiture et je me suis retrouvée seule. Une solitude plus morale que physique : je me sentais abandonnée par l'homme que j'aime.

Arrivée à l'appartement j'ai retrouvé mon Roméo. Nous nous sommes couchés. Contrairement à ce que j'avais prétendu, je n'avais pas de somnifère et j'ai eu beaucoup de mal à trouver le sommeil.

Ce matin, après avoir essayé de joindre Laure sans succès, j'ai appelé mes parents. Ça m'a fait un peu de bien.

Après, j'ai décidé d'aller prendre des nouvelles de la pauvre Japonaise.

À l'hôpital, il a été difficile de convaincre le personnel de me laisser la voir. Les visites se déroulaient à partir de 11 heures et étaient réservées à la famille. J'ai dû parlementer, et expliquer que j'étais la correspondante de la jeune femme et qu'elle ne connaissait que moi aux États-Unis. Ils ont appelé le médecin en charge, et j'ai finalement été autorisée à la voir.

Quand je suis entrée dans sa chambre, je me suis aperçue que la veille, dans la pénombre, je n'avais pas pu apprécier sa beauté. Elle était d'une finesse stupéfiante, avec des cheveux magnifiques. Arriver à être aussi jolie malgré ses traits tirés par la dure épreuve de la veille et la blouse atroce de l'hôpital, c'était un véritable exploit.

Elle n'a pas eu l'air surprise de me voir.

— Bonjour, Akemi, vous savez qui je suis ?

— Je pense, oui. Vous devez être celle qui me permet d'être là ce matin…

L'alcool dissipé, sa voix était différente de la veille, plus mature, plus grave. Il y avait un soupçon d'humour dans ses propos.

— Je ne sais pas encore si je dois vous remercier ou vous maudire pour vous être trouvée là à ce moment précis.

— Michael Brown ne mérite pas que l'on se supprime pour lui. Croyez-en mon expérience…

— Ah, parce que vous aussi… Vous vous appelez comment, déjà ?

— Ophélie, je viens de Paris. Pour répondre à votre question, j'ai été plus chanceuse que vous : j'ai juste couché avec lui, sans avoir d'autres séquelles que des bleus au cœur.

— C'est la meilleure partie, n'est-ce pas ? Bien sûr, je ne peux pas comparer vu qu'il a été le seul, mais je ne peux pas imaginer que ça puisse être mieux que ça...

Elle m'a regardée avec un petit sourire. Cette fille n'était pas la groupie analphabète que j'imaginais.

Je lui ai rendu son sourire.

— Je peux vous confirmer que vous avez raison. C'est un amant incroyable...

— Et si beau !

— Incroyable et beau. Mais c'est un *bad guy*, une personne détestable qui profite des femmes.

Elle m'a lancé un regard profond. Je n'aurais jamais pu imaginer avoir un tel échange avec une autre maîtresse de Michael. Mais le point de vue avait changé : nous n'étions plus en compétition, nous étions des compagnes d'infortune.

— J'ai été d'une telle naïveté. À ce niveau-là, on peut appeler ça de la bêtise.

— Ou de la candeur... Je suis passée par là, et je suis plus vieille que vous. Vous avez quel âge ?

— Dix-neuf ans.

Si jeune... Quel infâme salopard !

La complicité qui s'établissait entre nous m'a poussée à poser la question qui me brûlait les lèvres :

— Mais comment se fait-il que vous soyez tombée enceinte ?

Son regard s'est teinté de tristesse. Je me suis dit qu'elle n'allait pas me répondre. Je me trompais, elle m'a raconté toute l'histoire.

— J'avais un petit ami depuis deux ans, et j'étais résolue à faire l'amour avec lui. Alors, je suis allée voir mon médecin pour qu'il me prescrive la pilule. Mais la semaine d'après... ça a été la catastrophe !

Son regard est devenu lointain. Je l'ai aidée :

— Michael est apparu.

— Oui, Michael est arrivé pour une avant-première. Je parle couramment anglais, alors je travaille en free-lance comme interprète pour payer mes études. Je faisais partie des personnes qui s'occupaient de l'équipe du film. Bien sûr, au départ, je n'étais pas en charge de Michael. Mais il a piqué une terrible colère contre son traducteur et a exigé que je prenne sa place.

Tiens, l'histoire me semble familière. Il y a des schémas qui se répètent... Je comprends maintenant la désignation de Vincent puis de Christine pour s'occuper de Michael à Deauville. Bertrand n'a rien fait au hasard : il a été plus prévoyant que son homologue japonais, qui n'a pas hésité à mettre une jeune femme de dix-neuf ans dans les griffes de l'acteur américain.

— Michael a été fantastique avec moi, si gentil, si prévenant ! Même quand j'ai été une ou deux fois en difficulté pour traduire les questions des journalistes, il est resté d'une patience exemplaire. Le soir, après le dîner de gala, il m'a dit qu'il voulait préparer le discours du lendemain avec moi.

Mon cœur se serre, j'ai l'impression de vivre le drame qu'elle m'expose calmement.

— Dans la suite, il m'a offert du champagne. D'habitude, je ne bois pas mais il a insisté. Alors j'ai cédé... J'étais bien, on discutait, je n'étais pas inquiète. Je sais qu'il n'est pas prudent d'être dans la chambre d'un homme la nuit, mais Michael, c'était différent. Pour moi, il n'y avait aucun risque, c'était un homme marié à une femme magnifique...

Bienvenue au club de celles qui ont cru que Carolina les protégerait d'un assaut de son mari...

— Il m'a demandé si j'avais un petit ami. Après, il a tout voulu savoir sur les rapports que j'entretenais avec lui. C'était un peu gênant, mais je lui ai tout dit. Je ne sais pas pourquoi, mais je lui ai révélé ma vie intime. Quand il a su que j'étais vierge mais que je prenais la pilule, il a changé d'attitude : il est devenu moins paternel, plus séducteur. Il m'a demandé si je serais prête à lui offrir un cadeau.

Le coup du cadeau, basique mais difficile à parer... J'anticipe la suite :

— Il vous a demandé un baiser.

Je n'ai pas posé la question, j'ai affirmé. Elle est surprise.

— C'était si évident ? Je suppose que oui. J'ai tenté de lui expliquer que ce n'était pas possible, que j'avais un petit ami. Mais il a réussi à me faire sentir que j'étais ingrate après la journée extraordinaire que j'avais passée grâce à lui. Je l'ai regardé, il avait un sourire merveilleux et des yeux incroyables, alors j'ai accepté. Le baiser n'avait rien à voir avec ce que je connaissais. Je n'ai pas pu m'arrêter, et c'est lui qui y a mis un terme. Il m'a demandé si c'était bien et je n'ai pas pu mentir. Alors il a pris un deuxième baiser et les choses sont allées trop loin.

« Ce que je me reproche le plus, et dont il faut pourtant que je vous parle, c'est que j'ai peur de ne m'être pas défendue autant que je le pouvais. »

Cette phrase, Akemi ne l'a jamais prononcée. Ce sont les mots de Cécile de Volanges quand elle raconte à la marquise de Merteuil sa nuit avec le vicomte de Valmont. Michael et Akemi n'ont rien inventé : Choderlos de Laclos a déjà tout écrit dans *Les Liaisons dangereuses*, dès 1782. Akemi, telle Cécile, a succombé à l'expertise de son amant et y a pris du plaisir. Cela ne m'explique toujours pas sa grossesse.

— Mais si vous preniez la pilule, comment avez-vous pu tomber enceinte ?

— Ça a été une surprise terrible quand mes règles ne sont pas arrivées. Au début, je croyais être juste en retard, mais au bout de six semaines j'ai fait un test, et il était positif… Le médecin m'a ensuite expliqué que si on commence la prise en milieu de cycle, il ne faut pas avoir de rapports non protégés les deux premières semaines.

— Qu'avez-vous fait ?

— J'ai essayé de contacter Michael, mais je n'ai pas réussi. Alors je suis allée voir mon boss dans la société d'interprétariat. Au début, il était furieux, mais deux jours plus tard j'ai reçu un appel de M. Robin Watson me disant que Michael souhaitait me rencontrer et m'invitait à Los Angeles. Ils ont envoyé un billet d'avion en business class. Ils ont même commandé une voiture pour m'emmener de mon domicile à l'aéroport. C'était un soulagement d'avoir des gens gentils pour s'occuper de moi, car mon petit ami avait rompu et mes parents ne voulaient entendre parler de rien.

Pauvre fille. Autant je peux comprendre l'attitude de son copain, autant je trouve révoltante celle de sa famille. Je n'agirais jamais comme ça avec ma fille.

— En arrivant à Los Angeles, je suis allée de déception en déception. Je n'ai pas vu Michael, mais j'ai subi un véritable siège de Robin et de Robert Stein, l'avocat. Ils voulaient que j'accepte d'avorter. Ils me disaient que je ne pourrais pas voir Michael tant que je n'aurais pas accepté. Ils voulaient aussi que je signe un papier pour garantir que je ne raconterais mon aventure à personne. Moi, l'avortement, je suis plutôt contre. J'étais prête à avoir ce bébé, même si je comprenais que Michael ne l'élèverait pas avec moi. Je leur ai déclaré que s'ils pouvaient m'obtenir un visa pour Los Angeles, je vivrais avec mon bébé dans un petit appartement. Je pouvais trouver un travail dans une entreprise japonaise grâce à ma connaissance des deux langues. Peut-être que Michael pourrait m'aider au début, en me donnant un peu d'argent ? Et il pourrait venir voir son enfant à sa guise. Il serait libre, je ne m'imposerais pas dans sa vie. Mais ni Robin ni Robert ne partageaient mon point de vue…

Tu m'étonnes ! La gentille Japonaise qui débarque en proposant d'élever l'enfant illégitime de la star dont l'image de marque repose sur sa qualité de mari irréprochable. Ils ont dû s'étrangler, le communicant et l'homme de loi !

— Qu'est-ce qui vous a fait changer d'avis ?

— Les deux me harcelaient, chacun dans son style. Robin insistait sur le tort que j'allais causer à Michael, il cherchait à me culpabiliser. Robert Stein était plus menaçant, il m'a dit que j'aurais des ennuis terribles si je m'obstinais. Mais j'étais décidée : je voulais ce bébé, rien ne pourrait me faire changer d'avis. Et puis, le troisième soir, seul Robin est venu à l'hôtel. Il m'a annoncé qu'il avait une surprise pour moi. Il m'a fait monter dans sa belle voiture, un coupé Mercedes. Nous avons roulé vers l'océan. Il y avait un grand hôtel sur la plage sublime, d'un luxe inouï. Vous auriez vu la suite : je n'ai jamais vu un endroit aussi beau...

Mon cœur se serre.

— L'hôtel, c'est Shutters on the Beach ?

Elle lève les sourcils, étonnée.

— Vous connaissez ? Vous y êtes déjà allée ?

— Peu importe, continuez.

— Un peu plus tard, Michael est arrivé. Il m'a prise dans ses bras. J'étais tellement contente de le voir, je pleurais...

À l'évocation de ce souvenir, les larmes coulent à nouveau sur les joues de la gracile Akemi.

— J'ai voulu lui parler du bébé, de mes plans, du fait qu'il pouvait être certain que je ne l'embêterais pas. Mais il m'a coupée en disant qu'on discuterait de ça plus tard ; qu'il n'y avait pas de problème, on trouverait une solution. Il a ajouté qu'il fallait profiter de l'instant présent. Il avait raison... Il m'a servi une coupe de champagne, il m'a prise dans ses bras, et nous avons regardé le soleil se coucher sur le Pacifique. C'était un instant magique, d'un romantisme incroyable.

Son regard se fait lointain. Elle m'a quittée pour rejoindre Michael en pensée. Elle inspire à fond pour se donner du courage et poursuivre son récit.

— Il m'a embrassée et nous avons fait l'amour. C'était mille fois mieux qu'à Tokyo, la jouissance à l'état pur... Vous comprenez, cette fois je n'ai pas eu mal. Je n'aurais jamais imaginé que l'acte sexuel pouvait donner autant de plaisir. Et puis la nervosité m'avait abandonnée. J'étais plus à l'aise pour apprécier les caresses de Michael... et j'ai eu mon premier orgasme.

Là, ça devient un peu trop précis. Je préférerais éviter les détails, la jalousie commence à montrer le bout de son nez... Mais Akemi est trop centrée sur elle-même pour imaginer qu'elle risque de me heurter. Pour elle, cette confession, c'est comme le début d'une analyse.

— C'était magique de le sentir en moi. Je l'ai remercié, je lui ai dit qu'il m'avait fait connaître le plaisir absolu. Là, il s'est gentiment moqué de moi, et m'a dit qu'il ne fallait pas employer de mots aussi définitifs que « plaisir absolu ». J'ai été un peu offensée et j'ai réitéré mes propos. Il a approché son visage du mien, et je me suis noyée dans ses yeux bleus. Il était si beau... Il m'a dit qu'il allait me prouver que j'avais tort. Il a posé ses lèvres sur les miennes, c'était fort. Il embrasse si bien...

C'est à mon tour de replonger dans le passé, avec une certaine nostalgie en repensant à ces moments où ma langue et celle de Michael dansaient ensemble. Mais Akemi m'arrache à ce voyage dans le temps et dans l'érotisme :

— Puis son visage s'est éloigné et il m'a embrassée dans le cou. Il était doux. Il a continué à m'embrasser partout, sur les épaules, sur les seins. C'était si sensuel. Quand il a atteint mon nombril, j'étais un peu nerveuse. Est-ce qu'il n'allait pas descendre plus bas ?

Ma belle, tes interrogations étaient superflues : il n'y avait aucun doute sur sa destination finale...

— J'ai essayé de le retenir, de le tirer vers moi, mais il a relevé la tête et m'a dit de lui faire confiance. J'ai abandonné, je l'ai laissé faire.

Grand moment de silence. Akemi a stoppé son récit. Cette fois, elle a l'air d'être sous l'emprise de drogues, le regard dans le vide. Peut-être les médicaments ? Je n'ose pas parler.

Mais le récit de son chemin de croix n'est pas terminé. On n'a même pas atteint le point culminant qui précède le début de la chute. Elle reprend d'une voix calme :

— Sa bouche s'est posée sur mon sexe. Après, ce qu'il m'a fait avec sa langue et ses mains, je ne saurais le décrire. Je n'ai aucune idée de combien de temps ça a duré... Je gémissais, je criais, je m'agrippais aux draps. Les sensations étaient si puissantes qu'au moment de l'orgasme tout mon corps s'est tendu, puis relâché dans des spasmes successifs. Je n'arrivais plus à le contrôler. C'était si fort que j'ai pleuré. Michael m'a prise de nouveau dans ses bras, il a saisi un morceau de drap pour m'essuyer les joues. Il m'a gardée longtemps contre lui, ma tête sur son torse. Au bout d'un moment, il m'a parlé, et c'est à ce moment qu'il m'a convaincue.

L'écouter me décrire son plaisir n'était pas une expérience agréable, mais j'appréhende l'instant où elle va m'expliquer comment Michael l'a persuadée de renoncer à son bébé. Je sais ce que l'on ressent après avoir partagé une telle intimité avec un homme, pour peu que l'on soit attiré par lui. Avec Michael, la vulnérabilité est multipliée par cent, par mille. Son charme naturel, son charisme, sa beauté, son regard ainsi que son talent inné d'amant, tout vous pousse à boire ses paroles. Je n'ai pas envie d'entendre ce qui s'est passé, mais Akemi, elle, a besoin de l'exprimer.

— Il m'a expliqué longuement pourquoi il ne pouvait pas avoir d'enfant, pourquoi ce serait la fin de sa carrière. Il m'a dit qu'arrêter de faire du cinéma serait pour lui comme mourir. Ça a duré, duré. Serrée tout contre lui, je ne pouvais pas le voir mais je ressentais son émotion. Il ne m'a fait aucun reproche…

« Au bout d'une éternité, c'est devenu une évidence : je ne pouvais pas briser sa vie en lui imposant ce bébé. Il avait montré tant d'amour et de gentillesse ! Comment pouvais-je être égoïste à ce point ? Sans qu'il me le demande, je lui ai proposé d'avorter.

« Il ne m'a rien répondu, il m'a juste embrassée sur le front et sur les paupières. Nous avons refait l'amour deux fois cette nuit-là. Mon plaisir n'a pas été plus fort physiquement, mais il y avait cette émotion entre nous. Je me suis dit que j'étais amoureuse pour la première fois, que mes petits amis précédents ne comptaient pas.

« Au matin, nous avons pris le petit-déjeuner ensemble sur la terrasse. C'était une belle matinée, et la lumière sur l'océan était une merveille… Mais l'ambiance était différente de la veille. Michael était plus froid, comme tendu. Je lui ai demandé si quelque chose n'allait pas. L'espace d'un instant, il a retrouvé son humour et m'a dit qu'il était épuisé, que c'était le problème pour les jeunes femmes qui font l'amour avec des vieux…

Tiens, un autre couplet qui semble familier. Michael interprète visiblement la même chanson encore et encore…

— Puis on a frappé à la porte. C'était Robert Stein, l'avocat. Je n'étais pas ravie de le voir. Michael m'a expliqué qu'aux États-Unis il valait mieux signer des papiers pour éviter des problèmes légaux. Je n'ai pas vraiment compris ce qu'il entendait par là. L'avocat m'a montré différents contrats que je devais signer. Il y en avait un pour dire que l'avortement était ma décision, un autre pour dire que je ne révélerais rien à quiconque de ma relation avec Michael... En échange, ils prenaient en charge tous mes frais de clinique, mon billet de retour pour Tokyo. Ils m'offraient aussi une somme de 10 000 dollars pour me permettre de m'« offrir quelque chose » qui me « ferait plaisir »...

10 000 dollars pour dédommager un avortement ! Carolina avait raison, la générosité de Michael est à géométrie variable. Je devrais m'estimer heureuse d'avoir eu 50 000 dollars juste pour avoir joué le rôle de la fiancée de Charlie pendant quinze minutes.

— Je n'avais plus très envie de signer, mais je l'ai fait quand même. Michael m'a affirmé qu'il viendrait me voir à la clinique. Nous nous sommes séparés moins d'une heure après. Il m'a offert une petite médaille en argent qui représente saint Michel, pour me donner du courage dans cette épreuve.

Je n'en reviens pas du cynisme de cet homme. Saint Michel, ce n'est pas l'archange, le chef de tous les anges, celui qui a défait le diable, le symbole de la lutte contre les démons ? Je crois qu'il y a un gros problème de casting : si Michael veut un rôle dans ce film-là, il faudra qu'il interprète Satan, pas l'archange !

— Après, tout est allé très vite. Nous sommes venus dans cette clinique où nous nous trouvons actuellement. Ils m'ont bien installée. Robin est resté avec moi toute la journée. Ma chambre était transformée en second bureau pour lui. Il m'a parlé des films que Michael allait tourner, il m'a dit que je le verrais souvent lors des différentes avant-premières à Tokyo. Il est resté dîner avec moi... C'est la dernière fois que j'ai vu quelqu'un de l'entourage de Michael jusqu'à maintenant.

— Vous avez eu l'intervention le lendemain matin ?

— Oui, ça s'est passé très vite. Ils m'ont fait une anesthésie générale, mais ç'a été très court. Je me suis réveillée au bloc, j'ai regardé l'horloge : il était 9 heures moins le quart. J'ai juste eu le temps d'échanger quelques mots avec le médecin, qui voulait vérifier que tout allait bien. Ils m'ont ramenée dans ma chambre. Je me sentais vide, je me suis dit que j'avais perdu mon bébé.

Les mots sont simples, elle ne tombe pas dans le pathos, mais la situation n'en est que plus terrible. Cette malheureuse jeune femme a dû se résoudre à subir un avortement contre son gré. Je suis une femme moderne, et une fervente admiratrice de Simone Veil qui a permis la légalisation de l'avortement, mais, dans le cas d'Akemi, il s'agit d'un véritable meurtre... Cependant je préfère garder mes réflexions pour moi et m'en tenir aux faits.

— Vous êtes sortie l'après-midi ?

— Non, ils ont voulu me garder en observation vingt-quatre heures de plus. J'ai beaucoup dormi et j'ai regardé la télévision. J'attendais une visite de Michael, comme il me l'avait promis...

Silence. Je connais déjà cette partie-là.

— Il n'est jamais venu. Robin qui avait été si gentil la veille a joué les abonnés absents. J'étais déçue et triste. La journée suivante a été longue et ennuyeuse. Plus le temps passait, moins je croyais à une possible visite... Vers 18 heures, j'ai appris par E ! Entertainment que les Brown allaient fêter leur anniversaire de mariage. Michael était interviewé, avec sa femme à son bras. La journaliste le félicitait pour la durée de leur union - de plus en plus inhabituelle à Hollywood -, mais il a joué la modestie, et a dit que c'était facile de ne regarder aucune autre femme quand on avait la chance d'être marié à Carolina Sanchez. Moins de soixante-douze heures plus tôt, il m'avait fait trois fois l'amour. J'ai compris alors que j'avais été dupée, qu'une vie à venir avait été supprimée pour rien, pour sauvegarder une fausse image...

— Qu'est-ce que vous avez fait alors ?

— J'ai appelé le médecin et exigé de sortir. Il n'était pas chaud, mais comme j'ai insisté il s'est contenté de me faire signer une décharge.

— Et une fois dehors ?

— J'ai commencé par jeter la médaille de saint Michel dans une poubelle.

— Bravo, c'était le geste à faire.

Elle a un sourire, le premier depuis un moment.

— Oui, je crois. Ça m'a fait du bien. Mais ce n'était pas suffisant, j'ai décidé de détruire sa vie comme il avait détruit la mienne. C'est bien dans votre religion, le précepte : « Œil pour œil, dent pour dent » ?

— Oui, c'est ce qu'on appelle la loi du talion.

— Eh bien, cette loi, j'ai décidé de l'appliquer à M. Brown. J'ai cherché sur Internet son adresse et je suis allée chez lui après m'être procuré le Valium et le whisky. Le reste de l'histoire, vous le connaissez aussi bien que moi. J'ai échoué...

Elle me regarde et son regard me transperce.

— … à cause de vous.

J'accuse le coup. Je pensais être remerciée, pas être mise en accusation.

— Je vous l'ai dit, il ne mérite pas que vous mettiez fin à vos jours. Votre vie est devant vous, même si, pour l'instant, l'avenir vous semble obscurci. Vous aimerez encore, vous connaîtrez quelqu'un qui le méritera et avec qui vous éprouverez des sentiments réciproques. Et, le plus important, avec qui vous aurez des enfants.

— Peut-être… mais lui continuera à faire des ravages et restera impuni…

Là, elle n'a peut-être pas tort.

— Mais, Akemi, même si vous aviez réussi votre suicide, il vous aurait fait passer pour une hystérique. Vous n'aviez aucune chance.

— Peut-être. Sauf si j'avais gardé l'enfant…

Ou si elle avait demandé un test d'ADN pour le fœtus. Mais je ne l'interroge même pas pour savoir si elle l'a fait. Comment une jeune femme innocente de dix-neuf ans pourrait être assez retorse pour penser à ce genre de choses ?

— Vous savez, je crois qu'un jour, la vérité éclatera et que toutes les femmes qui ont subi les assauts de ce prédateur seront vengées.

Dans la vie, s'il y a une chose à laquelle je ne crois pas, c'est bien à la justice immanente. Mais, au moment où j'ai prononcé ces paroles, j'y croyais à mille pour cent. J'étais tellement convaincue que j'ai emporté son adhésion.

— Oui, Ophélie, c'est possible… Vous avez peut-être raison.

À ce moment, la porte s'est ouverte et une infirmière a mis fin à ma visite. J'ai promis à Akemi de revenir la voir.

Par acquit de conscience avant de quitter l'hôpital, j'ai demandé à voir le médecin qui s'est occupé de ma nouvelle amie pour connaître le diagnostic et savoir s'il y aurait des séquelles.

Journal d'Ophélie

19 avril 2015, 18 heures

Je vais finir par penser qu'Akemi avait raison : Michael mériterait une balle entre les deux yeux, et je regrette de ne pas avoir pris d'arme aujourd'hui en allant chez lui. Maintenant, je suis seule chez moi comme une conne et je risque de le rester. J'ai peut-être tout perdu.

La rencontre avec le docteur a été rassurante, en même temps qu'elle constituait un nouveau sommet d'hypocrisie.

Il m'a donné une réponse encourageante sur l'état d'Akemi.

— Ne vous inquiétez pas, Miss, votre amie pourra sortir dès demain. Nous avons pu lui faire un lavage d'estomac et le Valium n'est pas un médicament très puissant.

— Mais en ce qui concerne son avortement, n'y a-t-il pas de risques pour sa convalescence ?

Il s'est fermé comme une huître.

— Je ne peux pas vous donner plus de détails, je suis tenu par le secret médical… Encore une fois, tout va bien.

J'ai alors abordé la délicate question financière.

— En ce qui concerne les frais, je ne suis pas certaine qu'elle puisse payer et elle n'a pas d'assurance américaine…

— Ne vous inquiétez pas. Tout est pris en charge jusqu'à sa sortie.

— Vous voulez dire que Michael Brown va régler la note ?

Il a eu l'air surpris. Soit il méritait un oscar pour son interprétation magistrale de l'étonnement, soit il ne savait rien. Je pense que c'était la seconde option.

— Non, pas du tout. Le Dr Bradley s'est occupé personnellement de régler ce problème. Maintenant, si vous voulez bien m'excuser, je dois retourner voir mes patients.

La mention de Michael l'avait fait fuir. J'étais sciée : là encore, ils avaient réussi à verrouiller le système, à contrôler l'information.

En quittant l'hôpital, j'étais très inquiète pour Akemi. J'avais peur qu'elle attende de rentrer au Japon pour réitérer son geste et, cette fois, réussir son coup. Je me suis dit que le seul qui pouvait lui parler et la convaincre de vivre, c'était celui qui l'avait plongée dans le désespoir : Michael.

J'ai envoyé un SMS à Charlie :

« Je vais chez ton frère. Je veux lui reparler du suicide d'hier. »

J'ai reçu une réponse dix minutes plus tard :

« Pas une bonne idée. Viens d'abord chez moi, qu'on en discute. »

« Non, il s'agit de sauver une vie. Je dois le voir. »

« Attends-moi, au moins. Nous irons ensemble. »

« Trop tard, je suis déjà dans le taxi et j'arrive à Brentwood. »

« Je te rejoins. Mais, je t'en supplie, n'entre pas avant que j'arrive. »

Quand le taxi m'a déposée devant la grille, j'ai été tentée d'écouter Charlie, mais j'ai renoncé en me disant qu'il essaierait de me dissuader. Comme ce qui m'attendait n'allait certainement pas être drôle, j'ai eu peur que mon amoureux ne m'enlève le peu de courage que j'avais.

J'ai inspiré un grand coup et j'ai sonné. Il y avait une caméra qui me regardait de son œil mort. L'impression était glaçante.

Après quelques secondes, une voix jaillit de l'interphone :

— Oui ?

— Ophélie Delacour, pour Michael Brown.

— Un instant.

En fait, il a fallu quelques minutes pour que les portes s'ouvrent. Mais je n'ai franchi que le barrage le plus facile. À l'intérieur de la propriété m'attendent deux personnes de la sécurité. Je reconnais Joss, l'homme qui m'a coursée dans les couloirs de la maison. Il est accompagné d'une femme en tailleur-pantalon noir.

— Bonjour, Miss, M. Brown va vous recevoir. Vous voulez bien accepter une fouille au corps opérée par ma collègue ?

J'ai d'abord pris cette question incongrue sur le ton de la plaisanterie.

— Je n'avais pas réalisé que j'allais prendre l'avion...

Joss et sa collègue n'ont pas esquissé l'ombre d'un sourire. Aimables comme des portes de prison, ces deux-là.

— Vous plaisantez, vous n'avez quand même pas l'intention de me fouiller ?

— Ce sont les ordres. Ce soir, M. Brown organise une soirée importante avec des célébrités, et nous ne pouvons pas prendre le risque de laisser entrer tout le monde ici comme ça.

— Mais je connais bien Michael. Vérifiez avec lui.

— L'ordre émane de lui, mademoiselle.

Je reçois cette information comme un immense uppercut dans l'estomac. J'ai du mal à respirer. Il est peut-être temps d'écouter l'avis de Charlie et de renoncer. Mais non, je ne peux pas, je n'en ai pas le droit.

Je pose une question de principe :

— Et si je refuse ?

— Vous ne pourrez pas entrer dans la maison.

— OK, allez-y.

La femme me fait écarter les bras et les jambes. Elle me demande d'enlever mes chaussures, qu'elle tend à son supérieur, puis elle me fouille consciencieusement des chevilles jusqu'au col.

Joss a une autre requête :

— Puis-je regarder dans votre sac, Miss ?

Je ne vais pas refuser ça après avoir accepté la fouille au corps.

— Allez-y.

Il se penche pour le prendre, mais j'ai soudain une idée.

— Stop, ne touchez pas à mon sac. Attendez que je puisse vérifier ce que vous faites.

Il a l'air surpris. À mon tour d'être humiliante. Je prends un ton désinvolte.

— Après tout, je ne vous connais pas. Vous n'êtes pas un policier. Vous pourriez très bien être un ancien membre d'un gang et dissimuler de la drogue à mon insu dans mes affaires.

Il a blêmi, choqué par l'insulte.

— Miss, c'est une idée ridicule !

— Pas plus que de croire que je puisse porter une arme.

Joss a repris son calme et son *self-control.*

— Nous ne cherchons pas d'arme...

C'est à mon tour d'être surprise. Mais alors, pourquoi ces mesures de précaution ? Est-ce juste une façon de m'humilier, d'établir une emprise psychologique sur moi ? Je n'arrive pas à y croire. Ils sont si nombreux, si expérimentés, si pervers, et moi je suis si seule...

J'ouvre mon sac. Joss sort tous les objets un par un et les examine. Il finit par me désigner mon iPhone.

— Si vous voulez bien l'éteindre, nous allons le garder le temps de votre visite.

Au moment où je m'apprête à émettre une autre protestation, la lumière surgit dans mon esprit. Tout prend sens : la fouille, la suppression de l'iPhone... Ils ont peur que j'enregistre la conversation que je vais avoir avec Michael !

Sympa, la paranoïa !

Il est temps d'en finir. Je lui tends mon portable. Il me conduit ensuite à la maison. Je suis dans un état de nervosité extrême. C'était une véritable folie de se lancer ainsi dans la gueule du loup.

Quand il me fait pénétrer dans le salon gigantesque qui donne sur le golf, je me sens aussi seule que Tom Cruise dans la scène principale d'*Eyes Wide Shut* où il est confronté au grand maître entouré par tous ses disciples dissimulés derrière leur masque vénitien.

Dans mon cas, le grand maître c'est Michael, entouré de Carolina, Robert et Robin. Ils ont le visage à découvert, mais leur sourire glacé et leur politesse forcée les rendent aussi impressionnants que les personnages du film de Kubrick.

— Bonjour, Ophélie, je ne pensais pas te revoir ici, même si ta visite au Cedars-Sinai montre que tu es capable de tout.

Il sait où j'étais ce matin ! C'est pire que la CIA... Il a sûrement été renseigné par le médecin. Mais maintenant que j'ai passé tous les contrôles de la sécurité, autant essayer de rester calme pour éviter de me faire expulser.

— Bonjour Michael, il était normal que j'aille prendre des nouvelles d'Akemi. Je pensais que tu aurais agi de même.

Il me regarde en souriant. Mais ce n'est plus le sourire qui m'a fait craquer et m'a rendue amoureuse. Plus rien de chaleureux, juste une façade de courtoisie.

— Qui te dit que je n'ai pas pris de ses nouvelles ?

— Auprès du médecin qui t'a informé de ma visite ?

— Par exemple... ou auprès d'un autre, ça n'a aucune importance.

Son arrogance est insupportable et je dois faire un effort pour me rappeler le but de ma visite.

— Michael, tu dois absolument aller la voir. Toi seul peux empêcher qu'elle recommence.

Robin et Robert font un bond de dix mètres en entendant ma requête. Michael les calme d'un geste de la main. C'est incroyable le pouvoir qu'il a sur ces hommes, on dirait un numéro de marionnettiste.

— Tu sais très bien que c'est impossible, je ne peux pas faire ça.

— Mais tu l'as mise enceinte ! C'est une folie !

Carolina intervient pour la première fois :

— Il faut avouer qu'Ophélie n'a pas tort sur ce point, Michael...

Ah, une alliée inattendue ! Dans cette situation délicate, je ne crache sur aucune aide. Mais Carolina continue :

— Tu as été un vrai dingue de tremper ta queue dans cette Chinoise sans te protéger...

Quelle sortie dédaigneuse et raciste ! Question soutien, c'est raté ! La réponse de Michael jaillit, violente :

— Ne m'emmerde pas ! Cette conne m'avait dit qu'elle était vierge et qu'elle prenait la pilule !

Pour la première fois depuis que nous nous connaissons, j'entends des propos grossiers émanant de la star. Un élément de plus pour faire tomber la statue de Michael Brown du piédestal sur lequel je l'avais placée...

Carolina n'a pas l'air choquée. Elle se replonge dans son *Vogue* comme si de rien n'était.

J'ignore cette réponse, qui ne m'aide en rien pour essayer de sensibiliser Michael à sa responsabilité vis-à-vis d'Akemi.

— Michael, tu ne peux pas la laisser repartir ainsi, avec 10 000 dollars en poche comme seule consolation pour son bébé perdu. C'est moralement indéfendable...

Une voix féminine dans mon dos m'interrompt :

— C'est très français, ce besoin d'imposer sa morale au reste du monde alors qu'on est soi-même loin d'être irréprochable...

Merde, Amy débarque au plus mauvais moment. J'ignorais que l'actrice anglaise était de retour à L.A.

— Amy, tu ne connais pas la situation, reste en dehors de ça.

— Je ne sais pas, je t'ai entendue parler de quelque chose de moralement indéfendable. Tu faisais référence aux filles qui font semblant d'être des amies pour mieux s'approprier leur mec ? Comment on appelle ça, à Paris ? Des *salopes* ?

Elle a employé le terme français. Son ton est acerbe. Je ne peux pas lui en vouloir, car les faits sont irréfutables.

— Écoute, Amy, je pourrai t'expliquer, mais pas maintenant, ce n'est pas le bon moment.

Carolina lève la tête de son magazine.

— Ne vous souciez pas de nous, Ophélie. J'ai terminé mon *Vogue*, et cela m'intéresse de savoir comment vous placez cette liaison avec mon beau-frère sur l'échelle de vos valeurs. Vous êtes finalement assez redoutable, sous des dehors de sainte-nitouche. Vous commencez par coucher avec un homme marié, puis vous enchaînez avec son frère, lui-même fiancé. Il est heureux que M. Brown père se soit limité à deux garçons. Imaginez qu'il en ait eu quatre ou cinq. Ça aurait été une vraie boucherie...

Je suis submergée par le nombre d'opposants et leur agressivité verbale. Mais Carolina qui me traite de traînée, c'est une motivation pour contre-attaquer.

— Vous semblez oublier que j'ai eu une relation avec Michael seulement parce que je vous ai surprise en train de tailler une pipe à mon petit ami dans le jacuzzi !

Elle a un sourire amusé.

— C'est vrai, ça m'était sorti de l'esprit. Amusant moment. Le jeune Français était dans un bel état d'excitation, quand j'ai serré son sexe entre mes seins. C'est une chose que vous ne pouvez pas faire.

Elle s'arrête un instant avant de reprendre, ironique :

— En revanche, vous devriez avaler, ça plaît tellement aux hommes... Christophe m'a beaucoup fait rire quand il m'a expliqué comment vous vous précipitiez dans la salle de bains pour recracher.

Je rougis de honte et de confusion. Ah, Christophe, pourquoi a-t-il fallu que tu t'épanches ainsi ? Pourquoi partager nos moments les plus intimes ? Tu n'imaginais pas la noirceur de ces gens. Pour être honnête, moi non plus.

Amy revient à la charge :

— Je t'ai dit que je l'aimais et tu m'as promis que tu parlerais en ma faveur. Au lieu de cela, tu couches avec lui... Je croyais que nous étions amies. Comment as-tu pu me faire une chose aussi horrible ?

Sa voix est celle d'une jeune femme brisée. Elle est au bord des larmes, je n'en suis pas loin non plus. Michael, lui, est sarcastique.

— C'est vrai, Ophélie, comment as-tu pu ?

Son sourire est éclatant, ses yeux me transpercent. Il est d'une beauté ravageuse.

Je suis en train de succomber à tous ces assauts successifs. Je vais m'effondrer d'un instant à l'autre.

— Ça suffit, Michael, je suis un grand garçon. Ne la blâme pas pour mes torts. C'est un problème entre Amy et moi.

— Charlie !

Mon soulagement est tel que j'ai crié en l'entendant. Je ne suis plus seule, il est là pour me défendre.

Michael essaie de garder un ton badin, mais je sens un léger agacement.

— Charles, tu es trop vieux pour jouer au chevalier blanc qui vient sauver la virginité de la jolie damoizelle. Ophélie a largement dépassé ce stade-là, tu peux me croire. Et, contrairement à ce que tu prétends, tu sais très bien que votre affaire concerne bien plus que vos deux petites personnes et même notre pauvre amie anglaise...

Son ton est d'une condescendance et d'une arrogance insupportables.

— Le film que tu termines a coûté plus de 110 millions de dollars, dépassant d'une quinzaine de millions le budget initial...

Charlie l'interrompt. Sa voix est incertaine, je sens qu'il est touché.

— On savait que ce film ne pouvait pas se faire à moins de 110. Tu m'as dit que ce n'était pas grave, que l'on pouvait accepter un devis à moins de 100 et que le Studio ne ferait pas de problème jusqu'à 120.

Michael le coupe d'un geste de la main.

— Il n'empêche qu'il s'agit d'un budget énorme pour un premier film, et que le dépassement renforce la pression sur ce film. Il doit marcher, sinon tu peux dire adieu à la réalisation.

Robin, qui ne s'est pas encore exprimé dans les joutes entre les Brown, Amy et moi, intervient. Normal : la communication, c'est son domaine.

— Charlie, comme ni Amy ni vous n'êtes connus, nous avons monté toute la communication du film sur votre histoire d'amour. Si on annonce votre rupture juste avant la sortie, c'est la catastrophe.

Michael boit les paroles de son conseiller en communication. Il est aux anges.

— Tu as choisi Amy pour le film, Charles. Je ne te le reproche pas, l'idée était excellente : c'est une actrice magnifique avec un brillant avenir devant elle...

Je regarde Charlie. Il ne montre rien, mais je sais qu'il ne partage pas cet avis.

— Tu es ensuite sorti avec elle en ignorant les règles de prudence les plus élémentaires sur la séparation entre vie professionnelle et vie personnelle...

Robert ne peut s'empêcher un aparté à mi-voix :

— *Don't shit where you eat*[1]...

Cet avocat n'a décidément aucune classe. La remarque fait sourire Michael, mais pas Charlie dont les maxillaires se crispent.

— Remarque, mon cher Charles, je ne te reprocherai pas cette décision non plus car Amy est d'une beauté et d'une élégance hors du commun. Je ne crois pas que quiconque ait influé sur ces deux événements de ta vie

1. Littéralement, « Ne fous pas la merde à l'endroit où tu manges », formule pour indiquer qu'il vaut mieux éviter les relations sentimentales ou sexuelles sur le lieu de travail.

et nous avons respecté ton libre arbitre, même si tu faisais peser des risques sur des centaines de personnes. Maintenant, tu ne peux pas tout foutre en l'air pour une histoire de cul avec une petite Française.

Charlie répond, mais le ton et le propos sont faibles.

— Je ne vais pas tout foutre en l'air, Michael : ce n'est pas ce qui va décider du succès du film…

Michael bondit au sens propre comme au figuré. Il s'approche de son frère.

— Tu n'en sais rien. Quand Elizabeth Taylor et Richard Burton ont eu une aventure sur le tournage de *Cléopâtre*, ils ont transformé un blockbuster en catastrophe absolue. Le film aurait même coulé la Fox, si Darryl Zanuck n'avait pas produit *Le Jour le plus long*.

— Ce n'est pas la seule raison qui a fait du film un échec. Tu oublies le tournage avorté à Londres, le déménagement à Cinecittà, le changement de réalisateur, tout ça pour un film d'un budget de 2 millions de dollars qui en a coûté 17 !

— Peu importe ! Tu n'es pas Mankiewicz, et Amy n'est pas Elizabeth Taylor - sans vouloir vous offenser, Amy.

Amy fait un geste de la main pour signifier qu'elle ne se sent pas insultée. De toute façon, elle a le regard perdu, elle est ailleurs.

Charlie capitule.

— OK, je ferai attention, je vous l'ai déjà dit.

— Tu en as informé Ophélie ?

La réponse de mon « amoureux » est incertaine.

— Oui, je lui en ai parlé dans les grandes lignes.

Je sens l'embrouille, je n'aime pas ça du tout. Le sourire de Michael ne me rassure pas, bien au contraire. Sa voix soudain toute douce n'arrange rien.

— Peut-être serait-il préférable de dépasser les « grandes lignes » pour rentrer dans les détails. Si on demandait à Robin de nous exposer les mesures à prendre ?

Charlie ne répond rien et il n'ose pas me regarder. Je me tourne vers Robin, qui s'est saisi d'une feuille de papier. D'un coup d'œil, je me rends compte que je suis la seule à ne pas connaître ce qui va être exposé. Carolina a un sourire amusé, le regard d'Amy a une lueur d'espoir, et Robert a son air carnassier d'avocat californien.

— Les mesures que je vais résumer seront en application jusqu'au 4 septembre, soit deux mois après la sortie du film, afin de ne la gâcher ni aux États-Unis ni à l'international...

Le 4 septembre ! Deux mois de plus que ce que m'avait annoncé Charlie. Ça veut dire quatre mois et demi à vivre dans la clandestinité !

— Pendant cette période, Amy vivra chez Charlie. Lors des déplacements pour la promotion du film, ils devront dormir tous les deux dans la même chambre. Si c'est une suite, ils devront faire attention à n'utiliser qu'un seul lit. Le personnel des hôtels est supposé avoir une clause de confidentialité, mais on ne peut pas prendre de risques.

C'est pas vrai, ils vont dormir dans le même lit ! Je suis interloquée. Sans réfléchir, je me tourne vers la jeune Anglaise qui me regarde avec un petit sourire et une assurance retrouvée.

— En ce qui concerne Ophélie et Charlie, ils ne pourront pas se retrouver à leurs domiciles respectifs. Pour les sorties, ils ne pourront jamais se voir dans un groupe de moins de dix personnes, eux inclus, et cela ne pourra jamais se faire en l'absence d'Amy.

Super, le romantisme ! Amy a un regard triomphant. Le pire est à venir :

— Pour les moments d'intimité, nous vous communiquerons trois hôtels dont nous sommes sûrs…

Michael m'adresse un sourire ironique.

— Rassure-toi, Ophélie, si ces hôtels n'ont pas la classe du Shutters on the Beach, ce ne sont pas non plus des hôtels de passe.

Robin poursuit comme s'il n'avait pas noté l'intrusion de son patron.

— Vous devrez arriver et repartir séparément et ne jamais communiquer vos identités. Vos séjours ne devront pas excéder deux heures et se terminer impérativement avant 19 heures.

Michael se délecte de la situation. Il ajoute une touche d'humour de mauvais goût :

— Vous aurez le tarif des couples illégitimes. C'est moins cher…

Cette fois, je ne vais pas laisser passer.

— J'imagine, Michael, que tu es un expert dans cette catégorie particulière de la grille de prix des hôtels.

Ma pique ne l'affecte pas, elle le fait même rire.

— Tu sais que je travaille trop pour consacrer mes journées à ce genre de divertissement. Je préfère la nuit, je suis plus inspiré…

Sans aucune pudeur, il me fait un clin d'œil en m'assénant ces propos. Je suis choquée. Charlie, lui, a le regard terne. Je le préférerais plus combatif.

Robin termine son exposé :

— Il va sans dire que les parties s'engagent à ne rien révéler de ces dispositions. Amy et Charlie ont déjà donné leur accord. Il ne reste plus que vous, Ophélie.

Charlie a accepté ! Comment a-t-il pu ? Comment croire que notre couple peut résister à ce genre de traitement ? C'est pire que la prison. Se voir deux trois fois par semaine pour tirer un coup... Merci, pas pour moi !

Robert sort de son mutisme.

— Mademoiselle Delacour, je vous ai préparé un NDA résumant ce qui vous a été expliqué par Robin. Vous êtes familière de ce genre de documents puisque vous en avez déjà signé avec nous. Vous ne serez pas surprise...

Là, c'est trop pour moi. La fouille à l'entrée, la confiscation de mon iPhone, les propos insultants des Brown, les attaques d'Amy, ces mesures ridicules. Soudain, je craque. Ce ne sont pas les pleurs qui me viennent, mais un fou rire nerveux. J'explose sous le regard interloqué de toutes les personnes présentes. Je ne peux pas me retenir, j'en ai mal aux côtes, j'en pleure. Mais, au bout d'un moment, j'arrive enfin à reprendre mon souffle pour répondre :

— Et je suppose que si je ne signe pas, Charlie et moi ne pourrons plus nous voir, c'est ça ?

Robert a le regard satisfait du professeur dont l'élève a compris la leçon.

— Tout à fait.

J'ai retrouvé la maîtrise de moi-même.

— Il est hors de question que je signe ce document ou que j'accepte les inepties que vous avez exposées.

La réaction des deux frères Brown est opposée : Charlie semble avoir pris dix ans alors que Michael est de plus en plus amusé. Robert reste factuel.

— Vous comprenez que cette décision va mettre un terme à votre relation avec Charlie ?

— Ce n'est pas à vous de décider ce genre de choses. Je discuterai de ça avec l'intéressé en temps voulu. J'ai, pour l'instant, plus important à traiter… Michael, encore une fois, je te supplie de faire un geste pour Akemi. Vous pourriez la faire venir ici discrètement…

Robin m'interrompt.

— Vous êtes folle, il n'en est pas question !

— Alors, reprendre une chambre au Shutters, cette fois juste pour discuter avec elle, la réconforter, lui donner une perspective, un futur.

Je me tourne vers Robin.

— Je pense que vous n'aurez rien à objecter, puisque vous avez conduit cette pauvre fille dans ce même hôtel pour que Michael la persuade d'accepter l'avortement.

— Ça n'a rien à voir, les circonstances ont changé. À ce moment-là, le danger aurait été de ne pas organiser ce rendez-vous, maintenant c'est l'inverse. Je ne souhaite pas que Michael prenne ce risque inutile.

Un « risque inutile », comment ose-t-il ? La vie de cette jeune femme ne mérite pas une rencontre de deux heures en privé ? Michael ne peut pas être aussi insensible. Je me rappelle qu'il avait même été généreux avec moi après l'épisode de Venise.

— Michael, juste une courte rencontre, un geste d'humanité.

Il a gardé son sourire et son inflexibilité.

— Ophélie, je suis pieds et poings liés, mon dircom refuse que j'y aille. Mais ne t'inquiète pas, il n'arrivera rien à ta Japonaise. Tu ne peux pas imaginer le nombre de groupies qui font du chantage au suicide…

Je hurle :

— Mais là, on n'est plus au niveau du chantage, elle est passée aux actes et elle peut recommencer !

Silence général. J'ai compris, ils ne feront rien. Tant pis, je dois en arriver aux menaces si je veux obtenir un résultat. J'ajoute donc, d'une voix redevenue calme :

— Je suppose que vous avez vu le film *Les Marches du pouvoir* ? Vous vous rappelez que George Clooney accepte les revendications de Ryan Gosling pour que celui-ci ne révèle pas qu'il a engrossé une stagiaire ?

Robert et Robin sont prêts à exploser mais Michael fait ce geste de la main qui les enjoint de se taire.

— Tu es une cinéphile, Ophélie. Tu te rappelles que, dans ce film, le chantage ne marche que parce que Stephen Meyers, le personnage de Ryan Gosling, prétend qu'il a trouvé une note de la main de la jeune femme après son suicide. Toi, tu n'as rien. La Japonaise ne dira rien puisqu'elle a signé un NDA. De toute façon, elle n'a aucune preuve que je sois le père…

— Mais moi, je pourrais témoigner, raconter le suicide raté et la raison qui l'a poussée à commettre un tel geste.

— Le témoignage de l'ex-petite amie de mon frère, qui l'a évincée pour une jeune Anglaise plus jolie et plus distinguée… Personne ne te croira, tout le monde pensera que c'est une vengeance bas de gamme.

— Peut-être ou peut-être pas... Dans le film dont nous parlons, Stephen Meyers dit : « Je m'en fous que ce soit vrai ou pas. Je veux juste l'entendre le nier. » C'est une bonne analyse de la communication moderne et c'est encore plus vrai avec les réseaux sociaux. Que l'on me croie n'a pas d'importance, le mal aura été fait. Tu seras obligé de répondre à la télévision, dans la presse. Même si tu parviens à convaincre une partie de la population, il y aura des vagues, ton image sera altérée à jamais...

Le silence a changé de qualité, l'atmosphère est plombée par mon speech.

— Tu n'as pas oublié le battage médiatique autour de la malheureuse dédicace dans ton livre. Imagine ce qu'ils vont pouvoir écrire sur une histoire d'avortement et de tentative de suicide dans la piscine de la star...

Un tic nerveux déforme le visage de l'avocat. Robin, lui, ne peut cacher son inquiétude. Quant à Michael, il faut lui reconnaître un sang-froid extraordinaire. Il n'a pas cillé, son sourire est intact. Il fait une petite moue.

— Tu as peut-être raison, mais c'est une stratégie kamikaze : ce sera un véritable tsunami, tu seras toi aussi emportée.

Il me regarde droit dans les yeux. Ses yeux qui m'ont inspiré tellement d'amour, de plaisir et d'espoir d'une vie différente. Mais ça, c'était avant... Maintenant, ce sont deux rayons laser.

— Ophélie, je perçois que ton propre sort t'indiffère. Tout ça pour une jeune femme que tu ne connais presque pas. Tu vas également faire exploser la carrière de Charlie et celle d'Amy. Comme lui voler son petit ami ne t'a posé aucun problème de conscience, je ne pense pas que ruiner son avenir t'importe. En revanche, je suis surpris de ton attitude vis-à-vis de mon frère. Il y a une semaine, c'était la lune de miel…

Je me tourne spontanément vers Charlie. Il a levé la tête et son regard est triste. Malgré ma colère, il me fend le cœur. S'il me prenait la main et m'entraînait hors de cet endroit maudit, j'oublierais tout, mes menaces et ma volonté de forcer Michael à s'occuper d'Akemi.

Mais mon amoureux ne bouge pas. Il ne réagit pas plus à l'épée de Damoclès que j'ai suspendue au-dessus de sa tête qu'il n'a protesté quand Robin a exposé les mesures inacceptables de notre relation. Je ne sais pas s'il est fâché contre moi, s'il me soutient dans ma volonté de faire des choses justes ou s'il est simplement préoccupé par son film et sa petite personne.

Je suis déçue au-delà de l'entendement. Je voyais Charlie comme un être fort et équilibré, la lumière de la famille Brown en opposition au côté sombre de Michael. Je découvre au mieux un garçonnet qui ne sait comment réagir à une dispute entre ses parents et au pire un lâche et un égoïste.

C'est en le regardant droit dans les yeux que je prononce les paroles qui signent une déclaration de guerre.

— Voici le moment de vérité où chacun doit suivre sa conscience. Advienne que pourra…

C'est théâtral, grandiloquent, à la limite du ridicule, mais ça produit son effet.

Michael s'est levé, son visage déformé par la colère.

— Comment oses-tu venir nous menacer chez moi ? Pour qui te prends-tu, petite gourde ? Tu n'es rien ! Je t'écraserai comme un moustique ! Tu ne travailleras plus jamais à Hollywood ! D'ailleurs, tu ne travailleras plus nulle part dans le milieu du cinéma ! Tu vas finir caissière dans un supermarché de ta banlieue pourrie !

Il éructe. Pour la première fois depuis que nous nous connaissons, sa beauté est effacée par la rage qui le dévore. Je l'avais vu en colère à Deauville contre Vincent, l'attaché de presse, mais il gardait une certaine noblesse. Là, c'est différent : il est terrifiant et hideux.

Quand il arrive à un mètre de moi, je me dis qu'il va me frapper. Je ne dois pas être la seule, car Charlie sort enfin de sa torpeur.

— Michael, ça suffit. Il faut se calmer. Tout le monde est en train de tenir des propos qui dépassent les pensées.

L'acteur célébrissime recouvre son contrôle.

— OK, Charles, mais tu la fais dégager, je ne veux plus la voir dans ma maison.

Il se tourne alors vers moi.

— Ophélie, tu as vingt-quatre heures pour reprendre tes esprits. Si tu n'es pas revenue à la raison dans ce délai, tu vas te retrouver dans un avion en aller simple pour Paris…

Je ne réponds rien, car il n'y a rien à ajouter. Charlie me prend par le bras et m'entraîne vers la sortie.

Joss se tient devant la porte. Il me rend mon portable et me commande un taxi.

L'attente avec Charlie est interminable. Nous restons silencieux un long moment.

Je suis vidée, je m'adresse à lui d'une voix presque éteinte :

— Comment as-tu pu accepter, Charlie ? Tu crois vraiment que notre histoire aurait une chance de survivre à ce traitement ? Se voir dans un hôtel bas de gamme deux fois par semaine ?

— Ophélie, ce n'était pas définitif, on aurait pu renégocier...

Je n'y crois pas ! Je lui parle d'amour, il me répond dans des termes business.

— « Renégocier »... tu plaisantes, j'espère ! Comment peux-tu les laisser diriger ta vie ainsi ?

— Ce n'est pas le cas. Ils essaient de me conseiller et il est probable qu'ils aient raison sur la promotion du film. Et tu sais que ce film est très important pour moi. Si je ne devais plus jamais réaliser, je crois que j'aurais raté ma vie.

Dans ce cas, évidemment... Dans une pulsion suicidaire, je pose la question à 1 milliard de dollars :

— C'est plus important que moi ? Je ne compte pas pour toi ?

Son regard est soucieux, il prend du temps pour répondre :

— Ce n'est pas comparable. Tu sais que tu comptes énormément pour moi...

— Pas autant que ton film, si j'en juge par ta réaction pendant la discussion. Ou plutôt par ton absence de réaction...

— Je ne pensais pas qu'il y avait un choix à faire. Il me paraissait possible de concilier les deux.

— Tu utilises le passé, ça veut dire que cette possibilité n'existe plus ?

— Ça dépend de ce que tu décideras d'ici à demain...

Il me lâche ! Il a choisi son camp, et il préfère le lien du sang à celui du sentiment.

Je reste muette, sous la douleur. J'aurais pu m'en douter, mais l'entendre l'exprimer ainsi est beaucoup plus difficile.

Il a dû le lire dans mes yeux, car il atténue son propos.

— Ce n'est pas un chantage ou une mesure de rétorsion…

— Ça en a pourtant tout l'air !

— Non, c'est juste une vision réaliste des choses. Quand la presse se déchaînera sur Michael, et indirectement sur Amy, toi et moi ainsi que sur le film, ce sera un ouragan auquel notre amour ne résistera pas.

— « Notre amour » ? Il existe encore ? J'avais l'impression qu'il avait pris deux balles dans la tête.

— Ophélie, il ne faut pas tout voir en noir. Les brouilles, ça existe dans toutes les familles. Tout peut être oublié.

Soudain, j'ai envie de m'accrocher à cette lueur d'espoir.

— Mais tu vas vivre avec Amy pendant quatre mois et je suis certaine qu'elle t'aime encore. Elle essaiera de te récupérer.

— Elle n'a aucune chance. Mon cœur est pris.

Ces propos viennent jeter un voile bienvenu sur toutes les horreurs qui ont été dites en ce début d'après-midi. Le ciel me semble moins sombre.

Le taxi arrive. Il ne me reste qu'une chose à obtenir de mon amoureux.

— Et pour Akemi, Charlie, tu pourrais persuader Michael de s'occuper d'elle ?

Son visage s'assombrit.

— Mais c'est quoi, cet engouement pour cette fille ? Je t'ai déjà expliqué que je n'intervenais pas dans la vie de mon frère. Il a été assez explicite sur le sujet.

— Très bien, oublie. Mais moi, je ne laisserai pas cette fille seule sans assistance.

Je monte dans la voiture. Je suis si déçue que j'ai une pulsion autodestructrice avant de refermer la porte.

— Charlie, l'homme que j'aimais, celui que j'ai rencontré il y a neuf mois, n'en avait rien à foutre de la gloire et de la célébrité. Il défendait les jeunes femmes contre ton frère. Oui, tu l'as peut-être oublié, mais pas moi. Quand Michael piétinait mes sentiments, à chaque fois, tu étais là pour me relever. J'aimais cet homme-là qui avait un idéal et je ne pense pas avoir la force d'attendre qu'il revienne. Je te souhaite beaucoup de succès dans ta carrière de réalisateur. Je ne peux malheureusement pas te promettre que j'irai voir tes films. Ça serait trop difficile...

— Ophélie...

Trop tard, j'ai fermé la porte et indiqué au chauffeur de démarrer.

J'ai juste eu le temps de voir Charlie se décomposer avant de partir. Il savait que c'était fini entre nous, je le savais aussi.

Pendant les trente minutes de trajet, j'ai eu tout le temps de repenser à ces dernières vingt-quatre heures. L'espace d'un instant, j'ai regretté d'être allée à la soirée organisée par les Brown. Si j'avais accompagné Laure pour prendre un verre avec la sexologue, je n'en serais pas là. Je serais toujours avec Charlie, nous pourrions vivre notre passion nouvelle. Mais Akemi serait morte et les hélicoptères des chaînes de news tourneraient au-dessus de la propriété des Brown. Je rêverais d'exposer au monde la face cachée de Michael, mais pas au prix de la vie d'une jeune femme. Je ne suis même pas certaine que l'acteur aurait été éclaboussé par le scandale. On aurait conclu au suicide d'une groupie folle et peut-être n'aurait-on jamais divulgué sa grossesse.

Michael détruit tout autour de lui, et lui-même semble intouchable. En ce qui me concerne, il a brisé mon cœur trois fois – d'abord personnellement, mais aussi avec Christophe et maintenant avec Charlie.

Quand je suis arrivée à l'appartement, j'ai été heureuse de voir Roméo, mon ancre dans la tempête. J'avais le cœur gros mais j'ai réussi à éviter de pleurer. Enfin, presque. J'ai découvert un pull que Charlie avait oublié dans ma chambre, et, comme par réflexe, j'ai pressé le cachemire contre ma joue, ce qui a fait apparaître quelques larmes.

Puis j'ai inspiré un grand coup, je me suis essuyé le visage et j'ai commencé à réfléchir. Est-ce que je pouvais vraiment mettre mes menaces à exécution ? La pression que j'avais mise à Michael allait-elle le faire changer d'avis ? J'ai retrouvé un peu le moral. Comment Michael, conseillé par Robin et Robert, pouvait prendre le risque de l'énorme scandale que je lui avais promis alors qu'il lui suffisait de consacrer quelques heures à Akemi pour que la situation s'apaise ? Ça n'avait aucun sens. C'était certain, il allait céder et je n'aurais pas besoin de déclencher ma menace atomique.

Je me suis fait un thé. J'étais rassérénée. Je me suis dit que Charlie, au fond, n'avait peut-être pas tort, et qu'une fois la tension retombée on arriverait à obtenir des conditions moins draconiennes pour vivre notre amour. Certes, je venais juste de prononcer des paroles de rupture mais, à cet instant, j'étais persuadée que je pouvais le récupérer.

Je n'avais pas eu le temps de déjeuner après ma visite à l'hôpital, et les émotions m'avaient creusé l'estomac. Alors, je me suis ouvert une boîte de foie gras que ma grand-mère m'avait envoyée. En l'absence de toast, j'ai pris des biscottes mais c'était quand même délicieux. Foie gras et thé c'est moins classique que foie gras et sauternes, mais ça a fait mon bonheur.

C'est à ce moment que Laure m'a appelée. Sa voix était bizarre.

— Hello Ophélie, tu es à l'appartement ?

— Oui. Ça va ?

— Oui… enfin, je t'expliquerai. Je peux venir ?

— Maintenant ?

— Oui, il faut que je te parle d'un truc grave.

Le ton et la teneur de ses propos m'ont inquiétée.

— C'est David ? Pas un problème de santé de tes parents, j'espère ?

— Non, rien de tout ça. Je préfère t'en parler de vive voix.

Sur ce, elle a raccroché.

En un instant, ma tranquillité d'esprit s'est évaporée. J'ai fini mon foie gras en regardant une série à la télé.

Quarante minutes plus tard, Laure est arrivée. Elle m'a à peine embrassée. Je ne l'avais jamais vue dans un tel état.

— Tu veux boire quelque chose ?

— Tu as de l'alcool ?

— Je crois qu'il me reste un peu de whisky, du Baileys... et une bouteille de vin rouge californien, mais je ne sais pas ce qu'il vaut.

— Va pour le vin.

Elle s'est installée sur mon canapé. Enfin, sur notre canapé, pour être exacte, si on considère que nous sommes supposées partager cet appartement.

Pendant que je prenais les verres et que j'ouvrais la bouteille, elle est restée silencieuse. Comme, normalement, elle ne peut pas garder le silence plus de dix secondes, ça prouvait la gravité de la situation.

Je me suis assise en face d'elle. Elle a goûté le vin, puis elle s'est lancée d'un coup :

— Michael a appelé Bertrand.

Mon univers s'est écroulé. La star n'avait pas capitulé, elle avait préféré la réaction d'orgueil à la voix de la raison.

— Comment le sais-tu ?

— Bertrand vient de me joindre. Il était sous le choc. Tu te rends compte, il a reçu un coup de téléphone un dimanche de Michael Brown en personne.

J'ai trouvé que Laure exagérait. J'ai failli lui dire que ce n'était quand même pas Obama, mais je me suis abstenue.

— Il appelait à mon sujet ?

— Oui, mais il est resté assez vague, assez mystérieux. Il a juste dit à Bertrand que tu t'apprêtais à révéler à la presse une information d'ordre familial extrêmement sensible et confidentielle que tu avais apprise en abusant de son amitié et de son hospitalité.

Je n'ai pas été surprise par son mensonge. Plutôt que de me justifier auprès de Laure, j'ai cherché à en savoir plus.

— Il a ajouté des menaces ?

— Le mot est faible. Il a affirmé que si tu ne signais pas un accord de confidentialité, Ciné Organisation n'aurait plus qu'à plier boutique ici, à Los Angeles. Pire, il a promis qu'il pèserait de tout son poids pour que les films américains ne soient plus représentés par notre agence en France. Tu imagines l'impact pour la société ? Bertrand était tout retourné.

— Ce qui veut dire ?

— Bertrand ferme le bureau mardi si nous n'avons pas trouvé un accord avec le clan Brown demain… Mais qu'est-ce qui s'est passé pour provoquer un tel cataclysme ?

J'ai pris un moment pour lui répondre, je devais surmonter l'onde de choc. La contre-attaque de Michael dépassait de loin le pire de ce que l'on pouvait craindre : c'était une bombe atomique face à un arc et des flèches.

Après quelques secondes, je me suis lancée dans mon récit. J'ai tout raconté : la soirée, le sauvetage d'Akemi, ma visite à l'hôpital et enfin mon entrevue avec les Brown.

Ma seule satisfaction a été de voir la stupéfaction dans le regard de mon amie. Au moins, elle a pu juger par elle-même qu'il s'agissait d'un problème sérieux. Cependant, quand j'ai évoqué les menaces que j'avais proférées, j'ai vu son visage se fermer. J'ai immédiatement compris que je n'allais pas avoir une alliée dans ma croisade.

— Mais tu es folle, tu ne peux pas t'attaquer à ces gens-là !

J'ai essayé de lui faire appréhender l'étendue du problème :

— Laure, cet homme a failli provoquer la mort de cette jeune femme. Indirectement, il a tué Christophe. C'est quelqu'un de dangereux, il faut l'arrêter. À tout prix.

— « Il a tué Christophe » ? C'est quoi cette ineptie ? Christophe a succombé dans une avalanche !

— Oui, bien sûr, mais si Michael ne m'avait pas poussée à le rejoindre à Londres, je serais allée au week-end de ski et il n'aurait jamais fait de hors-piste.

Laure a poussé un gros soupir.

— Je ne veux pas entrer dans cette discussion. Il faut être pragmatique, joindre l'avocat de Michael Brown et signer un accord… Ophélie, réveille-toi ! Michael n'ira jamais voir cette fille. Quoi que tu fasses. Si tu persistes dans tes intentions, tu condamnes notre aventure américaine, tu me forces à rentrer en France et à laisser David. Sans compter que tu vas peut-être torpiller la sortie du film de Charlie…

Cette tirade a été un seau d'eau glacée déversé sur ma tête. J'avais tellement de destins entre mes mains que ça m'a donné le vertige.

— Laure, j'ai besoin de réfléchir. Seule. Je t'appellerai quand j'aurai pris une décision.

Elle a juste hoché la tête, s'est levée, a pris ses affaires et quitté l'appartement.

Maintenant, je suis seule face au choix le plus important de ma vie. Soit le courage et l'inconscience du David qui vainquit Goliath, au risque de provoquer des dommages collatéraux ; soit la lâcheté et, comme le dirait Laure, le « pragmatisme ».

Je vais aller chercher ma réponse dans la douleur d'un long footing sur les avenues de Los Angeles. Il est possible que ce soit le dernier...

Journal de Laure

19 avril 2015, 19 h 30

Cette attente me rend dingue. Je ne suis pas très optimiste quant à la décision d'Ophélie. Je n'ai pas aimé la lueur dans ses yeux. J'y ai lu une vraie folie.

C'est comme quand elle m'a sorti que Michael était responsable de la mort de Christophe. C'était du grand n'importe quoi !

Je ne sais pas comment j'ai pu garder mon calme. Enfin, si, je sais : les enjeux sont trop importants. La vie ici, c'est le rêve pour moi. David, Hollywood, la Mecque du cinéma, la *Californian Way of Life*, le soleil.

Je commence à regretter d'avoir amené Ophélie. Quelle idiote j'ai été ! J'aurais dû voir que l'histoire avec Michael avait bouleversé son équilibre psychologique. Il fallait la mettre en quarantaine, en cure de désintoxication – et moi, qu'est-ce que je fais ? Je la place à moins de trente kilomètres de l'acteur. C'était à peu près aussi intelligent que d'envoyer un drogué en cure de désintoxication en Colombie !

Je suis prête à prier tous les dieux pour qu'elle revienne à la raison. Le dieu catholique que mes parents m'ont appris à connaître, le dieu protestant des Américains et le dieu juif de David. Tout, plutôt que de me retrouver dans l'avion dans quelques jours.

Je suis seule, sans David, dans l'appartement de Santa Monica. Seule et tremblante à l'idée de ce qui se joue en ce moment.

Journal d'Ophélie

19 avril 2015, minuit

Ça y est, tout est décidé. Demain, tout sera terminé.

Le footing était une bonne idée. Purger l'esprit par le corps.

J'ai couru, couru, couru encore en écoutant ma playlist sur mon iPhone. Le contenu était varié, de la B.O. du film *Drive* à *Crazy*, des Gnarls Barkley, en passant par *House of the Rising Sun* ou même notre Johnny Halliday national.

Quand j'ai quitté l'appartement, le jour déclinait. J'ai adopté un rythme soutenu mais raisonnable car j'avais décidé d'aller loin. Je suis partie en direction de Brentwood, donc en direction de la maison de Michael.

Au bout de cinq minutes, j'ai commencé à juger l'idée idiote mais je me suis accrochée. Au bout d'un quart d'heure, j'avais trouvé mon rythme. Je profitais de Los Angeles, de la beauté de la musique dans mes écouteurs. J'avais l'impression que les paroles de chaque chanson s'adressaient à moi, que ce soit quand elles parlaient de chagrin d'amour ou de combat.

Je chantais, je pleurais – mais, surtout, je courais. J'avais l'impression d'être Dustin Hoffman dans *Marathon Man* – sauf qu'il faisait son jogging à New York dans Central Park.

Je suis allée jusqu'à Beverly Boulevard que j'ai entrepris de remonter vers l'ouest, vers l'océan. Je suis passée juste derrière le Cedars-Sinai, où la pauvre Akemi était en train de se morfondre, mais je ne me suis pas arrêtée. J'ai continué jusqu'à Santa Monica Boulevard. La course était plus agréable sur les espaces verts qui le bordent. De l'autre côté de cette grande artère, j'ai vu le Beverly Hill Police Department et je me suis mise à rêver que Michael y soit incarcéré, pour qu'il laisse toutes ces pauvres filles tranquilles. C'était assez ridicule comme idée vu qu'un commissariat n'est pas un pénitencier, mais ça m'a fait du bien d'imaginer un Michael les menottes aux poignets, un Michael ayant perdu son pouvoir et son arrogance.

Plus loin, j'ai pris à droite sur Wilshire. Je ne m'arrêtais que pour traverser les rues quand le feu était au vert. Le reste du temps, je courais. J'ai parcouru le Los Angeles Country Club, un des plus anciens golfs de la ville. Il y avait encore quelques golfeurs alors qu'on commençait à ne plus voir grand-chose.

J'ai ensuite tourné à droite vers l'université d'UCLA. Il faisait presque nuit quand j'ai foulé le sol du campus. À un moment, je me suis retrouvée face à un groupe de cinq jeunes mecs assez costauds. Ils avaient des vestes de l'équipe de football bleues, avec inscrit sur la poitrine « UCLA Bruins » à côté d'un gros ours brodé. L'espace d'un instant, je me suis dit qu'il ne manquerait plus qu'ils me violent pour que ma situation atteigne un nouveau paroxysme d'horreur.

Mais ils se sont écartés en faisant des remarques amusantes sur mon physique. Il y en a même un qui a sifflé mais c'était bon enfant. Des pensées positives ont afflué dans mon cerveau et j'ai souri en pensant que je pourrais toujours venir draguer des petits jeunes sur le campus ou même reprendre mes études.

Plus loin, j'ai emprunté Sepulveda Boulevard en direction du Getty Center. J'avais décidé que ce serait le but de ma sortie. Aller chez Michael, c'était à la fois trop loin et trop stupide.

Pour atteindre le musée, j'ai marché car la route montait assez fortement. Je suis restée là à regarder le bâtiment, une des dernières grandes créations du XXe siècle – qui a paraît-il coûté 1 milliard de dollars. C'est là que j'ai trouvé la solution à mes problèmes. C'était comme quand, dans *The Blues Brothers*, John Belushi voit dans l'église la lumière qui lui permet de découvrir comment sauver l'orphelinat. James Brown, qui interprète le révérend, l'interpelle et répète :

— *Do you see the light ? Have you seen the light ?*

Comme lui, à cet instant, j'aurais pu répondre :

— *I've seen the light.*

Tout m'a semblé plus clair, sinon plus simple. Il n'y avait qu'une seule issue possible.

Au retour, j'ai commencé à sentir la fatigue. Il faisait plus frais et je venais d'effectuer une quinzaine de kilomètres en courant. Je suis redescendue tout droit et j'ai longé le cimetière de Los Angeles. C'était sinistre, mais j'éprouvais une certaine sérénité.

En arrivant de nouveau sur Wilshire, j'ai pris un taxi pour rentrer. Je n'avais plus la force pour faire les huit kilomètres restants à pied.

Une fois dans mon appartement, je me suis rapidement douchée puis j'ai envoyé des messages.

D'abord un SMS destiné à Laure, pour la rassurer.

« Hello Laure, nous allons signer l'accord avec les Brown. Tu avais raison, c'est plus sage. Je m'occupe de les joindre. »

Elle m'a répondu dans la seconde.

« Génial. Tu verras, tout va bien se passer. »

On peut seulement espérer qu'elle ait raison.

J'ai ensuite rédigé un email pour Michael, Robin et Robert. Dans les grandes lignes, je les priais d'excuser mon attitude, et je leur disais que j'étais prête à les rencontrer pour discuter des documents à signer afin de préserver la confidentialité des informations que nous avions abordées.

Comme je n'avais pas les adresses de Michael et de Robert, j'ai envoyé le document à Charlie. J'ai aussi écrit un SMS pour lui dire de regarder sa boîte mail et lui demander de forwarder le document à son frère et à l'avocat.

Cinq minutes plus tard, mon téléphone sonnait. C'était Charlie. Mais je n'ai pas décroché, ce n'était pas la peine. Je me suis contentée d'un autre SMS :

« Envoie le document, s'il te plaît. Je n'ai plus la force de discuter. »

Sa réponse aurait pu me faire pleurer, si je n'avais pas déjà versé toutes mes larmes le long de Santa Monica Boulevard :

« Je vais le faire. J'espère que tu vas bien. Je tiens à toi, plus que tu ne le crois. Je t'embrasse. Charlie »

Une demi-heure plus tard, j'ai décroché quand j'ai vu le numéro d'un portable américain s'afficher sur mon iPhone. C'était Robert.

— Bonsoir Ophélie.

— Bonsoir Robert, merci de m'appeler. Comme je vous le disais dans mon mail, je tiens à m'excuser pour mon attitude de cet après-midi et je ne veux pas nuire à la carrière de Michael, ni à celle de Charlie ou même d'Amy. Je suis donc toute disposée à venir signer un NDA pour vous assurer de mon silence.

— C'est une bonne chose, Ophélie. Je vais préparer les documents et vous pourrez passer les signer à mon bureau.

— Robert, j'ai une requête à formuler : j'aimerais que Michael soit là, ainsi que Charlie.

— Pourquoi ? Ce n'est pas nécessaire.

— Parce que je tiens à leur présenter des excuses en personne. J'ai proféré des menaces absurdes et je veux leur dire que je ne l'ai fait que sous le coup de la colère.

— Je ne peux pas m'engager sur leur présence, mais je vais en parler à Michael et à Robin. Je vous tiens au courant par SMS.

Il devait être chez les Brown, car j'ai reçu un message moins de cinq minutes plus tard.

« C'est OK, réunion à Brentwood, demain à 10 heures. Venez avec Laure qui devra, elle aussi, signer. »

J'ai aussitôt transféré le message à mon amie avec un commentaire :

« Laure, tout va s'arranger, on a rendez-vous chez Michael demain matin. »

« Top, je passe te chercher à 8 h 45. »

J'ai failli lui répondre que c'était stupide, que l'on pouvait se rejoindre là-bas – elle triplerait son temps de trajet en venant à l'appartement, puisque Santa Monica est situé juste en dessous de la colline de Brentwood. Mais je me suis abstenue, car j'ai compris que c'était lié à une perte de confiance en moi : elle avait besoin de venir pour s'assurer de ma présence au rendez-vous. Je peux la comprendre, les enjeux sont plus grands pour elle que pour moi.

Je me suis donc contentée d'accepter.

Ensuite j'ai avalé un bout sur le pouce et je me suis fait couler un bain. Je termine le récit en barbotant dans la mousse. Reste à espérer que je ne flingue pas mon iPhone en le laissant glisser dans l'eau !

Journal de Laure

20 avril 2015, 22 heures

Ce soir, c'était champagne et sexe avec David. Nous venons de terminer le round 2 et mon pauvre chéri est en train de récupérer. Je vais lui laisser une petite heure avant de repasser à l'action. Mon objectif, c'est cinq orgasmes pour la soirée. Comme j'en suis à trois, il y a encore un peu de travail.

J'avoue que j'adore les cunnis de David, mais c'est quand même en levrette que je prends le plus mon pied.

Maintenant que je profite de ce moment de calme, je culpabilise un peu d'avoir abandonné Ophélie après cette journée si particulière. Je lui ai bien proposé de venir dîner avec nous, mais elle a décliné. Elle m'a dit qu'elle devait s'inscrire à la salle de gym. Si ça peut la divertir et la sortir de ses idées noires, moi je suis pour, mais je ne la vois pas en adepte des machines de muscu.

Enfin, ça n'a aucune importance de savoir si elle va être assidue ou pas. Le plus important, c'est qu'au moment décisif elle a été là et qu'elle a montré un sang-froid remarquable. Moi, je me suis contentée d'observer et de signer leurs papiers.

À 6 heures ce matin, je me suis levée car je n'arrivais plus à dormir. La nuit avait été terrible, je me retournais en tous sens dans le lit. Le stress ne m'a pas quittée et les plages de repos ont été courtes et entrecoupées de cauchemars horribles. Je courais sur un muret le long de la plage de Santa Monica et soudain je glissais sans pouvoir me rattraper. Avant de toucher le sol, l'émotion m'a réveillée.

Au moins, j'ai pu avoir un maximum de temps pour me préparer. J'ai essayé de m'habiller le plus classe possible. J'ai mis un tailleur qui m'a fait ressembler à une avocate. Bien maquillée, j'ai pensé que j'étais magnifique et que Charlie allait regretter de ne pas avoir saisi l'occasion de me mettre dans son lit. En fait, c'est sûrement moi qui ai raté quelque chose car c'est lui qui est magnifique, l'animal ! Quand je pense qu'Ophélie a couché avec lui, en plus de Michael... Elle ne se rend pas compte de sa chance ! Enfin, elle ne doit pas voir les choses sous cet angle, la pauvre, après tout ce qui s'est passé...

Je suis arrivée en avance, à 8 h 30. Elle était prête et avait opté pour une apparence très différente de la mienne, plus sobre. Elle avait quand même fait un minimum d'effort de maquillage, avec un soin particulier pour les yeux. Avec amertume, je me suis dit que même avec un pantalon tout simple, des escarpins et une veste, elle était mieux que moi avec mon super tailleur.

Nous avons peu parlé sur le chemin. Elle m'a juste annoncé qu'elle allait s'occuper des négociations parce qu'elle maîtrisait la situation et les gens plus que moi. Je ne lui ai pas disputé cette responsabilité. Je me targue d'aimer les discussions d'affaires âpres, mais pour celle-ci je ne me sentais pas au niveau.

À 9 h 20, nous étions devant la maison des Brown. Nous sommes restées dans la voiture une demi-heure à consulter nos emails avant de nous approcher de la porte.

Un gorille est venu nous ouvrir, accompagné d'une femme pas très jolie. Ophélie avait visiblement déjà eu affaire à eux. Elle a tendu son iPhone et son sac à l'armoire à glace.

— Bonjour, Joss. Laure, il faut que tu donnes ton portable et que tu te laisses fouiller par cette jeune femme.

J'ai cru qu'elle plaisantait avant de la voir écarter bras et jambes et se laisser palper. Diable, la situation était prise très au sérieux par les Brown. J'ai eu droit au même traitement.

Ensuite seulement, nous avons été autorisées à pénétrer dans la maison. Malgré mon stress, j'ai été bluffée par la baraque. Merde, c'est quand même top d'avoir assez d'argent pour vivre dans un tel luxe !

Nous avons suivi le fameux Joss dans un long couloir avant qu'il ne s'efface pour nous laisser entrer dans une grande pièce.

Là, je m'arrête immédiatement de jouer les touristes pour prendre conscience de l'importance de l'instant. Il y a quatre hommes dans la pièce, deux habillés en costume cravate strict, les autres dans un style chic élégant : Robert, Robin, Charlie et Michael. Malgré la tension, il est impossible de ne pas remarquer la beauté incroyable des deux frères. Pour la première fois, je leur trouve une certaine ressemblance. Mais leur attitude est différente et pas celle que j'attendais : Michael est souriant et paraît détendu, alors que Charlie a les traits tirés et un air inquiet.

Nous nous saluons à distance, à l'américaine. Il est loin le temps où nous nous embrassions avant de prendre le petit-déjeuner ensemble sur le yacht ! Je regarde Robert et je suis horrifiée de penser que j'ai pu coucher avec lui pour une paire de Louboutin. Je devais être folle ! Si au moins ça avait été un bon coup…

La pièce où nous nous trouvons est un magnifique bureau, avec des meubles qui doivent avoir plusieurs siècles. Je ne suis pas capable de dire si c'est du Louis-Philippe ou du Napoléon, mais ce qui est certain, c'est que ça a dû coûter un max.

Robert prend la parole.

— Voici deux NDA à signer. Ophélie, vous avez en plus un document contractuel qui résume les modalités de vos rencontres avec Charlie selon les termes que Robin vous a expliqués hier.

Connaissant cette partie de l'histoire, j'ai un moment de stress à l'idée qu'Ophélie pourrait piquer une nouvelle crise à la mention de ces dispositions inacceptables. Je me tourne vers elle. Elle ne bronche pas, prend les deux documents et commence à les lire. Je fais de même, mais j'ai du mal à me concentrer. Honnêtement, je suis prête à signer n'importe quoi pour que le bureau de Ciné Organisation de Los Angeles survive. Le document est assez simple même s'il est rédigé en termes juridiques. En fait, je m'engage à ne rien dévoiler de ce que je sais sur la famille Brown. Robert a juste exclu de cette disposition la partie professionnelle. Je pourrai donc parler des films de Michael, Charlie et Carolina. Tant mieux, c'est quand même mon gagne-pain. Finalement, ce NDA ne me coûte rien car je ne suis pas une journaliste de tabloïd qui vit en fouillant les poubelles des stars. Je m'apprête à signer quand Ophélie m'interrompt d'un geste.

— Un instant, Laure…

Je lève la tête vers les Américains. Michael est impassible, un sourire au coin des lèvres, mais Robert et Robin se sont crispés. C'est pas vrai, elle ne va pas tout foutre en l'air ! Je réalise que ma signature est une condition mineure pour que Michael ne mette pas ses menaces à exécution. Ce qui est important, c'est celle d'Ophélie sur les deux documents la concernant.

Je suis dans un état d'affolement. Pas Ophélie. C'est d'une voix très calme qu'elle reprend :

— Michael, je tiens à t'exprimer mes regrets pour la scène d'hier. Je n'aurais jamais dû te menacer ainsi.

J'avais également tort sur le fond et j'aurais dû mieux apprécier tout ce que tu as fait pour Akemi. Tu l'as confiée à des médecins de grande qualité, tu as payé ses frais d'hôpital après sa tentative de suicide alors que rien ne t'y obligeait. Je comprends que ma sortie t'ait énervé et je pense que j'aurais eu la même réaction à ta place…

La tirade de mon amie a détendu l'atmosphère d'un coup. Moi qui étais en apnée, je peux expirer.

— Ton appel à Bertrand était donc justifié. Tu l'as inquiété, et le mot est faible. Mon amie Laure était elle aussi terrifiée. Je pense que, maintenant que nous signons ces NDA, il serait bien que tu t'engages par écrit à ne pas mettre tes menaces à exécution, et à ne rien faire pour porter préjudice au business de Ciné Organisation aussi bien à Los Angeles qu'à Paris.

Robert, Robin et moi hurlons de concert. Seuls les mots sont différents.

— Ophélie !

— Hors de question !

— Vous n'êtes pas en mesure de négocier !

Ophélie ne cille pas. Son regard n'a pas quitté celui de Michael. Robert, Robin et moi ne sommes que des insectes face à ces deux personnalités. Charlie, lui, est plus un fantôme qu'autre chose.

— Michael, j'ai bien réfléchi à ma colère d'hier. J'en ai cherché la raison car je ne comprenais pas comment je pouvais risquer mon futur professionnel pour une fille que je ne connais pas, qui n'est même pas une compatriote. La réponse m'a frappée hier soir dans mon bain. Je crois que je n'ai jamais réussi à t'oublier. Ton charisme, la passion de nos relations ont constitué pour moi quelque chose d'unique. J'avais l'impression de vivre. Quand ça s'est arrêté, c'était insupportable. Je pense que j'ai essayé de retrouver les mêmes sentiments en sortant avec ton frère. Peut-être était-ce aussi un moyen d'essayer de te rendre jaloux, mais dans ce cas c'était inconscient...

Nous sommes tous sous le choc. Le pauvre Charlie est blême, on a l'impression qu'il va s'évanouir.

Ophélie se tourne vers lui, mais ce ne sont pas des paroles de réconfort qu'elle prononce.

— Je suis désolée, Charlie, il n'y avait aucune mauvaise intention de ma part.

Après cette courte phrase d'excuses, elle s'adresse à nouveau à Michael.

— Je pense que quand je me suis aperçue que je ne retrouvais pas ce que j'avais connu avec toi, ça m'a rendue furieuse et j'ai saisi le premier prétexte venu pour te faire la guerre. Pour te prouver ma bonne foi, je ne signerai pas le document qui doit régir mes relations futures avec Charlie, mais je suis prête à m'engager par écrit à ne plus chercher à le rencontrer.

Charlie a rétréci de cinq centimètres supplémentaires. Je suis moi-même abasourdie par ces révélations. Mais peut-être a-t-elle raison dans son analyse : contrairement à moi, elle a toujours préféré Michael ; de là à prendre Charlie comme substitut, il n'y avait qu'un pas qu'elle a franchi. Plus j'y pense, plus je crois qu'elle est dans le vrai. Il n'empêche que, pour Charlie, c'est horrible à entendre.

Pour la première fois de la matinée, Michael prend la parole :

— Tu t'engages contractuellement à ne plus voir mon frère ?

— Pour être tout à fait précise, je m'engage à ne plus chercher à le voir, à ne plus le contacter d'aucune manière.

Après un silence, elle ajoute la phrase qui tue :

— Je ne peux cependant m'engager pour lui, et être tenue pour responsable si lui ne parvient pas à se soumettre à cette discipline...

Une seconde plus tard, la porte du bureau claque violemment. Charlie n'a pas pu supporter ces propos. J'avoue que c'était à la limite de l'insulte. S'il a des sentiments pour elle, ce qu'elle vient de dire est horrible.

Michael n'est pas troublé par la sortie de son frère. Il a toujours le sourire aux lèvres.

— Ophélie, c'est à mon tour de te demander de m'excuser pour mes propos d'hier. Contrairement à ce que j'ai pu dire, tu es d'une grande finesse - ce que l'on pourrait oublier quand on ne voit que ta beauté.

— Merci, Michael.

Incroyable, le cadavre de Charlie est encore chaud, et ces deux-là recommencent à flirter comme si de rien n'était ! J'avais raison de présumer qu'ils sont d'une race différente...

— Je le pense. Tu as une compréhension des choses juridiques assez unique pour une personne qui n'a pas de formation dans ce domaine. Je pensais que vous viendriez avec un avocat, ce matin, mais je vois que vous n'en avez pas besoin. En résumé, tu me demandes de rédiger un autre contrat où je m'engage à ne faire de tort ni à votre entreprise ni à toi-même, et en échange vous signez deux engagements, un vis-à-vis de mon frère et l'autre qui protège la confidentialité des informations que vous détenez sur mon compte. C'est cela ?

— Presque, Michael, mais pas tout à fait...

Il lève les sourcils, surpris. C'est la première fois de la journée qu'il perd son impassibilité. En ce qui me concerne, la crise cardiaque est imminente...

— Michael, je te demande de garantir le futur de Ciné Organisation et de Laure en temps que personne, car ils ne sont responsables de rien dans ce qui s'est passé. Je ne requiers pas un engagement de ta part en ce qui me concerne car, même si je le regrette et que je m'en suis excusée, je t'ai bien menacé. Je ne veux pas lier mon sort à celui des autres, ce ne serait pas juste. Je te laisserai donc en décider à ta guise...

Michael a retrouvé le sourire. Ça pourrait être mon cas si je n'étais pas aussi inquiète pour mon amie. Elle a chargé le pistolet, l'a mis dans la main de l'acteur, et il n'a plus qu'à appuyer sur la détente s'il le souhaite.

Ophélie sourit à son tour.

— Ce ne sera pas la première fois que je m'abandonne entre tes mains...

À ce moment, le charisme et la beauté sont également répartis entre ces deux personnes extraordinaires. Le terme est à prendre au sens premier, c'est-à-dire que je ne les trouve pas formidables mais simplement hors du commun. Les yeux gris-bleu d'Ophélie font passer un message de séduction fascinant. Michael n'est pas en reste, son sourire est éclatant.

— Et je crois que tu n'as pas eu à t'en plaindre...

La discussion est entrée dans une dimension qui me dépasse. Il y a moins de vingt-quatre heures, ils se crachaient à la figure et là, on leur donnerait un lit, ils baiseraient dans l'instant ! Si Robert, Robin et moi n'étions pas là, ils le feraient même sur le bureau !

Choquée par l'évolution de la situation, j'ai perdu le fil de la conversation. Quand je parviens à le retrouver, Michael est en train de s'adresser à son avocat :

— Robert, tu peux nous faire les différents documents dont nous avons parlé ? Prends mon ordinateur. Tu en as pour combien de temps ?

— Une demi-heure, trois quarts d'heure maximum.

— Bon, en ce qui concerne le document de Laure, je pense qu'elle peut le signer en l'état… Ophélie, Robert, vous êtes d'accord ? Comme cela, nous n'aurons pas à la retenir plus longtemps.

— Tu as raison, Michael, il faut qu'elle retourne au bureau, car c'est elle qui a la responsabilité de l'agence de Los Angeles.

— Je ne suis pas surpris… Laure, j'ai toujours pensé que vous aviez un talent de leader. En revanche, je serai obligé de vous priver de votre collaboratrice une heure de plus, le temps que Robert rédige les nouveaux contrats… Ophélie, je te propose d'aller prendre un thé dans le jardin en attendant.

— Volontiers.

Ainsi, très poliment, en utilisant la flatterie, j'ai été mise dehors par l'acteur et mon amie. En partant, j'ai juste eu le temps de les entendre flirter.

— Si tu veux que je t'initie au golf, j'ai un practice dans le jardin.

— J'ai vu ça, Michael. Mais c'est beaucoup plus qu'un practice, c'est aussi beau que Pebble Beach.

— Oh, il ne faut rien exagérer…

Ces échanges mièvres me donnaient envie de vomir, mais je me suis dit qu'après tout c'était quand même mieux que de s'envoyer des invectives à la figure. Grâce à ça, moi, je pouvais garder mon mec et mon job !

J'ai appelé tout de suite David pour lui annoncer que la réunion s'était bien passée. Je n'ai pas pu entrer dans les détails à cause du NDA. J'ai une chance incroyable d'avoir un mec qui soit capable de comprendre ces impératifs de confidentialité. Moi, à sa place, ça me rendrait folle.

Ophélie ne m'a rejointe au bureau qu'une heure plus tard.

— Hello, Laure, tu es contente du résultat ?

— Tu plaisantes, je suis extatique ! Mais j'avoue que je n'ai pas bien saisi l'évolution de vos rapports.

Elle m'a lancé un regard bizarre.

— Ce que j'ai expliqué n'était pas clair ?

— Si, mais je ne m'attendais pas à ce que tu sois aussi dure avec Charlie. Il y a quarante-huit heures, c'était le nouvel amour de ta vie, et maintenant tu le présentes comme un simple produit de substitution à son frère. Et tout ça, en sa présence. Le pauvre, il n'a pas supporté. Je pense que tu avais raison, concernant ton transfert amoureux de Michael vers son frère, mais n'empêche, c'était hard !

— C'est la vie, Charlie en verra d'autres. Il n'a qu'à se remettre avec Amy.

Tranchante comme le sabre d'Uma Thurman dans *Kill Bill*. Les dix-huit derniers mois ont transformé mon amie, c'est à peine si je la reconnais.

— Et avec Michael, ça s'est passé comment ?

— Très bien. Pour mon thé, j'ai eu droit au service en porcelaine de Chine que lui a offert Xi Jinping quand Michael lui a rendu visite.

— Qui ça ?

— Xi Jinping, le Président chinois. Il faut lire autre chose que *Variety*, ma grande. La culture ne s'arrête pas à Jennifer Aniston et George Clooney !

Elle avait beau sourire quand elle a dit ça, j'ai trouvé la remarque carrément vacharde. Je crois que je préférais l'ancienne Ophélie.

— Ça va, je ne connais pas les leaders des pays asiatiques, ce n'est pas un crime… En dehors du choix de la vaisselle, tu as quelque chose de plus intéressant à me raconter ?

— Nous avons conversé gentiment, puis il m'a donné une petite leçon de putting.

— Vous avez fait du golf ?

Elle se marre.

— Oui, ça aurait même pu mal finir. Michael s'était mis derrière moi pour me montrer comment tenir le putter. Il m'a dit de plier les genoux et de sortir le postérieur pour une plus grande stabilité. J'ai obéi et quand mes fesses se sont trouvées collées à son pantalon, je crois qu'il n'y a pas été indifférent…

Je suis sous le choc.

— Tu veux dire qu'il bandait ?

— Je préfère le mot « érection », mais la réponse est oui.

— Et alors ?

— À ce moment, Robert est arrivé avec les contrats. J'ai cru sentir que Michael regrettait cette interruption.

— Mais c'est dingue, vous n'allez pas remettre ça !

— Que veux-tu dire ?

— Tu ne trouves pas que votre relation a causé assez de problèmes à toi comme à d'autres ? Tu m'expliquais toi-même que c'était un être maléfique que tu devais mettre hors d'état de nuire !

Elle sourit.

— J'avoue que j'ai forcé sur le côté mélodramatique. J'ai retrouvé mes esprits, maintenant, ne t'inquiète pas.

— Je suis contente que tu te sentes mieux psychologiquement, mais je pense qu'il serait préférable de ne plus t'approcher de lui.

— Pas d'accord. Je suis à Hollywood, je ne vais pas commencer à raser les murs pour éviter de tomber sur M. Michael Brown. D'ailleurs, il a dit qu'il nous inviterait à ses avant-premières. Tu devrais être contente, tu seras de la partie !

J'ai arrêté la conversation. Je n'aime pas le tour que prend cette histoire.

J'ai appelé Bertrand chez lui pour lui donner la bonne nouvelle. Quand je lui ai appris qu'Ophélie avait même obtenu de Michael qu'il s'engage par écrit à ne pas nuire aux intérêts de Ciné Organisation à travers le monde, il s'est répandu en remerciements et en félicitations. Je l'ai mis sur haut-parleur pour qu'Ophélie puisse entendre. J'ai même proposé à mon amie de lui parler, mais elle a refusé d'un geste de la main. Après avoir raccroché, je m'en suis étonnée.

— Tu aurais pu lui dire un mot, tu as vu comme il était ému ? Ça prouve combien cet accord était important pour la société.

Elle a eu un sourire froid.

— Oui, j'ai même cru qu'on allait l'entendre pleurer au bout du fil…

— Ophélie, merde, un peu de respect. Ce mec a développé Ciné Organisation, depuis des années. C'est son bébé, c'est sa vie.

— OK, OK, ça va… Bon, on se remet au travail ?

C'est certain, je n'aime pas trop la nouvelle Ophélie, l'amie des stars.

Le reste de la journée s'est déroulé dans une ambiance studieuse et maussade, mais avec la soirée qui approchait, mon humeur est revenue au top en pensant que j'allais fêter tout ça avec mon chéri.

Quand Ophélie a refusé de dîner avec nous, je dois avouer que j'ai ressenti du soulagement. Ces événements récents nous ont éloignées. J'espère que nous pourrons bientôt reprendre notre relation d'amitié, c'est important pour moi.

Bon, je crois qu'il est temps de réveiller David. J'ai envie du troisième round !

Journal d'Ophélie

1er mai 2015, 22 heures

Ça y est, je suis à Los Angeles depuis un mois. Je deviens une vraie Californienne. Je termine ma deuxième semaine d'entraînement à la salle de gym et je commence à prendre le rythme. La semaine dernière, c'était un véritable enfer. J'avais des courbatures terribles, mais j'ai quand même réussi à faire mon footing le matin, un circuit de dix kilomètres dans les rues de Beverly Hills.

J'ai décidé d'augmenter la dose. Je vais passer à douze kilomètres. Je devrais arriver à les faire en une heure quinze, une heure vingt maximum.

J'aime bien cette nouvelle vie. Moins de drames dans mon existence, plus de sport. Ces derniers jours, j'ai relu mon journal depuis l'été de mes vingt-cinq ans. Qu'est-ce que je pouvais être naïve ! J'ai décidé d'être plus succincte dans le récit de ma vie, de consacrer moins de temps à mon iPhone et plus au sport.

J'ai des nouvelles d'Akemi. Nous nous écrivons presque tous les jours. Son moral est meilleur. Son désespoir s'est transformé en colère, mais elle est aussi lucide sur ses responsabilités.

« Je reconnais ma naïveté dans mon aventure avec Michael et dans ses suites. Je pense toutefois que la pression de son entourage m'a forcée à prendre de mauvaises décisions que je regrette. En ce qui concerne Michael, j'aimerais pouvoir exposer au monde ce qu'il m'a fait et ce qu'il est. Mais j'ai signé ce morceau de papier qui m'empêche de le faire. Il faudra que j'apprenne à accepter de vivre dans un monde injuste, dans un monde où les *bad guys* sortent vainqueurs et où les gentils payent chèrement leurs erreurs. »

J'ai essayé de la réconforter, de lui dire que c'est seulement à la fin du jeu qu'on compte les points. Mais je l'ai aussi félicitée pour sa volonté de tourner la page et je lui ai assuré que je faisais le même travail sur moi-même.

Au final, les nouvelles sont bonnes : elle s'est réconciliée avec sa famille et je ne crains plus pour sa vie.

Du côté des mecs, aucune nouvelle de Charlie. Je n'en attendais pas, après ce que j'ai dit lors de la réunion à Brentwood.

En revanche, Ciné Organisation a récupéré un client qui nous a été envoyé par Michael. C'est un film indépendant qui cherche un distributeur en Europe et veut qu'on le représente. C'est un petit budget mais, symboliquement, c'est fort car c'est notre premier client américain. Bertrand était au bord de l'orgasme quand il a su que M. Michael Brown nous avait recommandés. Ça prouve au moins que Michael ne bluffait pas concernant l'influence qu'il a sur l'industrie du cinéma à Hollywood.

Sinon, j'ai accepté de sortir demain soir avec Laure, David et leur copain Zach. C'est l'acte II du complot pour nous mettre ensemble. Laure est une vraie marieuse et elle a peur que je sombre dans la dépression après l'histoire Brown.

Il n'y a pas de risques, je sais parfaitement où je vais, mais il n'y a pas de mal à sortir entre amis.

Mon Roméo devrait suivre la même hygiène de vie que moi. J'essaie de le pousser à aller dehors dans le jardin pour se dérouiller les pattes, mais il demande à rentrer toutes les cinq minutes. Ses trajets se limitent entre sa gamelle et ses différents lieux de sieste. Depuis ma rupture avec Charlie, il peut à nouveau dormir avec moi. Pour lui, c'est le bonheur ! Je lui ai promis qu'aucun homme ne viendrait nous séparer, ni Zach ni un autre.

Journal de Laure

3 mai 2015, 20 heures

Je dois avouer que j'aime bien jouer les entremetteuses, mais j'apprécie moins de me transformer en conseillère conjugale. Surtout quand mon client cherche à comprendre les motivations de mon amie. Bon, je ne pouvais pas non plus refuser ça à Zach, car il faut avouer que la nouvelle Ophélie est des plus complexes à décrypter.

Hier, nous avions décidé de nous donner rendez-vous à la maison. J'avais une bouteille de champagne pour célébrer les résultats formidables du bureau. Zach en a apporté une autre. Quand je l'ai vu, je me suis dit qu'Ophélie ne pourrait pas rester insensible car il était très beau. Certes, ce n'est pas un Brown, il n'a pas leurs spectaculaires yeux bleus, mais il s'était mis sur son trente et un, dans un style moderne et élégant. On a pris un verre avec David en attendant Ophélie. L'ambiance était décontractée, Zach était drôle et brillant. J'étais très optimiste pour la soirée.

Mais quand Ophélie nous a rejoints, Zach s'est métamorphosé : il s'est transformé en statue de sel en un instant. D'un côté, je peux le comprendre tellement Ophélie était *breath-taking*, à couper le souffle. Pourtant, au niveau du look, on ne pouvait pas faire plus simple. Elle avait un short en guipure bleu, un chemisier blanc et des petites espadrilles. L'effet était spectaculaire et on avait l'impression de ne voir que ses jambes interminables. À la réflexion, on regardait aussi le décolleté discret offert par l'ouverture opportune de deux boutons de son chemisier, même si on pouvait à peine apercevoir la dentelle de son soutien-gorge.

Ses cheveux tirés en arrière par une queue-de-cheval haute lui dégageaient le visage et mettaient en valeur un maquillage qui accentuait le gris-bleu de ses yeux et la forme de sa bouche. Bref, une bombe atomique.

Quand elle est entrée dans la pièce où se trouvaient David et Zach, les deux se sont levés comme un seul homme. David est venu l'embrasser, mais son ami est resté debout comme un benêt.

J'ai dû intervenir.

— Zach, tu te souviens d'Ophélie ?

David s'est retourné vers son meilleur ami pour le chambrer :

— Zach, c'est bon, elle est sublime, mais tu peux quand même refermer la bouche et venir lui faire la bise. Profite, la France, c'est la patrie du baiser !

Cette moquerie l'a sorti de son immobilisme, mais ne l'a pas pour autant rendu plus loquace. Quand nous nous sommes rassis, il y a eu un moment de gêne. Pour meubler, David a servi du champagne à tout le monde et j'ai entrepris Ophélie sur sa tenue.

— C'est magnifique, je n'avais jamais vu cet ensemble.

— Je l'ai acheté dans une vente privée sur Internet. Le short et le chemisier viennent de chez Maje.

— David, Zach, vous avez vu comme Ophélie a les jambes et les bras bronzés ? C'est super joli, cette teinte hâlée.

Alors que les garçons abondaient dans mon sens, Ophélie a lancé une remarque qui a fait rougir Zach :

— Oui, mais il va falloir que je fasse des bains de soleil. Sinon, le prochain mec qui me déshabillera sera déçu en voyant mes fesses et mes seins blancs.

J'avoue que j'ai, moi aussi, failli avaler de travers. Seul David a rigolé.

Plus tard, nous sommes sortis nous faire un restaurant indien. Il a fallu que nous attaquions la deuxième bouteille pour que Zach retrouve un peu de naturel. Pourtant, David et moi n'avons pas arrêté de lui envoyer des perches pour qu'il se mette en valeur, mais il était paralysé par la beauté d'Ophélie.

Mon amie faisait comme si elle ne remarquait rien. Elle était cordiale, amusante sans être non plus hyper encourageante envers Zach. Elle avait une attitude de bienveillante neutralité.

À un moment où elle débattait avec David pour le convaincre que *Whiplash* méritait plus l'oscar du meilleur film que *Birdman*, j'ai pris un peu de temps pour l'observer.

Son évolution physique et psychologique est stupéfiante. En moins de deux ans, elle a acquis une confiance en elle, un charisme incroyables. Même quand elle ne parle pas, elle dégage quelque chose. Alors, quand elle s'exprime avec passion pour défendre une idée, elle irradie.

Et, visiblement, Zach n'avait pas revêtu de combinaison antiradiation. Il la fixait tellement que c'en était presque gênant. Ophélie ne s'en est pas aperçue, ou elle a fait comme si.

David, lui, n'était pas contaminé, sans doute immunisé par l'amour qu'il me porte. C'est une chance, car sinon je ne crois pas que mes liens d'amitié avec Ophélie auraient survécu à la jalousie. Mais cela ne veut pas dire qu'il n'a pas noté la transformation de la nouvelle Ophélie. Il m'en a parlé quand nous nous sommes retrouvés seuls à la maison, en fin de soirée.

— Elle va à la salle de gym, ta copine ?

— Oui et elle court tous les matins. Ça lui va bien, hein ?

— Très bien, elle est superbe. Elle a aussi gagné en maturité depuis notre rencontre à Deauville, c'est à peine croyable. Je ne sais pas si c'était une bonne idée d'essayer de la mettre avec Zach...

Je me suis dit qu'il n'avait peut-être pas tort, mais j'ai tenté de défendre mon couple virtuel.

— Ils sont mignons tous les deux et Zach est un garçon passionnant.

David a pris une mine sinistre.

— D'habitude oui, mais là il arrivait à peine à dire deux phrases de suite. Je me demande si on a bien fait de les laisser seuls tous les deux. Elle va le bouffer tout cru !

Les propos de mon amoureux me sont apparus soudain comme une évidence et j'ai culpabilisé. Je regrettais d'avoir proposé à Zach d'aller prendre un verre au bar du Mondrian en prétendant que c'était un endroit qu'Ophélie adorait. C'était quelque peu exagéré, mais pas faux. En revanche, quand je leur ai dit que nous ne pouvions pas y aller avec eux car j'étais crevée, c'était une invention totale. Ils n'ont pas été dupes mais ont joué le jeu. Ophélie m'a lancé un regard ironique et j'ai senti que la pression montait chez Zach. Il a quand même accepté courageusement le tête-à-tête.

J'ai décidé d'envoyer un SMS à Ophélie.

« Ophélie, sois gentille avec Zach, c'est le meilleur ami de David ! »

Dix minutes plus tard, j'ai reçu une réponse surprenante :

« Gentille, genre pipe et bonne nuit, ou faut-il ajouter levrette et missionnaire ? »

C'est simple, je ne la reconnais pas.

« Arrête de déconner. Tu l'impressionnes, alors essaie de le mettre à l'aise. »

« OK, promis. »

« Viens bruncher demain, tu me raconteras. »

« D'accord, 10 heures ? »

« Parfait. »

J'avais fait là mon maximum pour que ça se passe bien, mais je n'étais guère plus rassurée. J'étais même tellement stressée qu'il s'en est fallu de peu que je loupe mon orgasme !

Ce matin, je me suis réveillée avant 8 heures. David dormait du sommeil du juste. Je l'aurais bien sorti de ses songes pour une autre partie de jambes en l'air, mais je me suis dit que ce serait égoïste.

Alors, je me suis levée et j'ai préparé le petit-déjeuner. Quand Ophélie est arrivée, vingt minutes avant l'heure convenue, la table était prête. David étant toujours dans les bras de Morphée, je pouvais questionner mon amie à l'envi.

— Vas-y, mets-toi à table, au sens propre comme au figuré.

— Très joli mot d'esprit, Laure. Je vois que tu es en forme. Tu veux savoir quoi ?

— Tout.

— Eh bien, c'était sympa. Nous sommes allés au Sky Bar comme prévu. Zach connaissait les gens de l'hôtel et a pu nous faire rentrer. On s'est allongés sur des canapés au bord de la piscine et on a bu deux verres. Il a insisté pour payer à chaque fois. Au niveau de la conversation, j'ai ramé. Il est timide votre copain, non ? C'est surprenant pour un journaliste.

— Il n'est pas comme ça, normalement. Mais tu l'impressionnes à mort.

Elle a eu un sourire mystérieux.

— Oui, je l'ai constaté à certains moments...

Sa remarque était assez flippante.

— Mais pas à d'autres. Il a même fait preuve d'un allant stupéfiant quand il m'a plaquée contre le mur en sortant de l'hôtel et qu'il m'a embrassée sans prévenir.

Merde, pas étonnant. Dos au précipice, paralysé par sa timidité, il a préféré se lancer dans un assaut inconsidéré. J'espère qu'Ophélie ne l'a pas envoyé balader méchamment.

— Et ?

— Il embrasse très bien, votre copain. En plus, il est mignon même s'il n'est pas très bavard. Je ne lui ai pas tenu rigueur de cette entrée en matière un peu vive et nous nous sommes embrassés quelques minutes. Malgré le côté agréable de cet échange, j'ai dû y mettre fin. Ça fait très étudiants de s'embrasser ainsi dans la rue...

— Il a continué à être aussi entreprenant dans la voiture ?

— Non, c'était un peu le Docteur Jekyll et Mister Hyde de la séduction – d'abord timide avant d'être entreprenant, pour revenir ensuite au premier état. Dans la voiture, j'ai eu la version Jekyll, qui m'a proposé de me raccompagner chez moi. Je lui ai demandé s'il ne préférait pas prendre un dernier verre chez lui, s'il avait du champagne.

Ophélie qui propose au mec d'aller chez lui dès le premier soir, c'est nouveau. En même temps, ça ne présage pas de la suite de l'histoire. J'ai constaté qu'elle portait des affaires différentes d'hier soir donc c'est qu'elle n'a pas dormi chez lui…

— Il te plaît ? Vous avez couché ?

Elle m'a regardée avec un air malicieux.

— Je croyais que tu voulais un récit chronologique. Pour répondre à ta question, je le trouve assez beau, et ses baisers m'ont donné envie d'aller plus avant. Si on ajoute la bouteille de Laurent Perrier que nous avons partagée, c'était une bonne base pour passer une soirée agréable. Mais la suite a été surprenante…

Je ne sais pas si c'est parce que je suis à l'origine de la création de ce couple ou parce que Zach est le meilleur ami de David, mais je suis suspendue aux lèvres de mon amie.

— Nous étions tous les deux sur le canapé, en train de siroter nos coupes. Au bout de la deuxième, comme je ne me voyais pas discuter jusqu'au matin, j'ai pris les choses en main. Je lui ai ôté sa coupe et je suis montée à califourchon sur lui. J'ai senti qu'il était stressé, alors j'ai entrepris de le décontracter par une exploration de sa bouche avec ma langue. C'était aussi bien que dans la rue, et ça m'a incitée à passer à l'étape suivante…

Ça alors, ils ont couché ensemble !

— Mais je croyais que tu étais contre les relations sexuelles dès le premier soir ?

— On n'a qu'une vie… D'ailleurs, comme tu me l'as dit un jour, techniquement ce n'était pas le premier soir puisque nous avions déjà dîné au restaurant le soir de notre déménagement. Tu te rappelles ?

— Très bien. Alors, c'était comment ? C'est un bon coup ?

Elle me sourit. Est-ce un signe positif ou ce sourire est-il ironique ? Je n'arrive pas à le déterminer.

— Tu es trop impatiente ! Pour une fois que c'est moi qui te raconte une soirée avec un mec… Je me suis donc levée et je l'ai entraîné vers sa chambre. Je l'ai poussé pour qu'il tombe sur le lit. Moi, pour accélérer les choses, j'ai tout de suite retiré mon chemisier et mon short. J'étais en face de lui, debout, en dessous Aubade. Beaucoup d'hommes m'auraient attirée vers eux pour me couvrir de baisers, mais lui a semblé paralysé par la situation. Je me suis demandé si j'allais trop vite pour lui…

— C'est possible, Ophélie. Le dating est très codifié à Los Angeles. C'en est presque ridicule.

— OK, donc j'ai attaqué le deuxième round des baisers en déboutonnant sa chemise. Il a un torse poilu, je crois que je n'avais jamais eu un mec avec un système pileux aussi développé. Mais, à part ça, il est bien foutu, avec des pectoraux et des abdos. J'ai testé avec ma main, et je peux te dire que c'est un assidu de la salle de muscu. Ma main est descendue ensuite sur son pantalon…

— Il était dans un état pas possible ?

— Eh bien, ce n'était pas évident de sentir à travers le tissu mais ce n'était pas l'érection du siècle ! J'ai donc essayé d'améliorer les choses en enlevant mon soutien-gorge et en lui donnant mes seins à embrasser. C'est une pratique qu'il maîtrise et c'est lui qui a commencé à m'enflammer. Si je n'avais pas été sûre de vouloir coucher avec lui, à ce stade c'était décidé ! Ma main a défait sa ceinture puis les boutons de sa braguette, et s'est glissée dans son caleçon...

— Et ?

Elle explose de rire.

— Rien, un bide total ! Le plus gros échec de ma vie !

Je ne vois pas ce qu'il y a de drôle. Moi, je trouve ça catastrophique.

— Il ne bandait pas ou il bandait mou ?

— Pour être gentille, je vais dire seconde hypothèse. Comme j'avais très envie, j'ai décidé de remédier au problème...

— Tu lui as fait une pipe ? Ça a marché ?

Nouveau rire. Pas bon signe.

— Que dalle ! J'avais l'impression d'avoir du Malabar dans la bouche.

Ce vocabulaire utilisé par Ophélie... Elle a dû passer trop de temps avec moi. J'ai déteint. Je ne sais pas si c'est une bonne chose.

— Peut-être qu'il a senti que tu manquais de motivation ?

— Pas du tout ! Je peux te dire que je me suis appliquée. C'était la seule chance pour moi d'obtenir ce que je voulais en venant chez lui. Mais, au bout de quelques minutes, il m'a interrompue en s'excusant. Il m'a dit que ce n'était pas ma faute.

— Tu te sentais responsable ?

— Pas du tout ! Je crois que j'étais exempte de toute responsabilité.

Quand je repense à sa tenue, à son look, et en me fondant sur ce qu'elle raconte, je ne peux qu'être d'accord avec elle. À moins que…

— Ophélie, ta beauté et ton aisance ont été castratrices pour lui.

J'imaginais qu'elle allait protester, mais elle a abondé dans mon sens.

— Tu dois avoir raison. Je lui ai dit que j'étais fatiguée, qu'on pouvait se reposer un moment. Le problème, c'est que je ne le connais pas assez bien pour dormir avec lui…

— Mais suffisamment pour coucher avec lui ?!

— Laure, s'il y en a une qui peut comprendre ça, ce devrait être toi. Une demi-heure plus tard, j'étais toujours éveillée, contrairement à mon compagnon. Mais la nature a décidé de nous donner une autre chance par le biais d'une érection nocturne inconsciente.

— Il bandait en dormant après en avoir été incapable quand tu étais nue dans ses bras ? C'est insultant !

— Écoute, au stade où j'en étais, je me foutais de savoir quel rêve érotique provoquait cet état. J'ai juste remercié la chance qui nous souriait. Je l'ai éveillé par des baisers et j'ai rapidement ouvert un préservatif.

— Tu en avais ou c'était les siens ?

— J'en avais.

Elle avait donc planifié cette aventure ! Je ne peux pas lui reprocher d'être prévoyante, mais cela ne lui ressemble pas.

— Après avoir mis le capuchon au monsieur, je l'ai enfourché et j'ai glissé son sexe en moi.

— Donc, la seconde fois, ça s'est bien passé ?

Elle fait une grimace.

— Non, il s'est dégonflé comme un ballon de baudruche.

Moment de silence. Quelle catastrophe absolue !

— Tu as réagi comment ?

— Ce n'était pas facile. Je lui ai dit qu'il devait être fatigué, qu'on réessaierait un autre jour. Puis je suis partie avec autant de délicatesse que possible.

Merde, j'avais oublié que son changement de vêtements indiquait qu'elle était rentrée chez elle.

— Il ne l'a pas mal pris ? Tu as dit, quoi ?

— Que je devais m'occuper de mon chat. Je dois le rappeler ce soir.

Je prends un instant pour réfléchir à ce qu'Ophélie vient de me raconter.

— Après tout, il avait certainement envie d'être seul. Il a dû être soulagé que tu partes. Et maintenant, c'est quoi la situation ? Tu vas lui dire quoi ? Vous êtes ensemble ou c'est un coup pour rien ?

— « Un coup pour rien », belle image. Tu es en forme ! Nous ne sommes pas « ensemble », mais je vais le revoir. On verra.

Je suis soulagée. Encore une petite chance que le couple se forme malgré la débâcle de la première nuit. J'en sais gré à mon amie.

— Merci, c'est sympa pour lui.

— Mais il faudra qu'il assure, ou en dédommagement je te demanderai de m'offrir le sex-toy *rabbit*.

— C'est pas vrai ! Ça y est, tu t'y mets enfin ! Qu'est-ce qui t'a fait changer d'avis ?

— Il y a plusieurs femmes d'une quarantaine d'années qui en discutaient à la gym et elles étaient enthousiastes. Si j'entre dans un long célibat ou si j'ai trop de partenaires défaillants comme ton ami, je vais devoir m'adapter.

— Tu vas adorer.

— Attends, Zach peut encore se reprendre. Ne passe pas la commande trop vite !

À ce moment-là, David est sorti de la chambre et nous avons dû changer de sujet. Ophélie est partie une heure plus tard.

Mon après-midi s'est transformé en véritable vaudeville quand Zach a débarqué sans prévenir dix minutes après le départ de mon amie. On est passé pas loin d'une situation ultra-embarrassante. Déjà, là, je m'imaginais dans une pièce de Sacha Guitry avec la sortie d'un personnage immédiatement suivie par l'arrivée d'un autre.

David a ouvert à son ami, qui n'avait pas l'air de péter la forme. Après l'avoir salué, je me suis éclipsée dans la chambre pour les laisser entre mecs. Mais, à ma grande surprise, Zach est venu me chercher cinq minutes plus tard.

— Laure, si ça ne t'ennuie pas, peux-tu te joindre à nous ? David m'a dit qu'Ophélie était passée mais qu'il dormait encore pendant votre brunch.

David, David, j'aurais préféré que tu t'abstiennes de signaler cette visite. Ou alors il aurait fallu qu'Ophélie ne me raconte rien... C'est paradoxal vu que, d'habitude, je suis curieuse comme une pie sur ces sujets.

Mais là, c'est la première fois que j'aime les deux personnes impliquées et je n'ai pas envie de connaître leurs secrets d'alcôve et encore moins d'avoir à statuer sur les problèmes qui en découlent.

— Ophélie t'a parlé de notre soirée ?

J'ai bien envie de mentir pour éviter un débrief gênant. Je ne sais quoi répondre, alors je lance un regard vers David en signe de SOS.

Sa réponse est claire, comme je pouvais m'y attendre :

— Laure, Zach m'a dit que ça ne s'était pas trop bien passé. Tu peux lui parler franchement car il a besoin de conseils.

Bon, plus le choix, il faut que je me lance. Contrairement aux recommandations de David, je ne fais pas un récit « journalistique » de mon entrevue avec mon amie. Je marche sur des œufs, alors je tempère mes propos.

— Elle m'a dit que tu l'avais invitée à prendre deux verres au Sky Bar et que c'était très sympa...

Il me regarde avec un air anxieux. J'aimerais m'en tenir là, mais ce n'est pas possible.

— ... et que vous êtes allés chez toi.

— Rien de plus ?

J'hésite un instant.

— Que tu embrasses très bien, qu'elle y a pris beaucoup de plaisir.

Il a un petit rire sardonique d'autodérision.

— C'est gentil de sa part, mais résumer la soirée à ce seul point, c'est aussi crédible qu'affirmer que la Syrie est une grande démocratie car elle combat Daech. Elle ne t'a pas parlé du fiasco qui a suivi ?

— Elle m'a dit que vous étiez trop fatigués pour monter au septième ciel.

— J'ai eu l'impression qu'elle était dans l'ascenseur, mais que j'avais appuyé sur le bouton qui conduit au sous-sol du plaisir…

À ce moment, il se tourne vers David, le regard hagard. J'ai peur qu'il ne se mette à pleurer.

— Je n'ai même pas réussi à bander, David ! Pardon, Laure, à avoir une érection…

Je lui fais un signe de la main pour lui signifier que je ne suis pas choquée par son vocabulaire.

— Ça ne m'était jamais arrivé. Tu te rends compte, je suis avec cette fille magnifique, intelligente, cultivée, des yeux tellement bleus qu'on aimerait y plonger et quand elle me montre son corps sublime… panne totale ! Je n'ai pas pu dormir, j'ai laissé passer une chance unique !

J'ai enfin la possibilité d'apporter un élément d'information positif dans la conversation.

— Zach, ce n'est pas fini, tu auras encore ta chance.

Une lueur d'espoir dans ses yeux.

— Tu dis ça pour me rassurer, par gentillesse, ou c'est elle qui te l'a dit ?

— Ophélie a mentionné que vous alliez vous revoir. Vous avez prévu de vous téléphoner ce soir, non ?

À cette perspective, Zach le désespéré redevient Zach le timide.

— Oui, c'est le plan. Je ne sais pas ce que je vais pouvoir lui dire…

David se marre.

— Tu pourrais lui promettre que tu prendras un Viagra avant vos prochains ébats.

— David !

J'ai hurlé en entendant la vanne de mon amoureux. Attaquer un ami sur sa virilité, ce n'est pas sympa. Mais celui-ci ne s'émeut pas, au contraire.

— Du Viagra, c'est peut-être la solution...

— Zach, David, vous êtes des malades. On ne prend pas ce genre de pilule avant la soixantaine. Tu verras, Zach, la prochaine fois ça se passera super bien.

David, qui de façon assez sadique est assez amusé par la situation, ajoute son petit commentaire :

— Sinon, tu peux toujours lui faire ton coup de langue magique qui t'a rendu célèbre.

Zach répond par un bon coup de poing dans l'épaule de David, et lui arrache un gémissement.

Bon, moi, quand on en arrive aux blagues de mecs et aux bagarres amicales, c'est le signe que je peux m'éclipser pour aller lire dans ma chambre. Je salue Zach et je file me reposer. C'est décidé, je vais laisser le rôle d'entremetteuse à d'autres : c'est trop compliqué !

Journal d'Ophélie

13 juin 2015, 18 heures

Je termine un long chat avec Akemi. Avec les dix-sept heures de décalage horaire entre Tokyo et Los Angeles, elle vient de profiter de son brunch du dimanche matin. Elle avait une excellente nouvelle à m'annoncer.

« Ophélie, je suis de nouveau avec mon ancien petit ami ! »

« C'est récent ? »

« Il y a deux semaines. Et nous l'avons fait ! »

« C'est top ! Il a dû être content ? »

« Oui, pour lui, c'était la première fois. Ça s'est passé samedi dernier, et depuis il voudrait le refaire tout le temps. »

« Et pour toi, c'est bien ? »

« Je suis contente d'être avec lui mais au niveau des relations sexuelles, ce n'est pas comme avec MB. »

« Je comprends ce que tu veux dire, mais les amants tels que Michael, c'est assez rare. En fait, il est presque unique. »

« C'est vrai. Il est tellement beau, et il vous fait des choses qui vous procurent des sensations incroyables. »

« Oui, pour toi ç'a été à la fois une chance et une malchance de l'avoir eu comme premier amant. Mais, tu sais, ton copain va progresser. Tu dois aussi l'aider, le guider… »

« Et toi ? »

« J'ai aussi un copain. »

« Il est comment ? »

« Ça va. »

Je ne me suis pas étendue sur le cas de Zach. La vérité, c'est que nous sommes ensemble depuis un mois et que je l'aime bien. Mais je ne l'aime pas.

J'aurais pu dire à Akemi qu'au niveau physique ce n'est pas non plus l'extase. Enfin, par rapport à nos débuts catastrophiques, ça va mieux. Pourtant, ce n'était pas gagné et j'ai dû faire preuve de beaucoup de psychologie. Lors de notre sortie suivante, trois jours après l'échec initial, il n'était pas très chaud pour refaire une tentative. Je lui ai proposé de regarder un film chez lui. J'avais loué *Mulholland Drive*, le film de David Lynch, sous le prétexte fallacieux qu'étant maintenant résidente de la Cité des anges il était temps pour moi de revoir le film. D'autant plus qu'il est incompréhensible, et que je souhaitais avoir son éclairage sur cette intrigue très complexe. La vérité est que je comptais bien sur le charme et le sex-appeal de Naomi Watts et de Laura Elena Harring pour le mettre dans l'ambiance. Nous avons siroté une bouteille de chablis en regardant le film. Je me suis mise dans ses bras pour qu'il s'habitue à mon corps, et nous avons pu apprécier le cinéma de Lynch jusqu'à la scène d'amour entre les deux belles actrices. C'était hyper sensuel !

J'ai décidé de battre le fer tant qu'il était chaud. J'ai penché mon visage vers le sien pour l'embrasser en lui caressant la poitrine et en lui agaçant le téton avec mon ongle. Au bout de quelques minutes, j'ai voulu vérifier le résultat de mon approche. Miracle, la bête s'était réveillée et se lovait dans ma main. Zach était si soulagé qu'il s'est déchaîné. Il m'a déshabillée à la vitesse de l'éclair et s'est jeté entre mes jambes pour me lécher. Sans être le meilleur cunni de ma vie, il m'a quand même procuré beaucoup de plaisir. Je pense que j'aurais pu le laisser me mener à l'orgasme, mais je voulais effacer le mauvais souvenir de la première fois.

Quand je lui ai raconté, le lendemain, Laure a secoué la tête en signe de désaccord.

— Ophélie, si tu étais sur le chemin de l'orgasme, tu aurais dû le laisser te conduire au bout. N'oublie pas que, nous les femmes, nous sommes multi-orgasmiques.

— Oui, mais je ne voulais pas qu'il perde sa vigueur et que l'on ait droit à une autre panne.

— Donc je suppose que tu as décidé de lui faire une pipe. Il avait débandé ?

— Non, non, il avait une érection tout à fait respectable. Mais, une fois installée, je n'allais pas renoncer à ma fellation. Je dois avouer que ses gémissements auraient dû m'alerter sur le danger de mon entreprise. Je me suis rapidement interrompue pour lui enfiler un préservatif. Ce coup-ci, je sentais qu'on était bien partis. Comme la première fois, je me suis mise sur lui pour faire l'amour.

— C'est vraiment une position que tu affectionnes !

— Oui, je suppose. Je peux contrôler le rythme, l'embrasser si je penche la tête ou le pousser à me lécher les seins.

— Et c'était différent, comme sensation ?

— Complètement. Je le sentais dur en moi et je me sentais repartir vers la jouissance. Zach me disait des mots gentils, que j'étais « sublime », qu'il avait « tellement envie de moi ». Je pense que j'aurais préféré qu'il se taise, mais ce n'était pas si grave. Je suis remontée comme si j'allais faire sortir son pénis de mon sexe et je suis redescendue jusqu'à l'avoir au plus profond de moi. Nous avons gémi de concert : c'était trop bon ! J'ai refait le même aller-retour, et nous avons crié une fois de plus. Mais, cette fois, pas pour la même raison.

J'ai vu au visage atterré de Laure qu'elle avait compris.

— Tu ne vas pas me dire que...

— Si, il avait joui. Le son rauque qui était sorti de sa gorge était l'expression de ce plaisir mêlé à un certain désespoir. De mon côté, c'est ma frustration qui s'est évacuée par ma bouche.

— Tu as fait quoi ? Tu lui as demandé un autre cunni ?

— J'aurais dû, mais j'étais trop énervée. Il a essayé de s'excuser, mais je n'avais pas envie d'entendre les platitudes qu'il me sortait...

— Tu es dure ! Il t'a dit quoi ?

— Les trucs habituels que disent les mecs dans ce cas : qu'il était stressé, que j'étais si belle qu'il n'avait pas pu se retenir, que ça aurait été mieux dans une autre position. Bla-bla-bla.

— Mais mets-toi à sa place, que voulais-tu qu'il fasse ?

— Me mettre à sa place, j'aurais bien aimé, cela aurait voulu dire que je venais de jouir ! J'avoue que je n'étais pas d'humeur à être compréhensive. Je me suis rhabillée et je suis rentrée chez moi.

— Mais c'est affreux ! Le pauvre doit être dans un sale état. Tu imagines ?

— Oui, mais ne t'inquiète pas, je lui ai envoyé un texto. Je lui ai demandé de me pardonner mon attitude.

— Tu as reçu une réponse ?

— Je n'ai pas reçu de SMS mais, en revanche, j'ai reçu un bouquet de vingt-quatre roses rouges.

Laure était scotchée.

— Des roses rouges ! Le signe de la passion ! Il te kiffe vraiment ?

— Laure, n'emploie pas ce terme ; je te l'ai déjà dit, tu n'as plus l'âge. Mais sur le fond, tu as raison, il est fou de moi.

— Donc ce n'est pas fini entre vous ? Il va avoir droit à une autre chance.

— J'applique la maxime « Jamais deux sans trois ».

Comme je l'avais promis à Laure, j'ai revu Zach à plusieurs reprises depuis et on peut considérer que nous sortons ensemble. Pourtant, je ne l'ai jamais invité chez moi et je n'ai pas dormi chez lui. Nous avons enfin réussi à nous accorder sexuellement. Cependant l'entente est relative : j'ai du plaisir mais je n'ai eu qu'un seul orgasme et il n'était pas hyper violent. Je pense que je l'apprécie, mais que je ne l'aime pas. La réciproque n'est pas vraie... C'est néanmoins un garçon intelligent et attentionné. Je regrette juste que sa passion pour moi freine son humour. C'est le compagnon qu'il me faut dans ma vie actuelle : quelqu'un avec qui sortir, plus qu'un écrin pour y loger mon cœur.

Cet après-midi, nous sommes allés à la plage de Santa Monica avec Laure et David et ce soir nous sommes invités à l'avant-première du dernier film de Michael ainsi qu'à la soirée qui suit.

Journal de Laure

14 juin 2015, 15 heures

Cette fois, je me demande si le couple de nos amis n'a pas subi le coup fatal. Zach vient de passer à la maison et il est désespéré. C'est pourtant lui qui a mis fin à leur liaison. Mais avait-il vraiment une autre option ? Je crois que David avait raison, et que je n'aurais jamais dû les présenter.

Ça m'a frappée à la plage. Avec son maillot deux pièces noir et ses lunettes de soleil, Ophélie était si belle qu'on aurait pu se croire en compagnie d'une star. J'ai regardé Zach, et j'ai vu qu'il réalisait qu'il ne jouait pas dans la même division. Ophélie était gentille avec lui, mais elle n'était pas affectueuse et cela le chagrinait.

La transformation physique de mon amie est impressionnante : son corps est fin et musclé, avec un ventre plat. Même David n'a pu s'empêcher de faire une remarque qui a eu le don de m'agacer prodigieusement.

— Ophélie, tu es une publicité vivante pour les salles de gym. Tu es superbe.

Je n'ai pas pu me retenir de lui en balancer une en retour :

— Et moi je suis une grosse baleine de mer ? Merci, c'est toujours agréable de faire huit mille kilomètres pour se mettre en couple avec quelqu'un qui ne vous regarde même plus après deux mois de vie commune.

À l'inverse d'Ophélie qui a esquissé un sourire discret, David était très embêté.

— Mais non, mon amour, je ne faisais pas de comparaison. Tu restes l'être que je préfère sur cette terre, la plus belle, la plus intelligente...

Je l'ai interrompu.

— N'oublie pas : la plus douce. Bon, je vais me baigner avec Ophélie pendant que tu demandes à Zach comment il a fait pour offrir un bouquet de roses à son aimée. Tu peux apprendre à son contact...

Avant d'entrer dans l'eau, Ophélie a enlevé ses lunettes. À ce moment, j'ai regardé Zach et j'ai vu qu'il subissait un nouveau choc. Il faut dire qu'Ophélie avec les lunettes, c'est déjà une bombe, mais quand elle montre ses yeux bleus, c'est carrément une déesse.

Je pensais qu'on allait juste se mouiller les pieds. À ma grande stupéfaction, Ophélie a voulu se baigner. Je n'arrivais pas à le croire.

— Et les requins ?

— Je n'en ai rien à faire. Si je vois un grand blanc, je le bouffe en apéritif en prévision de notre longue soirée.

Elle s'est jetée dans l'eau. Pour moi, dix-sept degrés, c'est très limite, mais je n'ai pas eu le choix et j'ai dû suivre. Je me suis portée à son niveau pour pouvoir discuter.

— Ophélie, tu es prête à revoir Michael ? Tu te rends compte que notre dernière rencontre, c'était cette négociation mémorable il y a presque deux mois ? C'est dingue ce que le temps passe vite.

— Parle pour toi. Moi, j'ai dû le revoir cinq ou six fois depuis.

— Non ! ? Tu l'as vu où ?

— Surtout au Shutters on the Beach et une fois où il n'avait pas le temps, on s'est retrouvés au Four Seasons Beverly Hills.

— Mais vous avez... ?

— Bien entendu. Tu ne croyais pas que j'allais me contenter de Zach. Avec Michael, maintenant, c'est clair, c'est purement sexuel.

J'étais sciée, mais, soudain, un sourire a éclairé son visage et elle a explosé de rire.

— Qu'est-ce que tu peux être abrutie ! J'ai failli avoir une attaque !

— Tu aurais dû voir ta tête, c'était trop drôle.

Plus tard, en revenant vers notre appartement (« notre appartement » qui est celui de David, alors que le mien n'est occupé que par Ophélie !), j'ai réfléchi à la raison qui avait pu me pousser à être aussi crédule : la nouvelle Ophélie est si glamour que je la visualise plus avec un Michael Brown qu'avec un Zach Lehman. C'est une chose terrible à dire mais la soirée a prouvé combien cette analyse était juste.

Pour l'avant-première, nous nous sommes tous mis sur notre trente et un. Smoking pour les garçons et robe de soirée pour les filles. J'étais magnifique dans ma robe longue rouge et David m'a complimentée pour ma beauté. En étant objective, si on se comparait aux autres invités, on était, tous les deux et Zach, parmi les plus beaux. Mais c'était bien entendu sans compter Ophélie, qui nous faisait ressembler à trois gobelins. Habillée d'une robe noire et coiffée d'un chignon sévère, elle était juste sublime.

Zach avait l'air plus gêné que fier d'avoir une telle cavalière.

La projection avait lieu au Chinese Theatre, le cinéma emblématique de Hollywood.

— Ophélie, tu te rends compte, le tapis rouge... pour nous !

Nous nous sommes avancés, David et moi, suivis par Zach et mon amie. Mais les spectateurs n'avaient d'yeux que pour Ophélie. Certains photographes l'ont même appelée pour prendre des photos sur le tapis rouge. Comme ils ne connaissaient pas son identité, on a entendu des « Miss, Miss ». Ophélie s'est prêtée au jeu avec aisance.

Ça n'a pas amélioré l'humeur déjà sombre de Zach.

Pour la première fois depuis que je le connais, il a fait une remarque négative en voyant que nous étions placés au fond de la salle sur le côté.

— Ce n'est pas la peine d'être des invités de Michael Brown si on ne peut rien voir... On aurait mieux fait d'y aller demain.

Ophélie a gardé un sourire imperturbable et c'est moi qui l'ai remis à sa place (sans jeu de mots...) :

— Zach, le Tout-Hollywood est invité ce soir. Si on ne connaissait pas les Brown, on ne serait jamais venus. C'est un événement mondial, l'avant-première de ce film, alors ne nous gâche pas notre plaisir.

David a changé de sujet en questionnant son ami sur un article que celui-ci avait écrit dans le *Los Angeles Times* du jour.

Ça a été le seul incident de la projection. Pour ma part, j'étais aux anges de voir un Tarantino avec Michael dans le rôle principal. Quand les deux sont montés sur scène, leur look était aux antipodes. Le réalisateur avait son habituel costume noir avec une cravate noire qu'il n'avait même pas serrée autour de son cou, dans un style négligé, alors que l'acteur était tiré à quatre épingles, en smoking et nœud papillon. J'ai regardé David et Zach et je me suis dit qu'il y avait smoking et smoking. Sans vouloir être vache, à côté de l'élégance de Michael, nos deux journalistes ressemblaient plus à des serveurs qu'à des invités.

J'ai glissé un mot à Ophélie :

— Il est beau, non ?

Elle s'est retournée vers moi en souriant.

— Le mot est faible !

Sa réaction, comme sa blague plus tôt dans l'après-midi, m'ont fait penser que la page était enfin tournée. Zach n'est certainement pas l'amour de sa vie, mais il contribue à la stabiliser. Peut-être aussi que les footings et les séances à la salle de gym ne sont pas étrangers à cette transformation.

Le film était un pur Tarantino, brillant, bavard et violent. La salle a aimé ; Ophélie et moi, nous avons adoré. C'est de toute façon un de nos réalisateurs préférés depuis *Pulp Fiction* et *Kill Bill*.

La soirée qui s'ensuivait se déroulait au Chateau Marmont Hotel. Pour Zach et David, c'était une fête de plus dans cet endroit prestigieux ; pour nous, une première.

— Ophélie, je suis super excitée à l'idée de découvrir ce lieu. C'est mythique !

— Tu as vu *Somewhere*, le film de Sofia Coppola ? Il a été tourné dans ces murs.

— Tu plaisantes ! Sofia Coppola, je suis une fan. Aussi bonne réalisatrice que son père. Mais ce film au château Marmont, ce n'est pas son meilleur.

— Tout à fait d'accord, très loin de *Lost in Translation* ou *Virgin Suicides* !

Chateau Marmont, c'est un hôtel du début du XXe siècle qui a vraiment l'apparence d'un château et a été construit tout en hauteur sur Sunset Boulevard. À l'entrée, un important dispositif de sécurité décourageait les éventuels resquilleurs, mais pas de problème pour nous qui avions les précieux sésames permettant d'entrer.

La soirée était organisée à l'extérieur, près de la piscine, mais également dans les salons attenants. En dehors de l'équipe du film, il y avait quelques acteurs connus, ainsi que des sportifs, des mannequins, des producteurs et des agents. Comme à Venise, les stars avaient droit à un espace VIP inaccessible au commun des mortels – autrement dit, nous. Ophélie s'était fait la même réflexion car elle m'a lancé :

— Tu te souviens de la Mostra ?

— Oui, sauf que cette fois nos invitations sont valides, nous ne sommes plus des *party crashers*[1] !

— Et nous n'avons plus de masque pour protéger notre anonymat...

— De qui veux-tu te cacher ? Michael, Charlie ?

— Michael, ça va, mais je préfère éviter Charlie et Amy. Ma dernière rencontre avec l'Anglaise n'a pas été une grande réussite... Et encore, c'est une litote.

J'ai osé la question à 1 000 dollars.

— Tu crois qu'ils se sont remis ensemble ?

— Je ne sais pas, les médias les présentent comme un couple magnifique.

— Mais ça ne veut rien dire, c'est la magie du *spin doctor*, le façonneur d'image Robin Watson. Je te rappelle qu'il a réussi à faire avaler que tu étais fiancée avec Charlie.

Elle s'est mise à rire.

— Alors que je l'avais seulement embrassé deux fois !

Mon esprit a tilté. Ça ne collait pas avec l'histoire que je connaissais.

1. *Party crashers* : personnes qui assistent à une soirée à laquelle elles ne sont pas invitées.

— Comment ça, tu l'avais embrassé deux fois ? Pour le baiser dans la gondole, je suis au courant, sauf que dans ton récit c'est plutôt lui qui avait initié la chose. C'est quoi le second baiser ?

Ma question ne l'a pas désarçonnée. Elle m'a répondu, toujours avec le sourire :

— À la sortie du jacuzzi à l'hôtel, il est possible que je lui aie arraché un petit bisou…

Je découvre mon amie chaque jour !

— Le jacuzzi, j'étais au courant, la presse aussi d'ailleurs. En revanche, le baiser, c'est un scoop !

La nouvelle Ophélie n'est pas du genre à culpabiliser.

— C'est bon, n'en fais pas toute une histoire, il y a prescription. Tiens, regarde-les tous là-bas. Toujours les mêmes, les deux frères et leurs sbires. Il n'y a qu'Amy comme pièce rapportée.

— Tu crois qu'ils nous ont vues ?

— Charlie, j'en suis certaine, mais pour les autres, je ne pourrais pas te l'affirmer.

Nous avons cessé de nous intéresser aux Brown pour revenir à nos amoureux. Nous avons bu du champagne, mangé des petits fours et profité de la douceur californienne. Soudain, j'ai vu du mouvement dans l'espace VIP.

— Ophélie, Charlie et Amy s'en vont.

— Si tôt ? La soirée a commencé il y a une heure à peine.

— Il doit être encore amoureux de toi et il ne supporte pas de te voir sans pouvoir te parler.

— Laure, ton évolution psychologique me surprend. Je ne sais pas si c'est à cause de ta liaison d'une durée record avec David ou si tu t'es mise à consommer des telenovelas, mais je ne t'aurais jamais imaginée avoir le romantisme d'une midinette…

Ce n'était pas méchant mais j'ai été blessée, et ma réponse est sortie plus violente que je ne le souhaitais.

— Ton évolution me surprend aussi. Tu es cent fois plus belle qu'avant, mais ta froideur nouvelle rend les mecs impuissants ou éjaculateurs précoces.

Elle s'est fermée immédiatement. Je me suis excusée dans l'instant.

— Je suis désolée, je ne le pensais pas. Tu es sublime, ce doit être de la jalousie.

— Si, tu le pensais… et tu as raison. Tu as juste exagéré : il n'y a que ce pauvre Zach qui n'arrive pas à gérer sa relation avec moi. Mais je n'y peux rien, je suis plus heureuse comme ça, plus équilibrée. C'est à lui de s'adapter. En plus, il ne peut pas regretter « l'ancienne Ophélie », il ne l'a pas connue.

Pas faux. Cela ne veut pas dire que je sois optimiste sur la capacité de Zach à améliorer les chances de viabilité de son couple.

Je n'ai pas l'occasion de m'éterniser sur ce problème car Robin apparaît derrière nous.

— Laure, Ophélie, bonsoir. Michael souhaiterait vous voir, si vous avez quelques minutes.

J'ai interrogé du regard Ophélie. Elle a haussé les épaules et hoché la tête dans un signe d'assentiment. Nous nous sommes excusées auprès de nos amoureux. David avait l'air de s'en foutre, mais Zach s'est assombri. Il ne connaît pourtant pas le passé qui unit la star à mon amie. Il vaut mieux…

Nous pénétrons dans l'espace réservé aux VIP. Ophélie me glisse dans l'oreille :

— Plus facile qu'à Venise...

Michael se lève pour nous accueillir. Surprise, nous avons droit à la bise. Il a le regard velouté de charmeur qui a fait craquer Ophélie et des dizaines de millions d'autres femmes. Il faut reconnaître qu'il est d'une élégance et d'une beauté incontestables. Et il y a aussi cette présence et ce charisme.

— Robin, tu vois, je pense que l'on ne devrait plus avoir le droit d'organiser des soirées à Los Angeles sans avoir des jeunes femmes françaises comme invitées. Elles apportent un *cachet*, un *chic*, un *je-ne-sais-quoi*...

Il a utilisé notre langue pour ces trois derniers mots. Son offensive de charme n'est pas terminée et, de façon surprenante, c'est moi qu'elle vise d'abord.

— Laure, cette robe rouge vous va à ravir. Vous êtes superbe. Sachez que je n'ai pas été le seul à remarquer votre allure et que plusieurs personnes, dont deux producteurs fortunés, se sont enquises de votre identité. J'ai cru comprendre que vous étiez toujours avec David mais si cet état de fait venait à changer, j'aurais plaisir à vous présenter.

J'ai beau penser que ces compliments sont exagérés, je rougis en entendant sa proposition.

— Merci, Michael, j'y songerai.

Il s'attaque maintenant à sa cible principale.

— Ophélie, tu as l'air différente, changée, encore plus belle si cela est possible.

— C'est possible, j'ai beaucoup fréquenté les salles de gym.

— Je ne m'étais donc pas trompé. Ça te va très bien, tu parais plus femme. Une nouvelle Ophélie, en quelque sorte.

— C'est ainsi que Laure me qualifie. Mais elle n'est pas aussi positive que toi sur le résultat. Elle pense que ma nouvelle apparence rend les hommes impuissants ou éjaculateurs précoces.

Je n'y crois pas : Ophélie partage nos discussions privées avec l'acteur ! Introduire le sujet du sexe en présence de Michael, c'est comme faire un barbecue à la campagne dans le sud de la France en été : il y a de fortes probabilités pour que cela provoque un incendie incontrôlable et c'est d'ailleurs pour cela que c'est interdit.

Ça ne loupe pas, l'œil de Michael s'allume dans l'instant. Son regard a gagné en intensité et en sensualité.

— « Impuissants » ? J'imagine que c'est possible, que des hommes un peu fragiles puissent être impressionnés par ta beauté et que cela provoque un blocage chez eux. Mais l'autre hypothèse me semble plus probable. Bien des hommes ne pourraient pas être capables de se contrôler s'ils se retrouvaient confrontés à un corps sculpté comme le tien.

Ophélie ne semble pas troublée par les propos de l'acteur. Elle le regarde et pratique à son tour le regard charmeur.

— Mais toi, Michael, tu ne fais partie d'aucune de ces deux catégories, n'est-ce pas ?

— Non, pour l'instant, j'ai réussi à échapper à ces deux malédictions. Je n'ai néanmoins pas été confronté à cette nouvelle perfection qui est la tienne, Ophélie. Je ne peux préjuger du résultat qu'elle aurait sur moi...

— Seule l'expérimentation pourrait donner une réponse à cette question scientifique…

Je me sens gênée d'être témoin de ce marivaudage. Robin s'est subtilement éclipsé. J'aimerais en faire autant, mais je n'ose pas bouger.

Michael est resté silencieux en entendant la réponse de mon amie. Son regard ne la quitte pas. Il est brûlant.

C'est à regret qu'il finit par se tourner vers moi.

— Laure, je pense que je vous ai trouvé une autre société qui souhaite faire appel à Ciné Organisation pour la promotion de son film.

— Merci, Michael, c'est formidable, vous nous aidez beaucoup…

Ophélie m'interrompt abruptement.

— Michael, tu te rappelles la dernière avant-première où nous nous sommes vus ?

Il a l'air surpris par la question.

— Bien entendu, la Mostra, la soirée Casanova. Comment pourrais-je oublier notre valse ?

— Tu as déjà revu la vidéo sur YouTube ?

— Bien sûr ! Nous formions un couple unique, c'était sublime. Une telle union, une telle complicité, nos deux corps qui n'en forment plus qu'un…

— Et ce n'est pas le seul moment de la soirée où ces corps ont fusionné…

Là, elle l'allume carrément, il va la violer sur place ! Ce n'est pas manifeste, vu son impassibilité permanente, mais je connais maintenant assez Michael pour déceler qu'il est troublé.

— La différence est que, pour la valse, nous avons été filmés…

Ophélie le fixe d'un regard ironique.

— Je suis, en effet, surprise et déçue que tu n'aies pas gardé un souvenir de nos ébats. Dans la gondole, je comprends, mais sur le yacht, nous avons passé assez de moments ensemble… Tu n'as pas pu installer une caméra derrière une glace sans tain ?

Je voudrais disparaître dans le sol, tellement je me sens de trop. Mais, pour ces deux divas, je ne suis qu'un ver de terre insignifiant. Michael a retrouvé son sang-froid.

— Robert m'interdirait de faire ce genre d'installation sans que soit signé un nouvel accord juridique, en plus des traditionnels NDA et autres *Sexual Consent Form*.

— Michael, tu devrais te libérer de ces contraintes administratives. Robert a une influence castratrice, il te faut imaginer tes propres solutions. C'est terrible d'être ainsi privé de souvenirs de vacances !

Je suis interloquée. Michael, lui, est perplexe devant ce qui semble être une proposition indécente.

Un silence suit cet échange licencieux. Soudain, une voix féminine vient le troubler :

— Ophélie, vous monopolisez encore mon mari ? Vous n'envisagez pas de me l'emprunter à nouveau pour une semaine complète ?

— Bonsoir, Carolina. Toutes les options sont ouvertes. Je n'oublie pas votre intéressante proposition, le soir de votre anniversaire de mariage. Vous aviez raison, ma liaison avec Charlie s'est terminée très vite. En revanche, vous n'imaginiez certainement pas que ce serait moi qui y mettrais fin au bout d'une semaine.

L'actrice ne m'a même pas dit bonjour. Je me demande si depuis un moment je ne suis pas devenue invisible tant je suis ignorée par les trois personnes présentes.

Carolina est très belle et bat un record de décolleté dans une robe sublime qui doit être signée Armani ou Dior. Elle a un petit sourire quand elle répond à mon amie :

— Certes, je mentirais si j'affirmais le contraire. Mais, comme le dit souvent mon mari à votre propos, vous êtes une jeune femme étonnante. Vous êtes la seule qui peut prétendre avoir une dimension comparable à la nôtre. C'est ce qui rend intéressante la perspective d'une relation avec vous, plus que votre beauté.

Elle marque une courte pause avant de reprendre en enveloppant Ophélie d'un regard intense :

— Alors, ma proposition suscite-t-elle votre intérêt ?

Michael n'a pas perdu une miette de la conversation.

— Quelle est cette fameuse proposition ?

C'est Ophélie qui se charge de lui répondre avec un sourire éblouissant :

— Michael, « la nouvelle Ophélie » plaît beaucoup et je crois que Carolina souhaiterait poursuivre l'échange que nous avions initié il y a un peu moins de deux ans sur le yacht. Tu te rappelles ?

— Je me souviens surtout que tu t'étais enfuie affolée…

Ophélie hausse les épaules dans un mouvement charmant.

— Les choses évoluent, il faut savoir s'adapter. Vous tous n'arrêtez pas de me dire que je suis « différente », que j'ai une « dimension comparable » à la vôtre. Pourquoi resterais-je bloquée dans une hétérosexualité conventionnelle alors que tant d'actrices affichent une bisexualité moderne ? Regardez Lindsay Lohan, Evan

Rachel Wood, Amber Heard, sans parler d'Angelina Jolie… La liste est interminable. Même vous, Carolina…

Michael est à la fois troublé et excité.

— Tu préférerais ma femme ?

— Tu sais, dans les restaurants français, on propose souvent « fromage ou dessert ». En fait, rien n'empêche d'avoir les deux…

Je m'aperçois que j'ai la bouche ouverte comme un poisson cherchant à gober une mouche. Les deux acteurs oscarisés ont presque la même expression mais, dans leur cas, c'est plus un effet de la surprise provoquée par les propos d'Ophélie.

Je suis la première à sortir de ma léthargie.

— Carolina, Michael, je vous prie de nous excuser, mais nos fiancés nous attendent depuis trop longtemps. Il est temps pour nous de les rejoindre. Merci à vous pour cette invitation.

Je tire Ophélie par le bras. Elle a à peine le temps de les saluer. En partant, j'aperçois l'œil amusé de Michael. Il a visiblement pris plaisir à cet échange. Moi, beaucoup moins.

— Tu peux m'expliquer ton petit numéro ?

Elle se marre.

— Quoi, tu n'as pas apprécié que je me conforme enfin au modèle idéal de la femme moderne dont tu me fais la promotion depuis deux ans ?

Merde, sur le fond, elle n'a pas tort. Je ne peux pas nier que rien dans ce qu'elle a dit ne devrait me gêner. J'ai le sentiment étrange que nos personnalités sont en train de se croiser. Plus elle se libère, plus je deviens coincée.

— OK, tu as le droit à la bisexualité ou au triolisme, mais je trouve que le proposer aux Brown, c'est très étrange.

— Pourquoi ? Tant qu'à s'initier, autant le faire avec des gens beaux et experts en la matière. En plus, ils sont riches, ce qui garantit que nous serions dans des draps de soie et que nous pourrions nous restaurer avec caviar et champagne…

Je suis catastrophée.

— Tu plaisantes, rassure-moi. Tu ne vas pas le faire ?

Elle explose de rire.

— Non, je ne le ferai pas. Mais si tu voyais ta tête en ce moment ! C'est presque aussi amusant que de lire la concupiscence dans le regard de Carolina et de Michael.

— Tu les faisais marcher ?

— Bien sûr ! Ça a trop bien fonctionné, hein ?

— C'est dangereux comme jeu, tu ne trouves pas ?

— Mais non, nous ne nous voyons pas assez pour que ça prenne un mauvais tour. De toute façon, il sera toujours temps de dire que je suis en couple et que je ne peux « malheureusement pas céder à ce désir ». En attendant, tu me chapitres sur le danger d'une relation sexuelle avec les Brown, mais tu apprécies le business que Michael nous envoie.

— Il faut reconnaître que Michael comme cheval de Troie pour conquérir le marché de Hollywood, on ne peut pas rêver mieux. À la réflexion, le cheval c'est peut-être toi, Ophélie. Auquel cas Michael, c'est Achille, un homme invulnérable et d'une grande beauté.

Elle me fait un sourire énigmatique.

— « Invulnérable », il faut voir… Achille avait son talon… Tout le monde a une faiblesse, même Michael…

J'aimerais savoir ce qu'elle veut dire, mais nous arrivons à portée de voix de Zach et de David. Il faut remettre à plus tard le débrief.

Zach nous aborde le regard noir.

— Ça va ? Ça ne vous emmerde pas trop de devoir vous embarrasser de boulets comme nous ?

L'attaque est violente et inattendue. La cible principale est Ophélie, mais celle-ci ne répond pas. Elle embrasse son boyfriend d'un regard calme et quelque peu indifférent. C'est donc moi qui dois prendre notre défense.

— Qu'est-ce qui t'arrive, Zach ? C'est parce que nous sommes allées dans l'espace VIP ?

— Je trouve que ça ne se fait pas de nous traîner à une soirée dont on se fout pour nous lâcher et aller faire un grand numéro de charme à Monsieur la Grande Star internationale, Michael Brown !

— Je ne crois pas que tu puisses englober David dans ton propos. David, tu t'emmerdes ici, tu te sens utilisé par nous ?

Au moment même où j'interpelle mon amoureux, je réalise la situation dans laquelle je le mets en l'obligeant à prendre parti dans une dispute entre sa copine et son meilleur ami. C'est sans compter sur la maturité de David.

— Je n'ai pas à répondre à cette question, Laure. Tu n'étais pas non plus obligée de réagir aux propos de Zach, ils ne t'étaient pas destinés...

Je me sens soudain un peu conne. Je me tourne vers Ophélie.

— Alors, toi, tu dis quoi ?

— Rien, je n'ai rien à dire. Enfin si, qu'il est tard et que je veux aller me coucher.

Je crois que cette indifférence est la pire chose qu'Ophélie pouvait infliger à Zach. C'est une douche froide, il a maintenant un air de chien battu.

Arrivés à la voiture, Ophélie se retourne vers David et moi.

— Ne vous occupez pas de nous. Nous allons prendre un taxi.

— Tu es sûre ?

— Oui, je crois que Zach et moi devons nous parler…

Elle n'avait pas tort et, en même temps, j'étais inquiète de l'issue de l'entretien. Je n'étais pas la seule, Zach était mortifié. Depuis sa sortie, il n'avait pas prononcé deux mots.

Sur le chemin du retour, j'ai exprimé mes doutes à David. Il m'a laissée parler cinq minutes avant de m'interrompre :

— Laure, c'est leur affaire, pas la nôtre.

— Mais ce sont nos amis !

— Ils le seront toujours après leur séparation.

— Comment peux-tu dire qu'ils vont casser ? Ce n'est pas certain.

— C'est ce que tu cherches à me démontrer depuis une heure…

— Tu es de mauvaise foi, nous ne sommes partis que depuis moins d'un quart d'heure !

Résultat, je lui ai fait la gueule et nous sommes rentrés en silence. Pour la première fois depuis que je suis en Californie, nous nous sommes endormis un samedi soir sans faire l'amour. C'est promis, jamais plus je ne servirai d'entremetteuse !

Mes tourments dans ce domaine n'étaient pourtant pas terminés. À 14 heures, Zach a débarqué. Il avait meilleure mine, je me suis dit que les choses s'étaient peut-être arrangées.

— Bonjour, Zach, ça va ?

— Ça y est. C'est fini.

Aïe, l'allure plus sereine cachait en fait résignation et fatalisme.

David est entré dans le vif du sujet.

— Elle t'a jeté ?

Il a eu un regard triste.

— Même pas, c'est moi qui ai mis fin à notre relation.

— Mais pourquoi ? Tu es fou d'elle !

— Justement, je ne peux plus supporter ce supplice permanent d'aimer une personne si ce n'est pas réciproque.

— Que s'est-il passé après qu'on s'est quittés ?

— Je pensais qu'elle voudrait discuter dans le taxi avant de rentrer chez elle mais, de façon incroyable, elle m'a dit qu'il était préférable d'attendre d'être chez moi. Elle était très calme.

— Et toi ?

— Moi, j'étais très mal, je ne comprenais pas pourquoi j'avais fait une telle sortie. Ça, il faut avouer que c'était malvenu...

— Une fois à la maison, elle nous a fait un thé. J'étais assis dans le canapé, et elle a commencé à me faire la leçon. Elle m'a déclaré que je ne devais pas essayer de la contrôler, qu'il fallait que je lui laisse son indépendance, que sinon ça ne marcherait pas.

— Tu as répliqué quoi ?

— Je me suis excusé, je lui ai dit que c'était très difficile, que je ne sentais pas une égalité de sentiments entre nous. Elle ne m'a pas répondu, mais elle est venue m'embrasser. Toute cette tension entre nous s'est transformée en passion sexuelle. Alors que j'étais en elle, je l'ai regardée droit dans les yeux et j'y ai vu ce que je redoutais. J'aurais dû arrêter notre rapport car il n'avait aucun sens, mais le plus terrible c'est que je n'ai pas pu. J'étais comme un drogué, son corps c'était mon shoot. Je me suis déchaîné, elle a commencé à gémir et j'ai joui en elle. Je n'étais pas sûr qu'elle ait eu aussi un orgasme…

Là, on va au drame, je ne peux m'empêcher d'intervenir.

— Zach, les filles ne fonctionnent pas comme les mecs, elles sont plus sensibles, elles peuvent avoir du plaisir sans orgasme. Ça ne veut rien dire…

Il a eu un regard encore plus triste.

— Oui, c'est ce qu'elle m'a dit pour me consoler. Mais, toi, Laure, à combien de pourcents évaluerais-tu le nombre de fois où tu atteins la jouissance ?

Considérant que David était dans la pièce, la question était indélicate, mais Zach ne s'en rendait plus compte. J'ai répondu en sachant que je contribuais à creuser sa tombe :

— Moi, c'est particulier, je suis très réceptive.

— Laure, donne-moi un pourcentage. Soixante-dix, quatre-vingts, plus ?

— Euh, je pense que c'est plutôt cent, le nombre exact.

Il a réussi à sourire.

— Bravo, David, le score parfait ! Moi, après notre rapport, j'ai demandé à Ophélie si elle avait joui et quand elle a avoué que ce n'était pas le cas, je lui ai ensuite posé la même question qu'à toi, et tu veux connaître sa réponse ?

Pitié, je ne veux rien car je sais déjà. Je reste silencieuse mais cela ne le stoppe pas.

— Elle m'a dit qu'elle avait atteint l'orgasme une fois. Tu te rends compte, une fois ! Alors que nous sortons ensemble depuis six semaines...

— Mais six semaines, ce n'est rien. Certains couples mettent des années avant d'atteindre le nirvana.

— Oui, mais ils ont peut-être quelque chose que nous n'avons pas : le sentiment amoureux.

— Tu ne peux pas dire ça, tu...

Il m'interrompt.

— Inutile, Laure, je l'ai interrogée là-dessous aussi.

D'accord, je rends les armes, je n'ai rien à ajouter. Mais lui a encore des choses à dire :

— Elle a été très franche tout en se voulant optimiste. Elle m'a dit qu'elle aimait beaucoup sortir avec moi, que personne ne la forçait, et que si je ne lui plaisais pas nous ne serions pas ensemble.

Elle a été bien, ma copine, je suis fière d'elle.

— C'est vrai, Zach, elle n'est pas avec toi pour nous faire plaisir, à David et à moi. Tu devrais t'accrocher un peu.

— Non, Laure, c'est fini. Je l'ai dit à Ophélie. Pour l'instant, je ne peux plus la voir, ça fait trop mal. Peut-être que, plus tard, nous pourrons être amis, mais pour l'amour c'est terminé.

Il s'est tourné vers David avec un petit sourire.

— Ça me donne une chance de sortir avec une ashkénaze. Tout le monde n'a pas des parents comme toi qui acceptent que leur fils sorte avec une goy.

Pour la seconde fois, Zach s'est montré indélicat, mais cette fois c'était plus embêtant car David avait eu du mal à faire avaler l'idée à sa famille. Nous n'avons cependant pas réagi, Zach était suffisamment bouleversé.

Quand je vois toute la détresse que peuvent provoquer des amours malheureuses, je suis contente d'avoir rencontré David. Après le départ de Zach, je l'ai entraîné dans la chambre et nous avons fait l'amour. Ç'a été un moment de tendresse et de douceur particulier, comme la reconnaissance mutuelle d'avoir trouvé le bon partenaire.

Mais l'émotion n'exclut pas le plaisir. Ce n'est pas aujourd'hui que mon pourcentage d'orgasmes commencera à décroître !

Journal d'Ophélie

21 juin 2015

Je fête ma première semaine de célibat. D'un certain côté, je regrette cette séparation car Zach est un gentil garçon et nos sorties à quatre, avec Laure et David, étaient sympas. Mais il a eu raison de prendre cette décision, parce qu'on ne peut pas être avec quelqu'un si on ne l'aime pas. C'était le fond de la discussion que nous avons eue avec Laure au bureau lundi.

— Alors, Ophélie, c'est lui qui a rompu ?

J'ai souri.

— Oui, c'est même la première fois que je me fais larguer.

— Vraiment ?

— Oui, j'ai toujours mis fin à mes relations avec les mecs.

Elle m'a regardée avec un air bizarre.

— Si on excepte Michael…

Tiens, c'est vrai, elle a raison. C'est étrange, comme si cette liaison était à part…

— Je ne sais pas si on peut considérer que nous ayons jamais été ensemble. En conséquence, on n'a jamais rompu. Tu as vu, l'autre soir à l'avant-première, Michael n'avait pas l'air d'un mec qui m'a jetée.

— C'est quand même dommage, pour Zach et toi…

— *That's life*…

Mon planning se trouve allégé par cette rupture et je viens d'avoir une nouvelle idée. Comme je cours de mieux en mieux, je vais préparer le marathon. J'ai consulté Internet pour établir un programme sérieux. Je commencerai par le semi-marathon de Disney dans le parc d'attractions et la ville d'Anaheim. Ce ne sera pas trop difficile pour la distance, et ça va être amusant de courir avec Mickey, Donald ou Dingo. Début 2016, le 14 février, je ferai le vrai marathon de Los Angeles. Si je me prépare bien, je peux terminer, peut-être même en 4 heures, 4 h 15. L'objectif principal, c'est d'être en forme le 6 novembre pour le marathon de New York. Faire cette course, traverser le pont de Verrazano, passer dans le Queens, Brooklyn, le Bronx pour terminer à Manhattan par de longs kilomètres dans Central Park, c'est le rêve absolu.

Enfin, nous avons reçu des invitations pour l'avant-première du film de Charlie, *Un bonheur insoutenable*, qui aura lieu le samedi 4 juillet pour la fête de l'Indépendance. Les cartons nous ont été envoyés par Michael, et non par son frère. Il a même ajouté une petite note manuscrite : « En espérant poursuivre notre passionnante discussion. MB, cinéaste vidéo amateur. »

Ce qui est incroyable, c'est que Laure ne viendra pas. Elle a réussi à persuader David d'aller au séminaire de tantrisme organisé par sa copine Claire. Elle a même voulu me convaincre de les accompagner.

— Ophélie, ça va être super, on va s'éclater !

— Mais je n'ai même plus de boyfriend. Comment veux-tu que je participe à des séances de tantrisme, qui est quand même une activité sexuelle supposée se pratiquer à deux...

— J'ai appelé Claire, il n'y a pas de problème, elle peut te fournir un partenaire.

— Un mec que je ne connais pas, même pas en rêve ! Déjà, avec Zach, je ne suis pas sûre que j'aurais accepté. Alors là... En plus, ça tombe très mal puisque c'est le week-end de la sortie du film de Charlie.

— Il ne t'a pas invitée !

— Lui non, mais son frère si. David et toi êtes aussi conviés à ce grand moment.

— Mais tu n'avais pas dit à Charlie que tu n'irais pas voir son film, que tu n'en aurais pas la force ?

— C'était une phrase prononcée sous le coup de la colère. Il est hors de question que je rate ce premier film de quelqu'un que j'aime bien. C'est la première fois que j'assiste à la sortie d'une œuvre réalisée par un homme avec qui j'ai couché.

— C'est tout ce qu'il représente pour toi ? Ça ne me paraît pas une bonne raison pour aller à cette soirée.

— Mais pourquoi essaies-tu de m'en empêcher en utilisant tous les prétextes possibles et imaginables ?

— Parce que je n'aime pas que tu te trouves seule pour affronter les Brown. Je te rappelle que la soirée d'anniversaire de Carolina et de Michael a tourné à la catastrophe.

— Eh, maman poule, tout va bien se passer. Michael a été très amical, la dernière fois.

— C'est bien ce qui m'inquiète...

Laure a compris qu'elle n'avait aucune chance de me pousser à les rejoindre dans cette expérience bizarre. Moi, le sport, ce n'est plus au lit que je le pratique, c'est avec des *running shoes* aux pieds.

Journal de Laure

3 juillet 2015, 23 heures

Je suis super stressée, le séminaire commence demain.

Nous sommes dans une sorte de camp avec des bungalows en bois. L'installation est rustique mais propre. Nous avons la télévision dans la chambre, mais c'est un écran 4/3. On se croirait revenus dix ans en arrière. Ça n'a pas amélioré l'état d'esprit de David, qui est d'une humeur de chien depuis notre départ de Los Angeles. Le trajet n'a rien arrangé, car on a mis plus de deux heures pour parcourir les quatre-vingt-quinze kilomètres qui séparent Santa Monica du camp. Il faut dire que quitter Los Angeles vers 18 heures un week-end du 4 Juillet, ce n'est pas judicieux. Mais la vraie raison de son humeur sombre est que David n'a plus du tout envie de participer à ce séminaire de tantrisme. En arrivant, il a été à la limite de l'impolitesse. Durant le dîner, il a pesté sur la qualité de la nourriture et j'ai cru qu'il allait exploser pendant le discours de bienvenue.

Il faut dire que l'introduction aux sept chakras quand on a été bloqués toute une soirée dans sa voiture, c'est un peu aride. Lorsque Claire a expliqué que *chakra* signifie « roue » en sanskrit, David a levé la main pour poser une question et j'ai craint le pire.

— Claire, si j'ai bien compris, nous allons débloquer nos chakras pendant ces deux jours ?

— C'est tout à fait ça.

— Et les chakras, ce sont des roues ?

— C'est une des traductions dans notre langue.

— Vous nous avez demandé tout à l'heure ce que l'on attendait de ce séminaire. Moi, si je peux débloquer les quatre « chakras » de ma voiture qui me permettront de ne plus rester immobile dans les embouteillages pendant des heures, je serai satisfait.

C'était une plaisanterie tout à fait ridicule, pas drôle et très grossière vis-à-vis de Claire qui est quand même une copine. Seul un mec a rigolé.

J'ai hurlé en lui balançant un coup de coude dans le bras :

— David !

Mais Claire a repris la main en répondant avec le sourire :

— Je ne suis pas certaine de pouvoir libérer les chakras de ta voiture. Je pense même qu'elle n'en a pas. En revanche, nous pouvons t'apprendre à équilibrer ton sahasrara, le chakra qui apporte la sérénité et la paix intérieure. Tu ne verras même plus les embouteillages.

Elle a continué sur l'explication des six autres chakras et n'a pas entendu David qui l'invitait à se coller son sahasrara au plus profond de son anatomie. J'ai préféré faire semblant de ne rien entendre non plus. Il devait être vraiment énervé pour se montrer aussi grossier, cela ne lui ressemble pas.

C'est l'heure de se coucher. Claire nous a dit que la journée de demain serait très fatigante. Je vais juste échanger avec Ophélie pour savoir si tout se passe bien et puis dodo.

Journal d'Ophélie

4 juillet 2015, 18 heures

Le grand soir, c'est aujourd'hui. Je suis excitée et nerveuse à la fois. J'espère que le film sera un succès. En ce qui concerne la soirée, je suis très confiante, contrairement à Laure. Je suis sûre que ça se passera bien avec Michael et Carolina.

Ma tenue est aussi une raison qui me donne très envie de fouler le tapis rouge du Chinese Theatre. Je vais mettre mes Louboutin mais je porterai aussi ma toute nouvelle acquisition. J'ai découvert une boutique hyper fashion qui vend des vêtements de jeunes couturiers. J'y ai trouvé une merveille, une robe longue noire, droite, fendue sur le côté mais de façon très sage, jusqu'au genou. Le haut de la robe est beaucoup plus coquin car il est transparent, seuls deux petits bouts de tissu couvrent les seins – et encore, pas totalement : on peut apercevoir leur forme en haut et sur le côté. Je crois que c'est la plus belle robe que j'aie jamais portée. Au niveau de la coiffure je me suis inspirée de la queue-de-cheval d'Olga Kurylenko que j'ai trouvée sur le site Internet de *Elle*. Pour paraphraser la légende qui accompagnait la photo, « queue-de-cheval haut perchée, teint parfait et bouche parfaite font de moi une vraie femme fatale ».

J'ai envoyé ma photo par SMS à Laure, qui s'est contentée d'une réponse assez laconique : « Wow, tu es magnifique ! » Je lui ai demandé des nouvelles, mais elle ne m'a pas donné beaucoup de détails. Elle m'a juste indiqué que ça se passait « bien ». Pour terminer, elle m'a souhaité une bonne soirée en réitérant ses mises en garde contre les Brown.

Je ne vois pas quel peut être le risque. Il me suffira de me tenir à distance de la piscine pour éviter les éventuels candidats au suicide…

Journal de Laure

5 juillet 2015, 19 heures

Après ce week-end, rien ne sera jamais plus pareil. C'est un choc inimaginable.

Hier matin, j'avais fait promettre à David de faire preuve d'ouverture d'esprit. Il avait grommelé : « Tant qu'on ne m'obligera pas à faire une fellation à un autre participant… » Je ne peux pas dire que cette réponse m'ait rassurée, aussi j'étais stressée quand nous avons attaqué le premier exercice.

Claire nous a mis de la musique et nous a demandé de danser en face de notre partenaire. « Les filles, montrez toute votre féminité ; les garçons, toute votre virilité. » Danser, c'est un plaisir, une passion même que j'aime partager avec Ophélie. Avec Ophélie, mais pas avec David, car je sais que lui préfère rester au bar plutôt que de bouger sur la piste. Alors, dans ce contexte de séminaire auquel il n'a déjà pas envie de participer, c'est un désastre. Il fait exprès de danser comme un orang-outang, avec les bras qui pendent le long du corps. J'essaie de m'abstraire de cette vision pour me concentrer sur mes sensations, mais c'est difficile.

Quand Claire nous propose d'échanger nos rôles, c'est encore pire. Pour David, « danser comme une fille » revient à caricaturer la pire des drag-queens. Je n'en peux plus, je le gronde.

— David, merde, concentre-toi, fais un effort.

Avant que mon amoureux puisse répondre, c'est Claire qui intervient :

— Laure, tu dois laisser David exprimer sa féminité comme il la ressent.

Incroyable, c'est lui qui fait le con et c'est moi qui me fais engueuler !

Dès que la prof a le dos tourné, David exagère ses mimiques de folle déjantée et me tire la langue. Je hausse les épaules.

Claire nous invite à nous « regarder dans les yeux, mais en faisant attention à ne pas entrer dans la séduction ».

Avec le regard assassin que je lance à David, je ne risque pas d'enfreindre ces consignes !

Après cette demi-heure très dynamique, nous sommes en sueur. C'est maintenant l'heure de l'échange verbal. Nous sommes tous assis en cercle sur des coussins. Les couples sont très différents en âge et en genre. Il y a même un couple de femmes. Claire prend une céramique qui représente une femme les jambes enroulées autour de son homme dans une position très érotique.

— Vous savez ce que c'est ?

— Un godemichet ?

La réponse a été donnée par David. Claire sourit, pas moi. Il ne va quand même pas me saborder mon séminaire !

— Non, David, vous ne pouvez pas vous servir de cet objet ainsi. Il symbolise le centre d'attention de notre cercle. Vous allez vous le passer entre vous. Celui qui l'a en main détient la parole et doit partager avec le groupe ce qu'il est venu chercher ici ce week-end. Pour ceux qui sont curieux de savoir quelle est cette position, il s'agit de la position tantrique appelée yab-yum. Vous terminerez votre présentation par la phrase : « Je suis là », et le groupe répondra en disant : « Ho. »

Claire doit sentir la tension qui est en moi car elle me tend la céramique. C'est un peu impressionnant d'avoir tous ces regards fixés sur moi.

— Je suis très heureuse dans mon couple. J'aime passionnément l'homme avec qui je suis…

Je marque une pause.

— Enfin, un peu moins quand il fait l'imbécile comme aujourd'hui…

Il y a quelques sourires, mais tout le monde est très attentif.

— Nous nous éclatons au lit et il m'amène tout le temps à l'orgasme. Mais je suis d'une nature curieuse et j'espère partager des sensations nouvelles avec lui, s'il fait des efforts pour ne pas me gâcher ce moment… Je suis là.

Le groupe répond d'une seule voix « Ho » et je transmets la statuette à David.

Il fait un petit sourire à l'assistance et, quand il se met à parler, sa voix est beaucoup plus sûre que la mienne.

— Ma vie avec Laure est satisfaisante à tous les niveaux et je ne pourrais pas rêver d'une autre femme. Elle est pour moi le mélange parfait d'intelligence, d'humour et de sensualité. En ce qui concerne ce week-end, je n'en attends rien ; je suis venu ici pour Laure et je vais m'efforcer de ne plus faire l'imbécile. Je suis là.

— Ho.

Lorsqu'il tend la statuette à son voisin de droite, je suis contente d'avoir déjà parlé, car je ne pourrais plus prononcer un mot tellement je suis émue. J'aime cet homme plus que je n'aurais jamais imaginé aimer quelqu'un dans ma vie.

Pour finir la matinée, Claire nous a expliqué ce que sont les chakras. De façon basique, ce sont des points de jonction des canaux d'énergie. Les sept chakras principaux sont décrits comme formant une colonne lumineuse (colonne d'argent) partant de la base de la colonne vertébrale jusqu'à la base de la tête. Chaque chakra est associé à une certaine couleur, un duo de divinités, un élément classique, des sons, un organe d'action, un organe sensoriel, des fonctions de la conscience.

J'avoue que je n'ai pas écrit cette explication de mémoire, mais que j'ai recopié le fascicule que nous a remis Claire.

Le déjeuner était très sympa, les gens se sentaient étrangement unis. Même David a commencé à s'intégrer. Il est allé s'excuser auprès de Claire. Elle lui a dit que ce n'était pas nécessaire, que toutes les attitudes et les opinions étaient admises. Il a hoché la tête, et quand il est revenu il m'a embrassée.

L'après-midi, nous avons fait un exercice très intense. Au départ, ça paraissait facile. Il fallait se mettre dans la position yab-yum : David s'est placé dans la position du lotus et je me suis assise sur lui en lui enlaçant les épaules et en serrant mes jambes autour de son corps. Claire nous avait demandé d'apporter notre musique et d'avoir un adaptateur pour pouvoir fixer deux casques. Sur mon iPhone, j'avais préparé une playlist en suivant ses instructions. Il fallait sélectionner des musiques qui plaisaient au couple et dont le rythme et la signification s'accordaient avec l'amour.

Claire a donné ses consignes.

— C'est le moment de partage des sensations. Vous allez plonger votre regard profondément dans les yeux de votre partenaire. Le contact par le regard, c'est la clé de l'intimité. Si les yeux de votre partenaire dévient, demandez-lui gentiment de les replonger dans les vôtres. Saisissez ce moment pour écouter cette musique que vous avez choisie ensemble et profitez de votre proximité pour échanger par le regard.

J'ai eu un moment d'angoisse. Durant les jours où j'avais préparé ma sélection musicale, je n'avais pu obtenir aucun avis de David et j'avais donc fait un choix personnel. Pas terrible au niveau du partage…

David a semblé lire dans mes pensées.

— Ne t'inquiète pas, je suis certain que ta sélection est parfaite.

— Mais je crois que j'ai mis beaucoup de chansons françaises !

— *Ce n'est pas grave, je parle très bien français.*

Il avait prononcé ces paroles dans ma langue avec son accent si charmant. Je me suis sentie bien, je me suis installée sur lui et j'ai appuyé sur « play ». En fait, la première chanson était américaine, « It's a Wonderful World », interprétée par Louis Armstrong. Il y avait plus de chansons anglo-saxonnes que je ne le pensais, mais il y en avait aussi de Diane Tell, Céline Dion, Édith Piaf, Serge Gainsbourg, Jacques Brel, Renaud, Christine and the Queens…

David avait cependant raison : ça n'avait aucune importance. Dans cette position, le regard plongé en lui, j'ai ressenti une intimité incroyable. Pas une fois nos yeux ne se sont lâchés et j'ai pris conscience comme jamais de la force de notre amour. Ma playlist durait une heure, mais Claire nous avait précisé que nous pouvions nous arrêter quand nous le souhaitions. Nous sommes allés jusqu'à la fin et j'aurais pu poursuivre. Seul un couple était encore en train de continuer l'exercice quand nous nous sommes arrêtés.

Nous avons fait un break pour prendre le thé. L'atmosphère avait changé, il y avait une sorte de recueillement perceptible.

Claire nous a expliqué l'activité suivante, avant de nous renvoyer dans nos chambres.

— Pendant une heure, l'homme va honorer la femme en commençant par un massage complet de son corps. Quand il aura terminé, il demandera la permission à sa partenaire, puis, pendant au moins un quart d'heure, il lui massera le *yoni*.

Elle nous avait expliqué le matin que *yoni* signifie « vagin » en sanskrit.

— Commencez par le haut, puis explorez-le à trois cent soixante degrés. Localisez le point sacré qui se situe sur la paroi intérieure du *yoni*, à environ trois ou quatre centimètres en direction de l'estomac.

Le point sacré, c'est le point G, je connais.

Nous sommes rentrés dans la chambre et je suis allée me déshabiller dans la salle de bains. Je me sentais bizarre, habitée par une pudeur inconnue jusqu'alors. Quand je suis revenue, David s'était mis en short et en tee-shirt. Il avait l'air gêné lui aussi.

— Je ne savais pas quelle tenue prendre...

— Tu es très bien.

Je me suis allongée sur le lit en peignoir. David s'est mis à genoux à côté de moi.

— Allez hop, enlève-moi ce bout de tissu et mets-toi sur le ventre. Tiens, prends un oreiller et place-le sous ton buste.

Il avait l'air plus à l'aise que moi maintenant. Il a fait couler de l'huile sur mon dos, c'était froid. J'ai crié.

— Essaie d'équilibrer le chakra qui t'évite de faire la chochotte.

Il a dit ça avec beaucoup de gentillesse. Je crois qu'il me sentait tendue et tentait de me relaxer.

Il n'a fallu que cinq minutes pour que je commence à prendre plaisir à l'expérience. Il faut dire que mon amoureux s'est révélé très doué. Il a commencé par le dos, puis est remonté vers ma nuque. C'était si bien que j'ai laissé échapper un petit gémissement.

— Laure, tu ronronnes. Tu te prends pour Princesse Leia ?

C'est vrai que la chatte de David est très câline.

Il s'est occupé de mes fesses, de mes jambes, jusqu'au dernier de mes orteils.

— Tu peux t'installer sur le dos. Tiens, mets ton masque pour dormir.

J'ai failli protester : avoir les yeux bandés ne faisait pas partie des consignes de Claire, puis je me suis dit que c'était une bonne idée et que je n'avais pas envie de jouer les castratrices.

Je me sentais dans un grand état de relaxation quand il s'est attaqué à mes épaules. Il est descendu tout le long de mon corps en évitant les seins et en passant sur mes hanches, pour ne pas approcher de ma zone la plus érogène. En temps habituel, je me serais peut-être énervée, j'aurais voulu qu'il en vienne au fait plus rapidement. Mais là, c'était différent. Je ne voyais rien et je pouvais me concentrer sur les sensations de mon corps, sur ma réceptivité à son massage.

Du massage on est passé aux caresses quand il est revenu sur mes seins. Je me forçais à rester immobile et je sentais mes tétons se durcir sous les mains de mon amoureux. Avec l'huile, c'était plus doux qu'une caresse normale, mais ça a néanmoins provoqué chez moi une grande excitation.

— Laure, puis-je te masser le *yoni* ?

N'en déplaise à mon amie Claire, cette demande verbale de David a un peu cassé mon état de félicité. J'ai d'ailleurs eu de la chance qu'il me fasse la demande avec sérieux et non pas au second degré, car sinon je crois que je serais totalement sortie du mood.

En réponse, je me suis contentée de lui prendre la main et de la porter à mes lèvres pour l'embrasser, avant de la placer à l'entrée de mon sexe.

David a suivi scrupuleusement les consignes. Il a posé son majeur sur mon clitoris, qu'il a massé avec beaucoup de délicatesse.

Mon aveuglement aiguisait la perception du parcours de sa main et de son élément le plus long. Il est entré en moi millimètre par millimètre et a entrepris de faire des tours avec son doigt comme s'il essayait d'élargir l'endroit où il se trouvait. Ce n'était pas du tout une caresse classique, mais ça a commencé à me mettre dans un sale état. J'étais hyper concentrée, mais je me suis quand même mise à gémir. Au bout de quelques minutes, son majeur était entièrement en moi, et les sensations dépassaient de loin celles qu'avait pu me procurer mon *rabbit*. Quand David est revenu vers mon point G, j'ai senti que je partais vers une intensité de plaisir encore inconnue. Son doigt a pressé le point sacré, comme l'appelle Claire, et les sensations étaient tellement fortes que j'ai agrippé des deux mains le drap du lit. Mes gémissements étaient devenus des cris ; mon corps était chaud, mon sexe brûlant.

J'ai senti l'orgasme venir comme une vague géante qui déferle sur le rivage. Dans mon cas, c'était même la célèbre vague tueuse car j'ai véritablement chaviré sous le plaisir. Je me rappelle une sensation de bouffée de chaleur extrême ; les muscles de mes jambes se sont tendus et puis... plus rien ! Le trou noir !

Quand j'ai retrouvé mes esprits, David était à mon côté, et il me tamponnait le front avec une serviette qu'il avait trempée dans l'eau froide. Il avait l'air inquiet.

— Laure, ça va ?

J'ai pris un instant pour répondre :

— Oui... je crois. Qu'est-ce qui s'est passé ?

— Tu as perdu connaissance.

— Longtemps ?

— Je ne sais pas. Je dirais vingt, trente secondes.

De façon très étrange, ma première pensée a été pour Ophélie. Je me suis dit que ça allait être classe de lui annoncer que je m'étais évanouie sous la violence de mon orgasme !

— Il est quelle heure ? On ne doit pas aller en cours ?

— Tu es sûre que tu veux y aller ? Tu devrais peut-être te reposer un peu ?

Et rater la chance d'être la vedette du séminaire ? Pas question !

C'était puéril de ma part, mais j'ai pris un pied énorme à voir les regards ébahis de mes camarades quand nous avons échangé nos expériences. Claire m'a souri, et a tenu à préciser que ce genre d'effet était rare et qu'elle espérait que, dans le futur, je pourrais atteindre le même plaisir en restant consciente.

La fin de l'après-midi et la soirée ont été consacrées à comprendre comment ouvrir et équilibrer ses chakras. Le problème, pour moi, c'est que la séance de massage du *yoni* m'avait épuisée et que je n'avais plus la force d'être attentive pour emmagasiner toute cette culture nouvelle.

D'ailleurs, j'étais dans un tel état que je me suis endormie sitôt couchée. C'est la deuxième fois que nous manquons notre partie coquine du samedi : ce n'est pas grave, mais il ne faut pas que ça devienne une habitude.

Ce matin, en revanche, forme olympique. J'étais prête à franchir de nouvelles frontières pour atteindre l'orgasme.

J'ai mangé comme quatre au petit-déjeuner avant d'attaquer cette dernière journée. Pour l'éveil physique, Claire nous a fait effectuer des exercices de tai-chi, avec des mouvements lents du bassin d'avant en arrière. Au bout d'un moment, elle nous a demandé d'y ajouter des contractions venant de l'intérieur de notre sexe. Les hommes devaient pratiquer aussi ces « exercices de Kegel », comme les a nommés Claire. Elle a vendu la pratique aux participants mâles du séminaire peu enthousiasmés par ce début de matinée.

— Messieurs, ne croyez pas que cela soit bénéfique seulement pour les femmes. Je peux vous donner cinq raisons de travailler votre périnée : premièrement, un périnée musclé offre de meilleures érections, plus longues et plus puissantes et ainsi plus de plaisir.

Deuxièmement, les exercices de Kegel vous permettent d'aider à tenir plus longtemps pendant les rapports avec un meilleur contrôle de l'éjaculation. Troisièmement, vous pourrez multiplier la fréquence de vos rapports dans une même journée…

David s'est penché vers moi pour me glisser à l'oreille :

— Pour moi, ces trois points sont totalement inutiles.

Il n'a pas tort, je ne peux pas lui en demander plus dans ce domaine. Il a ajouté une petite blague :

— Déjà que tu t'évanouis sous mes caresses…

Claire n'avait pas terminé :

— Un périnée musclé permet également d'éviter l'incontinence fécale et urinaire…

Ah, dégueulasse ! Je me suis dit qu'on s'éloignait beaucoup de la poésie du tantrisme. Mais je n'avais pas encore tout entendu.

— Et enfin, il permet d'éviter les prolapsus, c'est-à-dire la chute d'organes dans le rectum.

Je ne savais pas que ce genre de choses pouvait exister et, honnêtement, je ne m'en portais pas plus mal. J'avoue que j'en ai voulu à Claire d'avoir été si clinique, si crue. Je n'étais pas la seule et l'ambiance n'était plus trop à l'alignement des chakras… Les participants faisaient leurs mouvements de façon mécanique.

C'est sans doute à cause de ça que David et moi avons eu tant de mal à profiter de l'exercice suivant. Ce n'était pourtant pas bien sorcier puisque c'était la réciproque de ce que nous avions fait la veille, à savoir un massage du corps de l'homme se terminant par le *lingam*, qui signifie « pénis » en sanskrit.

Nous sommes rentrés dans la chambre, David s'est déshabillé et aussitôt couché sur le lit à plat ventre. Le problème, c'est que, dans notre couple, l'expert du massage c'est lui. Il doit se faire masser en moyenne une fois par mois. C'est pour ça qu'il avait été aussi bon quand il s'était occupé de moi. En revanche, je suis une vraie débutante et ce n'est pas une pratique que j'apprécie spécialement. À l'exception, bien entendu, de notre petite séance de la veille. Je pense que je n'avais jamais fait un massage de plus de cinq minutes à un mec dans toute ma vie. Et là, il fallait être capable de le faire durer pendant une heure ! Quelle galère…

Comme notre séance de « renforcement pelvien » pour éviter les incontinences et autres joyeusetés m'avait refroidie, j'ai dû faire un effort de volonté pour me lancer dans le malaxage des muscles de mon amoureux.

J'ai commencé par les épaules.

— Plus fort.

— Pardon ?

— Tu dois appuyer davantage, sinon ça ne sert à rien.

Je déteste ce genre d'ordres. Il aurait quand même pu dire « s'il te plaît » ! Il va falloir que je demande à Claire comment on rééquilibre le chakra de la politesse.

J'ai renforcé ma pression. Peine perdue.

— Laure, si tu ne mets pas plus de force, je n'en retire aucun bénéfice, j'ai l'impression d'une caresse. Fais un effort.

— Si tu n'étais pas gras comme un loukoum, tu aurais peut-être une impression différente !

Ma vacherie ne l'a pas perturbé, il s'est marré.

J'ai mis tout mon poids et il a arrêté de se plaindre. Le problème, c'est qu'au bout de cinq minutes, j'avais les bras tétanisés à cause de l'effort. Ça ne devait pas faire dix minutes que j'officiais, mais j'ai décidé de prendre un raccourci vers le *lingam*. Là au moins, c'est un élément que je maîtrise.

— David, retourne-toi.

Il s'est mis sur le dos pendant que je versais de l'huile sur mes mains. J'avais décidé de ne pas traîner, et j'ai foncé vers son sexe après avoir vaguement massé son torse quelques instants.

J'ai saisi son sexe. Il était tout mou, mon massage n'ayant pas provoqué chez David l'émoi que le sien avait suscité chez moi la veille. J'avais du boulot, car le *lingam* de David était en pleine méditation orientale.

— Tu n'oublies pas quelque chose ?

Je me suis creusé la tête.

— Je ne vois pas.

— Tu ne m'as pas demandé la permission.

J'étais perdue.

— Je ne comprends pas...

David a levé la tête et m'a regardée avec un sourire ironique.

— Tu ne peux pas t'occuper de mon *lingam* comme ça : ma permission est requise au préalable.

— Tu plaisantes ?

— Non, je suis sérieux, les instructions de Claire à ce sujet étaient très précises...

— Tu me gonfles !

Les mots sont sortis de ma bouche sans que je puisse les contrôler.

— David, tu vas te démerder avec ton machin tout seul. Tu n'as qu'à voir si le renforcement de ton périnée a amélioré tes capacités de branlette.

J'étais furieuse, au-delà de ce que sa blague méritait et David était tout décontenancé.

— Mais, Laure…

— Tu aurais pu bénéficier d'une fellation de *lingam* qui aurait mis tes sept chakras dans un alignement militaire et t'aurait offert une renommée dans toute l'Inde, mais je crois que tu vas te la sucer tout seul. Comme ça, on verra si mon massage et les exercices de ce matin t'ont donné la souplesse nécessaire… Moi, je vais m'enlever cette huile dégoûtante. J'en ai partout !

Sur ce, j'ai foncé dans la salle de bains.

Seule, après m'être changée et lavé les mains, je me suis calmée et j'ai commencé à culpabiliser. J'avais vraiment salopé le travail, ce qui n'était pas très sympa vu le traitement dont j'avais bénéficié la veille.

J'ai entendu que David avait mis la télévision. J'étais prête à revenir et à lui faire une petite pipe quand il m'a appelée avec une excitation que je ne lui connaissais pas.

— Laure, viens vite, il faut que tu voies ça !

Je me suis précipitée dans la chambre. David était en train de regarder une voiture pourchassée par la police.

Ce genre de programmes, les télévisions américaines en raffolent. Fox a, pendant des années, diffusé un programme de télé-réalité dédié à des poursuites.

J'ai vu que la voiture en question était un magnifique coupé rouge Ferrari, mais ça n'a pas suscité chez moi un enthousiasme égal à celui de mon petit ami.

— Tu sais, moi, ce genre de programmes…

— Regarde mieux ! Approche-toi.

J'ai prêté plus d'attention à l'écran pourri de notre chambre. David était sur la chaîne KCAL 9, la déclinaison de CBS à Los Angeles. Tout d'un coup, j'ai regardé les titres sur l'image et j'ai hurlé, encore plus fort que David :

— Merde, c'est pas possible !

En haut, il y avait écrit : « *Live coverage* » et en bas : « Michael Brown, suspecté de crime, en fuite depuis midi. »

— Qu'est-ce qui s'est passé ?

— Je ne sais pas, écoute.

Le commentateur n'en savait pas beaucoup plus.

« Il semble que la police ait cherché à arrêter la star hollywoodienne à Santa Barbara, où elle se trouvait pour une réception. L'acteur aurait réussi à tromper les agents chargés de son arrestation et à monter dans sa Ferrari. Il a été pris en chasse par la police il y a une trentaine de minutes, mais celle-ci n'a procédé à aucune tentative pour stopper le véhicule. Les voitures de police se contentent de suivre Michael Brown à distance. Le convoi se dirige vers Los Angeles et va atteindre Ventura dans quelques minutes. Depuis que l'acteur a constaté qu'on n'essayait pas de l'arrêter, il roule à une vitesse très raisonnable d'environ cent quarante kilomètres à l'heure. »

Effectivement, on pouvait voir, filmée par les hélicoptères, la Ferrari et, quelques centaines de mètres derrière, douze voitures de police, gyrophares allumés. Je n'ai pas pu m'empêcher de faire un commentaire :

— Ça sert à quoi d'avoir autant de voitures ? Ce n'est pas un peu exagéré ?

— Tu sais, il doit y avoir les voitures du shérif de Santa Barbara, de celui de Los Angeles County, du LAPD, et peut-être même du shérif de Ventura.

J'ai trouvé ça idiot mais je n'ai rien dit et je me suis tournée vers l'écran. De loin, Michael avait l'air tranquille dans sa voiture, en train de téléphoner. Mais, soudain, le cameraman a fait un zoom sur l'acteur. Certes, il avait des lunettes de soleil, mais on pouvait deviner une agitation inhabituelle en scrutant ses gestes et ses mouvements de tête. Malgré cela, il était d'une beauté et d'une classe incroyables. On aurait pu penser qu'il se trouvait dans un film. Je me suis demandé si Ophélie était au courant et si elle était devant son écran. J'ai décidé de l'appeler, mais je suis tombée sur sa messagerie.

David s'est tourné vers moi, les sourcils froncés.

— Laure, on doit suivre ça, c'est un devoir professionnel. Et dans ton cas, il y a aussi un côté perso.

Il avait entièrement raison. Il serait difficile d'expliquer à Bertrand que l'on n'avait pas suivi la fuite en voiture du plus célèbre acteur du moment parce qu'on devait continuer un séminaire de tantrisme.

— OK, je vais aller expliquer la situation à Claire et nous rapporter un petit truc à manger.

La sexologue a été moins compréhensive que prévu. Elle estimait que nous pourrions voir le résumé sur les chaînes d'information ce soir. J'ai dû couper court et lui dire que nous les rejoindrions dès que possible. Le temps d'aller en cuisine et de récupérer des sandwiches et de l'eau, j'ai manqué vingt minutes de poursuite, mais David m'a dressé un tableau précis de la situation. C'est l'avantage d'être avec un journaliste.

— Rien de bien neuf pour l'instant en ce qui concerne la poursuite. Mais la *big news*, c'est que Carolina a, elle, été arrêtée.

— C'est pas vrai ! C'est quoi leur crime, la fraude fiscale ?

— Non, ils ne procéderaient pas à une interpellation aussi spectaculaire. Ça doit être plus grave.

— Enfin, pour l'instant, ils ne font rien pour l'appréhender.

— Ils doivent avoir peur de provoquer un accident. Tu imagines, si Michael Brown trouvait la mort dans un carambolage dû au LAPD. Quel scandale pour la ville et pour le département de la police !

Je n'étais pas la seule à me poser cette question. La chaîne a interviewé le directeur des relations publiques du LAPD :

— Pensez-vous interpeller Michael Brown en installant des barrages ?

— Nous avons fait une tentative pour le stopper très rapidement à Santa Barbara, mais il a refusé d'obtempérer et a conduit sur la voie opposée pour éviter nos voitures, manquant de provoquer un accident. Après consultation du bureau du shérif et de la direction du LAPD, nous avons donc décidé de ne prendre aucun risque et de joindre M. Brown.

— Et vous avez réussi ?

— Oui, nous avons échangé avec lui, mais la négociation s'est révélée infructueuse.

— Que demande-t-il ?

— Il souhaite pouvoir se rendre de lui-même au commissariat de Beverly Hills à 19 heures ce soir.

— Et vous n'avez pas voulu lui accorder cette facilité ?

— La gravité du crime dont il est suspecté ne permet pas ce genre d'arrangement.

— Pouvez-vous nous informer du crime en question ?

— Non, je ne suis pas habilité à communiquer sur ce sujet pour l'instant. Le chef de la police fera une conférence de presse ce soir à 18 heures.

David a soupiré.

— On n'est pas plus avancés. Je vais appeler Zach pour voir s'il sait quelque chose. Tu ne veux pas essayer de joindre Charlie ?

— C'est délicat. Tu te rends compte, juste le weekend où sort son premier film, quelle tuile ! Peut-être que Michael a assassiné un journaliste qui avait écrit une mauvaise critique.

Ce n'était pas la blague du siècle, mais pas non plus la pire. David l'a simplement ignorée.

— Essaie de parler à Ophélie, elle sait peut-être quelque chose.

— Elle est injoignable. Je lui envoie un SMS.

Nous avons mangé nos sandwiches en continuant à suivre cette scène étonnante. Le seul moment de suspense s'est produit quand Michael a dû choisir entre continuer sur la 101 et arriver chez lui par l'est ou prendre la 1 et suivre la mer pour arriver par l'ouest. Je ne sais pas s'il craignait que les forces de police soient plus à l'aise pour l'arrêter en pleine cambrousse, mais il a préféré la route du Pacifique. En tout cas, c'était digne d'un blockbuster, de voir les images de l'hélicoptère montrant Michael dans sa Ferrari sur la route longeant les eaux bleues.

Soudain, le présentateur de CBS, Frank Spieth, a interrompu l'invité qui était en train d'expliquer le choix d'itinéraire effectué par l'acteur.

— Clark, je suis désolé de vous couper mais nous sommes en direct avec Michael Brown... Michael, est-ce que vous nous entendez ?

J'ai crié :

— David, ils ont Michael en ligne !

— Chut !

C'était un moment de télévision unique, de voir ce célèbre acteur en fuite en train de discuter avec le présentateur vedette de CBS.

— Je vous entends, Frank, malgré le vent. Parlez fort.

— Pouvez-nous nous expliquer ce qui se passe ? L'arrestation de votre épouse, votre fuite, cette poursuite...

— Frank, nous sommes accusés d'un crime que nous n'avons pas commis. C'est un coup monté.

— Pouvez-vous être plus précis ?

— Frank, vous comprendrez que je ne peux pas vous donner plus d'informations avant d'avoir consulté mon avocat. La seule chose que j'affirme, c'est que je suis innocent... Nous sommes innocents !

— Pourquoi ne pas vous être rendu à la police quand ils sont venus vous chercher à Santa Barbara ? Comme votre épouse...

— Il est insupportable d'être ainsi arrêté chez des amis producteurs qui organisaient un déjeuner pour fêter la sortie du film de mon frère. Vous vous rendez compte ? Si on avait voulu saborder le film, on ne pouvait pas rêver mieux.

— La police a indiqué que vous aviez demandé à vous rendre de vous-même au commissariat de Beverly Hills ce soir à 19 heures. Est-ce exact ?

— Tout à fait. Je suis prêt à répondre à ces fausses accusations, mais je crois mériter un minimum de considération. Je ne suis pas un dealer qu'il faut incarcérer au plus vite. Je ne représente aucun danger pour la société.

— Quel est votre plan, Michael ?

— Je rentre chez moi et je ne me laisserai pas arrêter même si je dois forcer un ou deux barrages. Je l'ai fait dans plusieurs de mes films, je devrais être capable de le répéter dans la vraie vie…

En écoutant Michael, on ne savait pas si c'était du bluff ou s'il pensait ce qu'il disait. Sa voix avait cette ironie habituelle, mais on pouvait sentir une certaine tension sous-jacente : c'était la plus curieuse interview jamais entendue.

La conversation a été coupée. Était-ce dû à un brouillage de la police, à la batterie du portable qui avait rendu l'âme, à l'acteur qui en avait eu marre…

— Laure, regarde, les gens s'amassent au bord de la route !

Aux abords de Malibu, des centaines de personnes sortaient de chez elles pour assister à ce moment étonnant. Entre Malibu et Pacific Palissades, il fallait plutôt compter en milliers de personnes. Ça m'a rappelé le Tour de France, que mon père m'avait emmenée voir à plusieurs reprises. C'était le même tableau : une foule formant une ligne continue le long de la route.

David a constaté :

— À présent, la police ne prendra définitivement pas le risque d'intervenir.

Son portable a sonné.

— Oui, Zach, tu as des news ?… Merde ! Ton contact est fiable ?… J'espère que non… Oui, elle était à la soirée... Laure a essayé de la joindre sans succès. On va tenter le coup encore une fois. On se tient au courant.

Quand David s'est tourné vers moi, il était très inquiet.

— Ça concerne Ophélie ?

— On ne sait pas. Mais Michael et Carolina seraient accusés d'agression sexuelle.

— Sur Ophélie ?

— Je te l'ai dit, on ne connaît pas l'identité de la victime... Zach voulait juste savoir si elle était à la soirée, car son contact lui a dit que les Brown auraient quitté les lieux avec la jeune femme. Il a pensé qu'elle avait peut-être assisté à leur départ.

Je me suis mise à espérer qu'il ait raison mais je n'étais pas rassurée. Je connaissais dix fois plus de choses sur la relation compliquée entre mon amie et les Brown et ça ne me rendait pas optimiste.

Après quelques minutes de réflexion, j'ai retrouvé du courage. Après tout, leur relation était un flirt permanent. Pourquoi y aurait-il eu une agression sexuelle ? Ça n'avait pas de sens. Il s'agissait certainement d'une autre victime dans le genre de la petite Japonaise. Celle-ci avait dû se rebeller et porter plainte.

À la réflexion, c'était sûrement ça : la fille avait dû signer le NDA et le *Sex Consent Form* et le regretter après coup. Ça expliquait la fureur de Michael face à ce genre de relation qu'il avait dû pratiquer des dizaines de fois. C'était pour ça qu'il était persuadé d'être innocent – parce que la fille avait donné son accord par écrit.

J'ai soumis une partie de mon hypothèse à David, sans révéler mon expérience des contrats fournis par Robert Stein.

— Ce doit être une groupie qui n'a pas apprécié de se faire dégager le lendemain de la partouze.

— Peut-être, mais la police doit avoir de sérieux éléments, s'ils sont allés arrêter les Brown en plein milieu d'une garden-party.

— Comment le sais-tu ?

— Il semble qu'ils n'ont pas demandé de mandat d'arrêt et qu'ils ont utilisé le motif de « *probable cause* ».

— C'est quoi ?

— En gros, ça veut dire qu'ils ont une base raisonnable pour croire qu'un crime a pu être commis. Concrètement, s'ils prennent le risque d'arrêter un couple de la pointure des Brown, c'est qu'ils ont davantage que le simple témoignage d'une groupie.

— En tout cas, ça ne peut pas impliquer Ophélie car elle a déjà eu des relations avec Michael.

— J'avais cru comprendre…

À cet instant, je me suis aperçue que je venais de révéler une information qui était couverte par le NDA signé avec Michael. Merde ! Quelle gaffe ! Je risque de me faire poursuivre pour rupture de contrat.

— Il faut que tu oublies ce que j'ai dit. Je n'avais pas le droit d'en parler.

Il m'a regardée comme si je le prenais pour un abruti.

— Je te rappelle que j'étais à Venise quand Michael et Ophélie ont dansé la valse et que Robin a inventé cette ridicule histoire de fiançailles avec Charlie. J'étais déjà présent à Deauville quand ils se sont rencontrés…

— Mais ils n'ont pas couché ensemble à Deauville !

— Peu importe, je sais additionner deux et deux. Tu oublies que je suis au courant pour la dédicace de son livre. Et je connais les rumeurs sur le bel acteur…

— Qui sont ?

— Que le monsieur ne joue pas forcément aux échecs quand il croise une admiratrice…

Cette rumeur ne pourrait pas être plus exacte. Elle est même en dessous de la vérité, si on considère tout ce que j'ai appris depuis qu'il fréquente Ophélie.

J'essaie d'appeler mon amie et je tombe à nouveau sur son répondeur. J'espère qu'elle n'est pas encore allée jouer au défenseur de la veuve et de l'orphelin à l'hôpital, en rendant visite à la victime. Je crois que, cette fois, les Brown ne nous le pardonneraient pas.

La Ferrari arrive dans les faubourgs de Los Angeles et abandonne la Pacific Coast Highway, la 1, pour emprunter Chautauqua Boulevard.

— Laure, regarde, il s'engage sur West Sunset et la police a bloqué la circulation pour qu'il n'y ait pas de problème.

Effectivement, la police, de façon paradoxale mais aussi très logique, facilite le trajet de Michael vers son domicile. On pourrait croire à un convoi présidentiel, avec cette voiture suivie par une douzaine de véhicules.

Soudain, alors qu'il tourne à gauche pour prendre Mandeville Canyon, l'acteur fait rugir le V12 de sa Ferrari et la transforme en voiture de rallye. Les véhicules de police sont obligés d'accélérer à leur tour, ce qui fait marrer David.

— S'ils pensent pouvoir suivre une Ferrari dans des rues sinueuses, ils rêvent ! Mais votre pote Michael est vraiment naïf s'il croit qu'ils ne sont pas devant chez lui en train de l'attendre.

L'hélicoptère et son cameraman ont plus de mal à filmer la poursuite et ils ont pris de l'altitude. À un moment, CBS change de plan et passe sur une caméra fixe qui a été installée devant l'entrée de la villa des Brown. On peut voir de nombreuses voitures du LAPD qui rendent impossibles son accès, comme David l'avait pressenti, à moins d'avoir un tank.

— Ça va être chaud… Il n'a aucune chance, je me demande s'il va opposer une résistance.

Mais, cette fois, David a tort. Quand la Ferrari arrive devant le grand portail, elle continue tout droit le long du mur sans s'arrêter. Les officiers de police comme les journalistes sont pris au dépourvu. Le réalisateur de CBS repasse au plan large fourni par l'hélicoptère. On peut suivre la Ferrari quand elle tourne au bout de la propriété avant de s'arrêter vingt mètres plus loin. Michael sort à toute allure de sa voiture pour se diriger vers une porte latérale. Le spectacle est stupéfiant. Les policiers sprintent pour le rejoindre, mais ils doivent avoir quatre-vingts ou cent mètres de retard. Certains de leurs collègues, comprenant qu'ils ont été bernés, essaient de forcer le portail principal. L'acteur a réussi à pénétrer dans sa propriété et a refermé la porte au nez des forces de l'ordre.

Le spectacle est surréaliste, Michael est en train de courir vers sa maison alors que ses poursuivants tentent de forcer l'entrée à deux endroits.

— Laure, c'est dingue ! Je ne pensais pas assister à un truc pareil dans ma vie. Ça pulvérise la fuite d'O. J. Simpson en 1994.

— Mais pourquoi il fait ça ?

— Je ne sais pas, il a dû devenir fou. J'espère qu'il n'est pas allé chercher une arme.

David n'est pas le seul à avoir eu cette idée. Quand les policiers entrent finalement dans la grande propriété, ils le font l'arme au poing.

— Ça va mal finir… S'il sort avec la main dans la poche, ils vont l'abattre.

— David, tu n'y penses pas ! C'est une star.

— Oui, mais il a l'air d'avoir perdu les pédales et la police est sur les dents depuis plusieurs heures. On ne peut exclure un mauvais réflexe.

La scène est fascinante. Le cameraman zoome au maximum sur les flics, qui avancent doucement. Dans le même temps, un inspecteur muni d'un haut-parleur a dû demander à Michael de sortir, car on le voit presque aussitôt apparaître en chemise blanche, les mains levées haut au-dessus de la tête.

— Il est prudent, il leur montre qu'il n'est pas armé.

Les policiers se précipitent, fouillent l'acteur et lui passent les menottes. Il n'y a pas de violence dans cette arrestation, mais pas de ménagement non plus : David avait raison quand il disait que les forces de l'ordre étaient à bout.

Quelques minutes plus tard, Michael est embarqué dans une voiture encadrée par une dizaine d'autres. Le cortège part en direction du commissariat de Beverly Hills.

— Laure, le spectacle est fini. Je pense qu'il faudrait rentrer dès maintenant à Los Angeles.

Dix minutes après, les bagages étaient préparés. Claire a très mal pris notre départ. Elle a été limite désagréable. Tant pis pour elle si elle ne peut pas comprendre.

Sur le chemin du retour, nous avons écouté la radio pour connaître l'évolution de la situation, mais après l'arrestation de Michael il n'y a rien eu de neuf et on a juste eu droit aux supputations des journalistes et de leurs invités.

Dès notre arrivée à la maison, nous avons mis la télévision.

— Laure, on ne saura rien avant que le chef du LAPD ne donne sa conférence de presse. Tu veux une bière ?

— Non merci, mais je veux bien un thé.

J'ai entendu David pester sur l'égalité homme-femme, mais je savais qu'il s'occuperait de moi avec amour. De toute façon, je ne pouvais pas bouger : Princesse Leia s'était installée sur mes genoux.

À la coupure publicitaire, j'ai zappé sur NBC. Il y avait un journaliste devant un hôpital. À son attitude, j'ai senti qu'il avait un scoop.

« ... et je me trouve à l'hôpital Ronald Reagan de UCLA, où la jeune femme a été admise après avoir été interrogée par la police. D'après nos informations, elle serait en train de passer des tests pour que soit déterminée la nature exacte de l'agression. »

Le présentateur en studio a relancé son envoyé spécial :

« Je crois que vous avez aussi des éléments sur l'identité de la victime ?

— Oui, des sources concordantes nous ont indiqué qu'elle serait française... »

Je me suis mise à hurler et des larmes ont commencé à couler sur mon visage.

— David ! David, il s'agit d'Ophélie !

Il a accouru dans le salon.

— Ils ont donné son nom ?

— Non, mais ils ont indiqué qu'elle était française.

Il n'a rien dit, mais son visage était grave. Il est venu s'asseoir et m'a prise dans ses bras.

— Courage ! Pour l'instant, on ne sait pas si c'est elle ni ce qui est arrivé. Et puis, s'il s'agit bien d'elle, il faudra que tu sois forte pour la soutenir.

Ses paroles avaient du sens, mais j'étais vraiment choquée par la nouvelle. Cependant, le fait d'être contre lui m'a réconfortée et j'ai séché mes larmes.

Nous avons écouté la suite de l'intervention du journaliste à l'hôpital, mais il n'a rien ajouté d'intéressant. Nous avons passé la demi-heure suivante à zapper entre les différentes chaînes pour voir si elles confirmaient l'identité de la victime, mais elles se contentaient de reprendre l'information de NBC.

J'ai encore téléphoné à Ophélie, l'enjoignant de me rappeler dès que possible. Je lui ai aussi envoyé un SMS :

« Ma chère Ophélie, nous suivons les informations sur Michael. Ils ont parlé d'une victime française. Nous sommes très inquiets. J'espère que ce n'est qu'une mauvaise coïncidence et que tu n'es pas impliquée dans cette histoire horrible. Nous pensons beaucoup à toi. Laure et David »

Quelques minutes plus tard, c'était Zach qui appelait David.

— Oui, Zach, nous avons regardé NBC. Je pense qu'il y a malheureusement de fortes probabilités qu'il s'agisse d'Ophélie... Non, nous n'avons toujours pas réussi à la joindre. Tu as essayé aussi ?... On se tient au courant. Peut-être ira-t-on à l'hôpital après la conférence de presse. Je ne crois pas qu'ils nous laisseront la voir mais on va tenter le coup... Oui, je lui transmets.

David m'a passé le message de son ami :

— Il t'embrasse et il est désolé pour cet affreux événement.

— C'est gentil.

Pour Zach, j'étais de la famille d'Ophélie. J'ai réalisé qu'il avait raison : Ophélie, c'est ma sœur, celle qui ne me ressemble pas, avec qui je me dispute, mais que j'adore du fond du cœur.

— David, je te jure que si Michael lui a fait du mal, je lui défonce la tête !

Il a souri.

— Avec tes petits poings musclés, tu te débarrasses de ses gardes du corps avant de l'envoyer au tapis ?

— Non, je le fais avec mon intellect, pas physiquement. Je connais assez de choses sur lui pour changer à jamais son image aux yeux de la population américaine.

Le sourire de mon amoureux s'est éteint dans l'instant.

— Attention, Laure, ne fais pas de conneries. Si les informations que tu possèdes sont protégées par un NDA et que tu les communiques à la presse, tu peux foutre ta vie en l'air.

— Je m'en tape, il n'avait qu'à pas toucher à mon amie.

— Tu ne lui rendrais pas service. Il faut rester calme et attendre d'en savoir plus. N'oublie pas non plus qu'il sera jugé et qu'il peut être condamné. Pour une agression sexuelle, il peut prendre cher.

— Il peut aussi en réchapper, regarde O. J. Simpson.

— C'était il y a plus de trente ans ! Ça ne sert à rien de s'énerver.

— Non, mais ça fait du bien.

Cette petite sortie m'ayant permis de me défouler, je me suis sentie mieux.

L'après-midi s'est poursuivi par un zapping continu. C'est CNN qui a obtenu le scoop suivant. David était en train de changer de chaîne quand j'ai reconnu un visage, une femme d'une cinquantaine d'années, très apprêtée.

— David, laisse CNN ! Je connais cette femme, c'est la cliente que Michael nous a envoyée.

Il a augmenté le son pour mieux entendre sa voix fluette. Elle était en train de parler de la soirée qui avait suivi l'avant-première du film de Charlie.

« … et il y avait Charlie Brown et sa fiancée, l'actrice Amy Richardson. J'ai vu aussi Michael Brown et son épouse, qui ont beaucoup discuté avec cette très belle jeune femme. Ils ont quitté la soirée ensemble, assez tôt, vers 1 heure du matin. Ils avaient l'air de bien s'entendre.

— Donc, la jeune femme en question les a suivis de son plein gré.

— Oui, c'était évident.

— Et connaissez-vous l'identité de cette personne ?

— Oui, je travaille avec elle, elle s'occupe de la promotion en Europe du dernier film que j'ai produit. C'est une Française ; elle s'appelle Ophélie, Ophélie Delacour je crois ».

J'avais senti la catastrophe venir au fur et à mesure de son récit mais ça m'a quand même causé un choc énorme d'entendre prononcer son nom. On avait dépassé le stade des conjectures, on était dans le réel.

Je suis restée silencieuse alors que les larmes inondaient mes joues. David n'avait pas l'air très bien non plus.

Vingt minutes plus tard, c'est la conférence de presse donnée par le chef de la police. À 17 h 55, NBC diffuse l'image provenant de la salle de presse du commissariat. À 18 h 02, le chef Brubaker s'installe au pupitre. L'ambiance est très silencieuse, malgré la foule de journalistes présents avec toutes les caméras et les micros. Le chef Brubaker est un homme d'une soixantaine d'années, costaud, avec une force de caractère qui se lit sur son visage.

« Mesdames et messieurs, bonsoir. Je vais vous faire un bref exposé des événements de ces dernières vingt-quatre heures. Je répondrai ensuite à vos questions. »

Il lève la tête pour regarder l'assistance avant de se lancer. Si c'est une manœuvre pour être sûr de bien capter l'attention, c'est inutile.

« À 8 h 40, le lieutenant Harry Jordan a reçu sur son portable un appel de la victime, qui réclamait de l'aide. Il est allé la récupérer à l'intersection entre N Kenter Avenue et Leonard Road. Avant que vous ne me posiez la question, je dois vous préciser que le lieutenant avait laissé sa carte à la jeune femme lors d'un contrôle routier il y a quelques mois – au cas où elle rencontrerait un problème en Californie, car elle est étrangère.

Le chef a levé les yeux comme s'il défiait les journalistes de l'interroger plus avant sur les rapports entre le lieutenant et la victime.

« À 9 heures, ils sont arrivés au commissariat de Beverly Hills où elle a fait sa déposition. L'inspecteur Carla Rodriguez était elle aussi présente. La plaignante a déclaré avoir été invitée par M. Michael Brown et Mme Carolina Sanchez dans leur maison. Après avoir bu un verre en leur compagnie, elle s'est sentie prise de vertiges et d'étourdissements. Elle dit ne pas avoir perdu connaissance, mais avoir perdu le contrôle de ses membres. Elle a indiqué avoir eu du mal à parler. C'est à ce moment que M. Brown et Mme Sanchez se sont livrés à des relations sexuelles non consenties sur sa personne. La victime s'est finalement évanouie et s'est réveillée seule dans une chambre. Elle a réussi à quitter sans difficulté la maison, qui avait l'air déserte, et elle a ensuite appelé l'officier Jordan dont elle avait enregistré le numéro.

» Les inspecteurs, après avoir examiné les éléments en leur possession, ont estimé qu'ils avaient suffisamment de preuves pour pouvoir arrêter M. Brown et Mme Sanchez sans mandat d'arrêt. Ils m'ont exposé le cas et j'ai donné mon accord pour une interpellation.

» Nous sommes parvenus à localiser les suspects à Santa Barbara. Après nous être coordonnés avec le bureau du shérif, nous sommes allés les interpeller. Ils nous ont demandé de les laisser prendre leurs affaires. Comme vous le savez, M. Brown en a profité pour s'échapper par la fenêtre de sa chambre et partir dans sa Ferrari. Après avoir tenté sans succès de le stopper à Santa Barbara, j'ai décidé de ne pas prendre de risques et nous ne l'avons arrêté qu'à son domicile à 13 h 52.

» Je suis maintenant disponible pour répondre à vos questions. »

Une dizaine de mains se sont levées au même moment. Le directeur de la communication a donné la parole au représentant de CNN.

« Nous venons d'apprendre que la victime, Ophélie Delacour, a accompagné Michael Brown de son plein gré. Quelles raisons vous poussent à croire qu'il y a eu agression sexuelle ? Ne peut-on pas penser que la fuite de Michael Brown, qui clame son innocence, est due à un sentiment d'injustice ? »

Un autre journaliste a osé une question complémentaire qui montrait l'incrédulité de la presse concernant cette affaire.

« Comment savez-vous que Carolina Sanchez est aussi impliquée ? »

Le chef du LAPD a eu un sourire froid.

« Si vous pensez que j'autoriserais une telle arrestation sans mandat sur une simple dénonciation, vous ne me connaissez pas... Nous avons un enregistrement. »

Je crois que, dans notre salon, nous avons été autant surpris que les témoins dans la salle de la conférence de presse. Là-bas, il y a eu des exclamations et c'est le journaliste de NBC qui a rebondi le premier.

« Vous avez une cassette audio ?

— Non, nous avons une bande vidéo qui montre la victime et les deux suspects pendant le viol. »

L'auditoire est sous le choc, mais le journaliste ne renonce pas si facilement :

« Et qu'est-ce qui différencie ce film d'une partie libertine ? »

Le chef fusille son interlocuteur du regard.

« La victime est attachée et, malgré une torpeur liée à la consommation d'une drogue puissante, on l'entend distinctement demander aux deux autres personnes d'arrêter. »

J'ai hurlé en entendant cette atrocité et David m'a serrée dans ses bras. Je culpabilise de ne pas avoir suivi Ophélie quand elle m'a dit que cet homme était le diable incarné. Lorsque je l'ai poussée à signer cet accord pour préserver mon avenir professionnel et amoureux, je l'ai égoïstement entraînée dans ce moment de torture horrible.

Je ne suis pas la seule à être dévastée. Il y a un silence de plusieurs secondes avant la question suivante :

« Vous avez parlé de l'influence d'une drogue, pouvez-vous être plus précis ?

— Oui, les résultats des tests d'urine pratiqués à l'hôpital montrent la présence de flunitrazépam, un médicament connu sous le nom de Rohypnol et dont la vente est illégale aux États-Unis. Ce produit, qui à la base doit aider à lutter contre les insomnies, est communément appelé la drogue du violeur. »

Le tableau se noircit à chaque révélation.

« Savez-vous pourquoi Michael tenait tant à revenir chez lui avant de se livrer à la police ?

— Il semble qu'après avoir entendu les charges retenues contre lui il ait compris combien le film serait une preuve incriminante et qu'il ait essayé de détruire la carte mémoire.

— C'est une supposition ou c'est un fait ?

— C'est un fait, car Michael Brown a bien réussi à détruire la carte qui se trouvait à son domicile, en début d'après-midi, alors que mes hommes étaient en train de forcer l'entrée. »

L'auditoire est un peu perdu, David et moi aussi. Un journaliste tente d'éclaircir la situation.

« Donc, il n'y a plus de film. Vous n'avez pas pu le voir, c'est la victime qui vous en a parlé ?

— Non, nous avons bien pu voir cette vidéo. La victime l'a subtilisée avant de quitter la villa et elle l'a remplacée par une autre carte qu'elle a trouvée dans le sac de la caméra.

— Vous avez donc en votre possession toutes les preuves concernant cette affaire ?

— Nous avons les pièces cruciales, mais il en manque d'autres très importantes qui n'ont pas pu être localisées. Nous sommes à leur recherche. »

À ce moment précis, je reçois un SMS. Ophélie !

« Hello Laure, je viens d'avoir tes messages. Je n'ai pas pu les consulter et te répondre plus tôt car j'ai été dans les mains de l'équipe médicale toute la journée. J'ai aussi beaucoup dormi. »

« Bonjour ma belle, comment vas-tu ? J'étais si inquiète. La conférence de presse ne me rassure pas. »

« Ça va. Tu vois, finalement, Michael a eu ce que je ne voulais pas lui donner… »

Quand j'ai reçu ce dernier mot, j'ai recommencé à pleurer. Je ne savais pas quoi répondre tellement c'était triste. C'est elle qui m'a envoyé un autre SMS.

« Ça va, Laure, je ne m'en tire pas trop mal. Je ne vais pas avoir de séquelles physiques. Pour l'instant, je suis encore un peu dans le cirage, mais ça devrait passer d'ici à demain. Le risque, c'est plutôt au niveau psychologique. J'ai vu une psy, elle veut qu'on travaille ensemble. Elle me dit que je ne ressens pas encore le contrecoup mais que je peux faire une dépression. »

« On peut venir te voir ? »

« Ce soir, non ; mais demain, ce devrait être possible. Mes parents arrivent aussi en début d'après-midi. Venez en fin de matinée. »

« Si Zach veut venir, il peut nous accompagner ? »

« Comme on dit : *The more, the merryer*[1]. Je dois te laisser, le médecin vient d'arriver. »

Après cet échange, je me suis sentie un peu mieux.

— Elle ne va pas trop mal compte tenu des circonstances. On ira la voir demain.

— C'est une sacrée nana, ton amie. Partir en piquant la vidéo, c'est incroyable ! D'autant que, sans ça, elle n'avait aucune chance que l'on prête du crédit à son histoire. Si ça se trouve, il a utilisé des préservatifs et elle n'a même pas le sperme pour prouver ses dires.

— Connaissant Michael, c'est probable.

— Tu veux dire quoi, que toi aussi tu as connu Michael à ce niveau-là ?

Il m'a regardée avec beaucoup de gentillesse et j'ai eu l'impression de sourire pour la première fois depuis un siècle.

— Non, dommage d'ailleurs, car je lui aurais arraché le sexe avec les dents !

Il est maintenant 18 heures, je vais nous faire un bon plat de pâtes à la bolognaise et nous allons ouvrir cette bouteille de bourgogne que Zach nous a offerte.

Car demain est un autre jour, et je sens que le combat ne fait que commencer.

---

1. « Plus on est de fous, plus on rit. »

Journal de Laure

6 juillet, 23 heures

Je hais les journalistes. Tous à l'exception de David et de Zach : ce sont eux qui m'ont remonté le moral après que j'ai assisté au pitoyable spectacle de mon amie lynchée sur les différentes chaînes.

Ce matin, j'étais ravie d'aller voir Ophélie. Zach est passé nous chercher vers 10 h 30. En arrivant à l'hôpital de UCLA, nous avons trouvé le parking occupé par une bonne dizaine de camionnettes satellites appartenant à toutes les chaînes. Les reporters étaient installés près du bâtiment et cherchaient le meilleur emplacement pour faire leurs plateaux. J'avais regardé la télé depuis le matin et j'avais constaté qu'ils n'avaient pas grand-chose à dire. L'accès à l'hôpital leur était interdit et les médecins n'avaient fait aucune déclaration.

Pour entrer, nous avons dû montrer patte blanche. Ophélie avait laissé nos noms à l'accueil mais il nous a fallu présenter nos papiers d'identité. Il y avait deux policiers à la réception pour s'assurer que personne ne force l'entrée.

Quand nous avons pénétré dans la chambre et que j'ai vu Ophélie en blouse de malade, j'ai eu les larmes aux yeux. Elle s'est levée pour m'embrasser et j'ai craqué, je me suis mise à pleurer.

Elle m'a serrée contre elle.

— Laure, ça va, je vais bien.

Je ne pouvais même pas lui répondre. C'est David qui a mis fin à cet instant d'émotion.

— Eh, nous aussi nous sommes venus pour Ophélie. On a le droit de l'embrasser.

Ophélie m'a lâchée pour prendre David puis Zach dans ses bras. Ils étaient touchés eux aussi, même Zach. Je ne pense pas qu'ils s'étaient revus depuis leur séparation il y a trois semaines.

Mais pas une seule seconde Zach n'avait envisagé de ne pas aller à l'hôpital avec nous.

Ophélie s'est remise dans son lit et nous sommes restés debout à côté, silencieux pendant un moment.

C'est David qui a lancé la conversation.

— Tu es en observation ou tu suis un traitement ?

— Non, je vais bien. Ils ont fait tous les tests dont ils ont besoin pour l'expertise judiciaire. Je dois encore voir la psy, puis ils me laisseront partir en fin d'après-midi.

— Laure m'a dit que tes parents arrivent aujourd'hui…

— Oui, ils vont venir ici et nous irons ensuite chez moi.

— Tu les as prévenus, pour la presse ?

— Oui, je leur ai dit qu'il ne fallait pas répondre.

— Je ne pense pas qu'ils peuvent réaliser l'ampleur de la folie médiatique. Le parking est déjà plein de camionnettes de la télévision.

— Le lieutenant Jordan va envoyer une voiture les chercher à l'aéroport. Ça facilitera leur arrivée ici.

Il y a eu un autre instant de silence, et c'est encore David qui a osé poser la question difficile.

— Qu'est-ce qui s'est passé, samedi ?

Ophélie lui a répondu par un sourire.

— C'est *off the record* ou c'est pour un article ?

Il a haussé les épaules.

— C'est off, bien sûr, et je parle aussi pour Zach.

— C'est assez simple. Je suis allée à l'avant-première puis à la soirée. Comme la dernière fois, Michael a demandé à me voir. Nous avons discuté, c'était très sympa. Carolina nous a rejoints. Elle était d'humeur affable. Au bout de quelque temps, Michael a dit qu'il trouvait la soirée barbante et il a proposé d'aller boire un verre chez eux. Il voulait essayer un nouvel arrivage de haschisch double zéro qu'il venait de recevoir de son revendeur. Comme j'en avais marre de sentir les regards assassins d'Amy sur moi, j'ai accepté. Chez eux, il n'y avait personne. Nous avons commencé à fumer et à boire. À un moment, je me suis sentie toute bizarre, mes jambes ne répondaient plus. Carolina et Michael m'ont suggéré de m'installer dans une chambre. Après, je ne me rappelle plus grand-chose, j'avais l'impression de vivre un cauchemar où ils abusaient de moi. Quand je me suis réveillée le matin, mon corps m'a bien fait sentir que les événements de la nuit n'étaient pas issus de mon imagination. Il y avait un gode ceinture dans la chambre et une caméra en face du lit. Je suis allée dans la salle de bains et j'ai trouvé deux préservatifs usagés dans la poubelle…

Zach l'interrompt, c'est la première fois qu'on entend le son de sa voix.

— Tu les as pris, j'espère ?

— Oui, j'ai tout embarqué, les sex-toys, les préservatifs… J'ai aussi pensé à regarder dans la caméra. C'est incroyable, Michael n'avait pas pris la carte mémoire.

— Carte mémoire que tu as remplacée par une vierge…

— Oui, c'était un pied de nez que je lui adressais : je voulais qu'il soit rassuré en la trouvant dans la caméra.

C'est au tour de David d'intervenir :

— Il est certain que Michael a aggravé son cas en la détruisant.

— Oui, j'avoue que l'idée m'amuse. Je regrette de n'avoir pas pu suivre la poursuite à la télévision. La psychologue refuse que je regarde les news, elle a peur que je sois traumatisée.

Quand Ophélie a dit ça, je l'ai regardée attentivement. Elle avait l'air sereine, si incroyable que cela puisse paraître après une telle expérience. Je me suis demandé si c'était une façade ou une réaction inconsciente de protection. Cette réaction serait bien normale après un tel traumatisme, mais elle serait sans doute suivie par une dépression nerveuse dans les prochaines semaines.

Pendant que j'étais dans mes pensées, la conversation avait pris un tour étonnant entre Zach et Ophélie.

— ... et j'ai commencé à sortir avec une fille. C'est une goy, comme toi, mais elle est blonde avec les yeux verts.

J'étais horrifiée.

— Zach, comment tu peux lui raconter ça après ce qui lui est arrivé !

— Mais elle me demande comment je vais...

J'allais lui remettre une soufflante quand Ophélie est intervenue :

— Ça va, Laure, c'est moi qui lui ai posé la question.

Je me suis renfrognée. Si c'est ce qu'elle veut entendre... Elle s'est tournée vers son ex.

— Je suis contente que tu aies trouvé quelqu'un. Sincèrement.

À ce moment-là, une infirmière est venue nous annoncer que la visite était terminée. Nous avons pris congé et j'ai dit à Ophélie que je passerais chez elle le lendemain après le travail.

Je suis allée bosser, mais le cœur n'y était pas. J'ai eu Bertrand au téléphone. Il a été très bien : après avoir demandé des nouvelles d'Ophélie, il m'a rassurée sur le futur de l'agence à Hollywood. Il comprend que nous allons traverser un trou d'air lié à cette affaire, mais pour lui il est hors de question de renoncer.

Ça m'a rassérénée. Je suis rentrée tôt, car David et moi avions décidé de regarder ensemble la comparution de Michael et de Carolina devant le tribunal.

Toutes les télévisions étaient présentes quand ils sont apparus, accompagnés de Robert et d'un autre avocat.

David m'a expliqué.

— Il s'agit de Matt Van der Bourne, un des plus célèbres avocats en droit criminel de Californie. La juge, c'est Patricia Var. Elle est réputée pour être une *tough cookie*, une vraie dure.

Michael n'était pas rasé et avait l'air fatigué, mais il gardait une certaine allure. On aurait dit une sorte d'Indiana Jones, avec des yeux bleus qui gardaient leur éclat. Carolina, elle, ne ressemblait plus à rien. Elle était maussade et pas maquillée.

La séance n'a pas duré longtemps. Il s'agissait simplement de déterminer si les accusés allaient plaider coupables ou non coupables, et s'ils pouvaient être relâchés sous caution.

La juge a donné les chefs d'accusation puis a demandé à Michael sa réponse.

Il y a eu un silence. Ensuite, Michael a regardé la juge dans les yeux et s'est exprimé avec détermination.

« Non coupable, Votre Honneur. »

Je n'ai pu m'empêcher de bondir.

— Non, mais il est gonflé, avec toutes les preuves qu'il y a contre lui !

David m'a fait taire pour entendre la réponse de Carolina.

« Non coupable, Votre Honneur. »

Ils plaidaient la même chose, ce qui est logique, mais ils ne l'avaient pas exprimé avec la même vigueur.

Ensuite Matt Van der Bourne, leur nouvel avocat, a demandé à ce qu'ils soient relâchés sous caution. Le *district attorney* s'y est opposé, arguant que Michael Brown avait pris la fuite et qu'il avait tenté de faire disparaître des preuves. Les deux parties se sont disputées quelques minutes sur le sujet avant que la juge ne donne son verdict.

« Mme Carolina Sanchez pourra être libérée moyennant une caution de 2 millions de dollars. Pour ce qui concerne M. Michael Brown, compte tenu de son délit de fuite et de l'entrave qu'il représente dans la recherche de preuves, la cour refuse la demande de liberté sous caution. »

J'ai sauté en l'air, le poing levé comme si je venais de remporter la Coupe du monde de football (en même temps, je dis ça, mais moi, le foot...).

— Yes, bien fait pour sa gueule ! Allez, Michael, en prison. Ça te permettra de réfléchir à tes perversions. Avec un peu de chance, tu trouveras un ou deux petits camarades qui te feront connaître de nouveaux plaisirs !

— Laure !

David ne souhaitait visiblement pas autant que moi que Michael découvre les joies de la sodomie dans les geôles de Los Angeles...

À ce moment-là, je me suis dit que la journée était plutôt positive et j'ai cessé de regarder la télé.

C'était un accès d'optimisme dont j'aurais pu m'abstenir, car, dix minutes plus tard, David m'a appelée :

— Laure, Carolina va faire une déclaration. C'est rare, d'habitude ce sont les avocats qui parlent pour leur client.

Je suis restée debout, fascinée par Carolina entourée de ses deux avocats. Elle avait les yeux pleins de larmes, comme si elle se retenait pour ne pas éclater en sanglots.

« Mesdames et messieurs, depuis hier, mon mari et moi-même faisons l'objet d'un traitement médiatique très violent que nous ne méritons pas. Les informations qui ont été données ne correspondent pas à la réalité. Certes, nous avons eu des relations avec Ophélie Delacour, mais je tiens à préciser que celle-ci était consentante. Je comprends que ces pratiques puissent choquer l'opinion publique et tous nos fans. Michael et moi leur demandons de nous excuser si nous avons heurté leur sensibilité, mais il n'y avait là rien d'illégal. Cette jeune femme est une amie que nous connaissons depuis quelque temps et notre seul tort est d'avoir accepté sa proposition de partie à trois où elle souhaitait jouer le rôle de la victime. Mon mari et moi n'avons pas l'habitude de ce genre de pratique. Je tiens à exprimer encore une fois notre plus profond regret et à présenter nos excuses au peuple américain. Je vous remercie de votre attention. »

Quand elle a eu terminé, les flashes ont crépité, puis les journalistes lui ont posé des dizaines de questions. Robert est alors intervenu :

« Merci, messieurs. Mme Sanchez est très fatiguée suite à ces événements. Elle ne répondra à aucune question. »

Les journalistes ont encore tenté leur chance, mais Carolina s'est engouffrée dans une voiture avec chauffeur qui les attendait.

Sa déclaration m'avait beaucoup refroidie. J'ai voulu avoir l'avis de David.

— Tu en penses quoi, de son intervention la larme à l'œil ?

— C'est intelligent. Elle admet la partie irréfutable mais récuse toute agression.

— Son mea culpa, c'était grotesque, non ?

— Non, l'acte de contrition fait partie de la culture américaine. Tiger Wood avait lui aussi fait une déclaration publique au sujet de ses frasques sexuelles.

— Tu crois que ça va marcher ?

— Je ne sais pas, ça pourrait. C'est le couple idéal. Beaucoup de monde souhaiterait qu'ils soient innocents. Le gros problème dans leur scénario, c'est la présence de la drogue du violeur dans les analyses d'Ophélie... Enfin, on va bientôt savoir si les médias achètent leur histoire.

J'étais un peu inquiète, mais pas plus que ça.

Quelques heures plus tard, j'avais déchanté : la plupart des chaînes reprenaient les paroles de Carolina avec beaucoup de compréhension. Ils considéraient sa version comme très vraisemblable « compte tenu du côté groupie d'Ophélie ».

Le pire, c'est quand ils ont commencé à faire le portrait de mon amie. Ils possédaient très peu d'images, mais ils avaient la vidéo de la valse à Vienne, ainsi que les photos de Venise où l'on voyait Charlie et Ophélie s'embrasser dans la gondole sous le pont du Rialto.

« La jeune Française fiancée à Charles Brown, le frère de Michael, n'a pas supporté qu'il la quitte pour l'actrice britannique Amy Richardson. Elle s'est fait muter à Los Angeles pour pouvoir rester proche des Brown. Elle a été aperçue à l'avant-première du dernier film de l'acteur où des témoins affirment l'avoir vue très aguicheuse. Il semble qu'elle ne soit pas arrivée à ses fins ce soir-là, mais ce n'était que partie remise car, samedi soir, elle était à nouveau invitée à une avant-première, cette fois pour la sortie d'*Un bonheur insoutenable*. Sans que l'on puisse être catégorique, il est fort probable qu'elle ait proposé une partie fine aux Brown, et tout le monde s'accorde à dire qu'elle a quitté la soirée en leur compagnie le sourire aux lèvres. »

C'était une présentation honteuse des faits. Certains journalistes allaient plus loin, présentant Ophélie comme une dévoyée. D'autres faisaient des allusions de mauvais goût à ses origines : « Après tout, le libertinage n'est-il pas une invention française ? »

J'étais hors de moi, dégoûtée.

— David, toute cette merde, c'est l'œuvre de Robin.

— Bien sûr, c'est pour ça que Michael le paie, et c'est la raison pour laquelle on appelle ces gens-là les *spin doctors*. Ils présentent les choses dans le sens qui leur convient pour modifier la réalité.

À cet instant, Zach a appelé et il a parlé à David pendant quelques minutes.

— Zach va faire un papier dans le *Los Angeles Times* de demain. Le débat sera ainsi plus équilibré, même si ça ne résoudra pas tout.

Ça m'a un peu reboostée. J'ai échangé avec Ophélie par SMS.

« Ça va ? Tu n'es pas en train de regarder la télévision, j'espère ? »

« Non, j'ai eu des news sur l'inculpation de Michael et Carolina par Harry. »

« Harry ? »

« Harry Jordan, le policier qui m'a ramassée dans la rue après la nuit chez Michael. »

« Si tu l'appelles par son prénom, la presse va vous attribuer une liaison ! Tu es avec tes parents ? »

« Oui, on va dîner. Je leur ai donné ta chambre. »

« Et la presse ne cherche pas à entrer dans la résidence ? »

« Le lieutenant Jordan a déployé un dispositif de sécurité vingt-quatre heures sur vingt-quatre qui les tient à distance. Il semble que je sois l'objet de menaces de fans de Michael… »

« C'est vrai, ces menaces, ou c'est juste pour justifier l'octroi de flics ? »

« Un peu des deux, je crois. Je dois te laisser, on se met à table. »

Elle avait l'air en forme, et ce petit échange m'a fait du bien.

J'espère seulement que ce lynchage médiatique va bientôt se terminer.

Journal de Laure

7 juillet 2015, 23 heures

En 1996, j'avais été frappée par la campagne de promotion du film *Independence Day*. Pour ce film d'attaque extraterrestre réalisé par Roland Emmerich, le pitch était tout simple : « Le 2 juillet, ils arrivent. Le 3 juillet, ils frappent. Le 4 juillet, nous contre-attaquons. »

Cette fois, l'ennemi n'est pas un alien : il a les traits de Michael, Carolina, Robin, Robert et consorts. J'aime à penser que pour le reste il y a des similitudes. Le premier jour, les faits ont été établis ; le deuxième, ils ont cherché à démolir Ophélie et, à partir d'aujourd'hui, le troisième jour, j'espère qu'on va les enfoncer.

Je suis remontée comme une pendule et les événements ont commencé à faire pencher la balance dans notre sens.

Comme prévu, la première contre-offensive est venue du *Los Angeles Times*. Certes, le quotidien est resté prudent en ménageant les deux parties, mais il a consacré une page entière à donner un éclairage plus objectif sur la personnalité de mon amie.

La moitié du texte a été écrite par Zach sous la forme d'un éditorial. C'était un beau portrait qui montrait une jeune femme intègre, d'un grand professionnalisme, à l'opposé de la groupie nymphomane dépeinte par les médias. Il y avait ensuite des témoignages de personnes connaissant Ophélie et qui s'en portaient garantes, dont Bertrand. C'était assez courageux de sa part, compte tenu de sa position dans l'industrie cinématographique et de l'importance des Brown à Hollywood. Enfin, il y avait une interview d'une experte en droit criminel pour les affaires d'agression sexuelle. Elle mettait en relief la tactique de défense des agresseurs, qui cherchent à détruire la moralité attribuée à leur victime pour nier la possibilité d'un viol. C'était exactement ce qu'avait manigancé Robin, et ça faisait du bien de le lire noir sur blanc.

David a trouvé deux avocats qu'il a envoyés à Ophélie. Il y avait une femme d'origine irlandaise, Kathy O'Brady, spécialiste des plaidoiries pour les victimes de viol ; et un homme moins expérimenté dans ce genre d'affaires mais réputé pour ses négociations pugnaces avec la partie adverse. C'était un New-Yorkais d'origine italienne, d'une soixantaine d'années, Luca Maldini.

J'ai appelé Ophélie pour connaître son choix.

— Alors, tu prends l'Irlandaise ?

— Non, elle est très bien mais je préfère M. Maldini.

— Mais pourquoi, c'est une spécialiste de ces affaires de viol ?

— Peut-être que je la prendrai en complément pendant le procès. Mais je préfère l'avocat italien, j'ai eu un bon feeling avec lui. Tu devrais le voir, c'est une armoire à glace. Il est hyper impressionnant. Il pourrait manger Robert en apéritif.

— En même temps, Robert est un nabot !

— Ne dénigre pas ce que tu as aimé dans le passé…

— Tu ne vas pas me rappeler cette petite erreur toute ma vie !

— Tu plaisantes, il est hors de question que j'oublie cet épisode au moins pendant les dix prochaines années.

Cet échange, c'était la réminiscence d'une période d'insouciance. Et c'était surréaliste, si on pensait à ce qu'Ophélie avait vécu quelques jours plus tôt. En même temps, c'était bon signe si elle était capable de plaisanter ainsi.

— Tu as été trop influencée par *Le Parrain*. Je te rappelle que, dans ce film, l'avocat se nomme Tom Hagen. Le personnage qui s'appelle Luca Brasi, si je me souviens bien, c'est l'homme de main, le tueur des Corleone.

— Je n'y avais pas pensé, mais Luca pour tuer Michael, ce serait une situation paradoxale que Coppola n'approuverait pas[1].

J'ai ri, c'est si bon d'avoir ce genre de joutes de cinéphiles.

— Plus sérieusement, qu'est-ce qui t'a plu chez lui ?

— Je pense qu'il est bon pour tous les types de combat et que j'ai besoin de ce genre de profil pour affronter l'équipe des Brown.

Sur ce point, elle peut avoir raison.

— Tu as lu l'article du *L.A. Times* ?

— Oui, Zach me l'a envoyé, je l'ai remercié par SMS.

— Ophélie, c'est vraiment un mec super, tu devrais lui donner une autre chance.

— Laure, tu es incorrigible ! Il a quelqu'un et je suis certaine qu'elle est mieux que moi.

— C'est impossible d'être mieux que toi !

---

1. Michael est le fils de Don Corleone, le parrain, et Luca Brasi ne s'attaquerait jamais à la famille de son patron.

Elle a ri.

— C'est gentil, mais je voulais dire qu'elle est mieux que moi *pour lui*.

Nous sommes restées un peu plus longtemps en ligne, puis j'ai raccroché.

Pendant la pause déjeuner, j'ai regardé la télé du bureau. Les journalistes avaient tenté d'arracher à Charlie un commentaire sur l'affaire. Il aurait bien aimé parler de son film mais, dès la deuxième question, il était interrogé sur son frère et sa belle-sœur. Il a répondu systématiquement : « Sans commentaire. »

Ça m'a énervée et je lui ai envoyé un SMS.

« Ça va ? Pas trop difficile de laisser une femme dont on prétend être amoureux se faire traiter de traînée sur toutes les chaînes ? Je te croyais plus courageux... »

Il m'a renvoyé un SMS sans répondre à mes attaques.

« J'espère qu'elle va bien. C'est le plus important. »

Plus tard, en regardant CNN en direct, j'ai vu Charlie se trouver encore sous le feu des micros.

« Charles Brown, un commentaire sur l'affaire ?

— Monsieur Brown, croyez-vous à la culpabilité de votre frère ? »

Charlie a donné l'impression qu'il allait s'engouffrer dans sa voiture pour échapper à la pression des médias, mais il s'est retourné pour répondre :

« Je fais confiance à la justice de mon pays pour faire la lumière sur cette sombre affaire. J'espère que l'enquête innocentera mon frère et ma belle-sœur. Merci, messieurs. »

J'étais dégoûtée et je me suis dit que mon SMS n'avait été qu'un coup d'épée dans l'eau.

Charlie a ouvert la porte de sa voiture.

Un journaliste a posé une dernière question :

« Charlie, pouvez-vous confirmer que vous avez jeté Ophélie Delacour parce que vous aviez senti qu'elle n'était qu'une groupie nymphomane à la recherche d'argent et de gloire ? »

Cette question était la plus vulgaire et la plus déplacée que l'on puisse imaginer. J'ai regretté de n'avoir pas David à mon côté pour pouvoir me plaindre de la scandaleuse attitude de la presse américaine.

Mais je n'ai pas été la seule à être choquée. Les autres journalistes se sont tus d'un coup. Charlie a fait un effort pour oublier cette horrible question et il s'est penché pour monter dans sa voiture... mais soudain il s'est retourné, et ses yeux bleus scintillaient de rage quand il a rétorqué au malotru :

« Monsieur, si nous étions au XVIIIe siècle, je vous défierais en duel pour avoir outragé une dame. Car c'est bien le terme pour qualifier Ophélie Delacour. C'est une personne de grande qualité, d'une intelligence et d'un humour bien supérieurs à ce que vous pouvez comprendre. »

Le silence et la stupeur dans l'assistance étaient incroyables.

Charlie a semblé hésiter, mais il a assené une dernière remarque à son interlocuteur :

« Sachez, monsieur, que ce n'est pas moi qui l'ai « jetée », comme vous l'avez si élégamment formulé. C'est elle qui a mis fin à notre relation et il n'y a pas eu un seul instant depuis où je n'ai regretté cette séparation. »

Après quoi, il est monté dans son véhicule sans plus répondre aux questions qui fusaient de tous côtés.

J'ai hurlé de joie. J'ai pleuré aussi.

Quand j'ai retrouvé David, j'étais encore très excitée.

— Tu as vu l'interview de Charlie ? C'était dingue ! Mais quel con, ce journaliste ! En même temps, sa stupidité a fait réagir le frère de Michael. Tu le connais ?

— Oui, très bien, c'est un ami.

Je suis restée interloquée.

— Un « ami » ?

— Oui, il n'a qu'un seul défaut.

— Quoi ? La bêtise, la méchanceté ?

— Non, il est vénal. Elle m'a coûté une caisse de champagne Dom Pérignon, cette question.

L'information était si inattendue qu'elle a eu du mal à pénétrer dans mon cerveau.

— Tu veux dire que c'est toi qui… ?

Il m'a regardée avec un petit sourire satisfait.

— Qui d'autre pourrait écrire une question aussi géniale à Los Angeles ?

Je lui ai sauté dans les bras et il a été tellement surpris qu'il a trébuché et m'a entraînée dans sa chute. Nous nous sommes retrouvés sur le plancher.

— David, ça va ?

— Ça va, et toi ?

— Je crois que je vais m'évanouir, j'aurais besoin d'un bouche-à-bouche…

Dans les faits, c'est ma langue qui est venue s'attaquer à la sienne. Ç'a été un moment de sensualité et d'amour pur. On n'était plus à la recherche du plaisir dans le registre *Kamasutra* ou tantrisme. C'était pour moi une explosion d'amour et de tendresse envers un homme que j'aime et que j'admire chaque jour un peu plus.

Je l'ai embrassé longuement avant d'ouvrir la braguette de son pantalon. Quand je l'ai pris dans ma bouche, il a gémi. De façon plus surprenante, j'ai gémi aussi tellement j'étais heureuse de sentir son désir pour moi, de pouvoir lui apporter ces sensations qui lui plaisaient tant. Je me suis appliquée pour que ma fellation soit proportionnelle à mes sentiments, autant qu'on puisse mesurer deux choses aussi différentes.

David m'a interrompue.

— J'ai envie de toi.

Il s'est assis et nous nous sommes déshabillés mutuellement. Quand il s'est retrouvé nu, je l'ai repoussé sur le sol. J'étais dans un tel état d'excitation que je le voulais tout de suite en moi. Je suis venue à genoux vers lui et je l'ai enjambé. J'ai pris son sexe dans ma main et je l'ai guidé en moi. La sensation a été incroyable mais, plus que d'habitude, elle était autant dans ma tête que dans mon sexe. Je me suis penchée sur lui pour pouvoir l'embrasser et j'ai commencé à lui faire l'amour. Il m'a laissée agir quelques instants puis il m'a fait basculer sur le côté. Cette fois, c'était lui qui donnait le rythme. Mais ça ne changeait rien, notre amour était toujours à l'unisson.

Les magazines féminins noircissent des pages pour savoir comment bien faire l'amour, comment atteindre l'orgasme, comment le synchroniser avec celui de son partenaire. Cet après-midi, ma relation avec David a apporté une réponse simple à ces questions compliquées.

L'amour que l'on a échangé s'est concrétisé dans un plaisir immense pour nous deux, certainement un des plus beaux orgasmes de notre vie. Je l'ai gardé en moi le plus possible car je ne voulais pas rompre le charme de ce moment unique. Il avait été foudroyé par la violence du plaisir et je lui ai caressé le dos pendant qu'il récupérait.

Au bout d'une éternité, je l'ai embrassé avec douceur sur la bouche et je me suis levée, le forçant à faire de même pour partager une douche.

Plus tard, nous avons pique-niqué devant la télévision. Toutes les chaînes ouvraient leur journal sur les déclarations de Charlie, ça faisait un buzz énorme ! Robin ne devait pas être content de voir sa stratégie de communication exploser en vol. En vingt-quatre heures, l'éclairage sur Ophélie avait changé du tout au tout. Les journalistes ont cherché des témoignages sur mon amie. On a beaucoup vu Zach, à cause de son article dans le *L.A. Times*. CNN a réussi à interviewer Bertrand, qui a fait d'Ophélie un éloge sincère et émouvant.

David est alors intervenu et m'a coupé l'appétit.

— Laure, demain, ça va être ton tour.

— Tu plaisantes ! Je ne veux pas passer à la télé, je deviens toute rouge.

— Tu n'auras pas le choix : si tu t'abstenais, tu donnerais l'impression que tu ne fais pas confiance à Ophélie. Mais ne t'inquiète pas, je peux t'aider. On va répéter. Tu verras, avec de l'entraînement, ça va tout seul.

David a raison, il faudra que je fasse contre mauvaise fortune bon cœur.

On a commencé à se lasser de voir toujours la même chose et d'entendre les analyses de dizaines de spécialistes en communication, en droit criminel. Ce qui était réconfortant, c'est qu'ils avaient tous le même avis : la position de Michael et de Caroline redevenait très fragile.

Mais, pour les Brown, le pire était à venir. Un envoyé spécial de NBC est intervenu en direct devant le commissariat :

« Des sources nous ont indiqué que Robin Watson et Robert Stein sont entendus par les inspecteurs Harry Jordan et Carla Rodriguez. C'est une affaire sérieuse dans la mesure où l'on parle d'obstruction à la justice et de dissimulation de preuves dans l'affaire Michael Brown. Comme vous le savez, ce sont des personnes clés dans la vie de l'acteur puisqu'il s'agit de son responsable de communication et de son avocat. »

Le présentateur a relancé l'envoyé spécial :

« Sait-on de quelles preuves il s'agit et sont-elles en possession de la police ?

— Le chef Brubaker en avait touché un mot lors de sa conférence de presse. Il avait dit qu'ils étaient encore à la recherche de documents pour étayer l'accusation. Il semble qu'il s'agisse de contrats de confidentialité établissant que, contrairement à ce qu'a affirmé Carolina Sanchez dans son intervention hier, le couple ne serait pas novice en matière de fantaisies sexuelles.

— Si ce que vous dites est exact, cela tendrait à démontrer qu'ils sont à l'initiative de cette partie à trois.

— Tout à fait. Et on peut penser qu'elle a dégénéré et que les deux célébrités ont alors commis l'irréparable. »

Durant tout cet échange, j'étais restée bouche bée. J'ai enfin réagi.

— David, ils veulent produire les NDA comme preuves !

— Oui, mais ils ne les ont pas encore trouvés.

Effectivement, ainsi que l'affirmait David, le journaliste a dit que la police n'avait pas mis la main sur ces documents mais qu'elle avait « bon espoir ».

Mon euphorie s'est transformée en angoisse.

— Et s'ils ne les trouvent pas ?

— S'ils n'étaient pas certains de les récupérer, ils ne feraient pas ce genre de déclaration.

Je n'étais pas aussi optimiste que lui. La soirée a été consacrée à m'entraîner à répondre aux questions des journalistes que je devrai affronter demain. Ça a amplifié mon stress car, malheureusement, les sujets d'angoisse s'additionnent. J'espère que je vais réussir à dormir, pour ne pas apparaître comme un zombie à la télé !

Journal de Laure

8 juillet 2015, 18 heures

Aujourd'hui, je suis allée chez Ophélie. Elle était seule, ses parents étant partis pour la journée visiter Los Angeles.

Sa santé et son moral sont excellents. En revanche, le mien est au plus bas à cause de ce que les chaînes ont diffusé aujourd'hui. Je sais que je ne devrais pas, car c'est un sujet sans importance, mais je suis déçue.

Je m'étais pourtant préparée avec soin et je dois dire, en toute modestie, que j'avais une allure du tonnerre. Je portais ce nouveau tailleur-pantalon qui me donne un style *business woman* trop classe et j'étais maquillée avec élégance, sans excès. Pour compléter la panoplie, j'avais mis des talons qui me permettaient de dépasser un mètre soixante-dix. J'en étais convaincue, les journalistes américains allaient penser que les Françaises étaient des femmes vraiment canon.

Quand je suis arrivée, cinq caméras m'attendaient à l'entrée du bureau. J'ai été un peu déçue, après avoir vu la meute qui était aux trousses de Charlie la veille. En tout cas, j'étais prête, j'avais mes réponses en tête : j'allais établir de façon définitive qu'Ophélie était une jeune femme dont la probité ne pouvait être mise en doute. David m'avait préparée à toutes les attaques possibles et rien ne pouvait me surprendre.

Enfin, c'est ce que je croyais...

Un journaliste assez jeune qui travaillait pour ABC m'a posé la première question.

— Laure Masson, vous êtes l'amie la plus proche d'Ophélie Delacour...

J'ai cru que c'était une question et j'ai commencé à répondre :

— Oui, nous sommes BFF, comme dirait Paris Hilton...

Au moment où j'ai prononcé ces mots, j'ai trouvé que c'était une formulation ridicule qui ne cadrait pas avec l'image de dirigeante de société suggérée par ma tenue. J'aurais voulu rembobiner ou demander une autre prise, mais il a enchaîné :

— Quelle a été la réaction d'Ophélie après la rupture de son ex ?

Là, je dois avouer que j'ai eu une absence. Je m'attendais tellement à ce qu'il me parle de la soirée avec Michael et Carolina que j'ai été prise au dépourvu et que j'ai perdu les pédales.

— La rupture ? Son ex ? Zach n'est plus avec sa petite amie ?

Il m'a regardée comme s'il avait affaire à une débile mentale. Je ne peux pas lui en vouloir, ma réponse ne suggérant pas une grande vivacité d'esprit.

— Non, je parle de la rupture entre Amy Richardson et Charles Brown.

Plus tard, quand Ophélie et moi avons revu la scène à la télé, elle a explosé de rire.

— Laure, c'est génial, regarde ta tête.

Il y a des moments où elle a beau être mon amie, ma sœur, je ne peux m'empêcher de la haïr ! Elle n'a aucun tact. Il est vrai que j'avais été surprise par l'annonce du reporter, ce que mon visage ne reflétait que trop bien : c'était un mélange pas très heureux entre le côté bovin de la vache qui regarde passer les trains et le poisson rouge qui attend sa pitance.

— Ophélie, on l'a déjà vu cinq fois !

— Oui, mais je ne m'en lasse pas. Attends, écoute la suite.

Effectivement, le journaliste ne s'était pas arrêté là.

« Vous êtes au courant, je suppose, du départ de l'actrice anglaise pour Londres hier soir ?

— Euh, non, vous me l'apprenez...

— Vous ne pouvez donc pas nous dire si Charles Brown a repris contact avec votre amie ? Est-il allé la voir ? »

Le reportage se terminait sur un gros plan de mon visage qui exprimait une totale ignorance.

La voix off concluait : « Laure Masson est restée sans voix, ce qui semble démontrer qu'Ophélie Delacour et Charles Brown ont décidé de garder leur relation confidentielle. »

Le visage hilare de mon amie m'a exaspérée.

— Alors, ils ont raison, tu me caches quelque chose ?

— Non, Laure, rien.

— Charlie n'est pas venu dormir ici ?

— Comment aurait-il pu ? La presse monte la garde devant chez moi vingt-quatre heures sur vingt-quatre !

— Il t'a téléphoné ?

— Non, même pas de SMS.

— Juré ?

— Juré.

J'ai aperçu son chat qui se faisait une sieste tranquille sur un siège de la terrasse, au soleil.

— Sur la tête de Roméo ?

— Sur la tête de Roméo.

Un SMS sur le téléphone d'Ophélie est venu interrompre ses serments de cour de lycée.

— C'est Harry Jordan. Il m'indique de zapper sur CNN.

Ophélie a pris sa télécommande pour changer de chaîne. On voyait des policiers charger des cartons de documents en provenance d'un garage. Harry Jordan supervisait l'opération pendant que sa collègue lisait ses droits à une femme approchant la soixantaine.

Cette fois, j'ai percuté.

— Ophélie, ils les ont trouvés !

— Ils ont trouvé quoi ?

Le monde est mal fait et favorise toujours les mêmes. Pourquoi faut-il qu'il y ait cinq caméras présentes la seule fois où je sèche pour répondre à une malheureuse question, alors que lorsque c'est le tour d'Ophélie il n'y a qu'elle et moi. Parce que honnêtement, là, elle n'avait pas l'air plus intelligente que moi le matin même. J'ai éclairé sa lanterne :

— Les NDA, ils ont mis la main sur les NDA !

Elle a eu un petit sourire, mais n'a pas fait de commentaires. Son flegme aurait pu faire croire qu'elle avait la même nationalité qu'Amy. Nous avons écouté l'envoyé spécial de CNN.

« Les inspecteurs Jordan et Rodriguez viennent de découvrir dans un garage d'Inglewood les documents qu'ils cherchaient depuis plusieurs jours. Ils ont arrêté la propriétaire, Barbara Branson, cinquante-huit ans. Elle est accusée d'avoir accepté de cacher des pièces que son patron, Robert Stein, voulait soustraire à la justice. Je vais essayer de demander au lieutenant Jordan s'il accepte de commenter cette interpellation… Lieutenant, un mot pour expliquer cette découverte ?

— C'est un moment important pour l'enquête, mais je laisse le soin au chef Brubaker de vous en dire plus. Il tiendra une conférence de presse à 14 heures. »

Il semble que le chef du LAPD aime bien être sous le feu des médias, et il rayonnait quand il a pris la parole.

« Mesdames, messieurs, je tiens à vous informer que nous avons réussi à trouver les pièces qui nous manquaient dans l'affaire Delacour versus Brown. La juge Patricia Var nous a donné des mandats pour obtenir les relevés des conversations téléphoniques de MM. Robert Stein et Robin Watson. Nous avons ainsi pu constater des appels entre ces deux personnes et Michael Brown, mais aussi avec Mme Barbara Branson. La perquisition au domicile de cette dernière a permis de mettre la main sur ces preuves. Elles y avaient été apportées du bureau de M. Stein par ce dernier et par M. Watson dimanche après-midi. »

Un journaliste de CBS a posé la première question :

« Quels sont les chefs d'inculpation ?

— Obstruction à la justice, puisqu'ils ont cherché à soustraire des pièces essentielles.

— Qu'est-ce qui vous a mis sur la piste ?

— Nous avons été surpris que ces messieurs qui constituent l'entourage le plus proche et le plus essentiel de M. Brown ne soient pas présents lors de son arrestation, dans une affaire comme celle-ci. Cela incitait à penser qu'ils avaient plus important à faire...

— Est-ce que ces documents sont des contrats destinés à garder confidentielles des relations entre Michael Brown et de jeunes femmes ? »

Le chef Brubaker lui a adressé un grand sourire.

« Si ce sont des documents confidentiels, vous comprendrez bien que je ne peux pas vous en parler.

— Mais vous confirmez que ce sont bien des NDA ?

— Je ne confirme ni n'infirme...

— Mais si ce sont des contrats pour préserver la confidentialité de certaines relations, pensez-vous qu'ils seront admis comme pièces à conviction dans l'affaire Brown-Delacour ?

— Ce n'est pas à moi de dire quelles pièces sont recevables ou non, c'est à la juge. Il semble que l'avocat de Michael Brown ait donné la réponse en essayant de les soustraire à la justice... »

Visiblement, le chef Brubaker prenait son pied. Le reste de la conférence de presse n'a été qu'une longue ode à la gloire de la police de Los Angeles pour son efficacité.

Je suis rentrée seule au bureau. Quand les rares télévisions encore présentes m'ont vue sortir de chez Ophélie, elles n'ont même pas cherché à m'interviewer, ce qui m'a déprimée un peu plus.

La seule bonne nouvelle de l'après-midi est que la productrice envoyée par Michael a confirmé qu'elle travaillerait bien avec nous, malgré les incidents récents. Je l'ai remerciée avec chaleur, même si je n'ai pas pu m'empêcher de me demander si ce n'était pas dû aux événements des dernières vingt-quatre heures.

Comme il y avait peu à faire, je suis revenue tôt à la maison, où je suis restée à me morfondre en regardant des séries, tout en avalant des montagnes de chips. David a été surpris de me trouver ainsi quand il est arrivé.

— Laure, tu ne regardes pas les chaînes de news ?

— Non, j'en ai ras le bol de cette affaire. Tu as vu ma pitoyable prestation de ce matin ?

— Oui, tu étais très belle, très élégante...

— Et je suis passée pour une conne qui ne comprend pas les questions les plus simples...

Il m'a fait un gentil sourire pour me réconforter.

— Mais non, comment aurais-tu pu être au courant d'un événement qui s'était déroulé pendant la nuit ?

Je lui ai lancé un regard désespéré.

— Pourquoi pas en regardant la télé le matin ou en écoutant les news à la radio ? L'album d'Adele, c'est sympa, mais ça n'aide pas pour se tenir au courant de l'actualité.

Il a froncé les sourcils, il savait que j'avais raison.

— OK, mais ce n'est pas si grave, tu étais superbe.

— Avec les chips que je mange, je vais bientôt être grosse et moche, et je ne pourrai même plus mettre ce joli tailleur…

Il n'y a pas, quand je broie du noir, ce n'est pas à moitié ! David me connaît et il sait combien je suis difficile à dérider, mais il a fait tout ce qu'il a pu.

— Tu ne voulais pas passer à la télé, tu devrais t'en foutre.

Ce n'était pas en me mettant en face de mes contradictions qu'il allait me redonner le moral…

— Oui, mais quand tu es interviewée, autant ne pas passer pour une cruche à peine capable de tourner les lettres dans « La Roue de la fortune ».

La suite de la soirée a été maussade. Peu de nouvelles, et pas très bonnes. Robert et Robin ont plaidé non coupables, et ils ont été relâchés sous caution. Le *district attorney* avait demandé qu'ils restent en prison, mais la juge a estimé que, toutes les pièces du dossier ayant été retrouvées, leur remise en liberté ne présentait aucun risque. Leur avocat Matt Van der Bourne avait également déposé une motion demandant à ce que ces pièces ne soient pas admises dans l'affaire de Michael.

Alors que je pestais contre la juge, David m'a calmée :

— Elle n'a pas tort. Elle ne peut pas les laisser en prison alors qu'elle n'a pas encore décidé si elle va admettre ces pièces comme recevables ou non.

J'étais outrée.

— Mais ils ont quand même dissimulé ces documents !

— Ils pourront toujours arguer que si ces pièces ne sont pas des preuves, alors le fait de les changer de place ne constitue pas une obstruction à la justice.

— Mais c'est dégueulasse !

— Non, c'est logique.

— Donc, tout se joue pour eux et pour Michael sur la décision de recevabilité que la juge rendra demain.

— C'est ça.

Je me suis enfermée dans le silence. Ça sent mauvais. Je suis persuadée qu'ils vont tous s'en tirer et peut-être même sans procès.

La vie est parfois injuste. Mon infortune lors de mon passage à la télé en est une métaphore frappante..

Journal d'Ophélie

9 juillet 2015, 22 heures

Aujourd'hui, je suis retournée au bureau. Je vais essayer de faire en sorte que ma vie retrouve un cours plus normal. Mes parents estimaient que c'était trop tôt, ils voulaient que je prenne quelques jours de congé avec eux. J'ai dû les raisonner, leur expliquer que je ne serais tranquille nulle part aux États-Unis. En quelques jours, je suis devenue aussi célèbre que Monica Lewinsky ! Ils m'ont proposé de partir à l'étranger, mais je ne suis pas certaine que cela change quoi que ce soit en matière d'anonymat – la faute à la mondialisation de l'information – et, de toute façon, il est hors de question que je m'éloigne de Los Angeles. Comme ils commençaient à s'ennuyer, je les ai envoyés à Universal Studios.

Ce qui me manquait le plus depuis le début de l'affaire, c'était mes footings quotidiens. Alors, hier soir, j'ai envoyé un SMS à Harry.

« Bonsoir Harry, j'aimerais reprendre mes footings. Je peux ? »

« Ophélie, je suis l'inspecteur chargé de l'enquête, pas votre tuteur. Ni votre nounou… »

Waouh, il avait l'air de mauvaise humeur. Je me suis dit que j'allais prendre une décision toute seule quand mon téléphone a sonné.

— Ophélie, c'est Harry.

— Bonsoir Harry, je vous ai dérangé à un mauvais moment ?

Il a eu un petit rire sarcastique.

— Plutôt, je suis avec ma petite amie. Le SMS est arrivé à un instant, disons, délicat… où nous commencions à sympathiser, si vous voyez ce que je veux dire…

— Oh, je suis désolée ! Vous n'auriez pas dû me rappeler.

— Pas grave. Elle est énervée, elle est partie prendre un bain. Il va falloir que je reprenne mon entreprise de séduction à zéro.

— À cause d'un simple SMS ?

— Le SMS d'une jeune femme magnifique à 22 heures, vous savez, Ophélie, ça énerve beaucoup de petites amies.

Je n'ai pas relevé le compliment. Merde, je suis en train de me faire une ennemie de plus !

— Alors, Harry, je fais quoi pour le footing ?

— Je n'aime pas trop. Vous pouvez être ennuyée par la presse ou, pire, être prise à partie par un fan de Michael. Même si l'opinion commence à se retourner en votre faveur, il y a encore une majorité d'irréductibles qui ne croient pas à votre histoire et ils sont très virulents.

— Mais j'ai besoin de courir !

— Attendez, donnez-moi deux minutes.

Il a mis son portable sur « mute ». L'attente a duré plus longtemps qu'annoncé.

Quand il a repris la parole, son ton était amusé.

— Demain 7 heures, ça va pour vous ? Pas trop tôt ?

C'était une proposition étonnante.

— Vous voulez venir avec moi ? Vous ne pensez pas que si nous sommes vus ensemble au petit matin, on risque de penser que nous avons passé la nuit ensemble et que notre pratique physique commune dépasse le footing ?

Il a éclaté de rire.

— Ça ne risque pas, ma petite amie vient avec nous. J'espère que vous êtes en bonne forme physique.

J'ai commencé à flairer le piège.

— Pourquoi, elle fait quoi dans la vie ? Elle est prof de gym ?

— Non, elle est pilote de chasse dans la Navy.

Avant de nous souhaiter une bonne nuit, nous avons pris rendez-vous pour le lendemain. Je me suis dit que je m'étais mise dans une sale situation. Aller courir avec une athlète qui vous voit comme une rivale, ce n'est pas très intelligent.

Ce matin, je me suis réveillée hyper tôt. J'ai opté pour un petit-déjeuner de sportif. À 6 h 45, j'étais déjà prête. Pendant l'attente, j'étais un peu tendue. La rencontre avec la pilote de chasse ne m'a pas décontractée.

D'abord, Joan, l'amie de Harry, est une bombe. C'est Halle Berry en plus jeune, fine et musclée. Vêtue d'une tenue d'entraînement de la Navy et d'une casquette de son régiment, son chignon lui donnait un air sévère renforcé par l'absence de sourire. J'ai essayé d'être aimable quand nous avons été présentées, mais elle m'a à peine répondu. J'ai l'impression qu'elle est du côté de Michael dans mon affaire… Il est également possible qu'elle m'en veuille à cause de la partie de galipettes que mon SMS a interrompue hier soir. Je me demande si Harry a eu une bonne idée en organisant ce footing à trois, nous sommes si différentes. Moi, je suis habillée en Californienne avec queue-de-cheval et tenue Nike fluo. Je peux imaginer que pour elle je ne suis qu'une Barbie et probablement une groupie.

Nous avons pris la voiture de service banalisée de Harry. Ça fait drôle, c'est la première fois que j'y remonte depuis qu'il m'a récupérée après la soirée chez les Brown. Le trajet jusqu'à Santa Monica n'est pas hyper cordial. Joan ne dit pas un mot, sauf pour réprimander Harry quand il propose de mettre la sirène histoire d'aller plus vite. Dommage, elle était marrante, sa blague. Mais il semble que l'heure ne soit pas à l'humour…

Cela se confirme dès le début du footing. Pas le temps d'admirer l'océan Pacifique, Joan prend la tête et donne le rythme. Je suis contente d'avoir profité du quart d'heure de libre pour m'étirer, car elle n'est pas décidée à faire du tourisme. J'ai pris mon iPhone et lancé mon application Nike Running. Cela me permet de voir que nous couvrons le premier kilomètre en cinq minutes quinze. Le deuxième est plus rapide : cinq minutes cinq. Quatre minutes cinquante-cinq pour le troisième. Plus de douze kilomètres à l'heure ! Je suis concentrée au maximum sur ma foulée et sur mon souffle pour ne pas lâcher. Ma vitesse normale, c'est plutôt du cinq minutes vingt au kilomètre. Nous doublons de nombreux autres joggeurs qui ne peuvent suivre ce rythme. Certes, nous sommes aussi rattrapés par d'autres, mais ce doit être des pros du marathon. Le soleil tape, je transpire. L'effort est terrible, je sens que les muscles de mes jambes commencent à se durcir. Et puis, dans le quatrième kilomètre, le miracle de la course se produit : je dépasse la fatigue initiale pour trouver mon second souffle. En regardant mon iPhone, je m'aperçois que Joan a très légèrement ralenti : cinq minutes tout rond au kilomètre. Je commence à prendre du plaisir et je regarde autour de moi. C'est magnifique. Mais, soudain, quelqu'un gémit derrière moi. Harry !

— Joan, vous allez trop vite, je ne peux pas continuer !

Elle s'arrête et revient vers son amoureux. Son regard s'est adouci.

— Allons Harry, le footing, c'était ton idée !

— Oui, mais le but était de protéger Ophélie. Je n'avais pas prévu que vous me feriez la peau.

— Tu es une petite nature !

— J'avoue, je m'arrête, mais vous n'avez qu'à continuer toutes les deux. Je vais rentrer en marchant. Vous me rattraperez.

Joan se tourne vers moi.

— Ophélie, vous êtes partante ?

Son ton n'est pas encore amical, mais elle s'est enfin adressée à moi. Je ne sais pas si c'est le bon choix, mais j'accepte.

Nous repartons toutes les deux à une vitesse qui se stabilise autour des douze à l'heure. Les kilomètres défilent, cinq, six. Après le septième, elle fait demi-tour mais n'arrête pas sa course. Au neuvième, je commence à tirer la langue, les muscles fatiguent. Je me force à atteindre dix avant de jeter l'éponge.

— Joan, j'arrête !

Elle regarde sa montre. Je n'avais pas vu que c'était une iWatch.

— Cinquante et une minutes trente-cinq pour dix kilomètres. C'est pas mal. On va rentrer en marchant.

Elle sort de sa banane une bouteille d'eau. Merde, moi je n'ai rien pris. Je suis vraiment une amatrice ! Elle me regarde et me tend la bouteille.

— Vous en voulez ?

C'est une offre sympa et bienvenue.

— Merci, volontiers, mais je boirai après vous.

— OK.

Sans cérémonie, elle boit une bonne moitié du contenu avant de m'offrir le reste.

— Allez-y, terminez-la. On va la remplir, il y a une fontaine d'eau, un peu plus loin.

Après m'être réhydratée, je me sens mieux. Nous décidons de quitter la piste de jogging pour aller marcher plus près de l'océan sur le sable dur. C'est elle qui brise le silence.

— Ophélie, je dois avouer que votre affaire vient interférer avec ma vie…

Elle laisse une plage de silence. J'ai envie de lui répondre que les actions de Michael ont été plus que des interférences dans la vie de beaucoup de femmes. Elle a dû lire dans mon esprit, car elle tempère son propos.

— Ne le prenez pas mal. Cette affaire est très importante pour Harry à cause de la pression médiatique, mais elle l'est aussi pour toutes les femmes qui subissent des violences sexuelles. En plus de mon activité militaire, je suis impliquée dans une association de protection des femmes victimes d'abus. Votre affaire aura un impact sur l'opinion publique, et de ce jugement dépend beaucoup le futur de notre combat. L'affaire Dominique Strauss-Kahn nous a fait beaucoup de mal : la décision des procureurs d'abandonner toutes les charges a laissé planer un doute sur les accusations de Nafissatou Diallo… Vous savez, Ophélie, dans les affaires de viol, on débat toujours sur la crédibilité de la victime. La défense essaie de prouver qu'il y avait un consentement de sa part, ou qu'elle a provoqué les agresseurs par son attitude ou par ses vêtements.

— Comme dans *Les Accusés* ?

— Exactement ! La procureur, Kelly McGillis, accepte de conclure un deal avec les agresseurs et de réduire le chef d'accusation de « viol » à « mise en danger de la vie d'autrui » parce qu'elle craint que la personnalité de Jodie Foster, la victime, ne permette pas de convaincre le jury. La conséquence est une peine de prison bien moindre, mais ce n'est pas le plus important : la victime ne peut faire reconnaître le crime qu'elle a subie, ce qui rend plus difficile, voire impossible, le processus de guérison et d'oubli. Dans le film, tout se termine bien… mais c'est du cinéma ! Ce genre de situation se répète partout aux États-Unis. Actuellement, nous luttons contre ce fléau dans les universités. Plusieurs études sont sorties ces derniers mois. Elles montrent toutes que près de vingt pour cent des femmes ont subi des agressions sexuelles – que ce soit des baisers, des attouchements ou des pénétrations non souhaités. Cette épidémie touche tout le monde, des campus les plus reculés du pays à ceux de la Ivy League.

Je l'écoute sans l'interrompre. Je ne connaissais pas ces statistiques terrifiantes, mais je n'arrive pas à comprendre ce qu'elle attend de moi. Alors, je la laisse poursuivre.

— Bien entendu, il peut arriver que certaines plaintes soient infondées, mais il s'agit d'une infime minorité. C'est pour cela que votre affaire doit être exemplaire. Il ne doit y avoir aucun doute sur le jugement et il doit être proportionné à la faute. Trop souvent, dans l'appareil judiciaire américain, on ne cherche pas à atteindre la vérité mais à écraser l'autre. La défense veut obtenir l'acquittement et le procureur veut une condamnation maximale, parfois supérieure à ce que l'accusé mérite.

C'est aussi pour ça que nous avons notre système de *Plea Bargaining*, où les parties négocient les charges et les peines en marge du tribunal. Dans ces cas-là, on aboutit à une peine plus juste…

— C'est ce que vous me conseillez ? Vous voulez que nous parvenions à un accord, avec les Brown ?

Mon ton est incrédule tant je suis surprise qu'elle s'immisce ainsi dans une affaire qui ne la concerne pas, en dehors du fait que l'enquête est menée par son fiancé. Mais elle me rassure en quelques mots :

— Je ne me permettrais pas de vous conseiller. Je ne connais pas les éléments de ce dossier…

La formulation n'est pas très chaleureuse.

— Je n'ai pas subi ce que vous avez subi…

C'est déjà plus gentil.

— Je veux juste attirer votre attention sur l'importance du résultat de votre affaire. Il est essentiel que Michael Brown et Carolina Sanchez soient condamnés proportionnellement à leurs actes. Ni plus ni moins…

— Vous me mettez la pression…

Elle me sourit, et pour la première fois de la journée je sens une complicité féminine.

— Désolée !

Je prends un instant pour réfléchir aux implications de ses propos et à ce que je vais lui répondre.

— Joan, je ne peux pas vous parler de tout ce qui est lié directement à l'enquête. En revanche, je peux vous dire que Michael Brown et Carolina Sanchez ne sont pas le couple exemplaire qu'ils essaient d'incarner. Avec la complicité de leur avocat et de leur directeur de communication, ils ont monté un vrai trafic de jeunes femmes.

— La signature de ces fameux NDA ?

— Harry vous en a parlé ?

— Non, il ne me dit rien sur son enquête, mais j'ai regardé la télévision. Alors, c'est vrai ?

— Que Michael Brown couche avec des groupies aux quatre coins du monde sans se soucier des conséquences ? Oui, c'est vrai. Je pense qu'une majorité le vit bien, qu'elles en gardent un merveilleux souvenir pour la vie. Mais il y a aussi toutes celles qui resteront marquées à jamais.

— Comme vous.

Elle a énoncé un fait, pas posé une question.

— Comme moi.

— Et vous avez une idée du nombre de jeunes femmes qui ont dû signer ces documents ?

— Non. Peut-être une cinquantaine, une centaine ; peut-être plus.

— On essaiera de tirer les vers du nez de Harry.

Quelques minutes plus tard nous rejoignons l'inspecteur, qui se repose sur un banc près de la voiture. Ce n'est que sur le chemin du retour que Joan l'interroge.

— Harry, combien de NDA avez-vous récupérés ?

— Tu sais bien que je ne peux pas te répondre.

— Allez, tu peux nous donner une idée. Une centaine ?

Harry garde le silence – autrement dit, c'est plus.

— Deux cents ?

Silence.

— Trois cents ?

Aucune réaction. La méthode d'interrogation de Joan me rappelle *Les Hommes du Président*, quand Bob Woodward et Carl Bernstein interrogent Gorge profonde.

Comme il ne peut pas leur fournir l'information, il les laisse formuler leurs hypothèses. S'il ne réagit pas en indiquant qu'ils font fausse route, ils peuvent en déduire qu'ils ont raison. C'est une manière assez hypocrite mais très efficace pour trahir des secrets sans avoir vraiment parlé.

Joan applique la même tactique.

— Harry, cinq cents ?

Toujours aucune réaction. Je suis terrifiée par l'ampleur de la découverte.

— Pas plus de mille ?

Harry répond enfin :

— Ça suffit, Joan, je ne te le dirai pas.

Nous avons la réponse. Il a trouvé plus de cinq cents NDA, probablement près de mille ! Je n'aurais jamais soupçonné que c'était possible. Si la juge accepte ces contrats comme pièces à conviction, l'onde de choc dans le pays va être terrible !

Cet échange nous a tous rendus silencieux. Vingt minutes plus tard, Harry me dépose à mon domicile. Je le remercie avant de descendre. Joan sort de la voiture et m'embrasse.

Je la regarde en souriant.

— J'ai compris, Joan, une réponse proportionnelle…

— C'est parfait.

— Ça fait un peu dispositif de guerre nucléaire…

— Ophélie, avec ce que nous venons d'apprendre sur Michael il y a quelques minutes, ne croyez-vous pas que nous parlons d'un cataclysme d'ampleur équivalente ?

Sur ces paroles, elle me laisse. Je regarde, songeuse, la voiture s'éloigner. C'est le footing le plus étrange de toute ma vie, mais également le plus instructif.

Je suis ensuite allée au bureau. J'ai réussi à éviter la presse. Je n'avais aucune envie de commenter la séparation de Charlie et d'Amy. L'Anglaise n'a pas eu la même réserve, mais elle n'est pas non plus dans la même situation. Elle s'est lâchée devant la caméra de ITV. Elle sortait d'un magasin sous la pluie, magnifiquement habillée d'un imper Burberry et du chapeau assorti. Elle avait un style fou.

« Amy Richardson, un mot sur votre retour précipité à Londres ? »

Elle a eu un sourire froid.

« Je suis contente d'être rentrée, l'Angleterre me manquait.

— Vous ne regrettez pas le soleil californien ?

— C'est la seule chose qui procure une vraie chaleur à Los Angeles. Les gens, particulièrement dans le monde du cinéma, ont des blocs de glace à la place du cœur. Je préfère mille fois subir une bonne pluie, comme celle de ce matin, et profiter de l'amour de ma famille et des Britanniques que de continuer à survivre au milieu des faux-semblants.

— Est-ce que vous faites référence à votre rupture avec Charlie Brown ? »

Elle a toisé son interlocuteur.

« "Rupture" ? Quelle rupture ? Pour qu'il y ait rupture, il faudrait que l'on ait été réellement ensemble.

— Vous voulez dire que...

— Oui, ce n'était qu'une opération de communication pour la promotion du film.

— Montée par le Studio ?

— Non, leur département marketing était contre. Cette idée est venue de Robin Watson, le directeur de communication des Brown.

— Vous aviez pourtant l'air très éprise...

— Je suis une excellente comédienne de composition. Charles Brown a aussi peu de talent en tant que réalisateur qu'en tant qu'amant.

— Mais pourquoi avez-vous accepté de jouer le jeu pendant des mois pour renoncer quelques jours après la sortie du film ?

— Pourquoi ? Je crois que c'est évident : Charles Brown se dit encore amoureux d'une pauvre fille qui prétend avoir été violée par le frère et la belle-sœur de celui-ci. Honnêtement, peut-on imaginer une affaire plus sordide ?

— Vous pensez qu'il y a eu agression sexuelle ?

— Entre une Française allumeuse un peu paumée d'un côté et un couple pervers de l'autre... la vérité ne va pas être facile à établir... »

Quand l'interview a été diffusée, Laure et moi étions au bureau. Nous sommes restées silencieuses jusqu'à la fin malgré les énormités entendues. C'est Laure qui a été la première à réagir.

— Elle y va fort, la British. C'est à la roquette qu'elle a pulvérisé tout le monde !

— Et elle n'hésite pas à réécrire l'histoire... Tu aurais dû voir combien elle était dingue de lui.

— Je trouve que son commentaire sur la qualité d'amant de Charles décrédibilise totalement sa déclaration.

— Oui, c'est puéril.

— Elle ne t'a pas loupée non plus : « Française allumeuse et paumée. »

Sur ce coup, Laure m'a énervée. J'ai été plus choquée par ces qualificatifs dans sa bouche que quand ils avaient été prononcés par Amy. Le ton de ma réponse l'a montré.

— Elle a tiré sur tout le monde, tu l'as dit toi-même. Tu voulais qu'elle m'épargne alors que la vérité est que je lui ai piqué son boyfriend...

Laure a senti qu'il était nécessaire de se rattraper.

— Et qu'il t'a déclaré sa flamme à la télé en direct. Oui, tu as raison, c'était inévitable. En ce qui concerne les Brown, elle joue un jeu dangereux, je ne suis pas certaine qu'ils apprécient ce qu'elle a dit.

— Non, je pense en effet qu'elle va pouvoir se consacrer à une grande carrière à la BBC et sur ITV. Hollywood, pour elle, c'est fini. Elle va être sur une liste noire, les professionnels de ce milieu ne vont pas aimer qu'elle n'ait pas fait preuve de plus de réserve.

En vérité, ces déclarations ne m'ont pas affectée. Je m'en fous. Amy, c'est du passé, et elle ne pèse d'aucun poids dans ce qui se trame. Je suis beaucoup plus stressée par la décision que prendra la juge sur la recevabilité des NDA. Si elle rejette la demande de la défense et qu'elle nous autorise à les utiliser, cela veut dire qu'Akemi et toutes celles qui ont connu des épreuves similaires pourront venir les raconter au tribunal avec une retransmission dans le monde entier !

Cette décision devait être annoncée au *district attorney* et aux avocats, sans public. Mon avocat, M. Maldini, avait dit qu'il passerait dès que possible chez moi. Il pensait arriver vers 16 h 30, mais il a finalement débarqué une demi-heure plus tard. Trente minutes, ce n'est pas grand-chose dans une vie, mais là ç'a été interminable.

Quand il a franchi le seuil de mon appart, j'ai essayé de deviner ce qu'avait arrêté la juge en le dévisageant. Peine perdue, il avait l'impassibilité d'un joueur de poker chevronné.

— Alors, maître ?

— Bonjour, Ophélie, vous m'interrogez avant même de m'offrir d'entrer et de me proposer une boisson... Où est la courtoisie française ?

Il souriait et j'ai compris que les nouvelles allaient être bonnes. Son tempérament latin le poussait à un accès de cabotinage. S'il souhaitait mettre en valeur son succès, ce n'aurait pas été sympa de le pousser à tout me révéler sur l'instant. J'ai ravalé mon impatience.

— Je vous en prie, prenez un siège. Que puis-je vous offrir ?

— Vous avez de l'alcool ?

— J'ai des bières et du whisky.

— Un whisky avec deux glaçons, s'il vous plaît.

J'étais contente d'avoir acheté cette bouteille pour la venue de mon père, mais cet échange sans intérêt me faisait mourir à petit feu.

Je me suis assise en face de lui.

— J'ai trois nouvelles, Ophélie. Deux bonnes et une mauvaise.

Mon cœur battait à cent quatre-vingts pulsations par minute, comme si j'essayais de vaincre Joan au sprint.

— Allez-y pour la mauvaise.

— La juge a accepté de libérer Michael Brown sous caution.

— Honnêtement, je m'en fous. Je ne pense pas qu'il vienne me chercher des noises ici. Pour quelle somme ?

— 5 millions de dollars.

— C'est énorme, non ?

— Ce n'est pas ridicule, mais ce n'est pas non plus très important pour lui. J'avais demandé 10 à la juge.

— Et les bonnes nouvelles ?

Il a eu un petit sourire.

— La première, c'est que le tribunal choisi est celui de Dowtown Los Angeles.

Je ne voyais pas en quoi c'était spécialement une bonne nouvelle.

— Et alors ?

— Ophélie, si votre affaire avait été jugée à Santa Monica, le jury aurait été à quatre-vingts pour cent composé de Blancs pour qui Michael Brown est une star incontestable et vous une étrangère. À Downtown, il y aura une plus grande mixité raciale.

J'étais très sceptique.

— Et ça m'avantage ?

Il a eu le soupir agacé d'un professeur désespérant avec un mauvais élève.

— Oui, Ophélie, ça fait une énorme différence. D'ailleurs, mon confrère de la partie adverse a été touché par cette décision. Mais il faut dire qu'il était déjà sous le choc de la première décision de la juge...

— Vous voulez parler de l'autre bonne nouvelle ?

— De l'excellente nouvelle, vous voulez dire.

Il a tellement appuyé sur le mot « excellente », avec sa voix profonde, que j'ai eu l'impression de me trouver face à Pavarotti.

— Les NDA ?

— Oui, ainsi que les *Sexual Consent Form*. Patricia Var a accepté la recevabilité de tous les documents. Vous entendez, Ophélie, elle n'a pas voulu limiter le nombre de documents que nous pourrons utiliser…

Je l'ai interrompu :

— Il y en a combien ?

— Mille deux cent quarante-sept NDA et huit cent quatorze contrats d'accord sexuel.

Le choc a été terrible, mais c'est l'incrédulité qui dominait.

— Plus de deux mille ! C'est impossible !

— Non, vous ne pouvez pas les additionner. Les Brown faisaient souvent signer ces deux documents aux personnes. Et certains NDA ne protègent pas la confidentialité de relations sexuelles que les signataires auraient eues, mais seulement celles dont elles ont eu connaissance. Si on prend en compte que ces contrats s'étalent sur dix-huit ans, cela représente moins d'un par semaine en moyenne.

Un par semaine… J'ai dû moi-même en signer quatre pour deux semaines de liaison cumulées. Et encore, à Londres, Michael a dû en faire signer un autre à la pouf qu'il s'est tapée dans les toilettes. Le nombre n'est donc pas si énorme que ça, mais il présente le personnage sous un jour peu flatteur… Heureusement que mon amour pour lui est envolé depuis un moment car, sinon, je serais dévastée.

Me Maldini a repris la parole. Il ne voulait pas que ces calculs viennent masquer son succès.

— La juge a retenu l'argumentation que j'avais développée : que nous avions besoin de ces témoignages pour établir deux choses. La première, c'est l'obsession pour le sexe des accusés. La seconde, c'est qu'ils font systématiquement signer des papiers pour se protéger. Vous en avez vous-même signé plusieurs. L'absence de contrat dans la présente affaire prouve le caractère délictuel et le viol.

— Bravo, maître. Vous croyez que des jeunes femmes vont révéler leurs aventures avec Michael Brown avant le procès ?

Il a répondu si fermement qu'il m'a fait sursauter.

— Non, certainement pas. Elles seraient en rupture de contrat ! La décision de la juge ne leur permet pas de s'affranchir de la clause de confidentialité qu'elles ont signée. Seules celles que nous appellerons à témoigner verront leur histoire rendue publique.

Nous avons continué à échanger quelques minutes, puis il m'a laissée pour retourner à son bureau.

En attendant mes parents, j'ai regardé les news. Les premiers jours, je m'étais abstenue de le faire, pour éviter de prendre de plein fouet le battage médiatique et les attaques dont j'étais l'objet. Mais les journalistes ont changé de cible, ce qui est logique, car deux mégastars impliquées dans un scandale sexuel, c'est un angle plus intéressant qu'une jeune groupie qui affabule.

Il faut dire que les standards de l'affaire Tiger Woods étaient pulvérisés. Quand les chaînes ont appris que la juge avait considéré comme recevables les NDA, leurs journalistes se sont lancés sur la piste des signataires comme une meute de limiers à la poursuite d'un cerf. Contrairement à ce qu'avait anticipé mon avocat, ils ont trouvé des femmes « victimes » de Michael qui souhaitaient témoigner. J'ai zappé pendant plusieurs heures et j'en ai vu deux qui répondaient à visage découvert et quatre autres qui avaient leur visage flouté et leur voix altérée. Elles réduisaient ainsi le risque d'être attaquée en justice par Michael. Une de ces quatre femmes aurait pu participer au *Dîner de cons*. C'était une actrice qui a raconté comment Michael l'avait entraînée dans sa loge pour la sauter quelques minutes après l'avoir embrassée pour les besoins du rôle. Comme elle donnait le titre du film, il n'était pas très difficile de l'identifier. J'ai moi-même surfé sur IMDb et j'ai trouvé son nom. J'ai regardé sa filmographie et elle était ridicule, à peine trois apparitions dans des films dont le seul d'envergure était celui avec Michael. C'était la caricature de la starlette – blonde décolorée, grosse poitrine et, malheureusement pour elle, jambes épaisses et cul bas. Je sais que ce n'est pas sympa de dire ça, mais sa bêtise se lisait sur son physique.

Les questions des journalistes aux différentes maîtresses de Michael étaient toutes du même registre. C'était du voyeurisme pur et ça n'avait que peu de rapport avec mon affaire. Certes, ils voulaient connaître le degré de perversité de l'acteur pour savoir s'il avait pu commettre un viol, mais, avant tout, ils voulaient leur faire raconter leur aventure sexuelle. Si bizarre que cela puisse paraître, ces témoignages étaient plutôt favorables. L'image de Michael qui en ressortait était celle d'un bon amant, attentif au plaisir de ses partenaires même s'il avait tendance à apprécier le « sexe primaire ». Une seule a parlé d'une partie à trois, et une autre de son « obsession » pour ses fesses. Surtout, ce qui était net, c'est qu'elles gardaient toutes un souvenir positif de leur liaison.

Je me suis rendu compte que je n'étais pas aussi blindée que je le pensais et ces récits ont provoqué en moi des flash-backs malvenus : la première nuit sur le yacht, l'amour sur la plage déserte en Méditerranée, dans la gondole à Venise, dans l'avion privé ou sur une table de massage à l'hôtel Bulgari.

Ces souvenirs m'ont fait monter les larmes aux yeux sur mes amours déçues. Quels moments formidables, si romantiques... En regardant la photo de l'actrice sur IMDb, j'ai repensé à l'attachée de presse que Michael s'était tapée dans les toilettes : même look et même attitude vulgaire. Quelle malchance que cette addiction au sexe nous ait fait rater la possibilité d'un bonheur parfait...

Alors que je changeais de chaîne au moins pour la centième fois, je suis tombée sur un sujet plus original qui comparait Michael et Charlie. Mais c'était tellement dégueulasse vis-à-vis du cadet des Brown que je me suis demandé s'il s'agissait d'une vengeance de Robin, après les déclarations de Charlie en ma faveur. Les interviews d'Amy et des maîtresses de Michael étaient mixées avec les extraits de films des deux frères et la conclusion du montage était ignoble : Michael en ressortait comme le cygne blanc, amant et acteur exceptionnels, et Charlie comme le vilain petit canard, celui qui ne réussissait ni dans sa vie amoureuse ni dans sa carrière cinématographique.

C'était si horrible et j'étais tellement ulcérée que j'ai fait une chose que mon avocat aurait désapprouvée : j'ai écrit un SMS à Charlie. Nous n'avions pas échangé un seul message depuis que je l'avais humilié chez son frère, presque trois mois auparavant.

« Hello Charlie, ça va ? J'espère que tu ne regardes pas la télé. Ils diffusent en boucle les déclarations d'Amy. C'est infâme et cela ne mérite pas que tu te détruises pour ça. Ophélie »

Une dizaine de minutes après, mon iPhone a bipé.

« Hello Ophélie, si tu veux parler du comparatif réalisé par Brian Spiether, celui où il me présente comme le vilain petit canard, je viens de le voir. »

C'était troublant qu'il pense lui aussi au conte d'Andersen. Cette affinité dans les références culturelles m'a rappelé notre liaison. J'ai éprouvé une nostalgie soudaine pour la force de notre relation, même si celle-ci n'avait duré qu'une semaine.

« Charlie, n'oublie pas que le vilain petit canard se transforme, à la fin, pour devenir le plus beau des cygnes... Spiether, il connaît Robin ? »

« Merci pour ton optimisme... Brian et Robin sont de proches amis. Ils étaient dans la même fraternité à l'université. »

« C'est immonde ! »

« Je l'ai un peu cherché en contrariant leur stratégie de communication. »

« Je suis désolée. Je ne t'ai d'ailleurs pas remercié pour ton soutien. »

« C'était normal. Ils te présentaient de façon injuste. »

Je n'ai pas su quoi répondre. C'est lui qui m'a envoyé le SMS final.

« Je dois y aller, mais je veux te dire que tu me manques. Notre séparation est la chose la plus difficile qui me soit arrivée dans la vie. Je regrette d'avoir laissé mon frère et Robin me pousser à te négliger. J'espère qu'un jour tu pourras me le pardonner, car moi je ne crois pas que j'en serai capable. »

Je me suis abstenue de commenter ses propos. Que dire ? Que s'il m'avait soutenue dans mon combat pour protéger Akemi et qu'il était venu habiter avec moi, nous n'en serions pas là ? C'est une évidence et je n'ai pas eu le cœur de remuer le couteau dans la plaie. Ça ne servirait à rien. La situation est déjà assez compliquée comme ça, pour lui comme pour moi. Il n'empêche que ce SMS m'a provoqué un choc terrible au cœur. Je ne m'étais pas sentie aussi mal depuis notre rupture, depuis que j'avais repris ma vie en main grâce à la gym et à la course.

Heureusement, mes parents sont rentrés de leur excursion. Comme c'est leur dernier soir, ils ont rapporté des petits plats achetés chez un traiteur français, la Maison Richard. Le festin était constitué de salade niçoise et de pâtes à la provençale, avec un bandol rosé. Roméo n'avait pas été oublié par maman, qui lui a proposé du pâté Gourmet de France. C'est incroyable, il a reconnu la boîte ! Il était si excité qu'il a failli renverser ma mère en se frottant contre ses jambes au moment où elle le servait.

Mes parents sont encore inquiets de devoir me laisser et il m'a fallu toute ma pédagogie pour les convaincre qu'avec Me Maldini, Laure, David, Zach, ainsi que Harry et Joan je suis bien entourée. En réalité, c'est horrible à dire, mais je ne suis pas mécontente qu'ils s'en aillent. De façon involontaire, leur présence et leur sollicitude m'empêchent de trouver la quiétude dont j'ai besoin.

Je suis heureuse que cette journée se termine. Entre les conseils de Joan et les remords de Charlie, je suis éreintée. Je crois que je n'aurai aucune difficulté à m'endormir. Couchée à 22 h 30, levée à 7 h 30, voilà une longue période de repos qui ne va pas me faire de mal !

Journal d'Ophélie

10 juillet 2015, 8 heures

Je comptais sur neuf heures de sommeil, j'ai dû profiter de moins de six. La nuit a été agitée. Il a d'abord été difficile de m'endormir, les événements des derniers mois se bousculaient dans ma tête. J'ai fini par m'assoupir, mais je me suis réveillée à plusieurs reprises. J'avais soif et je me suis levée pour prendre un verre. C'était certainement à cause du rosé. Je ne suis plus habituée à boire du vin et j'avais presque absorbé la moitié de la bouteille. Quand j'ai finalement réussi à me rendormir, j'ai plongé dans mon cauchemar récurrent. Pour être plus exacte, c'est un rêve qui s'est transformé en cauchemar. Le début est toujours le même : je passe le casting d'un film avec Michael, je m'enfuis avec lui à la fin de la prise et nous terminons la journée ensemble dans une chambre. Malheureusement, des éléments nouveaux se sont ajoutés ces derniers temps. Le rêve érotique s'est transformé en film d'horreur. Maintenant, quand Michael m'entraîne dans sa suite, nous sommes surpris par des hordes de journalistes qui hurlent nos noms sous les flashes qui crépitent. D'habitude, c'est suffisamment impressionnant pour me réveiller mais, hier, ce cauchemar était plus long. J'échappais aux bras de Michael pour fuir à nouveau. Je trouvais un petit cagibi tout noir où me réfugier. Alors que je pouvais me croire en sécurité, quelqu'un venait frapper à la porte et m'appelait par mon prénom. Je reconnaissais la voix : Charlie !

Le choc provoqué par cette arrivée surprise m'a réveillée en sursaut. Il faisait encore noir dans la chambre. J'avais du mal à émerger et je me suis même demandé si je n'étais pas encore dans les bras de Morphée quand j'ai entendu des coups frappés à la baie vitrée de ma chambre. Certes, ils étaient beaucoup plus légers que ceux de mon cauchemar. C'est sans doute pour ça qu'il m'a fallu du temps pour m'apercevoir qu'il y avait une silhouette derrière la vitre – une grande masse très sombre qui m'a causé la frayeur de ma vie. Une voix m'appelait tout doucement :

— Ophélie, Ophélie, ouvre, c'est Charlie.

Charlie ! Que venait-il faire chez moi en pleine nuit ? J'ai attrapé mon iPhone : 5 h 23 ! Il est malade ou quoi ? Comme il continuait à toquer, je me suis levée de peur qu'il ne réveille mes parents.

J'ai essayé de l'engueuler sans élever la voix.

— Charlie, tu m'as foutu une peur bleue ! Qu'est-ce que tu fais là ?

— Désolé, mais j'avais vraiment besoin de te voir. Avoir échangé avec toi par SMS hier m'a empêché de dormir.

— Ce n'est pas une raison pour réveiller les autres ! À moins que tu ne sois envoyé par Robert et Robin pour me supprimer par mort naturelle en me provoquant une crise cardiaque !

J'ai vu qu'il souriait.

— Non, ce n'est pas ça, même si je pense que cette idée plairait à ces deux-là. Il faut que l'on parle.

— C'est impossible, mes parents dorment dans la chambre à côté.

— Je m'en doute. Il faut que tu viennes avec moi. On va faire une balade en voiture.

Pas de doute, il avait lâché la rampe...

— Tu n'y penses pas. La moitié des journalistes de cette ville et même des États-Unis cherchent à trouver des choses nouvelles à raconter sur Michael, Carolina, toi et moi, et tu me proposes d'aller nous promener main dans la main comme si de rien n'était.

— Je sais, ça peut paraître insensé, mais il faut pourtant que l'on se voie. Je connais l'endroit idéal pour discuter tranquillement. En plus, il parlera à ton âme de cinéphile...

En disant ça, il a touché une corde sensible. Ça m'a rappelé notre week-end, la visite de Hearst Castle et de la maison où avait été tourné *Basic Instinct*.

— C'est quoi comme endroit ?

— Je ne peux pas te le dire. Viens avec moi.

En toute logique, j'avais mille raisons de refuser, et pourtant j'ai dit oui.

— OK, je te retrouve en bas, le temps de m'habiller. Donne-moi cinq minutes.

Dix minutes plus tard, on était dans la voiture. Il l'avait garée deux rues derrière ma résidence.

— Charlie, ce n'est pas la tienne.

— Non, elle est trop reconnaissable. J'ai emprunté celle-ci à un ami. Il ne fait pas une mauvaise affaire, je lui ai laissé la mienne.

Considérant que nous étions installés dans une Chevrolet Impala rouge et qu'il avait prêté un cabriolet Maserati, c'était effectivement un échange déséquilibré.

— Tu as des copains qui conduisent des Impala, toi ?

— Oui, pourquoi ? Tu n'aimes pas ?

— Je préfère la Maserati.

Il s'est marré.

— Ophélie, tu es snob ! Je n'aurais jamais pu l'imaginer !

Il a réussi à m'énerver. D'abord, il me réveille avant que le soleil ne se lève et après il se fout de ma gueule...

— Ça n'a rien à voir, je suis une esthète, je préfère le design italien.

— Pourtant, la conduite d'une Impala devrait t'évoquer une des plus belles scènes de conduite à Los Angeles de l'histoire du cinéma. Tu vois à quoi je fais référence ?

Jouer au Trivial Pursuit version cinéma, j'adore, mais pas trop avant 6 heures du matin.

— Non.

— Je t'aide, c'est une scène de nuit.

— Le taxi de Jamie Foxx dans *Collatéral* ?

— Non, ce n'est pas la scène à laquelle je pensais. J'avoue que je ne connais pas le modèle de voiture qu'il utilise. Ça m'étonnerait que ce soit une Impala. En tout cas, tu as raison : c'est un des plus beaux films sur L.A. la nuit... Moi je parle d'un film avec un casse...

— *Heat* ?

— Décidément, tu es une fan de Michael Mann ! C'est bien vu, mais ce n'est pas ça.

— Charlie, il est trop tôt, je n'ai pas la patience de jouer aux devinettes…

— Un dernier essai. Je te donne un indice sonore.

Il a sélectionné un morceau sur son iPhone. J'ai entendu le bruit des pièces de monnaie que l'on introduit dans un téléphone public, puis le chant des grillons, le son d'un numéro qu'on compose, le hurlement d'un coyote, et la tonalité du téléphone qui sonne.

Pas la peine d'attendre que la musique démarre, j'avais identifié en un instant non seulement le film mais aussi le compositeur de la musique et le titre du morceau.

— C'est « Nightcall » de Kavinsky.

— Et le film ?

— Tu me fais de la peine, Charlie, beaucoup de peine. Le film, c'est *Drive*, du réalisateur danois Nicolas Winding Refn.

Dans cette fin de nuit californienne, nous retrouvions cette qualité de relation unique et, à l'opposé de ce que je venais de lui dire, cela me faisait un plaisir fou. C'est comme si rien ne s'était passé depuis le retour de notre week-end en amoureux, comme si tout était effacé.

— Bravo, gagné. Ça t'aiguille pour deviner l'endroit où je t'emmène ?

Je n'ai pas eu à réfléchir longtemps.

— Là où a été tournée la balade de Ryan Gosling avec Carey Mulligan et son fils. C'est quoi comme endroit ?

— En fait, c'est la L.A. River, dont le lit a été bétonné à la suite d'inondations qui avaient fait plus de cent morts en 1930. Regarde, on arrive.

Il a quitté la route pour prendre une rampe qui nous a conduits au niveau de la rivière. Nous avons roulé à petite vitesse à côté du cours d'eau. Il était 6 heures, le soleil venait de se lever dans notre dos et le paysage baignait dans sa douce lumière.

J'étais bien, la vie paraissait simple à parler de cinéma dans cette voiture avec ce beau garçon si séduisant et si gentil.

— C'est tellement inattendu comme promenade, Charlie. *Terminator 2* a également été tourné ici, n'est-ce pas ? La poursuite entre le camion et la moto.

Il s'est tourné vers moi, son œil était encore moqueur.

— Tu connais ce vieux film, toi ? Tu n'étais pourtant pas née ?

— Tu plaisantes, le film a dû sortir en 1992...

— 1991, en fait.

— Tu vois, j'étais née ! J'avais trois ans... Bon, je l'ai vu plus tard. De toute façon, c'est un classique, tous les enfants le voient vers dix-douze ans.

— Nous y sommes, je vais me garer.

À cet endroit, la végétation avait envahi la rive. C'était très joli, le soleil qui se reflétait sur le fin cours d'eau. Nous avons marché quelques minutes. Charlie a ramassé des pierres qu'il a lancées dans la rivière.

— Tu te rappelles ?

— Dans mon souvenir, Ryan Gosling fait des ricochets, il ne se contente pas de balancer les pierres dans l'eau.

— C'est ce que je fais !

Je l'ai regardé s'y essayer sans grand succès. Il en a réussi un à la dixième tentative.

— À moi !

Je n'ai pas été plus habile.

— Nous ne ferons pas aussi bien que lui.

— C'est du cinéma... C'est une très belle image de bonheur. Très romantique, d'une façon originale.

— Peut-être romantique mais elle a un autre homme dans sa vie, le père du petit. En plus, ça finit mal, ils sont séparés à la fin.

Il m'a regardée avec ses yeux bleus pénétrants.

— Elle a le droit d'avoir plusieurs amours successifs. Et puis rien n'indique qu'ils ne se retrouveront pas. La fin est ouverte...

Oh, merde, ne serait-ce pas le début d'une déclaration ? Puis-je me permettre de m'engager à nouveau dans cette histoire alors que je suis en guerre ouverte avec son frère ?

J'ai décidé de calmer le jeu.

— Charlie, tu ne vas pas me dire que tu crois à ces retrouvailles ? Tu as l'esprit d'une midinette de seize ans. Et encore, je suis optimiste. Je pense que de nos jours les filles de cet âge-là sont plus réalistes et plus cyniques que toi.

Il n'avait pas l'air vexé, il a souri.

— Peut-être, j'aime bien les fins heureuses. Ce n'est pas un défaut, n'est-ce pas ?

Je suis restée un moment silencieuse. On ne peut pas le blâmer d'essayer de voir les choses en rose. Surtout avec ce qu'il vient de se prendre dans la gueule par les médias...

— Si tu veux un *happy ending*, j'ai un autre film tourné dans le lit de cette rivière. Tiens, écoute et dis-moi si tu connais.

Il s'est approché pour me mettre un des écouteurs de son iPhone dans l'oreille. Il s'est équipé de l'autre, et nous n'avons plus été éloignés que par la longueur du fil.

J'ai entendu des cuivres version seventies et ces paroles :

I solve my problems and I see the light
We got a loving thing, we gotta feed it right
There is no danger we can go too far
We start believing now that we can be what we are
Grease is the word.

Si je n'avais pas déjà reconnu cette chanson, la dernière phrase de la strophe m'aurait donné la solution.

— *Grease* ! Mais là, je dois reconnaître que je ne l'ai jamais vu. Je ne connais que la B.O. Le film est beaucoup trop vieux. Contrairement à toi, je n'étais pas née !

— J'espère que tu plaisantes, le film est de 1978 !

— OK, tu n'étais pas très vieux...

— Je te rappelle que je suis de 1982 !

J'ai décidé de continuer à le charrier.

— On ne le dirait pas quand on voit les références cinématographiques que tu utilises...

Soudain, il m'a chatouillée juste au-dessus de la hanche. C'est un point particulièrement sensible chez moi et j'ai crié :

— Charlie !

Il n'a pas arrêté et j'ai dû me battre, mais il est cent fois plus fort que moi. Quand j'ai saisi la main qui me tourmentait, il a utilisé l'autre pour continuer. J'ai dû m'adapter et la saisir à son tour. Ça aurait pu durer une éternité, mais il s'est arrêté quelques instants plus tard.

Il faut dire que notre combat nous laissait à quelques centimètres l'un de l'autre. C'était une situation plus que romantique… Quand Charlie a plongé ses yeux dans les miens, j'ai cru défaillir tellement il était beau.

— Ce n'est pas l'âge du film qui compte, mais le sens des paroles : « Nous avons un amour que nous devons nourrir. »

Mon cœur s'est mis à battre à cent quatre-vingts pulsations par minute. C'est complètement dingue ! Je ne peux pas céder à ce sentiment !

— Il dit : « Je résous les problèmes et je vois la lumière », je ne crois pas qu'on en soit là. Et quant au fait qu'il n'y a « pas de danger à aller plus loin », je ne suis absolument pas d'accord.

Il a mis un doigt sur ma bouche pour me faire taire quand la chanson suivante a commencé. C'était un morceau d'Olivia Newton-John que j'avais déjà entendu, mais dont je ne connaissais pas le titre. Et là, Charlie s'est mis à chanter, doucement, et il a créé un duo improbable à trente-sept ans d'écart.

J'ai essayé de le stopper.

— Charlie, c'est une fille qui chante, ça n'a pas de sens !

Il m'a fait signe de rester silencieuse et a remis la chanson au début. Je me suis dit qu'il valait mieux le laisser faire si on ne voulait pas y passer la matinée.

J'ai écouté les paroles, mais j'ai surtout entendu le message. La chanson parlait de cœur brisé, de l'impossibilité d'oublier l'être aimé…

Je devine que je ne suis pas le premier cœur brisé,
Mes yeux ne sont pas les premiers à pleurer.

Je ne suis pas le premier à savoir qu'il n'est pas possible de t'oublier,
Eh, je suis juste un fou qui est prêt à s'asseoir par là et à t'attendre.
Mais, bébé, ne peux-tu voir qu'il n'y a pas d'autre chose à faire pour moi ?
Je te suis désespérément attaché,
Mais maintenant il n'y a nulle part où se cacher,
Depuis que tu as repoussé mon amour, je n'ai plus ma tête à moi,
Je suis désespérément attaché à toi.
Mon cerveau me dit : « Fou, oublie-la »,
Mon cœur me dit : « N'abandonne pas »,
Tenir jusqu'à la fin, telle est mon intention...

C'était un slow terriblement kitsch, mais il chantait si bien, en ayant l'air de vivre les paroles ! J'ai eu l'impression qu'il les avait écrites pour moi. Il me souriait, mais je sentais son émotion dans ses yeux. Quand il a chanté qu'il n'avait pas l'intention d'abandonner son amour pour moi, je l'ai interrompu de la seule manière acceptable : en posant mes lèvres sur les siennes.

Il a pris mon visage entre ses mains et il m'a embrassée comme si sa vie en dépendait. Ses lèvres ont dévoré les miennes. C'était très différent des baisers du Charlie que je connaissais. Lui qui maîtrisait l'art du baiser sensuel semblait maintenant animé par une force vitale qui le transformait en amoureux désespéré. Ma langue peinait à suivre le rythme de la sienne et nous avons dû arrêter quand nous nous sommes retrouvés à bout de souffle. Ce n'était pas le baiser le plus chaud de ma vie, mais c'était de loin celui qui avait la signification la plus claire. Quand nos visages se sont éloignés, j'ai lu dans ses yeux ce qu'il allait me dire.

— Je t'aime, Ophélie. Je ne supporte plus de vivre sans toi et je veux que nous soyons à nouveau ensemble. J'ai besoin de ton rire, de ton humour, de ta personnalité. Je sais que la situation est impossible et que tu as des choses plus importantes à régler, mais sache que je t'attendrai et que je veux faire ma vie avec toi.

Ses paroles n'étaient qu'une confirmation de ce que j'avais appris grâce à la chanson, à ses lèvres et à son regard. Mais son intonation était un message en elle-même. Il aurait pu parler en chinois ou en russe, j'aurais ressenti tout son amour. Les mots étaient faibles par rapport à l'intensité de ce qui émanait de sa personne.

J'aurais voulu pouvoir lui donner une réponse claire, mais ce n'était pas si facile. En l'embrassant, je m'étais déjà livrée au-delà de ce qui aurait été souhaitable.

— Charlie, je tiens à toi mais, comme tu viens de le souligner, je suis dans une histoire compliquée avec ton frère. On ne sait pas comment cela va se terminer. Même si tu attends la résolution de l'affaire, ce qui peut prendre du temps, t'afficher avec moi peut signer ton arrêt de mort en tant que réalisateur. Je ne pense pas que ni Michael ni Hollywood apprécieraient et tu risquerais de ne plus jamais pouvoir tourner.

J'ai fait une pause avant d'enfoncer le clou :

— Tu as déjà dû affronter ce dilemme, et tu as choisi la promotion de ton film plutôt que de vivre avec moi. Pourtant, à l'époque, la situation était simple : il suffisait de forcer Michael et Robin à accepter que tu rompes avec Amy…

Son visage s'est crispé de douleur.

— Je sais, c'était une énorme connerie... Je l'ai regrettée à chaque minute, depuis que tu as eu ces paroles terribles chez mon frère.

— Je suis désolée, mais je ne pouvais accepter leur diktat.

— Je ne t'en veux pas, je l'ai mérité, je suppose. Bien sûr, quand j'ai quitté la pièce, j'étais fou de rage contre toi. T'entendre dire que tu n'avais accepté cette relation avec moi que pour rendre jaloux mon frère, ou dans une volonté de retrouver l'original à partir d'une copie, c'était insupportable. Puis j'ai réfléchi aux instants que nous avions passés ensemble, et je me suis dit qu'on ne pouvait douter de leur authenticité.

Il m'a regardée avec un gentil sourire.

— C'est l'avantage d'être réalisateur, on peut repérer les simulateurs, et même la plus grande actrice du monde n'aurait pu provoquer ce que j'ai éprouvé avec toi. Pour revenir à ton propos, je suis conscient du risque que je prends concernant à la fois ma carrière professionnelle et ma relation avec mon frère.

Il a plongé son regard dans le mien et a ajouté :

— Mais je n'ai plus le choix, je ne peux pas vivre loin de toi. Je t'aime, il faudra que j'en accepte les conséquences.

C'était une déclaration lourde d'implications. J'ai essayé d'alléger l'atmosphère.

— Tu viendras tourner en France sous un nom d'emprunt et je serai ta scripte.

Au moment où je prononçais ces mots, je me suis aperçue qu'ils n'étaient pas si dénués de fondement que ça : j'allais certainement me retrouver persona non grata à Hollywood.

— En ce qui concerne mon frère et l'affaire qui vous oppose…

Aïe, Charlie abordait le sujet que je redoutais et que l'on avait évité depuis le début de cette matinée si spéciale. Je suppose que c'était inévitable.

— … je ne peux pas m'en mêler plus que je ne l'ai déjà fait. Je veux juste te dire une chose : quand je l'ai vu en tête à tête, il m'a juré qu'il ne t'avait pas droguée et que, pour lui, tout ce qui s'est passé n'était qu'un jeu de rôle entre adultes consentants. Il l'a juré sur la tête de notre père. Michael a beaucoup de défauts, mais ce n'est pas un menteur. Depuis notre entretien, je me dis que les choses ne sont peut-être pas ce qu'elles semblent. Peut-être que quelqu'un d'autre a versé la drogue dans ton verre et que le reste n'est qu'un vaste malentendu. Je sais que mes paroles ne font pas beaucoup sens, mais je me raccroche à cette idée comme à une bouée de sauvetage.

Si je n'ai rien répondu, il a dû voir que mon visage s'était durci car quand il a repris, ce n'était plus pour défendre son frère, mais pour parler de nous.

— De toute façon, ça ne change rien à ce que je t'ai dit. Je vais t'attendre aussi longtemps que nécessaire. Même si Michael est condamné, je serai là pour toi parce que je t'aime.

En écoutant ses propos, j'étais moins optimiste que lui sur notre avenir. Est-il réellement possible de créer un couple dans ces conditions ? J'ai pensé à nos enfants, qui seraient obligés de rendre visite à leur oncle en prison où il purgerait la peine encourue pour une agression sur leur mère. À la réflexion, je ne suis pas sûre que même l'amour le plus sincère survive longtemps à une situation aussi cornélienne.

Charlie m'a prise dans ses bras, et il nous a fait nous asseoir au bord de l'eau. J'étais enlacée de dos, la tête contre son torse, et il m'a caressé le visage pendant une éternité. Mon pessimisme s'est peu à peu dissipé sous la douce pression de ses doigts. J'observais la rivière et deux petites grenouilles qui jouaient dans les herbes au soleil. Cette vision apaisante m'a rendue plus sereine. En regardant au fond de moi, une évidence m'est apparue : j'aimais Charlie et renoncer à cet amour ne semblait plus aussi simple ; les résolutions prises lors de mon footing nocturne un soir d'avril n'étaient plus aussi évidentes. J'ai entrevu un autre scénario, susceptible d'inclure l'homme qui me tenait dans ses bras.

Je me suis retournée et je l'ai regardé pendant quelques instants. Sa beauté était simplement désarmante, avec ce petit air désemparé qui me changeait du Charlie sûr de lui que je connaissais depuis presque un an. Comme pour m'éloigner de mes soucis actuels, j'ai pris à mon tour sa tête dans mes mains, sauf que mes baisers n'avaient rien à voir avec les siens. Ma langue a exploré sa bouche, avec douceur et sensualité. Il s'est adapté à ce rythme, qui me rappelait notre chambre perchée au-dessus du Pacifique. Puis j'ai mis ma tête dans le creux de son épaule et nous sommes restés à nous câliner un moment. Je crois que j'aurais pu garder cette position à l'abri du monde une éternité, mais le soleil montait dans le ciel et les journalistes n'allaient pas tarder à partir sur le sentier de la guerre.

Charlie m'a repoussée gentiment et m'a aidée à me relever après avoir encore déposé un baiser léger sur mes lèvres.

Nous avons repris la voiture, direction le monde réel.

Charlie avait branché son iPhone sur la sono pour que l'on profite de sa playlist. Il y avait des chansons magnifiques de James Blunt, magnifiques mais pas très gaies. Pas étonnant que Charlie broie du noir en écoutant ces morceaux. C'est très loin de ma playlist de footing !

Pour éviter de tomber dans la mélancolie, j'ai décidé de le taquiner.

— Quand tu as énuméré ce qui te manquait chez moi, tu n'aurais pas oublié un élément important ?

Il a eu un regard interrogatif.

— Je ne sais pas, ton charme, ton intelligence…

— Tu ne les avais pas cités, mais merci. Non, plus important et plus incontournable…

Il a réfléchi un moment.

— Je ne vois pas…

— Mon corps, Charlie, mon corps de déesse ! Comment peux-tu avoir manqué cet élément primordial ?

Il a souri, mais sa réponse était très sérieuse pour cette petite séquence de badinage.

— Ophélie, ton corps est sublime mais je serais prêt à y renoncer si c'était la condition pour vivre avec toi.

— Merci, Charlie, mais je ne suis pas d'accord. Les eunuques, très peu pour moi. J'ai décidé de n'en fréquenter aucun, et le seul dont j'accepte l'existence dans ma vie est Varys, celui de ma série préférée, *Game of Thrones*.

Il s'est moqué de moi :

— Très bien, je ne souhaite que ton corps, arracher tes dessous pour pouvoir embrasser tes seins et plus bas…

Je l'ai interrompu.

— Ça ira comme ça ! Ce genre de choses, j'aime mieux les vivre que les écouter. Je subis déjà beaucoup de ce côté-là avec Laure.

Il a ri à nouveau, mais paradoxalement mes propos ont fait apparaître l'image de mon amie. Est-ce que j'allais pouvoir lui raconter cette matinée ? Cela semblait difficile, sous peine d'affronter son courroux.

Charlie m'a sortie de ces pensées perturbantes.

— Ophélie, ma chanson pour toi.

Il a monté le son, et « Hopelessly Devoted To You » a envahi la voiture. La première fois que je l'avais entendue, je m'étais laissé transporter par les paroles, mais là le côté kitsch du tube m'a frappée.

— Charlie, c'est gnangnan, de la guimauve liquide !

Il s'est marré une fois de plus.

— La différence entre toi et moi, c'est que tu n'es pas sentimentale. Pour toi, l'amour n'est que physique…

— Et pour toi, il n'est que spirituel, peut-être ? Tu veux que je te rappelle dans quel état tu étais dans le jacuzzi ?

— *Touché !*

Il avait utilisé le mot français, comme peuvent parfois le faire les Américains éduqués.

— Je suis sûr que tu préfères la suivante…

C'était « The One That I Want », un incontournable des soirées, que j'adore danser avec ma cousine Sophie ou avec Laure. On la chante en même temps mais, à part le début, je ne connais pas les paroles par cœur et je chante en yaourt.

— C'est beaucoup mieux ! C'est celle-là que tu aurais dû choisir. Elle est culte ! Et les paroles peuvent convenir.

— Je ne pouvais pas, c'est un duo. À moins que tu ne veuilles chanter avec moi...

— Pas question, je ne connais pas les paroles.

— Regarde sur ton portable !

Je ne sais pas pourquoi mais je me suis laissé faire et, cinq minutes plus tard, Charlie et moi étions à fond dans la voiture. On s'est éclatés comme des bêtes. Après la troisième reprise, Charlie a proposé d'arrêter. Moi, je crois que j'aurais pu continuer une dizaine de fois.

Je l'ai regardé d'un air soupçonneux.

— Tes goûts musicaux sont bizarres... Tu ne serais pas un peu gay, par hasard ? Ou bi ?

Il a explosé de rire.

— C'est quoi ces préjugés ? Si on aime *Grease* ou Barbra Streisand, on est gay ?

— Ah, parce qu'en plus tu aimes Barbra Streisand ?

— Bien sûr, je pleure même à la fin de *Nos plus belles années*, quand elle retrouve Robert Redford devant Central Park et que l'on entend la chanson éponyme. C'est sublime !

— Charlie, il n'y a plus à avoir de doute. Tu n'as pas encore fait ton coming out mais tu es gay. Ça va poser un problème dans notre couple. Comme le dit Olivia Newton-John, « I need a man that can keep me satisfied ».

— Sois patiente, et je te prouverai que je suis l'homme qui peut te satisfaire !

— J'y compte bien...

Cet échange léger était la cerise sur le gâteau de cette matinée particulière. Charlie a sélectionné la B.O. de *Drive* et nous avons écouté le morceau associé à la L.A. River, « A Real Hero ». Vingt minutes plus tard, Charlie m'a déposée à un bloc de chez moi. Après avoir vérifié qu'il n'y avait pas de témoin, je lui ai fait un smack sur les lèvres.

Avant de refermer la portière, j'ai eu un doute.

— Au fait, comment t'y es-tu pris pour te retrouver sur mon balcon ?

— J'ai escaladé ! Je suis le Cyrano des temps modernes.

— Désolée de te contredire, mais celui qui escalade les balcons, c'est son ami Christian. Cyrano, lui, reste au pied du balcon de Roxane pour la séduire par les vers qu'il déclame.

— Alors je suis un de ces deux personnages combinés, je chante et je grimpe.

— Au risque de te décevoir, tu es peut-être mieux que Cyrano au niveau physique, mais au niveau des alexandrins tu pourras repasser ! Edmond Rostand, c'est autre chose que *Grease*...

— Je te l'accorde. Je vais composer des poèmes en attendant de te revoir.

Je me suis penchée pour lui donner un dernier baiser et nous nous sommes quittés. J'ai réussi à rentrer chez moi par-derrière pour éviter la presse. Je me sentais dans un état bizarre, mon futur prenait un virage imprévisible. J'ai décidé de déjeuner en attendant que mes parents se lèvent.

En avalant mes toasts avec du miel et mon thé, j'ai regardé la scène du duo de *Grease* sur mon iPad. Olivia Newton-John avait une choucroute pas possible sur la tête et John Travolta avait dû renverser le pot de gel entier pour faire tenir ses cheveux. C'était difficile à regarder tellement c'était kitsch et daté. Seule la musique avait réussi à traverser les âges.

Charlie m'étonne dans ses goûts. Je veux bien qu'ils soient éclectiques, mais, là, c'est carrément exagéré.

Il faudra que je surveille ça quand nous serons mariés...

Journal d'Ophélie

10 juillet, 23 heures

Ça y est, mes parents sont partis. Maman a pleuré et papa avait les larmes aux yeux. Pourtant je crois qu'ils ont réalisé que je n'avais pas besoin d'eux. Peut-être est-ce d'ailleurs la raison de leur émoi : c'est dur, pour des parents, de s'apercevoir qu'ils ne peuvent pas aider leur progéniture...

Ce matin, j'ai pris un second petit-déjeuner avec eux. J'avais encore la tête dans les étoiles après mon extraordinaire sortie en voiture avec Charlie.

Le début de matinée au bureau a été moins fun. Bertrand a appelé. Il était avec le directeur financier de Ciné Organisation. Après nous avoir demandé par politesse comment nous allions, il est entré dans le vif du sujet.

— Laure, Ophélie, nous avons fait un point sur les résultats de l'agence et de ses filiales. Nous venons d'examiner les chiffres de notre antenne à Los Angeles et ils sont en deçà des attentes. Je ne serais pas inquiet si la situation n'était pas ce qu'elle est.

Je n'ai rien dit, je pouvais comprendre ses inquiétudes. Laure a essayé de nous défendre.

— Bertrand, c'est momentané. L'activité va remonter dès que cette affaire sera terminée.

— Peut-être, mais ce n'est pas certain. Hollywood peut vous blacklister...

— Ou, au contraire, nous soutenir. Nous avons une touche assez avancée avec une société qui nous avait été envoyée par Michael.

J'ai été surprise par la nouvelle. J'ai écrit rapidement sur un papier : « Je croyais qu'ils avaient signé ? » La réponse de Laure n'a pas été encourageante : « Ils ont le contrat mais ils ne l'ont pas renvoyé. »

Pendant ce temps, Bertrand développait son argumentaire.

— Même si vous avez raison, combien de temps prendra le procès : douze mois, quinze, plus ?

Nous sommes restées silencieuses en attendant la sentence de mort qui allait frapper notre petite entreprise.

— Les filles, je suis désolé, mais on va fermer l'agence. Je suis prêt à vous garder, mais pas à Los Angeles. Il vous faudra rentrer à Paris.

— Vous ne pouvez pas nous accorder un peu de temps ?

— Laure, soyez réaliste, rien ne se passera avant plusieurs mois et vous avez des préavis pour les locaux de la filiale et pour l'appartement. Je veux que vous résiliez ces deux baux aujourd'hui. Restez à Los Angeles jusqu'à la fin août si vous le souhaitez. Je vous attends pour le Festival de Deauville début septembre.

On a entendu le directeur financier qui chuchotait quelque chose à l'oreille de Bertrand, sans pouvoir en saisir le sens.

— Ah, Ophélie, si vous n'étiez pas en mesure de quitter les États-Unis, nous pourrions vous proposer de prendre un congé sans solde ou, si ça vous arrange, de signer un accord de rupture conventionnelle.

La conversation n'a pas continué longtemps.

Quand il a raccroché, Laure a explosé :

— C'est un salaud, il nous achève alors que nous sommes en difficulté !

— C'est son job de s'occuper de ça. C'est dur, mais ce n'est pas illogique de son point de vue. Allons, viens, on va se prendre un café au Starbucks, c'est moi qui invite.

Une fois assise avec mon cappuccino et son ristretto bianco, nous avons fait le point.

— Il est hors de question que je quitte Los Angeles. Je reste avec toi. Comme nous avons la carte verte, nous avons le droit de travailler.

— Ça ne va pas être facile de décrocher un job. En tout cas pour moi…

— Tu vas faire comment, financièrement ? David et moi pouvons t'héberger.

— Non, je ne vais pas vous imposer ça. Je resterai dans l'appartement jusqu'à la fin du préavis et je prendrai ensuite un studio pas cher. Avec mes économies et l'aide de mes parents, je devrais pouvoir tenir le temps nécessaire…

Nous avons dégusté nos boissons avec précaution pour ne pas nous brûler.

Laure a soudain crié :

— J'ai une idée ! On devrait ouvrir notre propre agence de R.P. cinéma !

— Laure, je ne sais pas si je serai très disponible...

— Ce n'est pas grave, je m'occuperai de l'agence pendant ton absence. On l'appellerait Masson & Delacour !

Je l'ai regardée, ironique.

— Et pourquoi pas Delacour & Masson ?

— Parce que c'est moi qui ai eu l'idée la première !

Par moments, c'est une vraie gosse !

— Laure, et les fonds pour lancer le business, on les trouve où ? Tu les as ?

— Non, il faudrait connaître quelqu'un de riche qui accepterait de nous financer...

— Michael ?

Elle m'a dévisagée avec de grands yeux ébahis, étonnée que je puisse plaisanter sur ce sujet. Il y a eu une fraction de seconde de silence, puis nous avons eu un fou rire. On ne pouvait plus s'arrêter. J'avais mal aux côtes tellement je riais. J'en pleurais. C'était paradoxal, vu ce qui nous tombait dessus, mais c'est souvent dans ces situations de tension que ces fous rires surviennent.

Ça faisait du bien, mais je me suis rendu compte que ça avait attiré l'attention des autres clients sur nous. Au moins deux tables m'avaient reconnue, et nous avons dû partir.

— Tu as vu, je pourrais signer des autographes si je le voulais...

La fin de matinée a été tristounette. Je me suis occupée de résilier le bail de l'appartement, et Laure celui du bureau.

Charlie et Bertrand se succédant dans un laps de temps de trois heures ; les événements se précipitaient et il me fallait agir. J'ai demandé à Me Maldini de passer chez moi en fin d'après-midi et il m'a répondu par SMS qu'il serait là vers 18 heures.

Le timing était idéal car mes parents sont partis à 17 heures mais il était encore très en retard, près d'une heure. J'avais prévu mon accueil, whisky et gâteaux apéritifs. Il faut dire que, cette fois, c'est moi qui avais quelque chose à lui demander.

Je l'ai laissé parler pendant une dizaine de minutes avant de me lancer. Je lui ai expliqué mon idée. Il n'a pas eu l'air ravi.

— Je ne pense pas que ce soit une bonne idée. Ça va être très difficile à organiser. Dans un cas comme le vôtre, la victime et l'accusé ne sont pas supposés se rencontrer en dehors du procès.

— Maître, c'est important…

— Je ne sais même pas si la partie adverse sera d'accord. En plus, cette demande nous met en position de faiblesse.

— Maître, si quelqu'un peut y parvenir, c'est vous…

Il m'a regardée et a ironisé :

— Vous avez raison, nous les Italiens marchons facilement aux compliments. Surtout quand ils sont énoncés par une jolie femme…

Il s'est plongé dans une longue réflexion. Je ne l'ai pas interrompu, je me suis contentée de lui resservir un verre.

— C'est peut-être possible. Il va falloir que je parle à mon confrère Matt Van der Bourne. Je reviens vers vous dès que j'en sais plus.

Quand je me suis retrouvée seule, j'ai eu envie d'échanger avec Charlie par iMessage.

« Merci pour ce matin, c'était merveilleux. »

« Tout le plaisir est pour moi. »

Il ne s'en est pas rendu compte mais il a utilisé le nom du yacht que son frère avait loué en Sardaigne l'année d'avant. Je n'ai pas relevé, et, même si ce n'était pas prudent, je me suis confiée.

« Charlie, Ciné Organisation Paris a décidé de fermer le bureau de Los Angeles. Je vais me retrouver à la porte sans emploi. »

« C'est dur ! Je suis désolé pour toi. Tu n'auras qu'à venir habiter chez moi. »

« Je ne suis pas certaine que ce soit très réaliste de quitter le tribunal chaque jour pour aller dormir chez le frère de l'accusé… »

« Tu as peut-être raison. »

Nous avons continué à chatter pendant près d'une demi-heure sur des sujets plus légers. Les recettes de son film, sans être extraordinaires, ne sont pas catastrophiques. Il marche bien en Asie, en Australie et en Amérique du Sud, mais il faudra attendre le lancement en Europe pour avoir une vraie idée du résultat. La sortie sur le Vieux Continent a été repoussée en septembre pour des raisons stratégiques.

La fin de notre chat a été mignonne et un peu triste.

« Bonsoir, Ophélie. Je t'aime, ne l'oublie pas. »

« Je ne l'oublie pas. »

« Et toi ? »

« Moi quoi ? »

« Tu m'aimes ? »

« Surtout ton corps ! »

« Je le savais. Je t'embrasse. »

« Moi aussi. »

C'est très difficile de trouver le ton juste par écrit. Soit c'est trop court, soit les adieux sont interminables. Dans ce cas, je pense que nous avions exprimé beaucoup avec peu de mots. C'était malgré tout extrêmement frustrant.

Je me retrouve seule, très seule avec Roméo. Après un dîner frugal (pour moi, pas pour mon chat qui s'est empiffré comme d'habitude), j'ai regardé trois épisodes de la saison 5 de *Game of Thrones*. Au milieu du deuxième, j'ai reçu un SMS très gentil.

« Je suis en train de revoir *Basic Instinct*, mais il manque quelque chose… ou plutôt quelqu'un ! »

« Tu es adorable. Moi, je regarde *Game of Thrones*, et je pense à toi quand je vois l'eunuque… »

« Attends que l'on se retrouve, et je te prouverai que tu te trompes lourdement. Je t'embrasse. »

Ça m'a redonné un peu de baume au cœur. Il est temps d'aller me coucher.

Ce week-end, je saurai si Me Maldini était le bon choix. Je ne peux me permettre d'avoir fait une erreur, tellement de choses dépendent de lui !

Journal d'Ophélie

12 juillet 2015, 20 heures

Jusqu'à preuve du contraire, mon avocat se trouve à la hauteur de la tâche. Je crois qu'il a négocié tout samedi, et il m'a demandé de venir à son bureau dimanche matin. Je devais signer différents documents. Avec les allers-retours des coursiers, il a fallu près de deux heures pour que la paperasse soit finalisée.

Quand je pense qu'il s'agit seulement d'organiser les modalités d'un rendez-vous avec Michael et ses avocats, je me demande comment va se passer la rencontre. Me Maldini m'a expliqué qu'il fallait préserver les intérêts des parties et la confidentialité de la réunion à venir.

J'ai compris que ça avait été compliqué, même si je sais maintenant que mon avocat aime à présenter ses négociations sous un jour qui le met en valeur.

Nous devons nous rencontrer demain dans les locaux de Me Maldini à 7 heures. C'est tôt, mais cette précaution est nécessaire pour éviter la presse.

Ce soir, je vais donc me coucher sans traîner, car demain est le jour le plus important de ma vie. Voilà pourquoi j'ai refusé d'aller dîner chez Laure et David. Enfin, pour être honnête, le fait que Zach devait venir avec sa nouvelle copine m'a confortée dans mon choix. Je n'ai aucune envie de jouer la cinquième roue du carrosse. Ça aurait été gênant pour tout le monde.

Bien tranquille dans mon lit avec Roméo qui est déjà assoupi, j'espère juste que je vais éviter les cauchemars et que Charlie n'aura pas la mauvaise idée de débarquer de nouveau en pleine nuit…

Journal d'Ophélie

13 juillet 2015, 11 heures

C'était à la fois très rapide et horriblement lent. En tout cas, c'est fini, sauf si le bureau du *district attorney* décide de nous embêter. Me Maldini pense que ce ne sera pas le cas.

Il est passé me chercher à 6 h 20. Nous étions à son bureau vingt minutes plus tard. Il m'a donné ses consignes.

— Surtout, Ophélie, vous me laissez faire. N'entrez dans la discussion que si je vous y invite.

— Très bien, maître.

L'attente a été difficile. Je me suis installée dans la salle de conférences face à la porte. Enfin, à l'heure prévue, ils sont arrivés. Me Maldini est allé les accueillir. J'ai ainsi entendu leurs voix avant de les voir. J'ai reconnu le timbre si célèbre de Michael quand il a dit : « Bonjour, maître, comment allez-vous ? », et j'ai ressenti une brusque accélération de mon rythme cardiaque. Je ne l'ai pas vu depuis la nuit chez lui, qui me semble avoir eu lieu il y a une éternité. En réalité, cela ne fait qu'un peu plus d'une semaine.

Me Van der Bourne s'est présenté le premier, suivi de Robert. Tous deux m'ont saluée d'un « Miss Delacour » très formel. Un autre avocat est apparu, mais il ne m'a pas adressé la parole ni même regardée. Enfin, précédant Me Maldini, Michael est entré. Pour la première fois depuis que je le connais, il était en costume cravate. C'était un ensemble trois pièces gris anthracite, certainement une marque italienne, sans doute Armani. La cravate d'un gris plus clair éclairait un peu ce costume d'une grande austérité. Quand il m'a regardée, le contraste entre ses yeux bleus et sa tenue m'a frappée. C'était deux pierres précieuses dans une mine de charbon. Il a esquissé un sourire imperceptible.

— Ophélie.

Ce simple mot m'a touchée au cœur. Plus de quinze ans d'adoration, une semaine de love story, et plusieurs mois de conflits résumés dans la façon dont il avait prononcé mon prénom.

J'étais sans voix. Heureusement, mon avocat est intervenu en apostrophant son confrère :

— Maître, nous nous étions mis d'accord pour que votre client appelle ma cliente par son nom de famille et non par son prénom !

Me Van der Bourne a commencé une longue diatribe. Il a été interrompu par ma réponse à mon ancien amour :

— Michael.

J'avais réussi à prononcer ce nom d'une voix ferme, sans trembler. Nos rapports ne sont plus les mêmes qu'au moment où je l'ai rencontré. Je le trouve toujours aussi séduisant et j'admire son talent d'acteur mais je ne le vénère plus. Ça fait toute la différence.

Les deux avocats ont soupiré bruyamment, puis se sont assis. Le mien a essayé d'apporter un peu d'ordre dans la réunion.

— Si vous en êtes d'accord, maître, je propose que nos deux clients s'appellent par leurs noms de famille à partir de maintenant. Sinon, ce n'était pas la peine de négocier les conditions de cette rencontre tout un samedi où j'étais supposé fouler les fairways du Country Club. Monsieur Brown, Ophélie, vous êtes d'accord ?

Nous avons tous les deux opiné de la tête.

— Bon, nous sommes ici pour étudier les conditions d'un retrait de la plainte de Mlle Ophélie Delacour à l'encontre de M. Michael Brown et de Mme Carolina Sanchez.

Après cette courte introduction, il y a eu un long rappel des conditions négociées de la rencontre. Je n'ai pas prêté beaucoup attention à ce qui était dit. Michael et moi ne nous sommes pas quitté des yeux. Son regard n'était pas agressif, j'ai même cru y lire une trace d'humour.

Quand Me Maldini a énoncé ce que nous demandions, les choses se sont gâtées…

— En dédommagement du préjudice subi par Miss Delacour, et considérant qu'elle retirera sa plainte et qu'elle ne poursuivra ni M. Brown ni Mme Sanchez, nous demandons une indemnité de 100 millions de dollars.

Me Van der Bourne et Robert ont explosé :

— Mais vous êtes fous !

— C'est une somme ridicule. Nous serions prêts à considérer la somme de 2 millions.

Je me suis dit qu'entre 2 et 100 l'écart était insurmontable. Michael n'avait pas bronché.

Une demi-heure plus tard, les montants n'avaient que peu évolué. Me Maldini était descendu à 92, et son confrère était à 5. Ils ont commencé à se menacer.

— En proposant ce montant ridicule, vous ne servez pas les intérêts de vos clients qui risquent trente ans dans un pénitencier fédéral.

— Mes clients sont innocents et ils plaideront non coupables ! Ils seront acquittés !

— Ça m'étonnerait fort ! N'oubliez pas que le procès aura lieu Downtown. Le jury ne vous sera pas favorable. Et même si, par miracle, vous obteniez ce déni de justice, vous devrez ensuite affronter l'épreuve du procès civil. Nous parlons d'années de procédure, et le jury au civil peut nous accorder un montant bien supérieur. Je pense que 97 millions est une offre très généreuse.

— Vous aviez proposé 92 !

— Ma langue a fourché, je voulais dire 97. Pourquoi descendrais-je de 8 millions alors que vous-même n'avez bougé que de 3 ?

— Parce que nous avons multiplié notre offre par 2,5 ! Si vous divisiez la vôtre par le même coefficient, vous devriez en être à 40 !

— 40 ! Vous vous égarez ! Vous oubliez les charges qui pèsent sur vos clients...

Et nous sommes repartis pour une autre demi-heure d'arguties juridiques où les deux parties n'ont pas modifié leur proposition d'un dollar.

Cette fois, j'en suis certaine, rien de bon ne peut sortir de cette réunion. Nous allons donc bien jouer nos vies devant un jury de douze personnes avec deux cents millions de spectateurs rivés à leur poste de télévision.

Mon regard doit être éloquent car soudain Michael intervient :

— Ophélie, te souviens-tu de Bonifacio, toi et moi négociant sur le pont la dette de ton ami ?

Les avocats qui se querellaient depuis plus d'une heure ont retrouvé une unité de corps.

— Michael, ce n'est pas possible...

— Ophélie, n'oubliez pas ce que nous avons décidé. Vous ne devez pas... Ce n'est pas prudent...

Je n'ai pas quitté les yeux de Michael alors que les paroles des avocats me semblaient lointaines. J'y ai lu la promesse d'une solution, d'un futur pour moi comme pour lui. Je me suis retournée vers Me Maldini. J'étais indécise.

La voix de Michael m'a rappelée à lui.

— Regarde-moi, Ophélie. T'ai-je déjà déçue en termes d'équité ? J'ai beaucoup de défauts, mais je sais régler mes dettes...

Il a marqué une pause avant d'enfoncer le clou :

— Ce jour d'août où Robert et Christophe s'affrontaient, tu m'as demandé de régler l'affaire entre quatre yeux. Aujourd'hui, c'est moi qui te le demande.

Le propos était si fort et si chargé d'émotion que le silence s'est installé dans la pièce. Pendant un instant, on a eu l'impression que le monde était suspendu à mes lèvres.

Enfin, je me suis adressée à mon avocat :

— Maître, M. Brown et moi-même devons nous parler en tête à tête. Le toit est-il accessible ?

Il a poussé un gros soupir.

— Le toit, vous êtes sûre ? Vous ne préférez pas rester ici ? Mes confrères et moi-même pouvons vous laisser la pièce.

— Merci, maître, nous aurions dans l'idéal requis le pont supérieur d'un yacht, mais je suppose que vous n'avez pas ça ici, n'est-ce pas ? Alors nous devrons nous contenter du toit.

Il a dû se dire que nous étions dérangés, mais il nous a donné les indications nécessaires.

— Vous prenez l'ascenseur jusqu'en haut, puis vous trouverez un escalier qui vous mènera au toit.

J'ai hoché la tête. Quand je suis arrivée à la porte de la salle de conférences, Michael s'est effacé pour me laisser passer. Nous n'avons rien dit dans l'ascenseur ni dans l'escalier. En ouvrant la porte d'accès au toit, nous avons été éblouis par le soleil, qui était déjà très haut. L'atmosphère était d'une pureté rare, le ciel sans nuages. On pouvait voir loin à l'horizon, c'était très beau et très calme. C'est Michael qui a lancé la discussion :

— Quand je vois une journée comme celle-ci, je préfère ne pas penser à la prison. Je sais, Ophélie, que je t'ai blessée, mais je ne crois pas mériter ça...

— Il ne s'agit pas que de moi, Michael. Tu laisses des victimes partout autour de toi sans t'en soucier. Mon copain Christophe est mort, Akemi a failli y rester... Et encore, je ne connais que quatre de tes conquêtes, cinq si tu inclus Diana...

— Je ne savais pas, pour Christophe. En quoi suis-je responsable ?

— J'aurais dû être avec lui, quand tu m'as emmenée à ce fameux week-end à Londres. Si je ne t'avais pas suivi, j'aurais skié, et il n'aurait jamais fait de hors-piste...

— Je suis désolé. Vraiment.

Il faut reconnaître à Michael qu'il n'a pas essayé de se dédouaner en disant qu'il n'était pour rien dans cette avalanche horrible.

— Tu fais trop de dégâts autour de toi, tu es devenu une machine incontrôlable. Robert et Robin, qui assurent tes arrières, ne font qu'empirer les choses. Vous avez géré la tentative de suicide d'Akemi comme s'il s'agissait d'une liquidation judiciaire. Ça ne pouvait pas continuer, il fallait te stopper. J'ai essayé en faisant appel à ta compassion, à ta raison... Puis j'ai tenté de faire pression sur toi et le seul résultat a été que Laure et moi avons presque dû quitter les États-Unis...

Il a interrompu ma démonstration.

— Donc tu as trouvé un moyen plus radical...

— Oui.

— Peut-être que l'on pourrait le qualifier d'extrême ?

— Tu ne m'as pas laissé le choix, Michael. Je pense que c'était le seul moyen d'attirer ton attention...

Un autre que Michael aurait perdu son calme dans une discussion aussi grave, mais lui n'a pas même élevé la voix. Nous sommes restés un moment silencieux.

— Quelle est ton idée pour régler cette situation ? Tu veux de l'argent ?

— Oui, mais pas pour moi.

— Je vois que tu n'as pas changé. Tu as une idée du chiffre ?

Là, je me suis retrouvée toute bête, je n'avais aucune idée de la réponse. Je me suis rappelé un séminaire que nous avions eu à l'agence sur les négociations. On nous avait expliqué qu'il ne faut jamais donner dès le début le chiffre que l'on souhaite obtenir au final : il faut viser le plus haut possible pour arriver au meilleur résultat. Je n'ai pas suivi ces conseils, j'ai parlé avec mon cœur.

— Je ne sais pas, Michael. Je pense que la vérité doit se trouver à mi-chemin entre les propositions de nos avocats…

— Donc 49 millions, 50 en arrondissant.

J'ai été un peu effrayée par la somme.

— Ça doit être ça. C'est possible pour toi ?

C'était certainement la question la plus stupide à poser à ce moment-là. Il lui suffisait d'afficher une mine inquiète et de me demander de baisser à 30. Mais il n'en a rien fait. Il m'a même rassurée d'un sourire.

— Ça devrait être possible. Ça va même réduire ce que j'aurai à donner à Carolina pour le divorce…

— Vous allez divorcer ?

— C'est probable. Plus rien ne nous pousse à rester ensemble. Mais laissons cela pour l'instant. Tu sais à qui tu souhaites que la somme soit versée ?

— Oui, j'ai une amie qui copréside une association pour la défense des femmes victimes d'agression sexuelle. Cet argent servira pour une petite part à aider des personnes comme Akemi qui ont souffert de leur rencontre avec toi, en les indemnisant ou en dégageant des moyens pour leur assurer un suivi psychologique. Le reste de la somme permettra une aide plus large aux femmes victimes en Californie.

— D'accord. Et ton avocat ?

J'ai eu un moment d'inquiétude.

— Quoi, mon avocat ?

— Tu le paies comment ? Pour le procès criminel, tu ne lui dois pas trop d'argent si tu ne l'as utilisé qu'une semaine. En revanche, si tu as signé un accord avec lui pour un procès civil, je suis presque sûr que vous avez prévu un *contingent fee*[1].

Je n'étais pas certaine de ce que Me Maldini m'avait fait signer.

— Oui, il m'a expliqué que je n'aurais rien à payer pour le procès civil et qu'il serait rémunéré sur les sommes récupérées.

— Tu connais le pourcentage ?

J'ai hésité.

— Trente pour cent, c'est possible ?

Il a eu un petit rire mais les rides sur son front m'ont indiqué qu'il était préoccupé.

— Oui, ça aurait pu être pire. Mais il va quand même perdre trente pour cent de 50 millions. Il ne sera pas ravi…

Ça a été à mon tour d'être très soucieuse. Il m'a souri gentiment.

— Laisse, je m'en occuperai. On trouvera un accord.

Situation paradoxale : l'accusé proposait à la victime de l'aider pour négocier avec son avocat ! La réalité, c'est que Michael et moi retrouvions notre ancienne relation, à l'époque où il me protégeait.

Il avait pris les choses en main comme un père pour sa fille.

— Il faudra que tu acceptes une partie de l'argent…

— Mais je n'en veux pas !

— C'est nécessaire pour plusieurs raisons. La première, c'est que cela aidera à déterminer la somme qui

1. Honoraires conditionnés au résultat. Mécanisme permettant de ne payer son avocat que si des indemnités sont accordées à la victime, qui lui en reverse un pourcentage.

sera versée à ton avocat. La seconde, plus importante, est que tu dois te constituer une dot…

— Une « dot » ? Tu as dû être vraiment perturbé par ton personnage de Casanova. Nous sommes au XXIe siècle, les jeunes femmes ne sont plus dotées, on les épouse pour leur intellect et leur beauté, pas pour leur argent.

— Pourtant, dans ton cas, il faudra que tu en acceptes une. L'homme qui t'est destiné aura besoin d'une femme fortunée. C'est une victime collatérale de ton opération rédemptrice…

J'ai mis une seconde à réaliser qu'il parlait de Charlie.

— Tu es au courant ?

— Qu'il est fou de toi ? J'ai dû le comprendre bien avant que vous deux ne le réalisiez. Et il me l'a confirmé quand je l'ai vu la dernière fois.

— Et tu veux l'aider ? Malgré ses déclarations ?

Il a haussé les épaules, fataliste.

— C'est mon frère, même s'il dit des conneries. Et puis, il n'a rien dit contre moi. Charles est loyal envers tout le monde, ce qui l'a placé dans une situation impossible.

— Donc, tu veux que je l'entretienne.

Il a un sourire ironique.

— Avec mon argent, ça me paraît un juste retour des choses.

— Tu penses à combien ?

— Si on t'attribue dix pour cent de la somme, ça te fait 5 millions. Là-dessus, tu vas devoir payer 1 million et demi à ton avocat, ce qui en laissera 3 et demi.

— C'est énorme !

— Ne crois pas ça, Charles aura peut-être besoin de temps pour trouver un autre film à réaliser.

J'étais choquée par la nouvelle. J'allais être une millionnaire californienne. Mais soudain j'ai pensé à Laure.

— Michael, Laure et moi voulons créer une agence de relations publiques...

— C'est une bonne idée.

— Il faudrait que tu nous aides à nous lancer.

Il s'est marré.

— Tu ne crois pas que tu tires un peu sur la corde ?

Je l'ai étudié attentivement. Son œil avait toujours une lueur affable. Alors, j'ai continué :

— Si, mais on a besoin de toi.

— Tu veux quoi ? Encore plus d'argent ? Tu veux que je sois actionnaire ?

— C'était mon idée au départ, mais je pense que nous préférons posséder notre business. Grâce à la somme que tu vas me verser, je pourrai apporter le capital initial. Mais il risque d'y avoir une défiance à notre encontre au départ et nous aurons besoin d'activité...

— Combien ?

— Je ne sais pas. Si je dis 300 000 la première année et 200 000 la seconde, c'est trop ?

— Au point où j'en suis... C'est tout ?

J'ai inspiré un grand coup. Le plus dur était à venir.

— Un dernier point qui va te sembler bizarre. En fait, tu en bénéficieras plus que quiconque, même si tu risques de ne pas le voir tout de suite...

— Et c'est ?

— Il faut que tu t'engages à ne plus travailler ni avec Robert ni avec Robin. Ils te font du mal, Michael. Je crois que s'ils n'avaient pas été à tes côtés, tu n'aurais pas perdu le sens des réalités. Ce sont tes mauvais génies, il faut que tu t'en débarrasses.

J'avais peur d'une réaction virulente. Il est resté pensif.

— Et si encore c'étaient des génies au sens premier du terme… Ce n'est pas le cas, et la gestion de la crise des NDA la semaine dernière, quand ils ont cherché à les soustraire à la justice, en est la preuve la plus éclatante. Sans cette action d'« éclat », il est probable que la juge ne nous aurait jamais autorisés à les utiliser au tribunal. Mon avocat dit que c'était une erreur majeure.

— Qui va valoir à Robert d'être radié du barreau…

— Oui, et les plans de com' pourris de Robin rejaillissent négativement sur ton image… Michael, tu vaux beaucoup mieux que ça. Tu devrais prendre des femmes pour t'entourer, elles ont plus de finesse.

Il m'a regardée avec malice.

— C'est une bonne idée, Ophélie. Carolina était contre mais si nous divorçons, plus rien ne me retient. J'aime beaucoup l'idée d'être entouré par des femmes fines…

— Michael, je ne l'entendais pas dans ce sens-là. Il est impératif que tu choisisses des moches !

Il a souri mais a ignoré ma remarque.

— Pour en revenir à Robert et Robin, Ophélie, je t'entends, mais je ne peux pas m'y engager dans le cadre de cet accord. Je ne sais même pas si ce serait légal. Il faut que tu me fasses confiance sur ce point. Tu crois que c'est encore possible ?

Lui faire confiance ? C'est une question qui mérite réflexion. Je cherche la réponse dans ses yeux. Ils sont du bleu le plus pur, d'une couleur qui pousse à tout accorder. En une fraction de seconde, je réalise qu'il ne m'a jamais vraiment trahie en dehors de son addiction au sexe.

— D'accord, Michael, je te laisse décider du timing et du *modus operandi*, mais je compte sur toi.

— Je pense que l'on a tout réglé. On redescend ou tu veux qu'on se fasse monter un espresso ?

J'ai souri, sans doute le premier sourire sincère avec lui depuis Londres et l'hôtel Bulgari.

Quand nous sommes revenus, l'atmosphère entre les avocats s'était pacifiée. Ils étaient tranquillement en train de petit-déjeuner ! À se demander si leur dispute précédente n'était pas une sorte de jeu de rôle.

Michael a expliqué les termes de notre accord. Ils ont été très attentifs et ont pris des notes. Ensuite, Michael s'est adressé à mon avocat directement.

— Maître, j'ai une chose à voir avec vous. Peut-on s'isoler ?

Si Me Maldini a été surpris par la requête, il n'en a rien laissé paraître. Toujours cette impassibilité qui doit en faire un joueur de poker redoutable.

Ils n'ont été absents qu'une dizaine de minutes, mais, seule avec les trois avocats de la partie adverse, et en particulier Robert, je me suis sentie très isolée.

Quand ils sont revenus, Michael m'a regardée, m'a souri et m'a fait un clin d'œil. Ce geste de connivence, dont j'étais la destinataire unique, m'a décontractée.

— Me Maldini a, avec beaucoup de grâce, accepté de réduire ses honoraires à 1 million de dollars.

— Monsieur Brown, il était difficile de ne pas entendre vos arguments et de ne pas être touché par la générosité de Mlle Delacour dans le financement d'une organisation qui défend des victimes d'agression sexuelle.

L'avocat de Michael a abrégé les assauts de politesse pour commencer à retranscrire par écrit ce que nous avions négocié.

— Donc, en résumé, nous avons une indemnité pour Mlle Delacour de 5 millions de dollars. Sur cette somme, 1 million sera versé à Me Maldini en règlement de ses honoraires. Michael s'engage à obtenir un volant d'affaires pour la société de Mlles Delacour et Masson de 300 000 dollars pour leur première année d'exercice et de 200 000 pour la seconde. Cette somme est-elle comprise dans les 50 millions ou est-ce en sus ?

Merde, un point dont nous n'avons pas parlé. Je ne ferais pas une bonne avocate… Je me suis tournée vers Michael.

— C'est en plus des 50 millions, puisque ces sommes ne sortiront pas de ma poche.

Il a ponctué son propos d'un nouveau clin d'œil à mon intention. C'est curieux, je ne ressens plus ça comme un flirt, mais plutôt comme un nouveau type de relation. Est-ce que nous développons une sorte de camaraderie, à défaut d'amitié ou d'amour ? Je le souhaite sincèrement. Certes, c'est un peu curieux de renouer des rapports vu le passif qui existe entre nous mais ce serait plus simple si je dois passer ma vie avec son frère.

— D'accord, il reste une somme de 45 millions qui sera versée à cette association dont vous nous fournirez les coordonnées précises. En contrepartie, Mlle Delacour s'engage à retirer sa plainte et à ne pas poursuivre M. Brown et Mme Sanchez au civil. Un communiqué de presse sera élaboré conjointement par les parties pour établir qu'il n'y a pas eu agression et que la relation sexuelle n'était pas forcée.

L'avocat a jeté un regard circulaire aux personnes assises autour de la table.

— Ai-je couvert tous les termes de cet accord ? Pouvons-nous en commencer la rédaction ?

Tout le monde a acquiescé. Mais je me suis alors aperçue que j'avais oublié un point important et me suis lancée :

— Il ne faudra pas que vous attaquiez les jeunes femmes qui parleront à la presse et qui seront en rupture de NDA... Et puis Michael doit s'engager à ce que ce genre de choses ne se reproduise pas.

Là, j'y étais allée fort, très fort, certainement trop fort !

Même les sourcils de mon avocat se sont froncés. Me Van der Bourne et Robert n'ont rien dit et se sont tournés vers Michael.

Ses yeux étaient voilés, le bleu n'était plus le même. J'ai eu peur qu'il se fâche devant cet ultime caprice, mais il s'est exprimé d'une voix calme et patiente :

— Ophélie, concernant la rupture des NDA, tu dois te rendre compte que des femmes qui ont eu une relation avec moi sans en souffrir le moins du monde vont essayer d'en tirer de l'argent en vendant leur histoire aux tabloïds. Est-ce juste ?

J'ai réfléchi : il n'avait pas tort. Ce n'était pas Akemi qui allait se retrouver en une des journaux à scandales, c'était toutes les Jenny du monde que Michael avait croisées. Penser que la rousse vulgaire pourrait s'enrichir en racontant les détails sordides de leur relation sexuelle dans les toilettes d'une boîte londonienne m'a permis de réaliser que j'avais fait fausse route.

— D'accord, tu as raison.

— Je dois stopper les chasseuses de primes mais, si tu veux, dans le cas où nous devrions les poursuivre au tribunal, je te promets que les sommes récupérées seront versées à ton association en plus du montant déjà accordé. Ça te convient ?

— Oui, merci.

Après un instant de réflexion, il a ajouté :

— Quant à ton autre demande, il est impossible de te l'accorder. Je vais certainement me retrouver jeune divorcé. Peux-tu croire possible que je m'abstienne de toute relation ?

— Non, mais tu ne dois pas leur faire croire que tu les aimes, elles ne doivent pas tomber amoureuses.

— Dire en amont à une femme qu'il s'agit juste de sexe brise le rêve et le fantasme. Je ne dis jamais à une femme que je l'aime…

Son regard a plongé en moi. En un instant, nous n'étions plus que tous les deux, tous les autres avaient disparu.

— Ophélie, si j'avais dû le dire à quelqu'un, ç'aurait été toi. Mais j'ai réussi à me retenir…

Cette déclaration m'a frappée comme un coup de poignard.

— Je ne promets jamais rien, mais certaines jeunes femmes veulent croire à un futur possible avec moi.

Je fais partie de celles-ci ou, pour être plus exacte, j'en faisais partie.

— Je ne peux que m'engager à essayer d'être plus clair à la fin d'une relation.

— Et à les avertir, quand tu prends l'avion au lendemain d'une soirée romantique en tête à tête sur une plage…

Il a souri.

— Ça, je peux m'y engager. Je ne pense pas refaire ce genre de soirée. La copie serait toujours fade par rapport à l'original.

Je n'ai pas su évaluer la part de flatterie dans son propos, mais j'aime à imaginer qu'il y avait aussi de la sincérité.

Après cet échange, nous avons réalisé que nous n'étions pas seuls dans la pièce.

L'avocat de Michael a résumé la situation :

— Donc, si j'ai bien compris, on laisse les choses en l'état.

Cette fois, ils se sont tournés vers moi.

— Oui, l'engagement oral de Michael me suffit.

— Bon, tout est OK. Une dernière chose : si le *district attorney* décide de continuer les poursuites, l'accord est caduc.

J'ai eu un sursaut.

— C'est possible ?

Me Maldini m'a rassurée.

— Théoriquement oui, mais les *district attorneys* prennent rarement ce risque quand la victime retire sa plainte. Les procès pour viol sont déjà difficiles à gagner quand la victime témoigne, alors là... En plus, vous savez qu'aux États-Unis ils sont élus, et qu'ils ont besoin d'argent pour financer leur campagne. L'élection est l'année prochaine. S'acharner sur un membre éminent de la communauté de Los Angeles risquerait de compromettre la levée de fonds pour sa candidature...

C'était une excellente nouvelle, mais je n'ai pu m'empêcher de penser qu'on ne prête qu'aux riches...

Les avocats sont allés saisir le contrat. Je suis restée seule avec Michael.

— Tu vas vraiment divorcer ?

— Oui, c'est probable. Je vais aussi devoir vendre la maison. Nouveau logement, nouvel avocat, nouveau responsable de communication... nouvelle belle-sœur ?

Quand il m'a fixée d'un regard qui me transperçait comme s'il lisait directement dans mon cœur, j'ai rougi.

— Peut-être, je ne sais pas, c'est trop tôt...

— Je pense qu'il va être fou de joie quand il va apprendre la nouvelle de notre accord. Il t'aime, Ophélie, plus encore que tu ne le supposes... Il sera chez moi quand je rentrerai. Je peux lui apprendre la nouvelle ?

— Vas-y, ce sera plus facile pour toi en face-à-face que pour moi par SMS.

Nous avons continué à parler comme de vieux amis, une nouvelle relation que nous étions en train de créer.

Un peu après 10 h 30, nous avons signé les contrats en quatre exemplaires, puis échangé des poignées de main. Quand j'ai tendu la main à Michael, il m'a lancé un regard amusé.

— Allons, Ophélie, nous avons dépassé ce stade-là !

Et il m'a prise dans ses bras pour m'embrasser sagement sur les deux joues. Je pense que les avocats ont failli s'étrangler, tant nos rapports doivent leur paraître incompréhensibles.

Je dois avouer que je suis moi-même surprise. Je m'attendais à un dur combat, et tout s'est déroulé avec beaucoup de simplicité. J'espère qu'il en ira de même avec le procureur...

Journal de Laure

13 juillet 2015, 23 heures

Ophélie vient de partir en taxi. Ce soir, c'était le dîner de lancement de notre nouvelle agence.

Quand elle est arrivée ce matin un peu avant midi, je n'étais pas de très bonne humeur, la faute à une conversation téléphonique avec Bertrand. Mon ex-boss préféré voulait s'assurer que nous avions bien fait ce qu'il avait demandé. Moi, avec un manager qui vous flique, j'ai beaucoup de mal. J'ai réussi à rester polie, mais j'étais au bord de l'explosion.

Il n'est pas illogique qu'Ophélie morfle pour me permettre d'évacuer mes frustrations.

— Ça va, princesse ? Pas trop dure la matinée ? Bertrand n'a pas tort de vouloir fermer la boîte si cinquante pour cent des effectifs ne foutent rien !

Elle m'a lancé un regard impénétrable et m'a répondu du tac au tac :

— Laure, si tu veux avoir une chance que l'agence de R.P. Masson & Delacour ne se transforme pas en Delacour & Masson, tu ferais mieux de la fermer et de m'écouter. Ça t'évitera de dire des bêtises... Je vais injecter 100 000 dollars de capital pour lancer la boîte.

J'étais sciée.

— Mais comment as-tu pu avoir cet argent ?

— Comme je te l'ai dit l'autre jour. Par Michael.

— Non, arrête de déconner !

— Je suis sérieuse. En plus, il va nous aider les deux premières années. Il va nous apporter du business, et 500 000 dollars sur deux ans.

— Mais par quel miracle… ?

— Nous avons trouvé un arrangement. Je retire ma plainte.

J'ai eu un doute affreux.

— Ophélie, j'espère que tu n'as pas fait ça à cause de moi - tu n'as pas sacrifié tes intérêts pour moi ? Un viol, c'est sérieux. Je ne veux pas qu'il te force la main encore une fois. Je me le suis assez reproché, la dernière fois que nous avons signé un contrat avec lui.

— Non, ne t'inquiète pas. J'avais mon avocat et tout s'est passé comme je le souhaitais.

J'ai commencé à comprendre que le conte de fées était une réalité. Je me suis mise à hurler :

— C'est génial ! Toi et moi à Hollywood, mais cette fois avec une agence qui nous appartient !

Elle me regardait avec un grand sourire. J'ai eu un petit remords pour la façon dont je l'avais accueillie.

— Excuse-moi pour tout à l'heure, mais Bertrand m'avait exaspérée.

J'ai pris sur moi, et inspiré un grand coup pour être capable de prononcer la phrase suivante :

— L'agence, on peut l'appeler Delacour & Masson. Ce serait plus logique, tu apportes les fonds, les clients…

— Non, Masson & Delacour, c'est un nom formidable. Tu le mérites bien, tu es une vraie amie, tu m'as toujours soutenue.

Là, ça a été trop pour moi, j'ai craqué. Je me suis mise à pleurer, ce qui m'arrive rarement. Je ne pouvais plus m'arrêter, c'était ridicule. Ophélie m'a prise dans ses bras et m'a embrassée.

— Alors, ma grande bécasse, pourquoi ces larmes ?

— Je n'y peux rien, je suis trop contente...

J'ai bien dû mettre une dizaine de minutes à retrouver ma contenance.

Après, j'avais une pêche dingue. J'ai voulu appeler Bertrand pour lui claquer ma dém' dans l'instant. Ophélie n'a réussi à m'en dissuader que parce qu'il était trop tard en France, mais aussi parce qu'elle trouvait plus prudent d'avoir l'argent sur son compte pour pouvoir déposer les statuts de la société. Elle doit avoir raison, mais j'aurais quand même été ravie de pourrir la soirée de mon futur ex-boss.

L'après-midi a été consacré à discuter de nos plans pour l'avenir. Nous allons changer de bureaux, trouver un endroit plus stylé, plus moderne.

Ce soir, c'était champagne à volonté à la maison. Enfin, j'exagère un peu, mais on a quand même sifflé deux bouteilles à nous trois. Pour accompagner de la nourriture japonaise, c'était un peu curieux mais pas désagréable. De toute façon, l'ambiance était à la fête. On aurait bu du Champomy, ça aurait (presque) été la même chose. Le pauvre David n'a pas pu en placer une, tellement Ophélie et moi étions volubiles.

Ce n'est pas grave, maintenant que nous sommes tous les deux, je vais lui donner un autre moyen de s'exprimer...

Journal d'Ophélie

14 juillet 2015, 9 heures

Me Maldini vient de m'informer que nous voyons le *district attorney* à 11 heures. C'est une perspective stressante. Si j'avais su, je me serais débrouillée pour avoir plus d'heures de sommeil. Mais je ne vais pas non plus regretter ma soirée…

Au moment où Laure, David et moi attaquions la seconde bouteille de Laurent Perrier, j'ai reçu un SMS de Charlie.

« Michael m'a dit que vous aviez réglé vos problèmes et que tu étais satisfaite du résultat. J'espère que c'est le cas. »

« Merci. Je suis très contente, ne t'inquiète pas. »

« Que fais-tu ? »

« Je suis chez Laure et David. Nous fêtons la création de l'agence Masson & Delacour que nous allons lancer. »

« C'est une super idée. J'aimerais bien être avec vous. Tu me manques. Bonne soirée. »

J'ai senti qu'il aurait aimé me voir. Je me suis aperçue que j'étais dans le même état d'esprit. Pourquoi donc renoncer à ce plaisir commun ? J'étais à Santa Monica, lui sur les hauteurs de Los Angeles. Un esprit chagrin aurait pu me rétorquer que ce n'était pas prudent de s'exposer ainsi, au risque de se faire surprendre par les médias. Mais je me suis dit qu'ils allaient de toute façon se déchaîner, quand ils apprendraient que je retirais ma plainte. Alors, un peu plus ou un peu moins…

Quand je suis montée dans le taxi en quittant Laure et David, j'ai malgré tout pris la précaution de donner une adresse à plus de cinq cents mètres de chez Charlie. Une précaution inutile, car il n'y avait aucun journaliste ni paparazzi à proximité. C'est ça le problème : à force, on devient parano…

Le plus difficile a été d'escalader le mur pour entrer subrepticement dans le jardin. Je n'ai dû mon salut qu'à la poubelle, qui m'a permis d'atteindre le haut. Après, il fallait sauter dans le noir. Il y avait bien deux mètres. Je me suis dit que se casser une jambe maintenant serait stupide, mais tout s'est bien passé.

Je me suis dirigée vers la piscine. Tout était sombre. J'ai regardé la maison éclairée, et j'ai vu Charlie qui déambulait dans son salon. Mon plan était prêt, je me suis déshabillée. C'est dans la tenue d'Ève que je me suis glissée dans l'eau : elle était délicieuse. Je me suis appuyée sur un des rebords pour pouvoir texter :

« Hello, Charlie, je pensais à notre course de natation. Tu avais un peu triché, tu me dois une revanche… »

Il ne lui a pas fallu une minute pour me répondre, à croire qu'il a son iPhone scotché dans la main.

« Ce n'est pas le souvenir que j'en avais. J'avais plutôt l'impression que tu avais essayé de me couler pour m'empêcher de gagner ! Mais je suis à ta disposition pour une revanche. Quand tu veux… »

« Maintenant, ça me paraît bien. »

J'ai senti un moment de flottement.

« Tu veux dire quoi par “maintenant” ? »

« Tout de suite. Je suis déjà dans l'eau, et elle est excellente ! »

J'ai vu sa silhouette apparaître à la fenêtre. Il a regardé dans ma direction puis a disparu. J'étais dans le noir, il ne pouvait rien distinguer. Quelques secondes plus tard, les lumières autour du bassin se sont allumées. J'ai vu sa silhouette réapparaître à la fenêtre avant de s'évanouir à nouveau. Vingt secondes plus tard, il était devant moi.

— Ophélie, quelle surprise !

— Une bonne, j'espère ?

— Excellente, mais je croyais que tu étais chez Laure.

— J'y étais, mais la proximité de la mer m'a donné envie de nager et je ne connais que deux maisons avec piscine à Los Angeles : celle de l'autre Brown et la tienne. Je me suis dit que Carolina n'aimerait pas me voir débarquer à une heure aussi tardive. Donc je suis là. Ça ne te gêne pas ?

— Non, je suis ravi. Tu avais pris ton maillot ?

Comme j'étais collée contre le rebord, il ne pouvait voir que j'étais nue.

— Non, mais ce n'est pas grave, je n'en avais déjà pas la dernière fois... Dépêche-toi de me rejoindre. L'eau a beau être chaude, je commence à avoir un peu froid.

— Je suis à toi dans deux minutes, le temps de me changer.

J'ai joué la femme excédée.

— Tu n'as pas besoin de maillot, tu peux te déshabiller ici. Ce n'est pas comme si j'allais voir quelque chose de nouveau... Ou alors tu crains que je ne redécouvre la faible taille de ton sexe, comme au moment où tu étais entré dans le jacuzzi...

— Je te l'ai expliqué, c'était à cause de l'eau froide !

— Oui, je sais, tu m'as même montré la vidéo de *Seinfeld* sur ton iPad. Donc, logiquement, aujourd'hui, tu n'as rien à craindre.

— OK, mais retourne-toi.

— Tu plaisantes, j'espère ! Pourquoi crois-tu que j'ai quitté le doux foyer de mes amis ? Tu es une vraie chochotte ! Allez, déshabille-toi !

Il a fait semblant de ronchonner, mais s'est exécuté. Il a commencé par ôter sa chemise. Dans la faible lumière, j'ai pu réadmirer la splendeur de son torse musclé. J'ai sifflé.

— Normalement, ce sont les hommes qui sifflent pour des strip-teases de femmes !

— Juste retour des choses... Je suis une femme moderne. En plus, je ne suis pas la seule. Il y a même des spectacles de Chippendales pour permettre à la gent féminine de se déchaîner.

— Tu y es déjà allée ?

— Non, je t'ai, ça me suffit.

— Alors, si c'est ça que tu veux...

Il s'est mis à imiter les gogo dancers. Il a débouclé lentement sa ceinture, avant de la retirer puis de la faire tournoyer au-dessus de sa tête. La braguette a été ouverte bouton par bouton, très lentement, avant que le pantalon ne rejoigne la chemise. Pour le caleçon, il s'est tourné et l'a fait descendre avec beaucoup de sensualité. J'ai vu ses fesses musclées et je me suis alors demandé si j'avais vraiment considéré sérieusement la perspective de ne plus jamais avoir pour moi cet homme si beau et si gentil.

Le temps que cette réflexion traverse mon esprit, j'ai vu une forme plonger dans l'eau. Quelques secondes plus tard, il était près de moi.

— Salut.

— Salut, *handsome*[1].

Il avait presque l'air timide, « tout chou » comme Laure aurait pu le qualifier.

J'ai lâché le rebord pour passer mes bras autour de son cou. Nous étions proches, mais pas suffisamment pour que mes seins viennent frôler sa poitrine. J'ai posé mes lèvres sur les siennes, mais en étant bien décidée à ne pas précipiter les choses. Mon baiser était doux et ma langue est restée sagement à l'intérieur de ma bouche.

— Alors, on la fait cette course ?

— Tu vas encore perdre...

— Non, cette fois on choisit un système de handicap plus équilibré. Tu dois effectuer quatre longueurs pendant que j'en fais deux.

— Je ne sais pas si « plus équilibré » est adapté...

— Ne commence pas à être mauvais joueur !

— D'accord, on essaie.

Nous nous sommes positionnés à un bout de la piscine.

— Je fais un compte à rebours et on part quand je dis « go ».

— D'accord.

— Trois, deux...

À deux, il s'est élancé.

— Charlie, tu triches !

1. Beau gosse.

— Chacun son tour, je ne vais pas me faire avoir à chaque fois !

Je l'ai vu partir à fond la caisse dans un crawl magnifique. Il allait très vite, mais quand il a terminé sa troisième longueur je n'étais plus qu'à quelques mètres de l'arrivée. Je me suis approchée jusqu'à me trouver à dix centimètres du but.

J'ai pris un malin plaisir à le chambrer.

— Plus vite, Charlie, tu traînes ! Tu vas perdre...

Il a redoublé d'efforts dans un baroud d'honneur inutile. Quand il est arrivé près de moi, j'ai tendu la main pour toucher le rebord.

— Gagné !

Ce que je n'avais pas prévu, c'est qu'il se jetterait sur moi pour me couler. Comme j'avais la bouche ouverte, j'ai bu la tasse.

J'ai sorti la tête de l'eau quelques instants plus tard en toussant et en crachant à qui mieux mieux. J'ai même inquiété Charlie.

— Ophélie, ça va ?

J'ai réussi à répondre entre deux moments où je recrachais de l'eau.

— J'étais en train de te parler...

— C'est sûr que quand on met la tête sous l'eau, il vaut mieux fermer la bouche.

— Mais c'est toi qui as failli me noyer !

— Je vais réparer mes torts. On fait quoi pour sauver la victime, dans ces cas-là ?

Avant que je réponde, sa bouche est venue sur la mienne. Cette fois, plus question de bisou ou de distance entre nous. Sa langue est venue chercher la mienne, ma poitrine s'écraser contre ses pectoraux. C'est intense : il y a trois mois de frustration et d'amours déçues à effacer. Nos bouches sont douées d'une vie propre, elles échangent du plaisir.

J'ai mis mes bras autour de son cou pour renforcer notre union. Cette proximité me fait sentir son érection contre mon ventre, qui contredit mes plaisanteries. Cette sensation me fait gémir par anticipation, je vais accueillir cet homme magnifique en moi. Je lève ma jambe contre sa hanche, saisis son sexe pour le positionner contre le mien. Il pousse doucement, et mon sexe s'élargit pour lui permettre de prendre sa place, ce qui déclenche en moi des ondes de plaisir et m'arrache un premier gémissement. Faire l'amour ainsi debout dans une piscine, c'est délicieux. Le faire avec l'homme qu'on aime, c'est exquis... Une autre source de plaisir vient de ces yeux d'un bleu unique plongés dans les miens. Nos regards ne se quittent pas. Il entame de profonds allers-retours en moi. Mes gémissements augmentent, son regard s'assombrit, ses sourcils se plissent sous l'effet du plaisir et de la concentration. Il voudrait que nous parvenions à l'orgasme ensemble, je le sais. Je décide de m'abandonner. Je jette mes jambes autour de son bassin pour le sentir encore plus profond en moi, ma bouche relance un assaut de sensualité. Il a positionné ses mains sous mes fesses, et son rythme devient échevelé. Son sexe grossit puis il est pris de spasmes et des jets puissants atteignent l'épicentre de mon être. J'ai l'impression que son sexe a doublé de volume au moment de l'éjaculation. Son orgasme provoque le mien, que j'exprime en criant son prénom dans la nuit, à plusieurs reprises. Puis mes muscles se détendent et je sens comme une perte de contrôle, presque une perte de connaissance. C'est Charlie qui me ramène dans notre monde.

— C'était la bonne méthode pour te ranimer ?

— Tu plaisantes, j'ai failli m'évanouir.

— Faire qu'une femme s'évanouisse de plaisir, je n'ai jamais connu ça...

— J'espère bien !

— Tu frissonnes. Viens, on va prendre un bain chaud.

Il est allé chercher des serviettes, puis nous sommes montés dans la salle de bains. Il a fait couler l'eau dans la baignoire, a ajouté des sels. J'attendais patiemment quand j'ai eu une envie.

— Charlie, je peux prendre les bougies que j'ai vues en bas ?

— Tu veux faire quoi, me verser de la cire brûlante sur le torse ?

— Non, ce genre de fantasme tordu, je le réserve pour dans quelques années, quand je n'arriverai plus à provoquer tes érections en te faisant l'amour de façon classique.

— Vas-y, prends tout ce que tu veux.

J'ai effectué une razzia en plusieurs voyages. J'ai mis la main sur une douzaine de bougies, toutes de formes et de couleurs différentes.

— C'est dingue que tu possèdes autant de bougies !

Il a eu un instant d'hésitation avant de m'avouer :

— C'est Amy, c'était sa passion.

Il était trop mignon : il avait eu peur de heurter ma sensibilité en me parlant de son ex.

— Tu peux utiliser le présent, il est vraisemblable qu'elle aime toujours ça. Ce qui change, c'est que tu es avec moi, et plus avec elle. Tu as beaucoup de chance.

— J'allais le dire. Passe-moi une allumette, je vais t'aider.

Quelques minutes plus tard, nous étions tous les deux dans la grande baignoire, dans une pénombre éclairée par les flammes dansantes, profitant du mélange des fragrances provenant des sels de bain et des bougies. C'était enivrant, autant que le sentiment d'avoir à présent les problèmes derrière moi ; j'avais trouvé l'amour et mon futur s'annonçait radieux.

— Penses-tu que nous pourrons encore faire l'amour trois fois ?

— Cette semaine ? Oui, trois fois me semble un nombre raisonnable.

— Mais non, pas cette semaine ! Je parle de ce soir.

Il a gémi :

— Ça peut être dangereux de trop faire l'amour !

— Qu'est-ce que c'est que ces bêtises ?

— Tu n'as pas lu le livre de John Irving *L'Hôtel New Hampshire* ? Les deux héros font l'amour toute la nuit, pour ne plus jamais le refaire de toute leur vie.

J'étais bien installée dans les bras de mon amoureux, mais j'ai bondi en entendant ça et je me suis retournée pour lui faire face.

— Charlie, n'as-tu pas remarqué que tu ne sors plus avec une pouf – je ne parle pas d'Amy, plutôt des autres –, mais avec une jeune femme dont la culture égale la tienne, voire la surpasse ?

Il a été surpris par ma sortie.

— Je n'en ai jamais douté.

— Donc, pour revenir à ton exemple, tu as oublié que ces deux personnages sont frère et sœur et que faire l'amour jusqu'à en être dégoûté est une idée de Franny afin que John puisse surmonter son attirance pour elle. Je ne vois pas en quoi cette sublimation d'inceste peut servir de base à ta démonstration. Tu verras, tu es encore capable de performer plus que tu ne le crois malgré ton grand âge.

Je me suis réinstallée dans ses bras, décidée à lui laisser plus de temps pour récupérer. Une quinzaine de minutes plus tard, nous sommes sortis de l'eau. Charlie m'a passé une serviette.

— C'est chacun pour soi, c'est ça ?

— Tu veux dire quoi ?

— J'aurais pu t'essuyer et tu aurais fait la même chose pour moi...

Il a ri.

— Je te vois venir à dix kilomètres, tes yeux te trahissent !

— Je ne vois pas ce que tu veux dire. C'était plus sympa de s'entraider, voilà tout. C'est quoi, ce tapis de bain ? Un peu kitsch, non, le côté fourrure ? En même temps, ça donne des idées...

Et sans autre forme de procès, j'ai saisi la ceinture enroulée autour de sa taille et je l'ai dénudé. Avec son sexe au repos, il m'évoquait un dieu romain ou grec.

— Eh, que fais-tu ?

— J'ai envie de tester ta salle de bains avec son tapis bizarre.

Je me suis approchée de lui, me suis mise sur la pointe des pieds pour l'embrasser. Il n'a pas vraiment réagi à mon baiser moelleux. J'ai l'impression qu'il serait bien allé tranquillement se coucher dans son lit avec moi. Pas question, mon garçon, je te veux ici, maintenant !

J'ai senti qu'il me fallait faire preuve d'initiative. Je l'ai embrassé une dernière fois sur la bouche, puis j'ai commencé à glisser le long de son corps. Quand je suis arrivée au niveau de son sexe, je l'ai titillé avec ma bouche sans me servir de mes mains. Le jeu, c'était de le prendre partiellement et de le laisser s'échapper. Par moments, je lui donnais des coups de langue. Sous l'effet de cette torture, j'ai pu constater qu'il avait une réserve de vitalité conséquente. Quand son érection a été totale, j'ai lancé d'une voix chargée de sensualité :

— Regarde-moi !

Il a baissé les yeux, et quand nos deux regards se sont accrochés, je l'ai pris dans ma bouche tout en le caressant avec ma main. Très rapidement, il a commencé à gémir et ses yeux ont eu du mal à garder le cap. J'ai senti qu'il était temps de passer à l'étape suivante. Je me suis allongée sur le tapis doux et je l'ai forcé à me rejoindre. Dans l'état où je l'avais mis, pas question de l'accueillir en moi immédiatement, nous risquions une arrivée au but désynchronisée... J'ai guidé sa tête vers mon sexe. J'étais déjà très excitée. L'action de sa grande main fine, conjuguée à sa bouche, m'a fait haleter. Quelle délicieuse sensation déclenchaient sa langue qui jouait avec mon clitoris et son majeur qui m'explorait complètement ! Quand il est venu sur mon point G, j'ai poussé de petits cris. J'avais peur qu'il ne jouisse avant moi, c'est le contraire qui s'est produit. L'insupportable caresse a provoqué mon plaisir, un orgasme d'une bonne amplitude sur l'échelle de Richter. Enfin, je sais que cette échelle est supposée mesurer les tremblements de terre, mais elle me paraît assez appropriée pour donner une valeur à ma jouissance. Si un tremblement entre 7 et 8 est qualifié de « très fort » et qu'il « peut provoquer des dommages sévères dans de vastes zones », je pense qu'on n'était pas loin du compte en intensité.

Je me suis retrouvée étourdie, à essayer de récupérer. Charlie a tenté d'établir un contact.

— Ophélie ?

— Hum...

— Où est la jeune femme multi-orgasmique qui voulait du sexe sans interruption ?

— Elle n'est plus là, elle cherche à récupérer...

J'ai commencé à faire une sieste quand j'ai senti une brûlure sur l'épaule. J'ai hurlé en essayant d'identifier la raison de cette douleur. J'avais sur la peau une petite excroissance rouge : de la cire !

Le coupable avait encore la bougie dans la main.

— Mais tu es un vrai malade ! Ça fait super mal !

— C'est qui la chochotte, maintenant ? Tu avais dit que ce serait nécessaire quand on n'aurait plus l'attention sexuelle de l'autre... Ce moment est arrivé puisque tu m'as laissé tomber...

Merde, c'est vrai, il avait raison : le pauvre n'avait pas joui ! Mais même si la douleur s'était évanouie depuis longtemps, j'avais toujours la cire rouge sur le bras qui me donnait des envies de vengeance.

— Tu as vu *Bully*, le film de Larry Clark ? Prépare-toi à un remake !

J'ai lu dans son regard qu'il savait à quoi je faisais référence. Je l'ai forcé à se coucher sur le tapis et je l'ai enjambé. Pour remédier à son érection déclinante, je l'ai embrassé passionnément tout en le caressant avec la main. Il a récupéré sa forme. De mon côté, l'épisode précédent me permettait de l'accueillir sans préliminaires supplémentaires.

Je me suis mise très droite sur lui et je l'ai guidé en moi. J'avais retrouvé tout mon allant. Chevaucher Charlie, contempler sa musculature magnifique au niveau des abdominaux, des pectoraux et des bras, c'était un pied incroyable. On devrait forcer tous les hommes à s'inscrire à des cours de gym !

Je montais et je descendais sur son sexe tendu, et le plaisir qui en résultait a failli me faire oublier de mettre ma menace à exécution. C'est mon odorat qui, en inspirant les essences dégagées par la cire brûlante, m'a rappelé ce que j'avais prévu. J'ai attrapé la bougie et, tout en continuant les va-et-vient de mon bassin, je me suis mis à déverser une fine cascade de cire liquide sur mon amoureux. Au début, j'ai surveillé ses réactions pour éviter que ce soit douloureux mais, loin de lui déplaire, ce traitement a eu l'air de le stimuler. Il a pris mes hanches entre ses mains pour amplifier les mouvements. J'ai eu de la peine à garder le contrôle de la bougie alors que mon plaisir montait. Nos orgasmes n'ont pas été simultanés : il m'a battue de quelques secondes, mais son éjaculation bien que plus réduite que la première m'a permis de m'approcher du but.

Je sais que les hommes, après leur orgasme, préfèrent qu'on ne touche plus leur sexe rendu hyper sensible, mais, là, je n'avais pas le choix, alors je l'ai joué égoïste. J'ai précipité mes mouvements sur son sexe, qui commençait à perdre de sa vigueur. J'ai vu qu'il grimaçait, mais j'ai réussi à atteindre ce que je cherchais, un troisième orgasme. Beau score pour une reprise !

Je me suis effondrée sur lui. Nous sommes restés à nous câliner dans la même position pendant un moment, puis je me suis relevée pour gratter la cire collée sur sa poitrine. Bien que presque imberbe, Charlie avait quelques poils. Beaucoup sont partis en même temps que la cire, ce qui l'a fait gémir bien plus que la cire brûlante !

— Ça fait mal.

— On parlait de personnes douillettes... Tu es bien un mec, toi ! Quelques malheureux poils et tu hurles. On comprend mieux pourquoi Dieu ne vous a pas permis d'accoucher, vous n'auriez jamais supporté !

Plus tard, il a voulu me prêter un tee-shirt mais je préférais autre chose.

— Tu ne veux pas qu'on la joue James Bond ?

Il a eu l'air surpris.

— Tu plaisantes, j'adore ! N'oublie pas que je suis anglais. Ils ont envisagé de me prendre en 2006 à la place de Daniel Craig pour *Casino Royale* mais j'étais trop jeune pour le rôle.

— Non, c'est pas vrai, c'est génial !

Il m'a regardée avec un sourire ironique.

— Ce que tu peux être crédule !

Il n'a pas eu le temps de profiter de sa blague très longtemps. Il a poussé un nouveau hurlement quand j'ai saisi un des rares poils survivants et que je l'ai arraché de sa poitrine.

— Ophélie !

— Ça t'apprendra à te moquer...

— OK, c'est quoi ton histoire de James Bond ?

— Tu prends ton plus beau pyjama, tu me passes le haut et tu mets le bas.

— J'aime beaucoup l'idée…

C'est moi qui ai choisi un pyjama Derek Rose terriblement anglais, en satin bleu avec des boutons nacrés. Il avait encore l'étiquette. Charlie s'est senti obligé de se justifier.

— C'est un cadeau de ma mère. Il vient de chez Harrods. Tu es sûre que tu ne préfères pas un tee-shirt ?

— Charlie, arrête de faire ton Américain ! Il est très chic ce pyjama.

Il m'a regardée d'un air songeur.

— Je ne connaissais pas ce côté *posh*[1] chez toi !

Cinq minutes plus tard, nous étions confortablement allongés dans le grand lit chacun dans notre demi-pyjama.

Soudain, une évidence m'a frappée.

— Tu ne m'as pas demandé si je prenais toujours la pilule ! Ni si j'étais dans une période dangereuse et si tu devais utiliser des préservatifs… Tu joues à la roulette russe ?

— Non, je sais seulement que si tu m'annonçais que tu es enceinte, je serais ravi de savoir que je vais partager cette merveilleuse aventure avec la femme de ma vie.

Les larmes me sont montées aux yeux tellement cette déclaration était touchante. Je me suis penchée sur lui pour l'embrasser.

— Je serais si contente de pouvoir te donner de beaux enfants. C'est pour ça que nous allons refaire l'amour encore deux fois.

— Pourquoi ? Tu ne prends vraiment pas la pilule ?

---

1. Pour les Anglais : BCBG, snob.

— Si, mais, comme dirait Laure, « faire des bébés, c'est le seul sport où je préfère l'entraînement à la compétition ».

Il a eu la gentillesse de rire.

— C'est mignon, ça ne m'étonne pas de Laure, ce genre de déclaration. Mais, plus sérieusement, on ne peut pas faire l'amour deux fois de plus. Même une fois, je ne suis pas sûr d'en être capable !

— Mais si, tu verras, ça se passera très bien, je vais t'aider…

— Tu veux ma mort !

On a continué à se chamailler un moment. Finalement, on a trouvé un compromis : nous n'avons fait l'amour qu'une fois, mais j'ai eu deux orgasmes !

Journal d'Ophélie

15 juillet 2015, 10 heures

Ces dernières vingt-quatre heures ont été monopolisées par la justice, les forces de police et même celles de la marine américaine. Tout un programme !

Ça a commencé par une rencontre pas très plaisante avec le *district attorney*. C'est pourtant Me Maldini qui a expliqué avec beaucoup d'habileté que je n'étais plus très sûre des événements, et que je pensais avoir eu quelques étourdissements avant même de quitter la soirée.

Le procureur l'a interrompu pour m'interroger directement :

— Vous aviez déclaré vous sentir bien à la soirée et n'avoir perçu une perte de contrôle que chez les Brown après qu'ils vous avaient servi à boire...

— Non, c'est à la soirée que j'ai commencé à me sentir bizarre. Chez les Brown, ça n'a fait qu'augmenter.

— Et les verres que vous avez bus vous ont-ils été servis par Mme Sanchez ou par M. Brown ? Ou même par Robert Stein ou Robin Watson ?

L'espace d'un instant, j'ai eu la tentation de mouiller un des deux affreux mais je ne l'ai pas fait.

— En réalité, je suis allée les chercher moi-même.

Il a soupiré.

— Vous avez d'autres souvenirs qui vous sont « revenus » ?

Me Maldini a repris la parole :

— Ma cliente n'en est pas certaine, mais elle croit se rappeler que les époux Brown lui ont parlé d'un jeu de rôle...

Le procureur l'a interrompu :

— Et je suppose que, dans ce jeu de rôle, elle devait feindre de se faire violer sous l'œil d'une caméra...

— En gros, c'est cela.

Là, on a eu droit à un énorme soupir d'exaspération. Il m'a foudroyée du regard.

— Vous devez savoir que je pourrais continuer les poursuites en demandant au juge de vous déclarer « témoin hostile »... L'expérience du procès ne serait pas très agréable pour vous !

Encore une fois, mon avocat est intervenu :

— Monsieur le Procureur, une telle procédure gaspillerait l'argent du contribuable, vu que le nouvel éclairage apporté par ma cliente semble prouver l'innocence des époux Brown. Sans compter que cela vous ferait personnellement perdre du temps dans une période électorale où vous aurez besoin…

C'est le procureur qui a terminé la phrase :

— … de récolter un maximum de fonds, notamment auprès de la communauté blanche de Santa Monica, Brentwood et Beverly Hills. Merci, je ne suis pas idiot. Mademoiselle Delacour, j'espère que vous savez ce que vous faites… et que le chèque est suffisant pour panser vos blessures, sinon physiques du moins morales…

J'aurais eu envie de lui dire que je n'avais pas arrêté ce choix pour l'argent, mais mon accord avec Michael était couvert par une clause de confidentialité. J'aurais pu aussi lui dire que ça allait, que j'étais amoureuse, mais il l'apprendrait bien assez tôt. Lui en parler était inutile, et l'identité de mon amoureux risquait de le perturber encore plus. Pour conclure, il s'est adressé à mon avocat :

— Maître, je vais conférer avec mon équipe et je ferai une conférence de presse pour annoncer que je lève les charges pesant sur Michael Brown et Carolina Sanchez. En revanche, hors de question que je lâche les charges d'obstruction à la justice contre Robin Watson et Robert Stein. Celui-là, je le ferai radier du barreau ! Essayer de soustraire des preuves dans une affaire de viol… !

Il était ulcéré. C'est compréhensible, et je l'aurais volontiers embrassé pour le remercier de vouloir faire payer ces deux parasites. Je me suis retenue, il n'aurait pas compris.

Ma deuxième rencontre, avec la police et l'armée, a été beaucoup plus plaisante, mais également plus surprenante.

J'ai téléphoné à Harry Jordan, et je lui ai demandé s'il était possible de refaire un jogging avec son amie Joan. Il a accepté, et nous avons pris les mêmes dispositions que la fois précédente. Charlie était en déplacement à Seattle pour la promotion de son film, je dormais donc à l'appartement avec Roméo.

Comme la semaine précédente, le couple est venu me chercher à 7 heures du matin. Seule différence notable, c'est Joan qui a sonné à ma porte. Elle était toujours aussi belle, mais dans un look totalement différent. Elle portait un legging bleu pâle qui s'arrêtait au-dessus du mollet et un top gris avec une bande bleue pour rappeler la couleur du bas. Son haut lui faisait un décolleté magnifique et son ventre était découvert, soulignant des abdominaux sculptés par les entraînements de la Navy. Seules la casquette Navy Seals et la queue-de-cheval me rappelaient la Joan que j'avais vue la première fois. Le résultat était sublime. Elle a dû voir mon air ébahi, car elle s'est moquée de moi :

— Bonjour Ophélie. Tu aimes ma nouvelle tenue ? Je n'allais pas continuer à courir avec une bombe française sans chercher à la concurrencer. Qu'est-ce que tu crois ? Les femmes militaires aussi ont le droit d'aller faire du shopping chez Nike !

Et, avant que je puisse répondre, elle m'a prise dans ses bras et m'a embrassée. Il n'y avait pas que sa tenue qui avait évolué ; nos rapports également...

Arrivée à la voiture, j'ai salué Harry de façon plus américaine – un « Hi » m'évitant de me demander si je devais lui serrer la main ou l'embrasser. Dès que nous avons démarré, j'ai lâché le scoop, même si je n'étais pas sûre que ça en soit un pour l'inspecteur.

— J'ai retiré ma plainte. Michael Brown et moi avons trouvé un accord.

Harry s'est retourné et m'a souri.

— J'ai appris la nouvelle par le bureau du D.A., on arrête les investigations. Je suis au chômage. C'est une bonne chose, on va pouvoir être amis.

C'était d'une grande gentillesse, et une perspective qui me plaisait.

— J'aimerais beaucoup être amie avec vous deux.

J'ai laissé passer quelques secondes avant de dévoiler mon cadeau à Joan :

— Joan, dans mon accord avec les Brown, il y a le versement d'une somme pour ton association. Une partie devra être consacrée à indemniser ou aider les victimes de Michael, celles qui ont signé les fameux NDA ; mais la plus grande partie pourra permettre de soulager des victimes d'agression sexuelle dans toute la Californie, ou de faire des campagnes d'information et de prévention à ce sujet.

J'ai vu combien Joan était touchée.

— C'est formidable ! Nous avons tant besoin d'argent, tu n'imagines pas tout ce qu'il y a à faire. Il y a une somme définie ?

J'ai lâché la bombe sans précaution oratoire.

— 45 millions de dollars.

La réaction à l'avant de la voiture a été très contrastée. Harry a explosé de rire, et Joan a hurlé comme une fan des One Direction qui aurait récupéré le tee-shirt d'un des membres du groupe.

Elle était si contente qu'elle a détaché sa ceinture pour pouvoir m'embrasser de nouveau. Harry l'a chapitrée avec humour :

— Hé ! C'est interdit, ça ! Remets ta ceinture, c'est dangereux ! On risque de se faire arrêter...

Joan a repris sa place non sans lui envoyer une pique :

— À quoi ça sert que je sorte avec un flic si je ne peux faire aucune excentricité ?

Sur le chemin de Santa Monica, nous avons commencé à parler des modalités d'identification et d'indemnisation des possibles victimes de Michael. Ça allait être compliqué de séparer le bon grain de l'ivraie, de s'occuper d'une Akemi et de ne pas se soucier d'une Jenny.

Arrivés sur la plage, les choses sérieuses ont commencé. Cette fois, je savais à quoi m'attendre et je m'étais préparée psychologiquement, mais aussi au niveau logistique : j'avais pensé à emporter une bouteille d'eau dans ma banane.

J'ai pris mon iPhone et j'ai déclenché mon application Running. Comme la première fois, nous partons assez vite et accélérons dès le deuxième kilomètre. Je regarde mon iPhone : nous tournons à cinq minutes au kilomètre. C'est rapide mais je peux suivre, au moins pour un moment. Je prends plaisir à cette course au soleil avec mes amis. Je maîtrise ma foulée et mon souffle comme je maîtrise le cours de ma vie. Harry est en tête du groupe et Joan ferme la marche. Quand nous terminons le quatrième kilomètre, je me dis qu'il ne tiendra plus longtemps. Il continue pourtant à la même vitesse et boucle le cinquième kilomètre sans donner l'impression de souffrir. Il a pris des amphétamines ou quoi ? Un kilomètre plus tard, toujours aucun signe de ralentissement. Au contraire, il accélère... Je transpire, je serre les dents, mais je décroche mètre par mètre. Joan me dépasse, jusqu'au moment où je jette l'éponge.

— Harry, Joan, ça va trop vite, j'arrête !

Ils se retournent et viennent vers moi en marchant. J'ai les mains sur les genoux pour essayer de mieux récupérer. J'arrive à peine à retrouver mon souffle pour interroger Joan sur la forme soudaine de son amoureux :

— Tu lui as servi quoi pour le petit-déjeuner ? À cette allure, il pourrait faire trois heures trente au marathon !

— Trois heures...

— Quoi ?

— Il s'entraîne pour battre trois heures. Son record, c'est trois heures quatre.

Et elle éclate de rire, bientôt imitée par Harry. Mon cerveau qui doit manquer d'oxygène après l'effort met quelques instants avant de comprendre :

— Vous vous êtes joués de moi !

C'est Harry qui me répond :

— Je vais vous expliquer. Joan, continue à t'entraîner, je dois discuter avec Ophélie.

Elle reprend sa course pendant que Harry et moi la suivons en marchant.

— Vous savez que les criminels sont toujours à la recherche du crime parfait. Eh bien, dans votre affaire, on aurait dit que les accusés souhaitaient atteindre l'exact opposé. Je n'ai jamais eu autant de preuves confondantes pour un viol : cassette vidéo qui montre les protagonistes en pleine action, drogue administrée à la victime, documents à profusion établissant la perversité des accusés... Et tous ces éléments apportés sur un plateau par une personne : la victime ! C'était Noël en août pour un inspecteur du LAPD.

Il fait une pause pour me regarder. Je ne réagis pas.

— Mais je n'aime pas trop quand on me tient la main pour mon enquête et qu'on me dit quelle direction je dois suivre. Dans ce cas-là, j'ai tendance à emprunter les chemins de traverse. Il y avait des choses bizarres. Le premier point, c'était la façon d'organiser la soirée pour les Brown, qui était si différente de toutes les précédentes. Alors qu'ils avaient toujours montré une prudence presque excessive, ils étaient devenus négligents. Et pas qu'un peu !

» Déjà, imaginer qu'ils ne vous fassent signer aucun document alors qu'ils en ont fait signer deux mille dans les quinze dernières années, c'était bizarre. Surtout qu'ils auraient pu le faire après vous avoir droguée, au moment où vous n'étiez plus tellement vous-même. Et là, ils décident de filmer la scène. C'est, de surcroît, une première ! Robert Stein m'a confirmé lors de son interrogatoire que Michael et Carolina n'avaient jamais effectué aucun enregistrement de leurs exploits sexuels. Le lendemain matin, ils oublient de ranger l'appareil, ce qui vous permet de nous apporter la carte mémoire sur un plateau. Même le plus abruti des abrutis n'accumulerait pas autant d'erreurs, et Michael est loin d'être bête.

» Et puis la quantité de drogue trouvée dans vos analyses sanguines me paraissait bizarre. Il y en avait très peu. J'ai montré la vidéo à un expert de la DEA[1], et il a été surpris de l'effet sur vous, qui semblait excessif. Certes, le mélange avec de l'alcool peut provoquer la torpeur de la personne droguée, mais il est improbable qu'elle soit ensuite dans un tel état. Si un simple expert de la police américaine arrivait à cette conclusion, j'ai imaginé ce que les nombreux docteurs en toxicologie aux titres prestigieux payés par les Brown pourraient en dire pendant le procès. Il ne leur faudrait pas deux minutes pour crier à la simulation et au complot.

» Si mon ami expert avait raison, cela signifiait que vous aviez organisé un coup monté. Mon problème, c'était le motif. Je ne vous imaginais pas cherchant à devenir riche par ce moyen. Il s'agissait donc d'autre chose. Je me suis plongé dans l'examen des NDA et j'y ai relevé de nombreuses choses intéressantes. D'abord, j'ai noté que vous-même en aviez signé quatre. Ils m'ont tous apporté des informations. Je suis remonté dans le temps en commençant par le plus ancien. Ce que j'ai remarqué, c'est qu'il y avait un autre signataire le même jour, Christophe Marquet, votre ancien petit ami. La police française m'a informé qu'il était mort quelques mois plus tard. Sur le moment, ça ne présentait pas d'intérêt pour l'enquête.

» Le deuxième avait été signé à Venise. En dehors de me démontrer que vous aimez voyager, ça m'a

1. *Drug Enforcement Agency* : brigade des stupéfiants aux États-Unis.

confirmé mon impression première : vous n'étiez pas à la recherche d'argent.

» Le troisième pouvait donner l'idée que vous étiez une adepte des parties fines puisque, ce même week-end, il y avait un autre NDA signé par une certaine Jenny Feherty. J'ai quand même décidé de fouiller. Vous rappelez-vous avoir consommé un Orangina dans votre chambre au Bulgari, le samedi en arrivant ?

— Non, oui, peut-être, je ne sais plus...

— Cet Orangina vous a été facturé à 3 h 52, lors de votre départ de l'hôtel. On retrouve votre trace pour un changement de billet très surprenant, puisque vous prenez le premier train pour Paris alors qu'initialement vous deviez rester tout le dimanche... Il n'est pas très compliqué d'imaginer que votre week-end romantique avec Michael Brown a été perturbé par cette jeune femme...

Je suis bluffée par sa perspicacité, mais aussi inquiète des conséquences. Que va-t-il faire ? Me dénoncer au D.A., aux Brown ? Cela pourrait-il remettre en cause l'accord que nous avons signé ? J'essaie de dissimuler mon stress par une plaisanterie.

— Votre programme préféré quand vous étiez jeune, c'était *Colombo* ? Il vous manque l'imperméable et la Peugeot 403 !

Il m'adresse un sourire, genre « Attends, ce n'est pas fini ! ».

— Le dernier NDA s'est révélé le plus intéressant. D'abord, c'était le seul qui ne couvrait pas des relations entre l'acteur ou sa femme et vous. Il ne précisait pas quels éléments confidentiels vous ne deviez pas révéler. Il disait juste : « Tous les événements s'étant produits dans la propriété, et en particulier les jardins et la piscine. » Ça a attiré mon attention. Pourquoi la piscine, si ce n'était pas quelque chose de sexuel ? Que s'était-il passé ? J'ai consulté les rapports d'intervention des patrouilles et j'ai trouvé qu'une voiture avait été appelée à la résidence des Brown pendant cette soirée. J'ai lu le rapport, très succinct : il parlait d'une Japonaise de dix-neuf ans qui avait eu un malaise et était tombée dans la piscine avant d'être envoyée à l'hôpital. La question qui m'a tourmenté, c'est pourquoi une Japonaise de cet âge-là était invitée à l'anniversaire de mariage d'un des couples les plus célèbres de Hollywood.

» J'ai rencontré un des deux flics. Je lui ai déclaré que, dans le cadre de mon enquête, j'avais vu qu'ils avaient transformé la raison de leur intervention de « tentative de suicide » en « accident domestique ».

— Mais vous n'en saviez rien !

— Non, c'était un coup de bluff, mais ça a bien marché ! Il s'est liquéfié et m'a supplié de ne pas les dénoncer aux Affaires internes[1]. Je lui ai dit que je ferais ce que je pourrais, mais qu'il devait tout me raconter. Il s'est alors confié comme si j'étais un prêtre et qu'il était au confessionnal... J'ai tout su : la tentative de suicide, votre intervention pour la sauver... Il m'a même dit que vous étiez très en colère et que vous aviez parlé d'un avortement de la jeune Japonaise... Il ne m'a pas été difficile de comprendre la raison du NDA, et les termes de l'accord montraient

1. *Internal Affairs* : police des polices aux États-Unis.

que vous aviez subi une forte pression au sein de votre société.

Il a marqué une pause pour sortir sa bouteille d'Évian. Il m'en a offert, mais j'ai refusé car j'avais la mienne. Son récit m'ayant asséché la gorge, j'ai bu une grande rasade pendant qu'il reprenait son récit.

— Si on additionnait toutes les histoires, on arrivait à la conclusion que vous pouviez à juste titre reprocher à M. Brown d'avoir une fâcheuse tendance à détruire la vie des personnes de votre entourage et de vous-même. De là à ourdir une machination, il n'y avait qu'un pas...

J'ai applaudi, et il en a été surpris.

— Bravo, Harry, vous êtes finalement autant Sherlock Holmes que Colombo... Pourquoi n'avoir pas passé vos conclusions à votre hiérarchie afin que soient levées les charges sur les Brown ?

— Pour plusieurs raisons. D'abord, mes réflexions n'étaient que des conjectures, je n'avais aucune preuve. Je ne crois pas que le *district attorney* m'aurait suivi. Il aurait juste estimé que je jouais un peu trop le jeu de la défense. Mais, le plus important, ça a été ma discussion avec Joan.

— Vous lui avez parlé de l'affaire ?

— Oui, j'ai fait une exception à ma règle habituelle - là, c'était un cas spécial qui relevait de son expertise. On en a discuté longtemps. Michael Brown était peut-être innocent de ce crime particulier, mais il était coupable de maltraitance envers de nombreuses femmes. Il fallait décider ce qui prévalait, entre morale et justice.

» Vous avez vu *Gone Baby Gone*, le très bon film de Ben Affleck ? Le privé Patrick Kenzie et sa collègue Angie Gennaro sont à la recherche d'une petite fille qui a disparu. Quand ils la retrouvent, elle est chez un ancien chef de la police à la retraite qui n'a pu avoir d'enfants. La gosse est manifestement très heureuse dans cette grande maison, avec l'affection de ses « kidnappeurs » – bien plus qu'elle ne l'était chez sa mère, qui ne s'occupait jamais d'elle et la laissait devant la télé toute la journée. Les deux privés s'affrontent pour savoir s'ils doivent laisser la situation en l'état ou prévenir la police. Ils finissent par choisir la seconde solution, dans l'intérêt de la justice et au détriment du bonheur de la petite fille…

— Oui, je m'en souviens, j'ai même lu le livre de Denis Lehane qui a inspiré le film. Et vous, comment avez-vous procédé pour résoudre votre dilemme ?

— On a trouvé une solution intermédiaire. Joan a eu l'idée de vous parler, quand vous avez évoqué l'idée de faire un jogging.

Il m'a regardée d'un air malicieux.

— Vous savez, je ne fais pas le garde du corps avec toutes les victimes quand elles veulent aller courir !

— Et si je n'avais pas suivi ses conseils, si j'étais allée au procès ?

— J'aurais poursuivi mes investigations…

Nous sommes restés silencieux pendant un long moment.

— Voyez-vous, Harry, je ne crois pas que j'aurais fait condamner Michael à de la prison. En revanche, sans la rencontre avec Joan, je pense que je serais allée plus loin dans la procédure, sûrement jusqu'aux *preliminary hearings*[1], pour que des témoins soient entendus et que le grand public soit au courant. Cette rencontre avec Joan m'a convaincue qu'il fallait accélérer le mouvement...

— Tant mieux si notre petit stratagème vous a aidée. Nous l'espérions. Ce qui était inattendu, c'est ce don à l'association. C'est une chose formidable : cette somme apportera bien du réconfort à beaucoup de femmes.

— J'en suis convaincue. Je pense que j'ai récupéré, on reprend notre footing ?

Nous sommes repartis à un rythme plus mesuré. Un kilomètre plus loin, nous avons croisé Joan qui revenait. Nous sommes rentrés tous ensemble.

Le retour a été long, nous avons couru plus de sept kilomètres pour arriver à la voiture. J'étais exténuée et pas très bavarde sur le chemin de la maison. Joan, elle, était intarissable, ce qui faisait une moyenne... Elle avait profité de sa longue course solitaire pour réfléchir à la manière dont elle allait utiliser les 45 millions de dollars. Elle m'en a fait profiter avec un maximum de détails. Dans l'état où j'étais, je me contentais d'acquiescer. Quand ils m'ont déposée, j'ai eu le droit à la bise de la part de Joan, mais aussi de Harry : une première !

---

1. Audience préliminaire publique devant un juge qui décide s'il y a lieu de tenir un procès.

15 juillet, 19 heures

Je pense qu'on peut dire sans prendre de risques que c'est terminé.

À 15 heures, le *district attorney* a donné une conférence de presse pour expliquer que, la victime étant revenue sur ses déclarations, il abandonnait les charges contre Michael Brown et Carolina Sanchez. Aux questions des journalistes sur les NDA, il a répondu que les deux acteurs n'avaient pas agi contre la loi, contrairement à Robert Stein et Robin Watson. Il avait un air féroce quand il a rappelé combien il était grave de soustraire à la justice des pièces lors d'une enquête criminelle.

Les journalistes ont voulu connaître la raison du changement dans mon témoignage. Il les a regardés avec un petit sourire mystérieux.

— Messieurs, elle a, semble-t-il, retrouvé la mémoire qui devait être obscurcie par la drogue qu'elle avait ingurgitée. Mais le plus simple est peut-être de lui demander directement...

Ça, c'était une vacherie parce qu'il avait perdu une affaire prestigieuse qui aurait pu lui permettre de venger Marcia Clark et Christopher Darden[1], et de laver l'honneur de la justice californienne – sans compter la gloire personnelle qu'il aurait pu en tirer...

---

1. Les deux *district attorneys* qui ont perdu le procès d'O. J. Simpson.

Quoi qu'il en soit, il a lâché les chiens sur moi. Les médias, qui m'avaient laissée tranquille, allaient se déchaîner. Mais j'avais prévu le coup et, au moment de la conférence de presse, je m'étais cachée dans l'endroit le plus improbable : la maison de Charlie.

Mon hôte n'est revenu que juste avant 17 heures.

— Mon frère donne une interview dans quelques minutes. Tu veux regarder ?

— Pas de problème pour moi, si ça ne te gêne pas...

— Non, c'est mon frère.

Michael s'est présenté à la porte de sa grande maison à l'heure exacte. Il est sorti accompagné de Ross, son chef de la sécurité, et de sa collègue. Pas de Carolina ni de Robert ou de Robin à l'horizon.

Les flashes ont crépité pendant qu'il prenait place face à une forêt de micros. Il était habillé d'une simple chemise blanche et d'un jean. Charlie n'a pu s'empêcher d'émettre un commentaire :

— Il est séduisant mon frère, non ?

C'était spontané, sincère et assez chouette sachant que Michael avait été mon amant.

— Il est très beau. Normal, c'est ton frère... mais il est loin d'être aussi bien que toi.

Charlie s'est penché sur moi pour me déposer un baiser sur les lèvres.

— Merci du compliment.

Michael a laissé le calme s'installer avant de commencer sa déclaration.

— Bonjour, merci à vous d'être venus si nombreux célébrer mon anniversaire...

Incroyable ! Dans un moment aussi tendu, il n'hésite pas à commencer par une vanne, le fameux *ice breaker* que les Américains apprécient tant dans leur communication. Là, c'est quand même gonflé, on n'est pas à la cérémonie des Golden Globes ou des Oscars !

J'ai réalisé que j'avais oublié cette date qui était si importante dans ma vie d'adolescente : l'anniversaire de Michael. À cette époque, je reprenais ce jour-là mon album de coupures de journaux, je relisais tout et je me promettais qu'un jour je serais avec lui.

Michael a poursuivi :

— Je souhaitais m'expliquer devant vous. Comme vous l'avez entendu de la bouche du procureur, les charges contre mon épouse et moi ont été levées. Il est maintenant établi que nous ne sommes pas coupables d'agression sexuelle, ce qui est primordial.

« Il n'empêche que cette affaire – et mon séjour en prison – m'a fait beaucoup réfléchir à la suite à donner à ma vie… J'en tire des leçons, et je veux présenter des excuses pour ce qui s'est passé. D'abord à Ophélie Delacour, car ce jeu sexuel qui a mal tourné l'a choquée, ce qui explique sa réaction. Nous avons pu nous expliquer, et je pense qu'elle nous pardonnera.

J'écoutais, fascinée. Michael est véritablement un animal politique. Il m'absout de toute responsabilité dans cette affaire (en opposition avec ce que Carolina avait déclaré juste après avoir été relâchée) par un geste dont l'élégance lui permettra de regagner l'estime du public américain. Je parie que ce dernier va d'ailleurs être mis au centre de son discours…

— Je tiens également à demander pardon à mon public, qui nous a soutenus au cours de ces nombreuses années et qui m'a permis de faire tous ces films. Même si nos pratiques n'avaient rien d'illicite, elles ont été la source d'une déception légitime pour tous ceux qui voyaient en nous le couple parfait... C'est sur ce point que je conclurai mon intervention. Carolina et moi avons parcouru un long bout de chemin ensemble, et notre amour s'est progressivement transformé en amitié et en complicité. Elle gardera une place unique dans ma vie, mais les événements des derniers jours nous ont poussés à prendre une décision inéluctable. C'est en toute intelligence et d'un commun accord que nous avons décidé de divorcer.

J'avais beau être au courant, je suis néanmoins sous le choc. Michael va vraiment être célibataire ! Le moment que j'ai attendu toute ma vie... Mais c'est trop tard, mon cœur appartient à un autre. Tant pis pour toi, Michael, tu as raté ta chance...

Je ne suis pas la seule : la presse est, elle aussi, abasourdie par la nouvelle. Les questions fusent, mais Michael a terminé son allocution et n'a pas l'intention d'ajouter un mot. Il fait un grand sourire et remercie encore avant de retourner dans son manoir.

— Tu ne regrettes pas de ne pas être avec lui, maintenant qu'il est sur le point d'être célibataire ?

La question a fusé de la bouche de Charlie et m'a prise au dépourvu. Son regard est inquiet.

— Non, j'ai choisi le bon Brown, celui qui a non seulement le charme, la beauté et les yeux bleus mais également la gentillesse et la grandeur d'âme. Je crois que, inconsciemment, je sais depuis longtemps que tu es celui que je souhaite dans ma vie. Peut-être depuis Venise, depuis le jacuzzi. Mon baiser d'alors, c'était mon subconscient qui s'exprimait.

Il a eu un petit sourire.

— Je croyais que c'était le champagne…

— Non, monsieur, cette pensée ne vous honore pas, vous n'êtes pas un romantique.

— « Il n'y a pas d'amour, il n'y a que des preuves d'amour… »

— Décidément, c'est le credo des Brown ! Ton frère a déjà utilisé cette citation pour me pousser à sauter du pont supérieur du yacht.

— Je pourrais te demander de sauter du balcon de la maison, mais comme la piscine n'est pas totalement en dessous, c'est un risque. Il faudra trouver une autre idée…

J'ai passé la nuit à lui fournir assez de preuves pour obtenir du jury un verdict à l'unanimité pour « amour avec préméditation ».

Journal d'Ophélie

16 août 2015, 12 heures

Encore presque deux heures avant le décollage. Après la soirée d'hier, je suis explosée. Pourquoi fallait-il partir aussi tôt pour l'aéroport ? Charlie m'a bien expliqué que la circulation était imprévisible, et que les contrôles de sécurité renforcés demandent du temps, je ne sais pas s'il n'a pas été trop prudent pour l'heure de réservation de la voiture.

Je ne le lui ai pas reproché, car ce genre de conflit fait vraiment « vieux couple ».

En attendant qu'on soit appelés en porte d'embarquement, je profite du lounge Delta pour rattraper mon retard de journal.

Depuis la conférence de presse de Michael, les choses se sont calmées, mais les jours suivants ont été terribles. Les médias, sans doute déçus par la disparition d'un procès qui promettait d'être aussi palpitant que celui d'O. J. Simpson vingt ans plus tôt, ont cherché des boucs émissaires. Le couple Brown et moi-même avons subi les foudres des éditorialistes sur toutes les chaînes et dans tous les journaux. Charlie a été relativement épargné, jusqu'à ce qu'on découvre que nous étions ensemble. Une seconde campagne aussi virulente que la première m'a clouée au pilori pour mon absence de moralité.

Nous avons travaillé avec le service de communication de crise des Studios. La stratégie choisie a été innovante et moderne, puisqu'il a été décidé de confirmer notre liaison. Charlie s'est fendu d'un communiqué de presse minimaliste. Là où ils ont fait fort, c'est quand ils ont décidé que je pourrais accompagner Charlie en tant que « compagne officielle » pour le lancement du film dans les différentes capitales européennes. C'était, à vrai dire, la solution la plus logique, à partir du moment où Amy avait craché sur le film et abandonné sa promotion malgré ses obligations contractuelles. Je crois aussi que les bons chiffres du box-office américain avaient rassuré les directeurs des Studios, quant à l'impact financier de la crise « Brown-Delacour ». Contrairement à ce qu'avait prédit Robin, les spectateurs étaient au rendez-vous et la qualité du film lui permettait d'afficher de très bons résultats.

Quel changement de situation par rapport au moment où l'on m'avait proposé de n'être que la maîtresse cachée de Charlie !

Je crois que c'est pour ça que j'ai bien vécu ces attaques incessantes de la presse américaine. En ce qui concerne son homologue française, j'ai demandé à mes parents et à mes grands-parents de s'abstenir de toute lecture cet été. J'espère qu'ils ont suivi mes consignes. Pas sûr…

Avant cette tournée de lancement en Europe, Charlie a souhaité partir en vacances. J'aurais voulu en discuter avec lui, mais il a insisté pour me faire une surprise. Quand j'ai parlé de contribuer aux frais, il s'est fâché. Il partage avec son frère cette galanterie *old school*, mais j'ai peur que sa fortune soit loin d'être la même. Encore que, récemment, celle de Michael a diminué de 50 millions de dollars…

Hier, Charlie a fait un truc très américain. Il a organisé une soirée chez lui pour fêter son départ. En France, la veille d'une absence de presque deux mois, on pense surtout à boucler les valises, à couper l'eau et à réduire le chauffage. Ici, on fait la fête : c'est beaucoup plus sympa !

La veille, il est venu me voir tout gêné.

— Dis-moi franchement… Michael peut-il passer ?

Je ne l'avais pas vu depuis la signature de notre accord. Je n'ai pas réfléchi longtemps. Plus que le contrat qui nous lie, c'est le début de cette nouvelle relation que je sentais entre nous qui m'a permis de répondre :

— Pas de problème, pour moi. Si toi ça te va.

— Je te le répète, c'est mon frère. Je sais ce qu'il y a eu entre vous, mais je ne doute pas que ce soit du passé.

Nous n'en avons plus reparlé.

La température était idéale quand les invités sont arrivés. Parmi les premiers, Laure et David, accompagnés par Zach et sa nouvelle girlfriend. À la tête qu'elle faisait quand elle m'a dit bonjour, je pense qu'elle connaissait l'histoire que j'ai eue avec son mec, et qu'elle n'est venue avec lui que parce qu'elle y était obligée ou parce qu'elle voulait le surveiller. Son hostilité ne m'a pas touchée et j'étais contente de revoir Zach. Après tout, il avait été une des rares personnes à prendre ma défense. Lui aussi avait l'air heureux de me retrouver. Il semble que j'entre dans la vie adulte et que je normalise mes relations avec mes ex et les transforme en amis. Tant mieux, je préfère ne pas être comme ma copine Marie qui tire un trait définitif sur ses conquêtes passées.

J'ai alors pensé à Michael et j'ai vérifié s'il était là. En pure perte.

Ce n'était pas grave. Le plus important, c'était la présence de Laure et de David. Ils ont été les seuls que j'ai vus ces dernières semaines, dans cette période où je restais cloîtrée pour éviter les paparazzis. Ce sont plus que des amis. Laure, c'est ma sœur. Elle a dû se taper tout le boulot ou presque pour le lancement de notre nouvelle agence. Elle mérite bien que sa dénomination soit « Masson & Delacour ».

Il y avait un buffet, et un cuisinier préparait « les meilleurs hamburgers de la côte Ouest » ainsi que du maïs grillé.

Plus tard, le D.J. a lancé la partie danse à côté de la piscine. La playlist était top, Laure et moi nous sommes éclatées comme des folles. Au bout d'un moment, il a baissé la musique et a demandé aux invités de s'écarter pour laisser la place aux danseurs professionnels. Je les ai cherchés du regard jusqu'à ce que Charlie vienne glisser une cigarette entre mes lèvres. Comme je ne fume pas et qu'il ne l'a pas allumée, j'ai compris. Il m'a fait enfiler un blouson de cuir et lui portait un cardigan blanc sur son tee-shirt noir.

— On ne peut pas faire ça devant tout le monde. C'est notre danse secrète !

— Tu as dansé une valse avec Michael devant plus de mille personnes et des millions d'internautes, tu peux bien faire cette chanson avec moi pour une centaine d'amis.

Je n'ai pas eu le temps de répondre qu'il s'éloignait de moi et j'ai entendu les premières notes de « You're the One I Want ».

Cette chanson, c'est un peu notre hymne depuis notre balade à l'aube dans le lit de la Los Angeles River. Comme les héros du film *L'Arnacœur* qui s'entraînent à danser sur *Dirty Dancing*, nous avons une danse bien à nous. La différence, c'est que Charlie a voulu la partager !

Il est trop tard pour reculer car Charlie se déhanche de manière provocante en retirant son gilet, qu'il fait tourner au bout de sa main avant de le jeter dans la foule. Nos amis hurlent et j'en oublie de jouer mon rôle. C'est Laure, grande spécialiste des comédies musicales, qui me sauve.

— Ophélie, ton blouson !

Je le lance à mon tour à mon amie.

Voir ensuite Charlie se jeter à genoux puis face contre terre est dingue. Les spectateurs sont hystériques. Ils crient, ils rient, ils applaudissent !

Je me prends au jeu. Je me tourne vers Laure qui, comme l'amie d'Olivia Newton-John, me fait signe de jeter ma cigarette par terre. Je m'exécute, l'écrase avec ma chaussure avant de repousser Charlie avec mon pied. Je me retourne et m'éloigne de lui. Il se relève et notre chorégraphie, c'est trois minutes de bonheur, de folie, de brio, mais c'est surtout notre amour que nous partageons avec nos proches. Quand la musique s'arrête, nous sommes submergés par les acclamations. Tout le monde vient nous voir pour nous féliciter, certains pour nous embrasser. Il faut quelques minutes pour que les choses se calment. Quand je retrouve un peu d'espace, mon regard tombe sur quelqu'un que je ne m'attendais plus à voir : Michael...

Il est en jean et en chemise blanche avec des santiags. Il a coiffé ses cheveux en arrière avec du gel, ce qui fait ressortir ses yeux bleus. Il n'y a pas à dire, c'est un mec sublime ! Il nous regarde avec un petit sourire à la fois malicieux et gentil.

Il s'avance tranquillement vers nous.

— Il semble que je sois arrivé juste au bon moment ! Bravo à vous deux pour cette interprétation magistrale, presque meilleure que celle de Travolta et Newton-John. Mais n'est-ce pas un peu kitsch comme morceau ?

Charlie est juste derrière moi. Je n'ai qu'à tourner la tête pour voir sa réaction. Il n'a pas l'air fâché. Il est plutôt amusé.

— C'est ce que prétend Ophélie. Elle craint même que ce soit un signe de bisexualité.

— C'est possible, Charles... Après tout, tu es anglais à cinquante pour cent !

— Michael, d'où tires-tu ces stéréotypes réactionnaires ? Tu devrais faire attention, tu fais de plus en plus *redneck*[1] en approchant de la cinquantaine.

J'ai surenchéri :

— Michael, par la même occasion, tu pourrais peut-être l'appeler « Charlie » comme tout le monde. « Charles », c'est un peu suranné, surtout ici à Los Angeles.

Le regard devenu plus sérieux, il me répond :

— Ophélie, certaines choses sont sacrées et ne peuvent changer. Le prénom de mon frère en fait partie. C'est comme dans *Indiana Jones et la dernière croisade*, Sean Connery qui joue le père de Harrison Ford s'obstine à l'appeler « Junior » et non « Indiana ».

— Oui, parce que « Indiana » c'était le nom du chien !

— Notre golden retriever s'appelait « Charlie », c'est pareil...

Je suis sous le choc, je ne pourrai plus jamais voir mon amoureux de la même façon. Mais, soudain, le visage de Michael s'éclaire d'un large sourire.

— Tu n'es qu'un infâme mystificateur ! J'étais prête à te croire !

— Oui, j'ai vu ça...

— Allez, donne-moi la vraie raison. N'oublie pas que Sean Connery utilise le patronyme usuel de son fils pour le convaincre d'abandonner le Graal et pour le sauver d'une mort certaine.

— Qui te dit que je n'ai pas fait la même chose ?

Une douleur immense a traversé le regard de Michael une fraction de seconde. Je n'avais jamais lu ça dans ses yeux, ou même dans ceux d'aucun autre homme

1. Péquenaud ou plouc.

de toute ma vie. En un millième de seconde, j'ai été glacée et je regrette d'avoir insisté. Mais Michael redevient instantanément le personnage séducteur et souriant que tout le monde apprécie.

— La vraie raison est que je ne veux pas qu'il oublie que, même s'il a la nationalité américaine, il est à moitié british.

Charlie sort alors de son silence :

— C'est une force, mon cher frère, pas une faiblesse !

— Si on considère qu'Ophélie, ici présente, incarnation du charme, de l'intelligence et de la beauté français, t'a préféré à moi, je crois que tu as, malheureusement, raison.

Le compliment est extrême mais il me fait rougir. Il provoque aussi deux réflexions en moi. La première, c'est que je n'ai pas vraiment choisi. Si on veut être honnête, c'est l'attitude de Michael qui m'a jetée dans les bras de son frère. Je ne le regrette pas, Charlie est si extraordinaire !

La seconde réflexion est plus un clin d'œil cinématographique. Je m'aperçois que le film choisi par Michael dans sa démonstration est encore plus pertinent qu'il ne le croyait. La belle archéologue autrichienne, Elsa Schneider, a couché avec le père et le fils comme moi avec les deux frères. Michael n'a pas dû réaliser que le parallèle s'appliquait à nos relations intimes. Enfin, j'espère ; avec lui, je ne peux jurer de rien…

À ce moment, une brune apparaît au côté de Michael avec deux coupes de champagne. Elle doit avoir plus de trente ans, peut-être trente-cinq. Seules quelques rides m'ont donné une indication sur son âge. Elle est mince, avec une coupe garçonne qui souligne la finesse et la délicatesse de son visage. Elle porte un tailleur, et affiche élégance et distinction. Elle dégage une grande confiance en elle, mais ce qui frappe, ce sont ses yeux verts semblables à deux émeraudes. En résumé, elle pourrait être la grande sœur de Kristen Stewart.

Michael se saisit d'un verre et déclare :

— Ophélie, Charles, laissez-moi vous présenter ma nouvelle avocate, Lauren Baccalle. Ne commencez pas à me jeter des regards agressifs. Je vous promets que ce n'est pas une blague ! Je n'y suis pour rien si les parents de Lauren sont des cinéphiles qui ont un humour un peu spécial…

La jeune femme interrompt son client :

— L'orthographe de nos noms de famille diffère. Pour moi, c'est avec deux « c » et un « e ».

Cette seule phrase me fait découvrir sa voix, profonde et grave. Associé à ce physique si menu, cela produit un personnage tout en contraste, mais fascinant, que je ne peux m'empêcher de dévisager. C'est Michael qui me tire de mon observation à la limite de l'impolitesse.

— Tu vois, Ophélie, j'ai suivi ton avis et j'ai changé pour obtenir une plus grande finesse dans les conseils qu'on me prodigue.

À cet instant, je me remémore que Michael avait feint de comprendre mes propos comme s'ils s'appliquaient à ses conquêtes et non à son entourage professionnel. Je me demande si les rapports qu'il entretient avec Lauren sont purement de l'ordre avocat-client. Elle ne tarde pas à m'éclairer sur le sujet.

— Ce n'est pas un luxe ! Michael, je ne pense pas trahir un secret professionnel si je confesse que je suis effrayée par le niveau intellectuel des jeunes femmes à qui tu as fait signer un NDA.

Je ne peux m'empêcher de tressaillir en entendant ce commentaire dédaigneux, même s'il est dit sans méchanceté. Michael a dû remarquer ma réaction, ou bien il s'est rendu compte par lui-même de l'impact possible sur moi.

— Lauren, tu ne peux pas généraliser. Certaines personnes que j'ai fréquentées sont brillantes, d'autres moins… Tout le monde ne peut pas avoir étudié le droit à Harvard.

Michael a pris ma défense et je retrouve ce tempérament protecteur qui me plaisait tant. L'avocate a saisi l'allusion et fait machine arrière.

— C'est certain, tu es populaire auprès de toutes les catégories de population. Mais je ne me plains pas : si tu n'avais pas signé tous ces accords et si tu n'avais pas multiplié les difficultés juridiques, je ne t'aurais jamais rencontré…

— Surtout si Ophélie ne m'avait pas poussé à abandonner Robert !

— C'est exact, je ne pourrai jamais vous remercier assez, Ophélie. Vous m'avez fourni le plus gros client de ma carrière, même si les quelques déboires financiers qu'il a subis récemment m'ont obligée à lui accorder une grosse réduction.

— Eh, tu bénéficies quand même de certaines compensations !

— C'est incontestable, je suis l'avocate la mieux rétribuée des États-Unis !

Sur ces paroles, elle se met sur la pointe des pieds pour lui faire un smack. Il lui répond avec beaucoup de douceur. Si j'avais besoin d'une confirmation sur la nature de leur relation, je viens de l'obtenir. J'avoue que je m'en serais bien passée. Voir une autre femme l'embrasser me cause un choc. C'est différent et mille fois moins fort que le trouver dans les toilettes avec Jenny, mais c'est quand même un poison qui s'écoule dans mes veines. Je crois que c'est surtout dû à la tendresse dont il a fait preuve.

Je n'ai pas eu le temps de m'appesantir sur ces paroles. Elle l'a entraîné pour aller danser, et une nouvelle vague de souvenirs est venue s'échouer sur le rivage de ma mémoire : la boîte de nuit à Deauville, la valse à Venise...

C'est à ce moment que Laure m'a rejointe. Charlie, en homme galant, a proposé de nous rapporter deux coupes de champagne, ce qui nous a permis d'échanger en tête à tête.

— Ça te fait quoi de le revoir ?

— Je ne sais pas, c'est bizarre... surtout de le voir avec une autre !

— Pourtant, il a toujours été avec quelqu'un, tu ne l'as jamais eu pour toi toute seule.

— Je sais, mais je ne l'avais jamais vu être gentil avec une femme en ma présence.

— Tu devrais être contente, c'est toi qui souhaitais ardemment qu'il respecte plus ses conquêtes.

— Je n'ai pas dit que mes sentiments étaient logiques. Avant, il n'était pas avec moi, mais j'avais l'impression qu'il me donnait l'exclusivité de sa tendresse.

— De toute façon, tu es maintenant avec Charlie, c'est quand même beaucoup mieux. Il est beau, intelligent et il t'aime à la folie.

— Il n'y a pas photo.

Celui dont on venait de vanter les mérites est réapparu avec trois coupes. David est également arrivé, un verre de whisky à la main, et nous avons discuté une vingtaine de minutes. Un moment de bonheur qui m'a fait oublier le couple magnifique en train de danser à quelques mètres de là.

Puis Michael s'est rapproché pour nous annoncer qu'ils partaient. Mais, avant ça, il avait une requête à adresser.

— Ophélie, m'accorderais-tu une danse avant mon départ ? Si mon frère accepte de me confier sa fiancée...

Avant que je puisse décider si j'allais accéder à sa demande, Charlie a donné sa réponse en regardant son frère droit dans les yeux.

— Ce n'est certainement pas très prudent, mais je ne peux rien te refuser.

— Je sais, et je crains d'en abuser... Ophélie ?

Charlie s'étant exprimé, je me suis tournée vers Laure. Son air impénétrable ne m'a pas aidée, j'allais devoir décider par moi-même. J'ai haussé les épaules.

— Pourquoi pas...

Nous nous sommes éloignés sous le regard de Lauren et de Charlie.

— Je suppose que tu as indiqué au D.J. la musique que tu souhaitais.

— Bien sûr, tu me connais.

— J'espère que ce n'est pas « Still Loving You »...

— Non, ce serait grossier pour Lauren et pour mon frère.

Quand les premières notes de musique ont retenti, j'ai reconnu la chanson des Beatles reprise par Joe Cocker, « With a Little Help from my Friends ».

— C'est ton nouveau message, celui de 2015 ?

— Oui. Tu te souviens de la première fois que nous avons dansé ensemble à Deauville ?

— Tu avais choisi « Everybody Needs Somebody to Love ».

— Je crois que tu as trouvé ce « quelqu'un »...

Michael me prend par la taille avec son bras droit et me saisit la main avec sa main gauche. On va donc danser à la mode *old school*, celle qui convient à une belle-sœur et un beau-frère. Il a raison, j'ai maintenant une personne dans ma vie qui m'offre l'amour dont j'ai besoin.

Nous écoutons la voix éraillée du rocker qui dialogue avec les choristes.

— Michael, le choix de la chanson est judicieux. Tu as chanté faux et je t'ai quitté... enfin, pas dans les faits, mais dans mon cœur.

— Je sais, c'est pour cela que j'essaie maintenant de chanter juste. C'est le début d'une amitié magnifique.

Je souris en entendant cette citation tirée de *Casablanca*. Nous restons silencieux un moment. La chanson parle de solitude, du besoin d'être aimé, de l'existence du coup de foudre. C'est Michael qui reprend sur le mode de la confession :

— Je ne suis plus fait pour vivre un *love at first sight*.

— Ce n'est pas ce que tu as ressenti pour Lauren ?

— Non, nous nous entendons parfaitement. Elle est intelligente, belle, elle a un humour redoutable, mais je ne suis pas épris. Si j'avais dû tomber fou amoureux ces dernières années, j'aurais plongé pour toi, Ophélie.

Il dit ça tranquillement, comme si de rien n'était, en me regardant avec ces yeux bleus qui n'ont pas d'équivalent. Prétendre que cela ne me fait rien serait un mensonge épouvantable. Je suis pétrifiée par sa déclaration en pensant à l'énorme gâchis qu'a été notre histoire.

— Tu n'as pas fait ce qu'il fallait et maintenant je suis avec ton frère...

Il me sourit mais son regard se voile.

— Non, je n'ai pas fait ce qu'il fallait et maintenant tu es avec mon frère. C'est comme dans le livre de ta compatriote Anna Gavalda *Je l'aimais* : le héros est amoureux, mais il renonce à son amour pour préserver le confort de ses habitudes.

— La différence est que la fin de son roman est tragique, alors que je suis heureuse et que mon avenir s'annonce radieux avec Charlie.

— Oui, et c'est l'unique raison qui me retient de te reconquérir. C'est le seul homme au monde que je ne veux pas terrasser en t'arrachant à lui...

Il s'interrompt un instant avant d'asséner un dernier coup à mon cœur.

— Je sais que tu m'en voulais énormément, mais je me serais fait pardonner. J'aurais changé pour toi, et tu m'aurais aimé à nouveau...

Ses paroles paraissent prétentieuses, mais je crois plutôt que pour lui il s'agit juste d'énoncer une évidence. A-t-il raison ? Peut-être, on ne saura jamais. Le sujet est trop grave, la conversation a trop d'implications. Je dois alléger nos propos si je ne veux pas revenir vers Charlie bouleversée.

— Comment se fait-il que tu connaisses le livre d'Anna Gavalda ?

— On me l'a envoyé pour que je fasse un remake du film avec Daniel Auteuil.

— Mais tu n'as pas donné suite ?

— Non, j'avais du mal à m'identifier au personnage. Peut-être que je devrais reconsidérer la question…

— Tu serais formidable dans ce rôle, Michael, en route pour ton troisième oscar.

— Peut-être, on verra.

La musique se termine, nous revenons vers nos amis et conjoints.

Michael et Lauren prennent congé. Il serre son frère dans ses bras.

— Charles, profitez bien de vos vacances. Fais attention à Ophélie, elle est unique.

— J'en suis conscient, Michael, ne t'inquiète pas.

Les paroles échangées sont banales, mais les regards sont plus riches et plus profonds. Je rêverais de pouvoir lire dans leur esprit.

Quand il m'embrasse, il ne me dit rien, mais ses lèvres sur mes joues marquent la fin d'une époque et le début d'une autre.

Le reste de la soirée m'a paru insipide. Heureusement, j'avais Charlie et Laure qui sont les deux piliers de mon bonheur nouveau.

Journal de Laure

18 août 2015, 19 heures

Je suis seule avec deux chats à mes côtés, chacun dans son fauteuil. C'est dommage que Roméo ait été castré, car sinon il aurait pu se mettre avec Princesse Leia. Si ça se trouve, elle a également été opérée. Il faudra que je demande à David. À la réflexion, c'est probable, vu qu'aucun chat ne rôde autour de la maison. Tant mieux, je préfère qu'elle soit calme.

Peut-être faudrait-il appliquer cette politique aux hommes... J'ai pensé à ça samedi soir, quand j'ai vu Michael danser avec Ophélie. Je les ai observés pendant les dix minutes du long morceau de Joe Cocker. Il émanait un tel charisme et une telle sensualité de l'acteur que j'ai eu peur que mon amie craque à nouveau. Je comprends que tant de femmes aient succombé. La seule solution serait la castration, pour éviter qu'il envoie des signaux sexuels comme une chatte en chaleur.

Il semble qu'Ophélie ait résisté au filtre d'amour. Encore que ce ne soit pas certain. Elle n'était plus la même en fin de soirée. Elle a prétendu que c'était la fatigue, mais je doute que ce soit l'unique raison.

Enfin, maintenant elle est seule avec son amoureux. J'espère qu'il n'y aura pas de mygale ou de tarentule pour perturber leur séjour. Quand Ophélie a tenté de me persuader de nous joindre à eux, j'ai décliné en prétextant qu'ils méritaient un voyage en amoureux et que je ne pouvais pas quitter ainsi notre société, que l'on vient juste de lancer. En vérité, il est hors de question que j'aille sur un continent où on peut trouver des araignées de la taille d'une main. Moi, c'est simple, si j'en vois une, vous pouvez me rayer du royaume des vivants !

Le seul monstre poilu que j'accepte se trouve dans le caleçon de mon amoureux. J'attends d'ailleurs avec impatience l'arrivée de David pour pouvoir m'en occuper amoureusement...

Quand je pense qu'il y a un an, jour pour jour, Ophélie et moi quittions le yacht en compagnie de Charlie. J'étais subjuguée par le beau réalisateur et Michael venait de désespérer Ophélie.

Nous avions le projet d'un double mariage. Peut-être cela se produira-t-il, mais pas avec les prétendants que nous imaginions...

Ce n'est pas grave, l'important est d'être heureuse. Je pense que c'est le cas pour Ophélie. Pour moi, il n'y a aucun doute : David est l'homme de ma vie.

Je l'aime un peu, beaucoup, passionnément, à la folie !

S'il me le demandait, je serais prête à accepter une période d'abstinence d'un mois. À la réflexion, un mois, c'est long... plutôt une semaine... au moins trois jours !

Zut, pourquoi s'imposer ce genre de choses ? L'abstinence, je l'accepte jusqu'au moment où il franchira la porte de l'appartement ; après, je ne réponds plus de rien !

Journal d'Ophélie

19 août 2015, minuit

— Il y en a combien ?

— Le guide m'a dit que c'était un groupe de onze, quatre femelles et sept jeunes. Sans compter le mâle dominant, qui n'est pas tout le temps avec eux.

Je l'ai regardé avec un sourire ironique.

— Tu es sûr que cette fois il n'y en a pas huit mille ?

— Ouh, je vois que mademoiselle est rancunière ! Tu n'as toujours pas digéré ma blague sur les lions de mer ?

— Ça ne risque pas, tant que je n'aurai pas vu les vrais.

— Cela ne devrait plus tarder. Il paraît que nous sommes sur le chemin que le groupe emprunte pour aller chasser.

Le soleil commençait à descendre à l'horizon. La lumière était magique sur la savane. Devant nous, à quelques centaines de mètres, un immense troupeau de gnous et de zèbres paissait tranquillement.

Nous étions dans une voiture très haute, avec le ranger et le guide noir assis sur un siège disposé devant le pare-chocs. Soudain, le guide a fait un signe au ranger, qui nous a dit de ne plus bouger.

Nous avons entendu des bruits dans les grandes herbes sur le côté, et le groupe de lions est apparu. Ils avaient l'air tranquilles et peu intéressés par nous.

Je n'ai jamais vu de spectacle aussi beau et aussi terrifiant. Onze lions qui me semblaient énormes, à quelques mètres de notre voiture ouverte, sans toit ni fenêtres pour nous protéger. Le guide nous avait bien expliqué que les félins ne sautent jamais dans les véhicules, mais je n'étais pas rassurée. Il suffisait qu'un seul de ces magnifiques animaux décide d'innover et de goûter à la chair tendre d'une humaine pour que tous mes rêves de vie heureuse soient engloutis.

Ils ont longé la voiture en nous ignorant, puis se sont positionnés pour la chasse.

Le ranger nous a donné des explications à voix basse :

— Ils sont contre le vent, le troupeau ne peut pas sentir leur approche. Ils vont l'encercler en rampant à plat ventre le plus près possible de leurs proies avant d'attaquer.

Nous avons regardé les lions (et surtout les lionnes) progresser avec prudence. Soudain, ils ont chargé. Une lionne a profité de l'inattention d'un gnou pour se jeter sur lui.

— Elle l'a mis à terre. Maintenant, elle va le saisir à la gorge pour lui sectionner la trachée, ou l'étouffer en lui bloquant le museau.

J'ai beau être une fan des lions et savoir qu'ils chassent pour se nourrir, cette description de leur instinct de tueur m'a tiré une grimace de dégoût. J'ai regardé les autres membres du groupe. Tous n'avaient pas aussi bien réussi.

Charlie a attiré mon attention.

— Regarde le jeune lion qui poursuit un zèbre et son petit...

Mes yeux ont saisi le drame qui se nouait. J'ai crié :

— C'est horrible, je ne peux pas voir ça !

Ma sympathie pour les félins a disparu quand le jeune zèbre n'a plus eu que quelques mètres d'avance sur son prédateur. J'ai alors fait une chose qui ne me ressemble pas : j'ai prié les dieux de toutes les religions pour qu'ils interviennent. C'était puéril, fou...

Le jeune lion a sauté sur le petit zèbre alors que sa mère qui le devançait ne pouvait intervenir.

Et puis, comme si mes prières avaient servi à quelque chose, il s'est passé un truc incroyable. Je ne sais pas si le zèbre a fait un écart ou si le lion a mal calculé sa trajectoire, mais en tout cas il s'est ramassé. Sa tête a même dû frapper le sol car, quand il s'est relevé, il était groggy. La mère et son petit en ont profité pour s'échapper.

J'étais sous le choc et mes nerfs ont lâché, je me suis mise à pleurer. Charlie était tout surpris. Il m'a prise dans ses bras et m'a adressé des mots de réconfort :

— Je ne comprends plus ce qu'il faut que je fasse. Quand je t'emmène voir des faux lions, tu pleures... Alors je trouve un endroit où il y en a des vrais, et tu pleures aussi !

J'ai réussi à lui répondre entre deux sanglots :

— J'ai eu tellement peur, cette petite bête entre les griffes de cet animal puissant...

— Même les proies les plus innocentes arrivent à échapper aux prédateurs les plus dangereux.

Il m'a souri et j'ai essayé de lire dans son regard s'il y avait dans son propos un message pour moi. Je ne lui ai pas demandé d'expliciter.

Nous avons consacré l'heure suivante à assister au dîner de la famille. Au menu, un zèbre et un gnou, c'était un vrai festin. Je n'avais plus de réticence en assistant à ce spectacle, même s'il était un peu sanglant pour moi. C'était beau, c'était calme, c'était un rêve de toute une vie qui se réalisait.

Charlie a créé ce voyage sur les traces de Karen Blixen et de Denys Finch Hatton. Il me l'a annoncé dans l'avion de Los Angeles à Nairobi.

— Tu as lu *Out of Africa* ?

— Non, j'ai vu le film de Sydney Pollack.

— J'ai apporté le livre. Je te le passerai pour que tu le lises. Nous allons jouer à être Karen Blixen et Denys Finch Hatton. Contrairement à ce que le film suggère à travers l'interprétation de Robert Redford, Denys était un Anglais dans la plus pure tradition.

— Mais elle, elle n'était pas suédoise ?

— Non, danoise.

— Mais je ne ressemble pas à une Scandinave.

— Ce n'est pas important, nous allons faire un safari comme eux au Kenya. Tu vas voir, c'est magnifique.

Il n'avait pas tort, ce n'est que ma deuxième journée et je suis enchantée. Hier, nous avons visité la maison de Karen Blixen dans la banlieue de Nairobi, puis nous sommes allés sur la tombe de Denys Finch Hatton au pied des collines Ngong. C'était beau et assez émouvant.

Ce safari a été merveilleux : rhinocéros, éléphants, girafes, buffles, gazelles. Il ne nous a manqué que le léopard pour que l'on ait le Big Five dès notre première sortie. Le Big Five, c'est les cinq mammifères africains qu'il faut voir dans un safari. J'ai appris par le guide que c'est un concept créé par Hemingway dans son livre *Les Neiges du Kilimandjaro*.

Le point d'orgue a été ce moment de chasse rarissime des lions et le festin qui a suivi.

Vers 22 heures, nous avons pris le chemin du retour vers le lodge. Enfin, c'est ce que je croyais. En fait, nous nous sommes dirigés vers un point qui brillait au milieu de la brousse. En approchant, j'ai vu un feu gigantesque – plusieurs mètres de diamètre – et d'autres feux plus petits qui délimitaient un périmètre de sécurité. Au milieu, une table avec nappe et chandelier.

C'était incroyable d'exotisme et de romantisme.

— Charlie !

Il m'a regardée, un peu inquiet.

— Ça te plaît ?

— Tu plaisantes, j'adore ! Encore plus vrai que *Out of Africa* ! Mais nous sommes en sécurité, au moins ?

— Autant qu'on puisse l'être au milieu de la savane. Il y a ces feux pour éloigner les animaux, et des rangers avec des fusils pour monter la garde.

Bizarrement, j'avais posé la question mais je n'étais pas vraiment inquiète. Nous nous sommes installés pour dîner. Les plats étaient simples mais délicieux. Le bonheur absolu doit ressembler à cela et j'ai compris ce qu'avait pu éprouver Karen Blixen quand elle profitait de son tête-à-tête avec son amoureux en écoutant de la musique classique sur leur gramophone.

Nous avons parlé de tout et de rien, du survol en avion de la brousse kényane que nous allons effectuer dans quelques jours, de notre voyage en Europe...

Après le thé qui a conclu notre dîner, Charlie m'a entraînée près du grand feu et m'a prise dans ses grands bras.

— J'aimerais te dire la force de mon amour...

— Mais tu me le dis !

— Non, en français. Je ne sais dire que « Je t'aime ».

— C'est déjà beaucoup.

— Mais je veux dire plus. J'ai trouvé ce que je voulais exprimer. J'espère que tu aimeras.

Comme lors de notre sortie matinale dans le lit de la Los Angeles River, il a sorti son iPhone et m'a donné un écouteur.

J'étais un peu inquiète.

— Tu es sûr ?

— Écoute !

L'intro a commencé par des violons avec en fond sonore le bruit caractéristique des grésillements qui montrent que l'enregistrement est très ancien.

Et soudain, une voix magnifique, unique, Édith Piaf !

Je connaissais *L'Hymne à l'amour* mais, pour la première fois, j'ai prêté attention aux paroles. Charlie m'a pris le menton dans sa main pour que nos regards ne se quittent pas. C'était une déclaration d'amour qu'il voulait me faire dans ma langue.

Le ciel bleu sur nous peut s'effondrer
Et la terre peut bien s'écrouler
Peu m'importe si tu m'aimes
Je me fous du monde entier[1].

La chanson décrivait des sentiments extrêmes, mais j'ai lu dans ses yeux qu'il en pensait chaque mot. Nous sommes restés immobiles pendant les trois minutes de la chanson. C'était trop court pour ce moment exceptionnel.

À la fin, quand les cœurs se sont mis à chanter, c'est le mien qu'ils ont touché. J'étais hyper émue et quand la chanteuse a conclu la chanson par un magnifique « Dieu réunit ceux qui s'aiment », quelques larmes ont coulé sur mes joues.

Charlie m'a interrogée du regard. J'ai posé un baiser sur ses lèvres.

— Merci, c'est une déclaration magnifique, tu avais raison.

---

1. *L'Hymne à l'amour*, Édith Piaf (auteur), Marguerite Monnot (compositeur), Edimarton SARL.

Il y avait une telle communion entre nous que pas une seule parole n'a été échangée quand nous avons regagné le lodge dans la grande voiture. Il faisait froid, et je suis restée bien au chaud dans ses bras.

Quand nous sommes rentrés dans notre chambre luxueuse avec son lit à baldaquin, je me suis approchée de lui pour l'embrasser. Cette fois, ce n'était plus ma bouche contre la sienne : c'était mon amour qui se conjuguait avec le sien. Je suis incapable d'expliquer le ballet de nos corps. Je me rappelle juste que, pour la première fois, la notion d'orgasme n'avait plus de sens. Nous étions au-delà, dans la communion absolue, l'amour parfait.

Ce soir, au bout de vingt-sept ans et onze jours, j'ai enfin achevé cette quête du Graal. Je termine ce dernier chapitre allongée à côté de l'homme de ma vie. Comme je l'avais rêvé, il s'agit bien de M. Brown. Je ne m'étais finalement trompée que sur le prénom...

Remerciements

Quand j'ai commencé ce projet de trilogie à l'automne 2014, j'ai pensé aux trois conditions qu'Alfred Hitchcock jugeait nécessaires pour faire un bon film : « Une bonne histoire, une bonne histoire et une bonne histoire. »

Cette histoire, je l'avais imaginée après avoir rencontré Penélope Cruz et Javier Bardem sur la plage de Sperone, celle-là même où Michael va chercher Ophélie dans la saison 1. Je précise qu'il n'y a aucune ressemblance entre la vie dissolue de Michael et de Carolina et celle de l'acteur espagnol et de son épouse…

J'ai tout de suite souhaité que le roman soit écrit sous la forme d'un journal. Comme je ne me sentais pas forcément capable de me glisser dans la peau d'une jeune femme de vingt-cinq ans, j'ai cherché une auteure pour mettre sur papier ce qui se trouvait dans mon imagination.

J'ai finalement renoncé et décidé de me lancer dans l'écriture et je ne regrette pas cette décision une seule seconde.

D'après les réactions des blogueuses et des lectrices, j'ai réussi cette incarnation.

Je le dois en premier lieu à toutes les femmes de ma vie : mon épouse, ma mère, mes amies, mais aussi à toutes les jeunes femmes que j'ai croisées dans mon milieu professionnel. J'ai toujours eu d'excellents rapports avec mes collaboratrices et j'ai souvent préféré choisir des femmes de préférence aux hommes pour les postes de direction.

Mais se projeter dans les fantasmes et la description du plaisir féminin n'aurait pas été possible sans la lecture quotidienne des blogs et des sites de magazines féminins : *Elle*, *Cosmo*, *Marie-Claire*, *Femme actuelle*, *Version Fémina*... Merci à toutes les journalistes qui ont contribué à faire d'Ophélie et de Laure deux jeunes femmes crédibles et modernes.

Comme le dit Patrick Modiano : « C'est émouvant d'avoir des lecteurs. C'est merveilleux, on a l'impression qu'on peut communiquer. » Je tiens à remercier toutes celles et tous ceux qui se sont plongés dans cette histoire d'amour peu conventionnelle qui les a fait voyager de Paris à Los Angeles en passant par la Corse, la Sardaigne, Venise et Londres.

Mais pas de relation entre l'écrivain et le lecteur sans maison d'édition. Beaucoup disent la difficulté de faire adopter leur premier manuscrit.

C'est une galère que je n'ai pas connue grâce à Sabrina. Elle a été une brillante collaboratrice avant de devenir mon amie et c'est elle qui m'a présenté Céline, mon éditrice. Celle-ci a pris le grand risque de confier l'écriture d'une trilogie à un auteur débutant. Quand nous nous sommes rencontrés au début de l'été 2015, j'avais dû écrire la moitié de la saison 1. Elle a cru que je serais capable d'écrire deux livres et demi en moins d'un an...

Sabrina et Céline, le duo unique sans qui *Movie Star* n'existerait pas.

J'ai découvert le monde de l'édition et l'esprit d'équipe de Belfond. Plus tard, j'ai rencontré Pauline, Marie-Pauline et Célia qui m'ont toutes aidé dans mon entreprise.

Dans l'antiquité et, plus tard, au Moyen-Âge, il y avait des crieurs de nouvelles. De nombreux siècles plus tard, c'est grâce à leurs descendantes, les blogueuses, que la trilogie se fait connaître. Leurs critiques enthousiastes ont donné envie à des milliers de lectrices d'entrer dans ce monde impitoyable du cinéma que j'ai voulu recréer. C'est une activité magnifique de partager son amour des livres. Merci à toutes (à tous, car j'ai eu aussi un blogueur) pour ce soutien.

Merci à tous mes amis qui m'ont soutenu et en particulier à Thierry qui m'a permis de décrire les gestes de secours du médecin après le suicide raté d'Akemi.

Maintenant, cette première partie de l'histoire se termine, au propre comme au figuré. Elle va peut-être continuer par une adaptation en film ou en série. En attendant, la plume me démange et je commence à imaginer un autre avenir pour Laure...

Alex Cartier, 12 avril 2016

Éditions Belfond :
12, avenue d'Italie
75013 Paris.

Canada :
Interforum Canada, Inc.,
1055, bd René-Lévesque-Est,
Bureau 1100,
Montréal, Québec, H2L 4S5.

ISBN : 978-2-7144-7401-8

Composition et mise en pages
Nord Compo à Villeneuve-d'Ascq

MIXTE
Papier issu de sources responsables
FSC® C003309
FSC
www.fsc.org

Cet ouvrage a été imprimé en France par

CPI
BRODARD & TAUPIN

à La Flèche (Sarthe)
en mai 2016

N° d'impression : 3017062
Dépôt légal : juin 2016